HYPERTERRA-

LIBRO UNO

EL ÚLTIMO
BRILLO DISTANTE

STAVROS TOFALOS

Hyperterra
Libro Uno, El último brillo distante
Copyright © 2020 por Stavros Damian Tofalos Bradanovich
Todos los derechos reservados.

Para obtener información sobre este título o para solicitar otros libros y/o medios electrónicos, comuníquese con el editor:
Stavros Tofalos
info@tofalos.com
www.thehyperterra.com

Derechos de autor: TXu002207042 / 2020-07-06 Biblioteca pública de Los Estados Unidos de América
Libro / E-Book: ISBN: 978-1-7368207-2-8

Primera edición impresa en los Estados Unidos de América
Diseño de Portada e Interior: Stavros D. Tofalos Bradanovich

A mi esposa e hijo, quienes me inspiran todos los días.

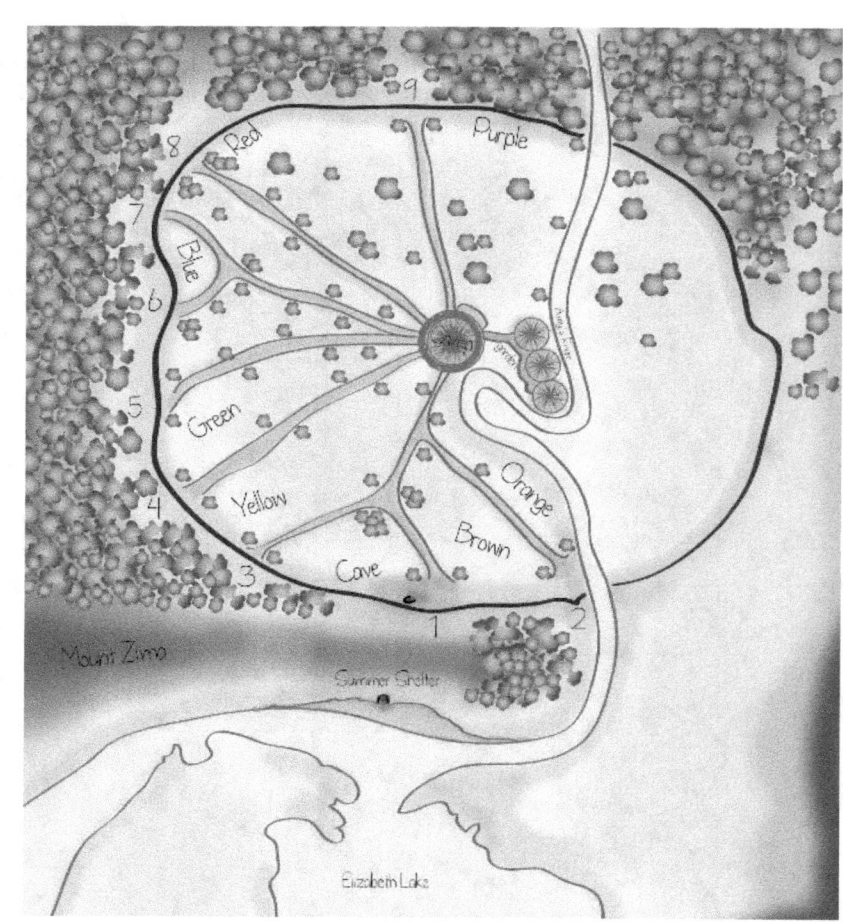

PRÓLOGO

En el planeta Pree, hogar de los Strattos, el rey Ufusta y la reina Tella celebraron la llegada de sus primeros hijos; el regalo de tener trillizos. Cada hijo nació con la marca de nacimiento real, el cual era un triángulo marrón invertido. Kharlo tenía la marca en el dorso de la mano izquierda. Kharpo tenía la misma marca en la pantorrilla derecha y Kharmo la tenía en la nuca. Todo el reino amaba a la familia real y celebraron cuando los bebés fueron presentados a la corte del reino.

El planeta Pree estaba vivo. El planeta se alimentaba de una poderosa fuente de energía llamada La Piedra del Tiempo, la que le daba a los Stratto la capacidad de retroceder en el tiempo o vislumbrar el futuro. La poderosa piedra estaba a salvo en manos del rey. Además, la piedra estaba protegida por el ejército de Strattos, el cual estaba al mando del general Prass. Pero el general estaba cegado por un oscuro deseo de poder. Estaba decidido a encontrar otra piedra para convertirse él mismo en rey. Durante muchos años usó los asteroides como obras maestras de destrucción, para pulverizar planetas enteros. Viajó a muchas civilizaciones exigiendo una Piedra del Tiempo. A pesar de todos sus esfuerzos, nunca encontró lo que buscaba, dejando una huella de destrucción y dolor.

Un día, el rey Ufusta descubrió el malvado plan de su general y le hizo pagar por sus horribles actos. El rey envió al General Prass al calabozo más profundo de su palacio. Ufusta reconoció que la Piedra del Tiempo estaba en peligro, y decidió partir la piedra en tres fragmentos, dividiendo su poder. Cada pieza le daría al poseedor de la piedra la energía para viajar entre constelaciones en cosa de segundos. Cuando los trillizos tuvieron la edad suficiente, Kharlo, Kharpo y Kharmo se convirtieron en los nuevos guardianes del tesoro. El rey los envió a cada uno a un extremo diferente del universo.

1

El planeta Pree perdió su fuente de vida y los Strattos se convirtieron en una civilización en miseria. El bosque se secó y desapareció como polvo, y los preciosos animales se quedaron sin comida y se extinguieron. Pree era ahora un planeta con un lado ardiendo y el otro helado. Los Strattos sobrevivieron creando máquinas que se rodaban a lo largo de las áreas templadas, entre los dos extremos climáticos, manteniendo a toda la civilización al borde de la temperatura perfecta para sobrevivir.

Los trillizos no tenían esperanzas de volver a verse jamás, y cada hijo tomó un trozo de piedra y se fue a esconder en nuevos mundos.

Kharlo llegó al pacífico planeta llamado Nurbia, en donde enseñó el amor y la bondad. Kharpo llegó a un planeta llamado Tierra e influyó en los albores de su civilización con política y religión. Kharmo aterrizó en un mundo llamado Hulmor, pero descubrió que el planeta ya estaba consumido por el mal, la ira y la envidia. Los grandes maestros de la oscuridad de Hulmor torcieron la mente inocente de Kharmo, haciéndole creer que el reino de Pree realmente le pertenecía. Cuando las profundas ambiciones de poder lo consumieron, lo pusieron en la Cámara de los Deseos, la cual transfirió a Kharmo la capacidad de transformar su aspecto físico a voluntad.

Kharmo y el ejército de Hulmor descendieron sobre el reino de los Strattos y amenazaron con destruir Pree. Exigió la liberación del General Prass y la ubicación de los otros dos fragmentos de la Piedra del Tiempo. El rey Ufusta y la reina Tella cedieron a sus demandas, con la esperanza de salvar el reino y el planeta.

Kharmo y su ejército partieron hacia Nurbia. En el camino, transformó su apariencia física para parecerse al Rey Ufusta. Kharlo estaba sorprendido con la visita del rey, pero agradeció el reencuentro con su padre, ofreciéndole una celebración y un banquete. Kharlo llevó a su padre a la Cámara de los Tesoros luego que éste le preguntara por la ubicación del fragmento. Tan pronto como entraron, su disfraz de rey desapareció, revelando el rostro y el cuerpo de Kharmo. Kharlo vio que el alma de su hermano estaba consumida por el mal y trató de detenerlo, pero falló. Kharmo y el ejército se retiraron de Nurbia con el fragmento de la Piedra del Tiempo, y el general Prass usó su arma de asteroides para destruir todo el planeta.

Kharmo fue despiadado. Enseguida, usó la misma estrategia para engañar a su hermano Kharpo en el planeta Tierra. Kharpo era considerado una deidad entre los Egipcios. Cuando Kharmo llegó, fue recibido con honores, ofreciéndole una celebración y un banquete. Para mostrarle aún más honor y respeto, se le preparó un baño de faraón, con rituales reservados solo para la realeza. Cada aspecto de Kharmo era como el verdadero Rey Ufusta. Su andar, su voz, su risa, sus historias; todo era familiar para Kharpo, que había dejado a sus padres hace muchos años. Cuando Kharmo entró en el agua tibia, Kharpo reconoció la marca de nacimiento en la parte posterior de su cabeza e inmediatamente advirtió al faraón que el visitante era un impostor. El faraón preparó silenciosamente a su ejército para la batalla.

Kharmo preguntó si el fragmento de piedra estaba a salvo. Kharpo y el faraón lo invitaron a visitar la bóveda que conducía hacia un túnel donde le esperaba el ejército. Al darse cuenta que todo era una trampa, Kharmo capturó al faraón y cambió su disfraz físico. Cuando los soldados llegaron, vieron a dos faraones, ambos gritando la orden de atacar al otro. El ejército estaba confundido hasta que uno de los faraones sacó un cuchillo y se sacrificó para que los militares pudieran destruir al monstruo. Los arqueros dispararon sus flechas directamente a Kharmo, quien volvió a su forma original liberándose de los espíritus oscuros que poseían su cuerpo y alma. Los espíritus se esparcieron por la superficie de la Tierra, refugiándose en lugares inhóspitos del planeta en busca de nuevas almas para poseer.

Kharpo cayó de rodillas frente al cadáver del faraón, y con el mismo cuchillo, se cortó la palma de la mano. Dejó que su sangre real de Strattos goteara sobre el pecho del faraón, despertándolo de la muerte. Una vez que el brillo de vida llegó a los ojos del faraón, la marca triangular marrón de nacimiento apareció en su pecho.

El amor que Kharpo sentía por la gente de la Tierra era tan grande que sabía que tendría que irse para proteger el planeta. Luego, decidió volver a Pree con su fragmento de la piedra y así encerrar al General Prass en prisión para siempre.

El faraón destruyó el resto de los fragmentos de la Piedra del Tiempo, derritiéndolos y combinándolos con el metal disuelto del cuchillo que contenía la sangre de los Strattos y la sangre del faraón. El resultado fue un arma la cual llamó la Daga de los Mundos. Luego, enterró el arma en un lugar secreto donde nadie la encontraría jamás.

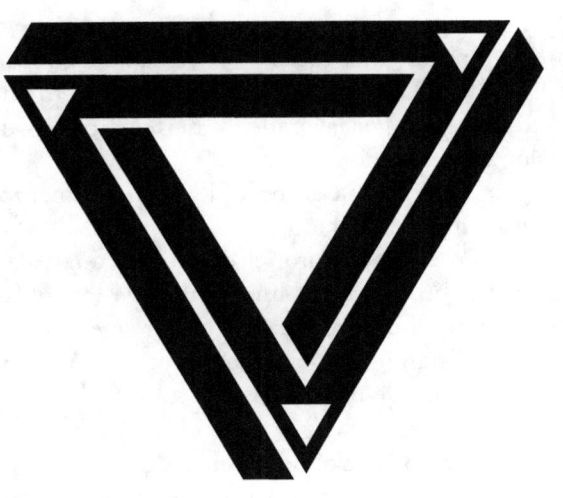

CAPÍTULO 1 - LA LLAMADA

Territorio Antártico Chileno, 1987.

"Tenemos a su explorador con nosotros", Connor, uno de los líderes de la operación, le dijo al visitante.

"¿Y el mapa?"

"No, te dije que no tenemos el mapa", dijo Tayeb, el hombre de confianza de Connor.

"¿Insistes en mentirnos?" expresó el visitante, poniéndose el casco, claramente decepcionado.

"¡Te estamos diciendo la verdad!" Dijo Connor.

"Solo tenemos partes del mapa, pero todavía estamos buscando el resto. ¡Por favor, denos más tiempo!" —dijo Tayeb, con la tensión aumentando en su voz.

"El tiempo se acabó". El visitante comenzó a alejarse con su tripulación y el explorador.

En ese momento, el disparo de una bala a través de la espesa nieve cortó el aire e hirió a uno de los soldados visitantes. Enseguida otro disparo alcanzó a Connor en el pecho.

"¡Estamos bajo ataque!" Tayeb gritó. Arrastró el cuerpo de Connor detrás de uno de los vehículos de las instalaciones de la ISA.

"Tayeb ..." Connor susurró de dolor.

"¡No hables, mantén tu energía y solo trata de respirar!" Dijo el joven Tayeb.

Los visitantes se arrastraron hacia ellos, tratando de protegerse de las balas que atravesaban el frío cielo.

"Pensé que este era el comienzo de una nueva relación de confianza entre nuestros mundos", dijo el visitante.

"¡No sabemos quién nos está atacando! ¡Mira, mi amigo está herido!" Tayeb dijo.

El visitante vio que su tripulación también arrastraba cuerpos heridos, mientras las balas seguían llegando.

"Nos prometiste la fuente de energía y nuestro explorador", dijo el visitante.

2

"¡No, entiende, te dijimos que nosotros también lo estábamos buscando! ¡Pero mira! ¡Tienes vivo a tu explorador! ¡Lo rescatamos para ti como muestra de amistad!" Tayeb gritó.

"Dos miembros de alto nivel de mi raza murieron en manos de ustedes, humanos", dijo el visitante mirando alrededor. "Puedo ver que todos sus miembros están muertos, lo que nos deja en balance. La negociación aquí fue un fracaso".

"¡No, no, no! ¡Por favor! ¡No!" Tayeb gritó.

Los visitantes arrastraron a los miembros heridos de su tripulación hacia su nave espacial. Tayeb veía como las balas atravesaban el aire impactando el transporte mientras se elevaban. Los visitantes contraatacaron con ráfagas azules de energía en dirección del ataque. En segundos, la nave se desvaneció entre las nubes nevadas y el ataque que venía desde un punto distante cesó.

"Tayeb ..." susurró Connor.

"Amigo mío, tienes que resistir", dijo Tayeb, llorando.

"Toma mi collar. Esas pequeñas piezas de metal son la prueba de que su tesoro está aquí en alguna parte", dijo Connor, tosiendo sangre. "Úsalas para encontrar las respuestas, como dice el código Sorvats. Hazlo antes de que regresen".

"¿Crees que van a volver?" Tayeb dijo, tratando de limpiar la sangre de la boca de Connor.

"Por supuesto, necesitan el tesoro. Pero tienes que encontrarlo primero que ellos", susurró Connor, quedándose sin aire.

"¿Pero cómo?" Tayeb preguntó, sollozando.

"Sigue el código Sorvats", dijo Connor, muriendo y tocando la cara de Tayeb. "Ponte de pie con honor y orgullo".

~

48 años después.

En la base del templo de Kattlán, el centro del sitio arqueológico Caracoles en la provincia de Emperor, México, tres ancianos estaban sentados en sus sillas de camping, mirando al cielo en silencio. Junto a ellos, un niño sentado en el suelo.

"Alejandro, ¿puedes ver algo especial en el cielo?" Preguntó el hombre mayor con cabello largo y blanco.

"¿Crees que este niño verá algo?" —dijo el otro anciano, cuya cabeza calva brillaba como el sol.

"No, nada", dijo Alejandro.

"¡Yo les advertí!" dijo el tercer anciano, burlonamente. Era el más alto, de piel color caramelo, de pelo corto y blanco en la cabeza, barba y bigote. Estaba sentado frente a Alejandro.

"Te dije que traer a este niño era una pérdida de tiempo".

"¡Seguro que tiene mejores ojos que nosotros!"

"El está en lo correcto."

"Me da lo mismo…"

En medio de esta discusión, el pequeño grupo escuchó un crujido distintivo desde la parte superior del templo. Era una piedra del tamaño de una pelota de tenis que caía paso a paso desde la pirámide escalonada. Los ancianos se levantaron rápidamente, tratando de evitar que la piedra les impactara. La piedra rebotó y aterrizó justo frente a ellos, dejando una nube de polvo en el aire.

"Miren … ¿Qué es eso?" Alejandro dijo.

Los tres adultos mayores miraron la piedra. Era un fragmento de la parte superior del templo. Entonces, uno de ellos se dio cuenta que Alejandro estaba mirando al cielo.

"¿Qué ves, Alejandro?"

"¡Ahí!"

El niño levantó la mano y señaló hacia una pequeña y débil estrella que titilaba sobre la parte superior de la cima de Kattlan.

Los hombres movieron la cabeza al mismo tiempo para mirar al cielo. Entonces Francisco, el hombre de cabello largo y blanco, abrió rápidamente su maletín anaranjado. En el interior, su equipo contaba con un complejo sistema de botones y monitores que mostraban datos e imágenes de constelaciones. Francisco rápidamente tomó su teléfono satelital y se preparó para hacer una llamada telefónica.

Mientras tanto, en la Agencia Espacial Internacional en Dallas, Texas, el Departamento de Detección de Amenazas Espaciales sigue toda la actividad observable actual en el sistema solar, incluidos asteroides, satélites de observación, telescopios y más. El equipo está concentrado en la observación de un evento en los ojos de expertos espaciales. Un grupo de objetos había entrado en el sistema solar, activando todas las alertas astronómicas del planeta. Según los cálculos realizados por los nueve gobiernos y entidades privadas que se habían aliado en esta investigación espacial, la anomalía tenía una circunferencia ligeramente menor a la de la luna. La mayoría estuvo de acuerdo en que este cuerpo, no identificable aún, colisionaría contra la superficie de Saturno en los próximos días. Este evento sería una oportunidad para estudiar los gases y otros componentes que se liberarían tras el impacto. Los científicos estaban haciendo sus cálculos para intentar determinar qué ocurriría.

El 80% de los cálculos arrojaban que el público no vería el impacto porque ocurriría en el lado opuesto de Saturno. Enumeraron razones como la rotación de Saturno y la Tierra y las condiciones climáticas de la Tierra para bloquear la vista. Un pequeño grupo de científicos anunció que una gran luz sería visible desde la Tierra sin el uso de instrumentos especiales.

La ISA ha seguido este evento con mucho cuidado, ya que proporcionaría bastante información sobre el comportamiento de los objetos en el espacio, su composición y las consecuencias para el sistema solar. El líder de la investigación y del seguimiento del asteroide era el señor Frederik Cross.

Frederik, un ex astronauta, había estado involucrado con la ISA desde el comienzo del programa de detección de amenazas espaciales.

Temprano en la mañana, la recepcionista le dijo a Frederik que tenía una llamada telefónica de la línea de soporte técnico.

"Por favor, dígales que estoy en una reunión y los llamaré más tarde", dijo Frederick.

5

"Disculpe, señor, pero esta persona dice que es urgente. Está llamando desde México".

Frederik sorprendido tomó presuroso el teléfono.

"¿Aló, Francisco?" Frederik dijo.

"¿Hola cómo estás mi amigo?" Francisco respondió con un ruido de fondo horrible, pero su mensaje fue claro: "Hemos visto el evento como esperábamos. Ocurrió entre las 7:15 y las 7:25 de la mañana a 0,36 grados, norte".

"Eso significa que la anciana de Chile tenía razón", dijo Frederik, "pero sólo está correcta sobre la actividad en ese sector. No mencionó que el asteroide cambiaría su trayectoria. Dime, Francisco, ¿tienes un nuevo cálculo?

"Sí, pero son los mismos números que todos tenemos", dijo Francisco analizando sus monitores, "el evento impactaría a Saturno según los cálculos. La anciana de Chile dijo que este asteroide no va a chocar con Saturno. Ayer, un tipo llamado Juan Salazar de Perú me llamó con unos números que su madre escribió en un papel. Ella escribió esos números en un idioma muy antiguo. Y espera, ¡Se pone mejor! Básicamente, son las coordenadas de Júpiter ".

"¿Júpiter?" Frederik dijo, confundido. "¿Por qué estamos hablando de Júpiter?"

"Escucha esto, el mensaje estaba escrito en una lengua antigua que desapareció hace miles de años", dijo Francisco, "La anciana escribió su mensaje en un papel y alguien tuvo que traducirlo para nosotros. Esta gente puede ver algo que nosotros no. Déjame decirte que creo que tienen razón, y el asteroide no impactará a Saturno. La información sobre el evento se está volviendo muy confusa ".

Frederik se agarró la cabeza. Le hizo un gesto al resto del equipo para que lo dejaran solo en la habitación.

"No te alarmes, Francisco", susurró Frederik, "tenemos lo mejor de lo mejor en esta agencia; los mejores científicos y el equipo de cálculo, el más avanzado. Casi el 80% de los cálculos dicen que tendremos impacto en Saturno. Esta teoría de que el asteroide cambiará de rumbo es algo ilógico, y que no tiene números reales o una fórmula matemática real que lo respalde. Dame un minuto; voy a introducir los nuevos números en el sistema y ver qué sucederá con la gravedad de Saturno ".

"Espera, Frederik, acabo de hacerlo", dijo Francisco.

"¿Qué? ¿Y qué dice?"

La expresión en el rostro de Frederik cambió repentinamente. Todos los cálculos sobre la trayectoria del asteroide estaban equivocados.

ISA, o la Agencia Espacial Internacional, es una empresa privada creada por tres famosos millonarios. Ellos decidieron desarrollar el turismo espacial y así establecer una estación en la Luna y Marte con el mismo propósito. Además, ISA apoya a instituciones que realizan avances en los campos de la medicina y la física. En el 2020, ISA lanzó con éxito una serie de cohetes con rovers y máquinas de trabajo pesado a la Luna. Enviaron tres módulos de construcción a Marte e inmediatamente comenzaron a construir el "Sector Uno" de la Estación Humana de Marte llamado "VITA", destinado a futuras exploraciones humanas. El aterrizaje de estos módulos fue perfecto y la construcción comenzó de inmediato. Los módulos fueron equipados con robots de construcción altamente especializados en montaje de estructuras. Usaron impresión 3D avanzada para hacer paredes con tierra y rocas en Marte.

ISA tenía una excelente credibilidad en la carrera espacial y atrajo a numerosos inversores corporativos y privados, así como a gobiernos de todo el mundo, para participar en programas de colaboración e integración. Todos quedaron impresionados con el éxito de esta compañía y de cómo impulsaron la exploración espacial. Ayudaron al mundo a pensar en los humanos como una especie multi planetaria.

Los éxitos de ISA fueron uno tras otro. Los envíos al planeta Marte eran una alta prioridad, pero la carrera por ser la primera tripulación humana en aterrizar en Marte era el objetivo más importante. Esto último fue lo que convirtió a ISA en una agencia visionaria.

En el 2026, ISA comenzó a taladrar material sólido en la superficie de Marte con equipos similares a los que se utilizaban en las estaciones de perforación petrolera. El equipo era controlado completamente desde las instalaciones de ISA en Dallas. Durante dos años, esta máquina perforó varios sectores alrededor de VITA, alcanzando distancias de casi 500 metros de profundidad. En un evento increíble, los ingenieros encontraron una cámara subterránea con agua líquida. La calidad del agua no era apta para el consumo humano y tuvo que ser sometida a varios procesos de limpieza y filtrado; aún así, el descubrimiento impulsó la idea de proporcionar más suministros a Marte para misiones de exploración. Se inició así la siguiente etapa del programa VITA, para almacenar agua apta para el consumo humano. Un gran beneficio secundario fue que la separación de las moléculas de H_2O proporcionó oxígeno para el aire dentro de las instalaciones e hidrógeno para el combustible de los cohetes.

La primera expedición de humanos llegó a Marte en el 2028 con cuatro científicos. Ellos regresaron a la Tierra después de 288 días de exploración y estudios.

En el año 2035, un ingeniero de ascendencia árabe llamado Adnan Chamut creó un módulo de transporte que podría proporcionar un viaje cómodo y seguro para 30 personas y tres pilotos, además de comida y combustible de propulsión. El módulo viajaría durante seis meses y llegaría al planeta Marte en el momento en que los planetas estuvieran más juntos. Los entusiastas en vida alienígena y los seguidores de teorías conspiratorias publicaron por años en los sitios web, podcasts y blogs, ideas de los "proyectos secretos" que ISA estaba desarrollando, proponiendo las posibilidades de avances en la teletransportación, viaje en el tiempo y agujeros de gusano. Todo eso era muy interesante y entretenido de leer, pero solo tenía un nivel de credibilidad de ciencia ficción, lo que hacía reír a todos en ISA.

El Proyecto Oval era una nave espacial con forma de huevo. El transporte pasó por todas las pruebas necesarias, pero debido a su tamaño y peso, era imposible ponerlo en órbita en una sola pieza desde la superficie terrestre. Después de la aprobación final por parte de ISA y los inversionistas, se programó el montaje del Proyecto Oval en el espacio para el año siguiente, pieza por pieza. La sede de este proyecto estaba ubicada en la Isla Gems en los Emiratos Árabes Unidos, cerca de las instalaciones administrativas de ISA, donde Ben, Russell y Adnan trabajan juntos.

Ben estaba puliendo enérgicamente la superficie del vehículo de transporte Oval, tratando de darle un toque ligero a la pintura. Si algo estropeara el revestimiento de la superficie, toda la pieza de aluminio tendría que volver a pasar por el proceso de pintura.

"¡Hey! ¡No vayas a raspar la pintura!" Adnan dijo, sacudiendo un trapo en la cabeza de Ben. "Nos quedaremos sin recursos si cometes algún error con la pintura, así que por favor mantente enfocado".

Ben era un ingeniero estadounidense alto, joven y guapo. Siempre preocupado por su cabello, perfume "Cowboy", era el tipo que volvía locas a todas las mujeres en las instalaciones de la ISA. Ben siempre se burlaba del acento de Adnan, así que colocó las manos sobre la superficie del módulo y lo miró.

"¿Sabes qué, Adnan? Tu acento inglés es fascinante". Ben dijo, dejando escapar una gran carcajada.

"¡Quédate ahí, Ben, no te muevas! ¡Tendrás que ir al médico para que te pongan una nueva cara, ya verás!" Gritó Adnan.

A diferencia de Ben, Adnan era un joven ingeniero delgado y trabajador que siempre estaba enfocado en su trabajo y en cómo contribuir a la carrera espacial. Nunca prestó atención al estilo de su barba, y cuando caminaba, siempre bajaba su mirada con timidez. Se casó a una edad temprana porque sus padres querían que lo hiciera, y más tarde se dio cuenta que su matrimonio no funcionaba. Dedicó toda su vida a dos cosas: su hija, que vivía con él, y su puesto en el proyecto Oval.

En ese momento, Russell, quien trabajaba como supervisor de mantenimiento y limpieza, llegó al centro de pruebas. Russell también era joven y tenía una infalible y positiva perspectiva de la vida. Llevaba trabajando más de ocho años para la ISA en el hangar y había desarrollado una estrecha relación con Ben y Adnan, a pesar de ser los ingenieros principales. El colosal hangar era el simulador de pruebas más grande del planeta. Aquí, el módulo de transporte a menudo se sumergía para crear un entorno similar al espacio. También es donde Ben estaba reparando una sección de la superficie de aluminio.

"¡Hey chicos, por favor!" Russell gritó: "¡Voy a tener que denunciar a ambos por retrasar el proyecto más costoso de ISA!"

Russell estacionó uno de los carritos de limpieza que los empleados ocupaban en el hangar y caminó con su overol naranja para mojarlos con una manguera. Los roció hasta que Ben y Adnan estuvieron empapados y todos se rieron.

"Puedo ver que ustedes lo están pasando muy bien durante las horas de trabajo, ¿eh?" preguntó el Coronel McGuillan desde uno de los balcones interiores.

El Coronel McGuillan era el líder del Proyecto Oval. McGuillan era un hombre alto, afroamericano y de cabello gris; un veterano militar de la vieja escuela que siempre vestía elegantemente su impecable uniforme. Era pulcro y atractivo, y tenía un bigote grande y varonil. Su voz ronca los sorprendió. Había estado observando en silencio desde el balcón todo el tiempo a sus empleados haciendo desorden.

Mientras el coronel bajaba las escaleras Russell estaba totalmente petrificado. Cerró los ojos por un momento y se preparó para las consecuencias disciplinarias que podría traer su broma con la manguera. Desde abajo, Ben y Adnan se quedaron inmóviles mientras la ropa empapada se les pegaba al cuerpo.

"¡Esto es perfecto!" Adnan susurró, mirando el rostro de Ben.

"Oh, hombre, el Sheriff está aquí", dijo Ben mirando hacia abajo.

"¡Fue Ben quien empezó!" dijo Adnan.

"Oh, no Coronel, por favor no escuche a este pseudo-ingeniero. Además, no entiende mucho", dijo Ben bromeando con el acento de Adnan. "Oiga jefe, usted tiene que reconocer que cuando este tipo habla, ¡es muy gracioso! Es como si tuviera algo picante en la lengua".

El coronel McGuillan, o el "Sheriff", como le gustaba que lo llamaran, simplemente los observó mientras el pequeño grupo bajaba la cabeza y ponía excusas.

"Si tan solo hubiera tenido un presupuesto mayor, hubiera podido escoger ingenieros más experimentados y maduros..." dijo McGuillan moviendo la cabeza.

Russell comenzó a sudar y estaba muy avergonzado sosteniendo la manguera frente a su jefe.

"Lo siento mucho, mucho jefe, y no volveré a actuar tan infantilmente", dijo Russell en voz baja.

"No estoy hablando de ti, Russell" dijo McGuillan. "Estoy hablando de este par de ingenieros inmaduros, los únicos que me envió la oficina. Apuesto a que tienen un amigo en el comité de contratación de la ISA. ¡Vuelvan al trabajo! ¡Mañana es un día muy importante! Mañana debemos convencer a todos que este es el mejor módulo de transporte espacial y que nos llevará a Marte".

"¡Sí señor!" gritaron los tres empleados, con la respuesta de Russell un poco demorada.

El coronel sacudió levemente la cabeza y se alejó, caminando por el pequeño puente sobre la piscina de la instalación de pruebas. Tan pronto como el coronel cerró la puerta, Ben y Adnan se pusieron a reír.

"¡Lo siento Sheriff, no volverá a suceder! ¡Lo prometo!" Ben y Adnan dijeron al mismo tiempo, burlándose de Russell.

Irritado, Russell los miró, pero después de unos segundos, se unió a la risa. Ben se acercó a una maleta amarilla de equipo técnico con el logotipo de la ISA en la parte superior. Cuando la abrió, una nube de niebla helada salió silbando. Metió la mano en la maleta y sacó tres cervezas frías.

"¡Ja! ¡Nada como el escondite perfecto para una cerveza helada!" dijo Ben.

"¡Oh chicos, esto podría meternos en muchos problemas!" dijo Russell.

11

"Sí, pero mientras eso no suceda ... ¡Salud!" Dijo Adnan.

"Ok, paremos un momento para brindar", dijo Ben, entregando una botella a cada uno de ellos.

"¿Brindis? ¿Qué estamos celebrando?" Preguntó Russell.

"Queridos amigos", dijo Adnan, "hoy nuestro pequeño equipo de soporte de mantenimiento de tres personas está celebrando dos años de trabajo en el proyecto Oval, que no es más que un huevo gigante".

Los tres se echaron a reír mirando el módulo de transporte.

"Mañana", continúa Adnan con su brindis, "nuestro huevo estará en la televisión internacional frente al mundo entero. Y todo el mundo va a decir ..."

"¡Guau! ¡Ese es un huevo grande!" Los tres gritaron al mismo tiempo y se rieron mucho.

Luego, comenzaron su tradicional protocolo de brindis. Después de girar las tapas de la botella de cerveza simultáneamente, bajaron la mirada hacia el suelo. De ahí, levantaron lentamente las botellas en posición vertical como si fueran cohetes, simulando el sonido con sus bocas.

"¡Houston, Houston! ¡Nos estamos quedando sin combustible! Roger, ahí va un poco de cerveza", dijeron al mismo tiempo.

Se pusieron las botellas en la boca y bebieron sin parar. Después de vaciarlas, Ben dejó escapar un eructo.

"¡Lo siento, Houston! Estamos experimentando algunas interferencias", dijo Adnan.

"Chicos, un último brindis", dijo Ben.

"¿Por el Sheriff?" Preguntó Russell.

"¡Por el Sheriff!" Dijeron los tres al mismo tiempo.

Después del descanso y la refrescante cerveza fría, volvieron al trabajo para cumplir con los plazos del día.

CAPÍTULO 2 - DEUDA

Las mañanas son nubladas a mediados de invierno en Greybull, Wyoming. Russell, Elizabeth, Amy y Amanda, los Lincoln, vivían en medio de un barrio tranquilo y pacífico donde los vecinos eran muy amigables. El vecindario organizaba regularmente fiestas para celebrar días festivos como el Día de la Independencia. Cerraban la calle, colocaban mesas y sillas afuera y proporcionaban juegos en los que todos podían participar. Era un gran lugar para vivir.

Los Lincoln tenían una manera alegre de despertarse cada mañana. Russell y Elizabeth están especialmente apegados a una canción de estilo country llamada "El Ritmo de mi Corazón" con una agradable melodía y hermosos acordes de guitarra. Les había encantado esta canción desde que estaban saliendo en la universidad. Elizabeth tocaba esta canción todas las mañanas en el pequeño estéreo que tenían en el dormitorio principal. Amy, su hija de ocho años, y Amanda, la hermana menor de Elizabeth, se despertaban odiando esta canción todas las mañanas. Amy y Amanda compartían un dormitorio grande con una gran ventana en el medio. Amanda tenía su cama a la izquierda de la ventana y Amy estaba a la derecha. En la otra parte de la habitación, Amanda tenía su lugar de estudio, donde pasaba un rato tranquilo haciendo los deberes escolares. A pesar de la relación tía y sobrina, Amanda y Amy eran las mejores amigas del mundo. Ellas tenían intereses diferentes pero aún así siempre querían estar cerca la una de la otra.

Juntas habían desarrollado varias estrategias para evadir la canción favorita de Russell y Elizabeth, usando tapones para los oídos, almohadas sobre la cabeza y más. Un día, muy temprano en la mañana, Amanda se levantó de la cama y caminó como un ninja por la casa. Cuando estaba en el pasillo principal que conectaba los dormitorios, Amanda abrió con cuidado la caja de fusibles. Con una linterna, buscó el interruptor que decía "baño principal" y lo apagó. Se arrastró silenciosamente de regreso a la cama.

"Apagaste la electricidad, ¿no?" Amy susurró.

"Sí, ahora podemos dormir un poco más", respondió Amanda con una sonrisa somnolienta.

Sonó el despertador de Elizabeth. La oyeron levantarse y caminar hacia el baño. Había silencio. Ambas chicas pelirrojas cerraron los ojos para volver a dormir un poco más. Elizabeth siempre se levantaba una hora antes que ellos. En ese cómodo y pacífico silencio, comenzó a sonar "El Ritmo de mi Corazón". Amy y Amanda abrieron sus ojos y sintieron una mezcla de rabia, decepción y confusión.

"¡No me digas nada, el estéreo usa pilas!" Exclamó Amanda.

Otro día, Amy probó un nuevo plan. Mientras Elizabeth preparaba la cena, Amy tomó en secreto el teléfono de su madre y buscó la pesada canción. Deslizó su dedo por la pantalla del teléfono y la borró. Amy le lanzó una mirada de "misión cumplida" a Amanda. Amy volvió a guardar el teléfono en el bolso de Elizabeth y deslizó suavemente la cremallera para cerrarla. El estéreo del baño tenía una base para el teléfono y automáticamente cada mañana tocaba la primera canción de la lista de reproducción del teléfono.

El plan de Amy era que cuando Elizabeth pusiera el teléfono en la base, la lista de reproducción saltaría a la siguiente canción, la cual era música de relajación celta y las chicas dormirían una hora más. Lo que no planearon es que esa mañana Russell estaría con descanso laboral. A la mañana siguiente, dos horas antes de que Elizabeth despertara, Russell se levantó primero. Russell tenía su canción favorita en la parte superior de su lista de reproducción. Era una canción de una banda de chicos que le traía bellos recuerdos de cuando era un adolescente. La ducha y la música empezaron al mismo tiempo mientras Amy y Amanda miraban el techo del dormitorio. Su gran plan había sido frustrado nuevamente.

Con el tiempo, la batalla contra "El Ritmo de mi Corazón" pasó a formar parte del pasado. Amy y Amanda renunciaron, y a veces se les escuchaba cantando la canción en la ducha.

Después de cuatro años viviendo con los Lincolns, Amanda finalmente estaba preparando su equipaje para irse a la universidad. Russell planeaba llegar a casa el mismo día que Amanda se iría porque querían compartir un hermoso momento juntos. Amanda siempre vió a Russell como un hermano mayor y no se iba a ir sin antes decirle adiós.

Temprano en la mañana, Elizabeth, Amanda y Amy se estaban preparando para disfrutar de un día completo de compras; un día de pelirrojas. Amanda se daba una ducha mientras Elizabeth estaba en la tina, cantando su canción favorita, obviamente. Amy estaba en el primer piso comiendo un sándwich y viendo un video en su teléfono, vestida con su suéter de cuello alto favorito. Elizabeth siempre vistió a Amy con suéteres de cuello alto desde que era una bebe y le dejó crecer el pelo rojo hasta cubrir la mitad de la espalda. Ella siempre se veía adorable con sus suéteres de cuello alto.

En un rincón de la sala de estar, cerca de la televisión y otros aparatos electrónicos, estaba Frank, el robot ayudante de Russell. Frank ha estado con Russell desde antes que se casara con Elizabeth. Frank era una unidad robotizada HHR de tercera generación. Los HHR eran robots de ayuda en el hogar construidos sobre un diseño cilíndrico básico, fácil de limpiar y equipado con cámaras, sensores, luces, parlantes y una memoria de tamaño considerable para archivos digitales. Las unidades HHR también venían con una encantadora personalidad programada. En su estructura exterior tenían varios compartimentos, como para usarlos con cubiertos, snacks o libros y un cargador para dispositivos electrónicos. Además, uno de esos compartimientos tenía la característica especial de bloquearse con una contraseña activada por voz, esto por si es que la familia necesitaba proteger joyas o documentos importantes. Frank estaba montado sobre un sistema de orugas todoterreno muy eficiente que fue introducido en el año 2026, en una colaboración tecnológica entre Sigmma y la ISA. A su vez, Sigmma había creado el primer sistema de videoconferencia de hologramas del mundo y debutó con la habilitación de este sistema

15

en la tercera generación de unidades HHR. Sigmma también era conocida como la empresa que desarrolló equipos especializados para fines mineros y los robots de perforación de agua que trabajan en la superficie de Marte. Esas unidades parecían ser físicamente las hermanas mayores de Frank.

Frank solía ir a todas partes con Russell y prueba de ello era una biblioteca de fotos llena de sus momentos juntos. Russell siempre ha sido muy concentrado y trabajador, por lo que nunca tuvo demasiados amigos con quienes compartir su tiempo. La inteligencia artificial y las capacidades de aprendizaje de Frank crearon una relación fascinante entre ellos. Russell siempre estaba probando cosas nuevas con Frank. Por ejemplo, Frank fue el primer robot del mundo en participar en una obra de teatro. Russell y sus amigos crearon una aplicación para una feria de tecnología que introdujo habilidades básicas de actuación en unidades de robots como Frank para entretenimiento familiar. Esa aplicación le dio a Frank una disposición más amigable con los humanos cuando se trataba de aprender. Además, ahora podía hacer bromas y participar en situaciones sociales, y Russell estaba muy orgulloso de eso.

En un día normal, Frank se encargaba de las tareas básicas de la casa. Parte de su día lo dedicaba a mantener limpios los pisos, aspirar, limpiar ventanas y verificar el estado de seguridad de la casa. A veces revisaba el aire acondicionado o conectaba los coches eléctricos al cargador por la noche. A Elizabeth le encantaba cuando la ayudaba a lavar la ropa. Además, era de gran ayuda en los viajes al supermercado. Frank también era el compañero de estudios de Amy y se divertían haciendo otras actividades, como jugar al ajedrez.

A lo largo de los años, la memoria de Frank se había actualizado varias veces, creciendo cada año con más información, imágenes y videos desde que Russell estaba en la universidad. Amanda pasó largas noches estudiando con Frank durante la escuela secundaria, y él se convirtió en una parte real de la familia. Amanda guardó todo su material educativo y archivos personales en la memoria de Frank desde el momento en que se mudó con los Lincoln.

Un día, Frank fue robado de la parte trasera del auto de Elizabeth. Fue una experiencia horrible para la familia. Su GPS interno fue desconectado manualmente minutos después de que lo extrajeran desde el estacionamiento, lo que agregó más dramatismo a la búsqueda. Durante dos días, las niñas lloraron por él, hasta que la policía lo encontró abandonado en un cementerio de chatarras. El seguro les dió la opción de obtener una nueva unidad HHR porque el modelo de Frank era ya muy antiguo. Los Lincoln rechazaron la oferta y un agente especial de Sigmma ayudó a la familia a recuperar algunas piezas originales, piezas nuevas para su sistema de orugas, cubiertas exteriores, sensores electrónicos y otras secciones vitales de su núcleo lógico. Afortunadamente, Russell mantuvo siempre una copia de seguridad muy organizada y actualizada de toda la información electrónica en los dispositivos familiares incluyendo la memoria de Frank. Así fue como restauraron toda la información dentro de Frank. Russell mezcló la información que estaba en el disco antiguo con la memoria de respaldo.

Frank estuvo cargando, instalando sistemas y archivos en modo de espera durante once horas en el medio de la sala de estar. La familia estaba a su alrededor tomando café y jugando a las cartas mientras Amanda rezaba. La casa estaba en silencio y todos esperaban que su memoria no se hubiera dañado. Una vez que la pequeña pantalla mostró una restauración del 100% seguida de un sonido de campana, Frank encendió sus sistemas. La sección superior del robot tenía las cámaras principales que parecían ojos. Los sensores primarios comenzaron a girar 360 grados muy lentamente, iniciando el protocolo de reconocimiento del entorno. Entonces Frank comenzó a mirar de izquierda a derecha y escudriñar los rostros a su alrededor. Todos esperaron en completo silencio hasta que terminó el reinicio. Su luz de procesamiento mostró un verde sólido.

"¿Puedo ahora tener los domingos libres?" Preguntó Frank.

Amanda y Amy saltaron en el aire y le dieron un gran abrazo.

"¡Pensamos que te habíamos perdido para siempre!" Amy dijo, llorando.

"¡Espero que ambas se hayan lavado las manos mientras yo no estaba!" Frank dijo, mientras la pequeña familia reía y lloraba en su cálida sala de estar, llena de amor el uno por el otro.

Elizabeth, Amanda y Amy estaban casi listas para comenzar el día de chicas pelirrojas cuando apareció una videollamada de holograma en el proyector Frank. Era Russell que llamaba desde el trabajo, justo antes de la conferencia de prensa.

"¡Papá! ¿Cómo estás? ¡Te extraño mucho!" Dijo Amy.

"¿Cómo está mi pequeña niña?"

"¡Bien, papá!"

"¡Perfecto! ¡Escuché que ayer ganaste la competencia de escalada en la escuela!" Dijo Russell.

"¡Sí, sí, gané! Pero fue difícil y muy desafiante. La otra chica tenía más experiencia que yo en escalada libre, pero me concentré en el objetivo tal como tú me enseñaste", dijo Amy.

"¡Esa es mi niña! ¡Algún día serás la escaladora libre más famosa de la historia!" Russell dijo, orgulloso de inspirar a su pequeña hija.

"¡Gracias papá! "dijo Amy muy feliz.

"Sé que ustedes van de compras hoy, así que te voy a dar una misión", dijo Russell.

"¿Qué tengo que hacer?" Preguntó Amy.

"Tu misión será controlar a tu madre con la tarjeta de crédito, ¿Te parece? Lo más importante es que tengas una calculadora lista, así vas sumando los costos y evitas a que lleguen a los mil dólares, simple. La última vez que salieron, gastaron tres mil dólares y todavía no entiendo cómo".

"Lo sé, papá. Yo tampoco lo entiendo", dijo Amy.

Entonces Russell miró hacia atrás porque alguien lo estaba llamando.

"Tengo que irme porque estamos comenzando la conferencia de prensa. Te quiero mucho, mi pequeña, y mañana estaré contigo", dijo Russell.

"¡Yo también te amo, papá! Y no te preocupes, completaré mi misión", susurró Amy.

"Dale un beso a mamá y a Amanda de mi parte, ¿de acuerdo? ¡Adiós!" Russell dijo mientras su imagen desaparecía.

Una vez finalizada la videollamada de holograma, una voz dijo: "¿Le gustaría eliminar o guardar esta llamada?"

"Eliminar", dijo Amy con una sonrisa en su rostro.

Amanda entró en la cocina y comenzó a secarse el cabello con un secador de pelo portátil. Elizabeth entró con una toalla en la cabeza.

"Buenos días pequeña supervisor de tarjetas de crédito. El baño es todo tuyo", dijo Amanda.

"Mi papá dijo que la conferencia de prensa está comenzando ahora", dijo Amy sonriendo.

"¡Perfecto! Frank, enciende la televisión para que podamos verla antes de ir de compras. ¿Qué más dijo?"

Preguntó Elizabeth.

"Que Amy necesita controlar nuestras compras hoy, para que no gastemos más de mil dólares", dijo Amanda.

"Amamos a este hombre, ¿no?" Dijo Elizabeth, sonriendo.

"Sí", dijo Amanda.

"Sí, lo amamos", dijo Amy sonriendo también, "¡Creo que mil dólares por persona es la cantidad perfecta!"

Frank encendió la televisión en la sala de estar sobre la chimenea. Amy podía ver la televisión desde la cocina mientras terminaba su sándwich. Amanda y Elizabeth fueron a sentarse a la sala de estar.

En la televisión, un reportero hablaba a la cámara con un trasfondo espectacular.

"Directamente desde la Base Aeroespacial ISA, aquí en los Emiratos Árabes Unidos, estamos a punto de presenciar lo que

19

será un evento histórico en la carrera espacial: ¡la conquista de nuevos planetas!"

Mientras tanto, detrás del escenario, Ben y Adnan estaban un poco nerviosos, no tanto por el evento, sino porque tenían que hablar en la rueda de prensa junto al coronel McGuillan. Adnan estaba revisando sistemáticamente las tarjetas de referencia que el equipo de prensa le había hecho. Las tarjetas utilizaban un vocabulario identificable para explicar el diseño técnico del proyecto Oval.

"¿Sabes qué, Adnan? Nuestro trabajo es mostrarle a la humanidad la grandeza que puede surgir de la colaboración, la grandeza que se puede entregar a la sociedad ..."

"¿Qué?" Adnan dijo mientras seguía practicando: "Lo siento, pero tengo que aprender estas líneas. El Sheriff estará aquí en cualquier momento. Además, el equipo de prensa ya se ha detenido tres veces para hacerme preguntas, y no puedo encontrar las palabras , así que por favor no me molestes".

"Pero ... olvídalo", respondió Ben.

En ese momento entraron al salón dos personas con unas bebidas y unos pasteles. Detrás de ellos, Russell los seguía con un overol naranja. Su nuevo uniforme tenía líneas de planchado como si estuviera recién sacado del paquete.

"¿Qué está pasando aquí? Huele a miedo", dijo Russell.

"Sí, y tú hueles a fábrica de uniformes. Ve a mi bolso y échate un poco de mi perfume; hueles a ropa nueva", dijo Ben.

Russell se olió a sí mismo.

"No, no huelo nada", dijo Russell.

"Oye, Russell, ¿sabías que los ingenieros de éxito como yo no nacieron para dar conferencias de prensa?" Ben dijo caminando hacia él: "Nuestro trabajo como ingenieros es mostrarle a la raza humana la grandeza que ..."

"Veo que estás practicando un discurso para el coronel McGuillan y tratando de no asistir a la conferencia, ¿eh?" Russell dijo, interrumpiendo las palabras de Ben.

"No lo sé, amigo", dijo Ben, "no estoy preparado para esto. Mi única función es explicar cómo un aluminio reforzado puede soportar el calor en caso de un reingreso de emergencia a la atmósfera".

"¡Pero esa es tu propia investigación, Ben!" Russell dijo: "¿Cómo no puedes estar emocionado de hablar de eso? ¡Ahora es el momento de decirle al mundo que una mente joven y brillante como la suya puede crear una tecnología aún mayor e importante para la humanidad!"

Mientras tanto, Adnan todavía estaba tratando de memorizar sus tarjetas de referencia.

"¡Amigos, por favor! Hablen más bajo o salgan. Tengo que practicar esto", les dijo Adnan.

"Mejor practica tu pronunciación", dijo Ben en broma.

Adnan inmediatamente bajó los brazos con el guión. Movió la cabeza hacia arriba, mirando a Ben. Cambió su rostro de nervioso a enojado, y con un movimiento rápido, caminó hacia Ben, hablando en su idioma nativo, visiblemente molesto.

Justo en ese momento, la puerta se abrió. El coronel McGuillan entró en la habitación.

"Me imagino que este grupo de payasos ya está listo para el evento, ¿verdad? No tú, Russell, tú estás perfecto", dijo McGuillan, oliendo el uniforme de Russell.

Ben vio en ese momento su oportunidad de hablar con McGuillan, y así persuadirlo de que lo dejara salir de la rueda de prensa.

"Sabe, coronel, los ingenieros como yo no nacimos para dar conferencias de prensa. Nuestro trabajo es mostrarle al ciudadano medio ..."

"¿Estás listo con tu parte, Adnan?" Dijo McGuillan, interrumpiendo el monólogo de Ben.

Adnan movió la cabeza vacilante en un gesto de sí. Sus ojos estaban muy abiertos y sus manos apretaban el guión.

"Deja que tu conocimiento sobre este proyecto fluya", dijo McGuillan, "Tú lo creaste y obtendrás todo el crédito. La comunidad científica está fascinada y está lista para escuchar lo que tienes que decir ".

Después de eso, el coronel se volvió hacia Ben.

"Y tú asegúrate de no avergonzarme, por favor. Si lo haces, haré que limpies los baños con un cepillo de dientes, ¿entendido?" Dijo McGuillan.

Ben asintió en silencio, deseando desesperadamente decirle al coronel que no quería hablar en público.

"Y tú, Russell, quédate cerca de mí en caso de que necesite algo. Serás mi botón de emergencia", dijo McGuillan.

"¡Sí, sí, señor! No se preocupe", gritó Russell, llevándose la mano a la frente como un saludo militar.

Adnan y Ben se rieron, y Russell se sintió avergonzado, así que bajó la mano lentamente. El coronel giró marcialmente para irse, seguido por Russell y otros ingenieros. Adnan estaba listo para irse, pero Ben lo detuvo con una mano en el hombro.

"Disculpe señor, pero el público querrá ver primero a los guapos ingenieros", dijo Ben, imitando el acento de Adnan.

Adnan, enojado, se quitó la mano de Ben y le dio un codazo para pasar primero por la puerta. En ese momento los dos comienzan a luchar, tratando de adelantarse al otro, como dos niños pequeños. Miraron hacia arriba y se congelaron. El coronel y varios miembros de la ISA estaban esperando por ellos sorprendidos de su comportamiento. Ben empujó a Adnan una vez más. Adnan se arregló la corbata y Ben sacudió su overol azul de ingeniero. Ambos entraron al ascensor como si nada hubiera pasado, mientras las puertas del ascensor se cerraban lentamente detrás de ellos.

El centro de pruebas del Proyecto Oval lucía impresionante. La piscina de prueba y entrenamiento más grande jamás creada brillaba con el reflejo de toda la iluminación para este evento, y las refracciones del agua parecían olas por todo el techo del hangar. En el centro, suspendido en el aire por cuatro gruesos cables, el módulo de transporte espacial Oval parecía un huevo del tamaño de una gran casa de tres pisos. Los miembros de la prensa estaban sentados al lado izquierdo. Junto a ellos había una sección reservada para los ingenieros del proyecto y los empleados de la ISA. A la derecha estaban los VIP: Inversores y colaboradores de ISA, en su mayoría millonarios árabes.

Todos los que esperaban este evento estaban tomando fotografías del módulo que estaba suspendido en el aire. Los canales de noticias transmitían en vivo a una audiencia internacional. Había grandes expectativas sobre la cantidad de humanos que posiblemente podrían viajar para colonizar nuevos planetas.

Dos grandes pantallas colgaban del techo en la parte trasera de este fantástico escenario para eventos. Mientras la multitud esperaba, en las pantallas se proyectaban imágenes con momentos únicos del proyecto, destacando el desarrollo y el proceso de prueba. Al otro lado del centro de la piscina, había una pasarela de metal sostenida por pilares sumergidos en el agua. Al final de la pasarela, casi debajo del módulo, estaba el podio y los micrófonos. El módulo espacial del proyecto Oval brillaba con la iluminación submarina y las luces azules en todos los lados del hangar. La puesta en escena de este evento era simplemente exquisita. Todo el hangar capturaba la esencia de la tecnología humana.

Se abrieron las puertas. Los flashes de las cámaras iluminaron inmediatamente la habitación mientras el Coronel caminaba con su estilo militar y masculino hacia el podio, seguido por Adnan, Ben y otros ingenieros del proyecto. Russell y otros tres supervisores tomaron otro camino hacia el lado derecho de la piscina.

Con una postura aguda y una presencia imponente, el coronel Alex McGuillan se situó detrás de Tayeb Abucalil, el director en jefe de la ISA, que ya estaba en el podio esperando. El director lo saludó con un breve asentimiento. Tayeb Abucalil se convirtió en director de la ISA hace 12 años, cuando fue nombrado miembro de la Junta por tres propietarios mayoritarios de la Agencia Espacial Internacional. Como tercer director de ISA, Tayeb asumió la dirección de una empresa muy exitosa y la responsabilidad de todos los proyectos espaciales clasificados.

Tayeb Abucalil era un inventor, ingeniero mecánico y también miembro del Comité de Supervisión del proyecto Oval desde el principio. Tayeb había seleccionado personalmente al

23

coronel Alex McGuillan para encabezar este proyecto después de años de amistad. Sus esposas se conocieron en una Conferencia de Liderazgo Femenino en Europa. La esposa de McGuillan, Miryam, había ocupado el cargo de Presidenta de Mujeres Emprendedoras en el Norte de los Estados Unidos (WEINUS) durante muchos años. Zaida, la esposa de Tayeb, fué una investigadora que realizaba estudios sobre el uso de células madre para la recuperación del cabello en personas que padecían alopecia. Ambas familias habían sido muy buenos amigos durante muchos años. Alex y Miryam habían planeado tener un bebé hasta que ella murió en un terrible accidente de helicóptero. Tayeb y Zaida invitaron a Alex a vivir con ellos después de la tragedia. Se conocían tan bien que cuando Tayeb estaba en la búsqueda de un líder en quién confiar, Alex fué una elección natural para el proyecto Oval.

Tayeb le ofreció a Alex un puesto en la ISA. Alex McGuillan se destacó al liderar dos proyectos importantes. Era el primer nombre en la lista cuando el Comité de Supervisión del proyecto Oval decidió nombrar a un nuevo encargado del proyecto insignia de la ISA: Alex McGuillan, el Sheriff.

En el podio, Tayeb se acercó al micrófono.

"Buenas noches a todos. Por favor tomen asiento. La Agencia Internacional Espacial les dá la bienvenida hoy a una de nuestras bases más importantes del planeta. Este lugar ha albergado los proyectos más influyentes y de vanguardia que pocos tienen para la investigación y colonización de nuevos mundos. Esta base sirve como símbolo de lo que se puede lograr a través de la colaboración de la comunidad científica para la expansión de los humanos como una especie multi-planetaria ".

La voz de Tayeb llenaba todos los rincones del centro de pruebas; los miembros de los medios esperaban ansiosamente el anuncio central de la rueda de prensa. Russell estaba fascinado por todo lo que sucedía, pero en el fondo de su mente, todavía estaba pensando en su viaje a casa con Elizabeth, Amy y Amanda.

"El jefe del proyecto Oval está conmigo hoy, el coronel Alex McGuillan. En el escenario, también tenemos al creador del módulo de transporte, el ingeniero Adnan Chamut, y al creador del escudo de aluminio reforzado, el ingeniero Ben Watson. Para presentarles esta maravillosa tecnología de la ISA, le entrego el micrófono al coronel McGuillan".

Alex dio un paso adelante. Tayeb lo sujetó por el hombro y lo miró a los ojos. Alex le estrechó la mano y le agradeció en silencio por el privilegio profesional de su vida. De ahí, el coronel se acercó al micrófono.

"Durante siglos, los seres humanos han cruzado los límites de la física y han creado nuevos caminos de investigación, con el propósito de alimentar el hambre de conocimiento, alimentar el ímpetu para crear y seguir la necesidad de perpetuar la existencia humana más allá del planeta Tierra. En esta campaña, la ISA ha desarrollado algo nuevo. A través de la colaboración de dos mentes jóvenes y únicas, así como de docenas de miembros del equipo de apoyo que ayudaron a crear su visión, hemos dado un paso adelante en el establecimiento de nuevos límites para la existencia humana. El proyecto Oval proporcionará este puente entre la expectativa y la realidad ..."

Durante su discurso, las pantallas gigantes revelaron una serie de imágenes del proyecto. El coronel comenzó con los detalles, pero todos esperaban lo que vendría después.

"Oval está diseñado para transportar a treinta y tres humanos, proporcionarles comida y entretenimiento durante el espacio-tiempo de 350 días. Debido al peso y volumen de esta nave, necesitaremos ensamblarla en el espacio. Por esa razón, se ha determinado un estricto programa de lanzamiento de seis cohetes, cada uno de los cuales llevará piezas de este módulo, así como los suministros. Después de la conferencia de prensa de hoy, los asistentes tendrán el privilegio único de subir a bordo del módulo de transporte y verlo con sus propios ojos."

La audiencia estaba atónita y la prensa estaba tomando notas sobre todos los aspectos de esta gran innovación en la carrera espacial. Ahora, la fotografía y el nombre de Adnan se podían ver en la pantalla gigante.

"Le cederé el podio a nuestro ingeniero principal y científico Adnan Chamut, quien detallará la composición de esta nave y sus características", dijo McGuillan.

Adnan se congeló en su lugar. El coronel se volvió e indicó con la cabeza que era su turno. Adnan no podía moverse ni un centímetro. Ben le dio un suave empujón y Adnan empezó a caminar lentamente hacia el podio. El coronel McGuillan ajustó el micrófono a la altura de Adnan y le dio una palmadita amistosa en la espalda. Adnan toma el micrófono con la mano derecha y miró a la audiencia.

"Hola, hola a todos ..."

La audiencia comenzó a sonreír y hablar en voz baja al verlo nervioso en el podio. Adnan miró a la prensa, los flashes de las cámaras, y las luces. Finalmente, vió a Russell junto a las cámaras haciéndole una señal con las manos. La mirada de Adnan se detuvo en el rostro de Russell.

"Sigue hablando" es lo que Russell estaba tratando de decirle a Adnan.

"¡Ah! ¡Sí, sí! Bueno, hola a todos. El módulo de transporte Oval tiene cuatro partes: ATAR, JUL, CAM y GEM".

Una vez que comenzó, toda la audiencia tomó muy en serio la presentación de Adnan, sin prestar atención a su acento y aparente nerviosismo. Las pantallas grandes mostraron algunos diseños del módulo Oval y ayudaron a explicar los datos que Adnan estaba compartiendo desde el podio.

"GEM es la base, la parte más ancha de la nave donde se ubica toda la instrumentación. Además, aquí es donde está el combustible para la propulsión en gravedad cero. Esta es la sección que hace posible la operación de este vehículo. Además, equipo vital como los cuatro paneles de energía solar extensibles, los purificadores de aire y los seis sistemas de purificación de agua están en el GEM. De abajo hacia arriba, la siguiente parte es CAM, donde se almacenan los suministros para la tripulación. Los suministros se entregan mecánicamente en un horario. Cada miembro de la tripulación utilizará un código de acceso para completar el proceso".

La audiencia estaba muy interesada. Adnan estaba haciendo una presentación increíble.

"JUL es la tercera parte de la nave y está dedicada a la tripulación espacial. Creamos dormitorios plegables con un mecanismo manual. Las paredes, divisiones y camas se pueden plegar, proporcionando más espacio para la tripulación mientras están despiertos. El área común contiene entretenimiento y un gimnasio, dos salas de usos múltiples, dos baños, una sala médica…"

Adnan estaba ganando confianza en el podio mientras continuaba su discurso.

"Esta nave no tiene ventanas. Las cámaras ubicadas en la superficie del módulo son las encargadas de mostrar una vista exterior a la tripulación. ATAR es la sección al tope de esta nave. La cabina de control con los comandos de navegación están aquí, donde tres pilotos pueden realizar maniobras y comandar la nave una vez que hayan comenzado su viaje. Además, hemos incluido dos drones individuales para la exploración y las posibles reparaciones exteriores de la nave principal. Pueden trabajar en el espacio y también pueden ser ocupados como transporte desde Oval en el espacio hasta el planeta de destino. El módulo tiene la instrumentación necesaria para conectarse a la Estación Espacial Internacional o a la estación ISA en Marte".

Adnan terminó su parte de la conferencia. La prensa se volvió loca con la información y las cámaras destellaron sin parar tratando de capturar el momento.

McGuillan se acercó al podio y palmeó el hombro de Adnan de manera amistosa. Adnan era un desastre, estaba todo sudoroso pero aliviado. Sonrió a McGuillan con absoluta felicidad y abrazó el momento. La ISA consideró su creación la que luego se convirtió en el mayor invento de la ingeniería espacial. Adnan estaba muy emocionado.

McGuillan continuó con la presentación.

"Gracias, Adnan. Ahora les presentaré al ingeniero jefe a cargo de la fabricación de la protección del módulo de transporte, el señor Ben Watson".

Ben caminó lentamente hacia el podio con una sonrisa confiada, disfrutando de su momento de fama.

"¿Cómo están chicos?" Ben dijo: "¡Bienvenidos a Gems Island! Es un placer para nosotros tenerlos a todos aquí, lo que hace que este evento ..."

En ese momento, el coronel McGuillan hizo un sonido, aclarando la garganta. Ben giró e hizo contacto visual con McGuillan. Le sonrió y le hizo un gesto con la mano invitándolo a esperar.

"¡Ellos me aman!" Ben susurró.

Adnan puso los ojos en blanco.

"Estimados invitados", dijo Ben, "prepárense para presenciar lo que los humanos pueden lograr a través de la ingeniería. El destino de todo ingeniero es hablar a través de nuestros inventos. Hoy creo que estoy representando a todos los ingenieros del mundo. Comencemos."

Algunos de los invitados sonrieron burlonamente, y los periodistas ya habían visto personajes como este. Adnan está avergonzado y el coronel apretó la mandíbula con fuerza para contenerse y no sacar a Ben del podio. Russell se cubrió la cara, sonriendo ante la ridícula actuación que Ben estaba dando en la televisión en vivo. Miró a Adnan. Ambos negaron con la cabeza ligeramente.

"He creado la mejor manera de proteger a la tripulación de la crudeza del espacio. Desarrollé un fuselaje exterior de doble capa que contiene un líquido especial en el medio. Este líquido absorbe la radiación y posibles proyectiles a nivel molecular. Esa es la razón por la que el Oval no tiene ventanas. Toda la nave está cubierta de esta manera. El uso de nuestra solución líquida espacial la hace resistente a las altas temperaturas y la fricción. Este módulo de transporte no solo es útil para ir a Marte sino también para extender la exploración en el universo. Los dos drones en la sección ATAR también se construyeron con este material reforzado, lo que

28

les permite desprenderse del ATAR y hacer exploraciones. Luego pueden regresar y volver a unirse al Oval. Ahora, les digo humildemente, esta nave reutilizable y altamente eficiente que he creado, es el avance más significativo en el campo de la ingeniería, y estoy seguro que cambiará la historia de la exploración espacial para siempre. Gracias".

La audiencia se sorprendió por sus anuncios y el ruido de la multitud creció con algunas personas aplaudiendo y otras expresando su escepticismo. Los inversores se miraron y asintieron pensando en el gasto que había generado este proyecto. El Proyecto Oval parecía ser la esperanza para que la raza humana pudiera participar en la exploración de nuevos mundos. Cada vez más, la gente estaba absorta en la idea de sentirse sola, pequeña e insignificante en el vasto universo, y deseaba un cambio.

De regreso en Greybull, Wyoming, Amanda, que estaba viendo la presentación en televisión, hizo algunos comentarios sobre la presencia de Dios en todas las cosas; comentarios un poco en desacuerdo con lo que los científicos querían probar.

"No me siento pequeña", dijo Amanda, "mira a estos tipos. Creen que lo saben todo. Todavía hay incógnitas en el mundo, en el universo, que ningún cálculo o fórmula química puede definir. Dios es la clave. Él tiene todas las respuestas. Él es el único que tiene todas las respuestas que necesitan".

"No te confundas, Amanda", dijo Elizabeth, "recuerda que todos somos libres de tener nuestros propios pensamientos y expresarnos como queramos. Puedes creer en tu familia, amigos y religión. Es importante celebrar estos descubrimientos, que mejoran las cosas para la humanidad, y si te das cuenta ..."

Amanda se levantó de repente del sofá, interrumpiendo a Elizabeth.

"¡Realmente no sabes nada al respecto, Elizabeth!" Amanda gritó: "Te llamas a ti misma creyente, pero nunca te haces tiempo para ir a la iglesia con más regularidad. ¡No sabes nada!"

"¡Oye, Amanda! ¡Basta! Controla tu tono conmigo, ¿de acuerdo?" Dijo Elizabeth, levantándose también.

"¿Y qué va a pasar, eh? ¿Qué vas a hacer?" Amanda gritó.

"¡Amanda, por favor contrólate!" Dijo Elizabeth.

"Los científicos ... creen que tienen todas las respuestas", dijo Amanda, gritando, "¡Pero no saben nada, nada! ¡Algún día se arrepentirán de todas sus mentiras!"

Amy se quedó paralizada en el pasillo, con los ojos bien abiertos, mientras Elizabeth se acercaba lentamente a Amanda para tratar de calmarla. Amanda corrió escaleras arriba.

"Tienes que controlarte, Amanda", dijo Elizabeth frustrada, "no puedes perder el control cada vez que hablas de Dios".

Amanda cerró la puerta de golpe. Elizabeth fue hacia Amy y la abrazó. Amy estaba aterrorizada por la reacción de Amanda.

"Amanda aveces me preocupa mucho", dijo Elizabeth, "no sé si está lista para dejar la terapia e irse a la universidad. ¿Estás bien, Amy?"

Amy asintió levemente, todavía asustada. Estaba aún pensando en la reacción de Amanda. En la televisión continuaba la rueda de prensa.

"Nuestros esfuerzos por avanzar en la tecnología nos llevaron a predecir diferentes escenarios de problemas que podríamos encontrar durante la misión y sus soluciones," dijo el Sheriff. "Especialmente en caso de emergencias. Entonces, si ocurre una falla de comunicación entre el módulo de comando y el resto de la nave, desarrollamos una aplicación para estar conectado en todo momento a la nave".

El Coronel sacó su comunicador y abrió una aplicación que se comunicaba directamente con el Oval. La imagen de su comunicador se mostró en las pantallas gigantes instantáneamente. El comunicador parecía un teléfono móvil grande pero tenía características de rendimiento muy diferentes. Proporcionaba comunicaciones de video con la tripulación a bordo y podría usarse para controlar algunas de las funciones del Oval de forma remota. Lo que el Coronel había olvidado para este gran día, era asegurarse de que la batería estuviera cargada, y en ese preciso momento, frente a todos, el comunicador del Coronel se quedó sin energía. La pantalla táctil se puso negra y el símbolo rojo de una batería vacía apareció en el centro de la pantalla parpadeando. El rostro del coronel cambió de repente. Su boca se congeló en la forma de su última palabra. Trató de despertar el dispositivo, pero no pasó nada.

El coronel miró los rostros del público. Se volvió y giró rápidamente hacia Ben y Adnan, y con voz estresada, susurró:

"¡Pasenme sus comunicadores!"

Ben y Adnan se metieron las manos en los bolsillos, pero el equipo de marketing se había llevado sus dispositivos antes de que comenzara el evento. Se miraron el uno al otro, y el coronel McGuillan pudo leer el horror en sus caras a medida que pasaban los segundos.

El coronel miró a la multitud y sonrió levemente. Russell todavía estaba parado a un lado de la zona de asientos para los medios. McGuillan llamó a Russell desde el escenario, escondiendo su mano detrás del podio. Russell estaba confundido, tratando de descifrar el mensaje de McGuillan. Ben y Adnan también estaban haciendo gestos desesperados instando a Russell a acercarse al escenario. Confundido y un poco avergonzado, Russell comenzó a caminar hacia el podio. A medida que se acercaba más y más, podía sentir que todos lo miraban. El único sonido en el aire eran sus pasos al cruzar la estructura metálica industrial sobre la piscina.

"¿Sí, coronel?" dijo Russell.

El coronel cubrió suavemente el micrófono con la mano y se inclinó para hablar con Russell.

"¡Tu comunicador, Russell! ¡Dame tu comunicador!"

Russell miró a Ben y Adnan. Movieron las manos, empujando a Russell a actuar rápidamente. El coronel miró hacia adelante y quitó la mano del micrófono.

"Un momento por favor."

Se volvió de nuevo y extendió la mano, pidiendo nuevamente a Russell su dispositivo. Aún confundido, Russell sacó su comunicador del bolsillo delantero y se lo entregó al coronel. Rápidamente, McGuillan se centró en conectar el comunicador de

Russell con un cable a una pequeña unidad de disco del tamaño de una tarjeta de crédito. Comenzó a instalar la aplicación que controla las funciones del módulo Oval.

McGuillan siempre tenía con él ese pequeño disco con un cordón alrededor de su cuello. Ese disco contenía información de la ISA altamente confidencial. Él creía que era más seguro tenerlo siempre consigo.

Se giró nuevamente hacia Russell estresado.

"¿Podrías ingresar tu contraseña, por favor?"

Ben hizo una mueca ridícula, casi riendo. Russell ingresó rápidamente su contraseña: "1, 2, 3, 4".

"Ni siquiera sé por qué tienes una contraseña Russell", dijo McGuillan.

Russell miró al suelo.

El Coronel giró hacia la audiencia, pero continuó monitoreando la pantalla del comunicador. Terminó de instalar la aplicación que solo la tenían los miembros del Alto Mando y los astronautas de la ISA. Las pantallas gigantes estaban negras aún mientras el público esperaba. Luego, McGuillan comenzó una demostración del software. Russell retrocedió unos pasos y se puso en línea con Ben y Adnan.

"Estoy en deuda contigo", le susurró Ben a Russell.

"¿Qué?" Russell respondió: "¿Qué dijiste? ¿Por qué estás en deuda conmigo?"

"Eso es lo que McGuillan te dirá cuando todo esto termine", dijo Ben, "Básicamente, se mantendrá muy militar y serio frente a ti. Te dirá que está en deuda contigo y que de alguna manera intentará salvar tu vida en el campo de batalla".

Russell y Ben sonrieron burlonamente, agachando la cabeza hacia el suelo.

"Esperamos que la próxima fase para la construcción de la nave espacial comience en los próximos dos meses", dijo McGuillan, "Mientras tanto, el Oval permanecerá ensamblado aquí en la base. Quisiera agregar que este proyecto no habría sido posible sin la cooperación de empresas privadas y quienes invirtieron en este diseño. Lo invitamos ahora a conocer más de cerca el interior del módulo, y luego lo invitamos a cenar con nosotros, cortesía de la ISA. Muchas gracias por su presencia."

McGuillan terminó la conferencia de prensa con flashes de las cámaras y el público cobró vida, expresando sus opiniones acerca del proyecto y rápidamente trataron de tener una entrevista con los actores del evento. El Oval comenzó a descender lentamente para el acceso de la prensa.

McGuillan se dirigió directamente a Russell. Ben le tocó el codo a Russell, indicando que el coronel se acercaba. McGuillan enfrentó a Russell con una mirada seria y le extendió el comunicador.

"Russell, estoy en deuda contigo. De alguna manera intentaré salvar tu vida en el campo de batalla".

Russell recibió el dispositivo y asintió con la cabeza. McGuillan giró y caminó rápidamente hacia el área de prensa. Entonces Ben se acercó a Russell y le susurró en el oído:

"Podrías haber pedido un aumento de sueldo"

CAPÍTULO 3 - AMANDA

"¿Aló?" Dijo Amanda con voz suave.

"¿Amanda?"

"Sí, Eric, soy yo."

Amanda estaba agitada tras la noticia sobre la exploración de nuevos planetas. Estaba en su habitación y le había enviado un mensaje de texto a Eric, su líder espiritual y mentor.

Eric y Amanda se conocieron en la escuela secundaria después de que ella tuvo una seria discusión sobre Dios con un grupo de estudiantes. Les gritó a todos en una clase de química y la maestra le dijo que se fuera a la oficina del inspector. Amanda corrió al campo de fútbol enojada y frustrada, y se sentó en el césped, muy molesta. Eric estaba sentado en las gradas. Era un chico alto y guapo, y siempre usaba una gorra café tipo boina sobre su cabello rubio. Eric vió que estaba llorando y trató de acercarse a ella.

"No des otro paso. Puedo verte caminando hacia mí", gritó Amanda.

Eric se detuvo de inmediato y luego se sentó en el pasto de la cancha. Se quedó muy callado por un rato.

"¿Quieres hablar acerca de lo que te pasó?"

Amanda estaba cansada de llorar. "Déjame sola."

Eric se acostó en el pasto y miró al cielo.

"¿Sabes? Mi mamá siempre me dijo que yo estaba destinado a ayudar a la gente, y antes de morir, ella me hizo prometerle que ayudaría a cualquiera que necesitara un amigo. Así que como podrás ver, no puedo dejarte sola, no hasta que estés lista para caminar a casa".

Amanda se secó las lágrimas de los ojos, se levantó y lo miró.

"¿Cuál es tu nombre?"

"Eric. Encantado de conocerte."

"Amanda. Encantada de conocerte también."

Ella se sentó cerca de él y se quedó callada por un momento.

"Cuando te pase algo malo, busca a los necesitados", dijo Eric. "Dios nos dio un regalo precioso: ayudar a los demás. Tú también tienes ese regalo. ¿Te gustaría ayudar a los demás?"

Amanda lo miró fijamente, muy sorprendida.

"No necesito tu ayuda, pero te echaré una mano si quieres ayudar a otros", dijo Amanda, esbozando una sonrisa amistosa.

Hablaron durante horas sentados en el campo de fútbol hasta que estuvo lo suficientemente oscuro como para que les fuera difícil verse las caras.

"Deberíamos caminar", dijo Eric.

"Lo sé. Vamos."

Después de ese día, Amanda conoció y se hizo amiga de otros miembros del grupo de Eric. Se llamaban a sí mismos "Los Auxiliares" y se reunían todos los jueves por la noche en el sótano de una iglesia abandonada. Había diez o doce miembros cada semana y se sentaban en círculo con velas. Durante la primera media hora meditaban en silencio. Después de eso, cada uno de ellos compartía algunos pensamientos sobre cómo iba su semana. Algunos de ellos criticaban a la administración de la escuela, diciendo que necesitaban hablar más abiertamente sobre Dios. Otros compartían sus ideas para animar a las personas a aprender acerca de Dios. Amanda compartía siempre su enojo por las personas que creían en la ciencia como fuente de todas las respuestas. Otros Auxiliares apoyaban a Amanda y Eric le permitió probar sus habilidades de liderazgo en el grupo. Algunos estudiantes de la escuela secundaria decían que Los Auxiliares no eran otra cosa más que un culto de fanáticos que no tenían nada que ver con Dios. Los orígenes de Los Auxiliares se remontan 75 años atrás en los estados rurales del norte, cuando comenzaron como un grupo secreto con miembros llenos de ira hacia la sociedad. Cada año más personas se unían al grupo y se sintieron empoderados por su misión. A cualquier precio, le mostrarían al mundo que los humanos pertenecían exclusivamente a Dios.

Durante toda la escuela secundaria, Amanda siempre acudía a Eric en busca de respuestas o consejos inspiradores.

Finalmente, se convirtió en una de las líderes del grupo. Los miembros apreciaban sus palabras y acciones, y siempre tuvo el apoyo de Eric. Además, ella era muy bonita e inteligente, por lo que fue fácil seguir su ejemplo.

"¿Por qué estás molesta, Amanda?" Eric preguntó por el teléfono.

"Los científicos, Eric", dijo Amanda, "no creen en el plan de Dios, ¡y están tan, tan equivocados!".

Ella empezó a llorar.

"Tu eres un ser muy especial, Amanda. Un día, querida, les mostrarás", dijo Eric, "Cumpliremos nuestra promesa de ayudarlos. Dios los recibirá de todos modos, pero ellos tendrán que pagar el costo primero".

"Amanda, nos vamos. ¿Vienes?" Amanda podía oír la vocecita de Amy al otro lado de la puerta del dormitorio.

"Si, voy para allá. Sólo dame un minuto ", respondió.

"Ve, mi querida Amanda. Ve y no olvides sonreír". Eric dijo: "Dios quiere que seas feliz. No te preocupes por el futuro, porque nuestro día llegará y estaremos listos cuando eso suceda".

"Lo haré", dijo Amanda.

Amanda nunca le contó a su familia sobre el grupo. Russell y Elizabeth conocían a Eric, y les agradaba. Lo que ellos sabían era que Eric la pasaba a buscar todos los jueves para ir al club de matemáticas de la escuela. Estaban encantados con Eric y su amistad. Por un tiempo, Amanda estuvo luchando con el manejo de su ira y pasó algún tiempo internada en un centro de terapia cognitiva conductual. Eric la visitaba todos los días. Durante cada visita, secretamente le llenaba la cabeza con ideas sobre cómo cambiar el mundo. Todos en el hospital le dijeron a Russell y Elizabeth que Eric era una excelente persona de apoyo para su recuperación y que necesitaba mantener amistades después de su tratamiento. Eric nunca tuvo problemas para ingresar a las instalaciones del centro de salud porque varios empleados del hospital también eran miembros de Los Auxiliares.

Eric trabajaba a tiempo parcial en una empresa de comunicaciones, por lo que dió a Russell un descuento en su factura mensual de Internet. Siempre fue un buen tipo, y nadie sospechó jamás el oscuro camino por el cual estaba llevando a Amanda. Eric tenía excelentes habilidades de actuación y era muy persuasivo, incluso cuando estaba mintiendo. Amanda y Eric mantuvieron a Los Auxiliares en secreto durante mucho tiempo.

Con los años, el grupo cambió su horario y lugares de reunión. Los miembros fueron esenciales para la logística, organizando y colaborando con el uso de salas de conferencias, salones de eventos comunitarios y bodegas. El grupo creció a 304 miembros el año en que llegó Amanda. Algunos miembros pertenecían a familias respetadas de la ciudad, personas con cargos de alto nivel, y otros donaban recursos que apoyaban la logística del grupo. Otros miembros preferían permanecer en el anonimato. Gracias a Internet, Amanda también pudo establecer relaciones con jóvenes de otros países. Mejoró su enfoque y se convirtió en una reclutadora vital.

Los Auxiliares era un grupo de fanáticos masivo, pero eran solo la punta del iceberg. Existía un movimiento más antiguo, más significativo y peligroso, y sus orígenes se remontaban miles de años atrás. Originalmente eran conocidos como Los Caballeros de Hulmor. Su líder tenía dinero, poder, recursos, asociados clave y el objetivo claro de rastrear el linaje de un faraón olvidado en el tiempo. Los Caballeros de Hulmor utilizaron hábilmente organizaciones terroristas, pequeños grupos religiosos como Los Auxiliares y personas inocentes como Amanda para buscar y eliminar a todos los descendientes de la dinastía de ese faraón. Eric y Amanda nunca supieron sobre los oscuros Caballeros de Hulmor o sus malvados planes.

Los Auxiliares creían que estaban sirviendo a Dios. Además, Amanda era amada y respetada dentro del grupo. Sus palabras fueron siempre apreciadas en todas partes y era una líder innata. Eric estaba satisfecho con la contribución de Amanda al grupo y tenía grandes planes para ella. Hace años, poco después de conocer a Amanda, Eric había recibido información sobre un evento catastrófico que paralizaría a la humanidad, y Eric tenía el papel perfecto para Amanda.

CAPÍTULO 4 - ANGELITOS

La rueda de prensa fue un éxito y los equipos de limpieza estaban esperando a que finalizara la última entrevista junto a la piscina. Russell era el supervisor de logística, así que el personal de limpieza, las herramientas y materiales para el proyecto Oval estaban a su cargo y debía quedarse hasta el final.

Cuando Russell era joven, trabajó en el departamento de mantenimiento del St. Thomas High School. Comenzó cuando era estudiante, por lo que tenía excelentes referencias cuando llegó el momento de solicitar un trabajo real. Después de varios años de limpiar las aulas, el gimnasio y trabajar en la cafetería, el director de la escuela y un par de maestros lo ayudaron a llenar una solicitud para una beca y así poder estudiar una carrera universitaria. Fue aceptado y cuando regresó de la entrevista, el personal de la escuela lo sorprendió con una unidad HHR como regalo. Lo llamó Frank, como su abuelo.

Russell provenía de una familia a la que no le importaba mucho la educación ó el futuro de. Este generoso gesto de la escuela le permitió ser alguien en la sociedad y le dio la oportunidad de construir una vida con propósito. Hizo algunos buenos amigos en la universidad, pero fue Frank quien llenó una parte vacía de su vida hasta que conoció a Elizabeth durante su último año en la universidad. Cuando terminó, inmediatamente comenzó a trabajar para ISA en Dallas. Russell terminó entre los cinco mejores de su carrera y ese año la ISA estaba contratando una nueva fuerza laboral. Él nunca pensó que estaría trabajando en el campo espacial, y estaba muy agradecido por eso. Russell y Elizabeth se casaron, y poco después recibió un ascenso para trabajar en el departamento de logística en las Instalaciones ubicadas en Gems Island, en los Emiratos Árabes Unidos.

Los padres de Elizabeth tenían una granja en las afueras de Greybull, Wyoming. Los Lincoln decidieron mudarse allí para poder estar cerca de su familia durante el embarazo de Elizabeth. Amanda se había mudado desde la granja a su casa para estar más cerca de la escuela y hacerle compañía a Elizabeth. Desde aquel entonces Russell ha estado trabajando por turnos, viajando de ida y vuelta cada catorce días, quedándose en casa una semana entera cuando regresaba.

"¡Oye, Russell! ¿Vienes con nosotros? Voy a tomar una de las furgonetas de la empresa". Le preguntó Ben.

"Sí, espérenme un momento hasta que el equipo de limpieza comience su trabajo, ¡estaré con ustedes en un minuto!" Russell respondió: "¿Además, puedes dejarme en el aeropuerto después de eso? Mañana nos despedimos de mi cuñada. que se va a la universidad".

Todos los días, Ben acompañaba a Adnan a recoger a su hija de la escuela. Adnan no tenía vehículo, así que a veces Ben lo llevaba en su automóvil o en una de las camionetas de la ISA. Un día el automóvil de Ben no arrancó y no había otros vehículos alrededor. Uno de los oficiales del estacionamiento le dijo que el autobús de la empresa era la única opción disponible. Desde que Ben manejó uno de esos buses, cada vez que uno de los conductores no se presentaba a trabajar, llamaban a Ben como reemplazo temporal. Los empleados del Proyecto Oval siempre vieron a Ben como un buen tipo, acompañando a su amigo todos los días a recoger a su hija de la escuela; un verdadero ejemplo de amistad. Pero la realidad era que Ben estaba enamorado de Jane, la profesora de la hija de Adnan.

Jane era una mujer difícil de conquistar, y Ben no progresaba mucho con sus visitas, pero era persistente. Ben esperaba con ansias el viaje para recoger a la hija de Adnan y tenía una alarma diaria en su comunicador. A veces, Russell también usaba este corto viaje para un breve descanso del trabajo. La escuela primaria "Angelitos" no estaba muy lejos de las instalaciones y tenía un ambiente hermoso para los niños. Como padre soltero, Adnan, siempre le pedía consejo a Russell acerca de cómo criar a su hija.

Jane era una bella maestra, positiva y feliz todo el tiempo. Ben se esforzaba mucho para llamar su atención y después de un par de meses, comenzó a ayudar a la clase con actividades de arte, deportes e incluso una obra de teatro en el programa de la escuela. Ella le sonreía a veces, manteniendo sus esperanzas vivas. Russell siempre le decía a Ben que no la molestara demasiado; de esa manera ella estaría más interesada en él.

"¡Hoy es el día!" Ben siempre decía cuando salían por la puerta de las instalaciones de la ISA camino a la escuela.

"Seguro", le responden Adnan y Russell cada vez.

La clase de Jane tenía niños de diferentes nacionalidades. Algunos de ellos eran de programas de acogida, financiados por la ISA, ya que la compañía tenía varios programas comunitarios en la isla.

"Carrera espacial" era un taller semanal en el que Jane hablaba con su clase sobre planetas, galaxias, agujeros de gusano y viajes en el tiempo. Veían clips de películas para despertar su apetito por la exploración espacial y algunos de estos niños ya estaban llenos de conocimientos acerca del universo. Otros estaban muy entusiasmados con la posibilidad de colonizar otros planetas. Jane era una maestra encantadora y los niños la amaban. La mayoría de estos niños no tenían un modelo femenino a quien admirar en sus vidas, como la hija de Adnan, por lo que todas las mañanas estaban emocionados de ir a la escuela y pasar tiempo con ella. Jane, como Russell, trabajaba por turnos, así que viajaba a su casa en Londres para visitar a sus padres todos los meses.

"Uno de los desafíos más difíciles para los seres humanos es estar en armonía con otros humanos durante un confinamiento prolongado", dijo Jane a su clase. Todos los niños estaban sentados en círculo con un papel blanco para la actividad de hoy.

"Los efectos psicológicos de vivir en el espacio pueden hacer que la gente se sienta triste y enojada. A veces, esto los empuja a tomar malas decisiones. Hagamos un ejercicio físico para entender esto. Todos, traigan una silla. La silla va a ser tu nave espacial".

Todos los niños corrieron a sus mesas y tomaron una silla. El círculo alrededor de Jane comenzó a llenarse de pequeños

41

astronautas debajo de sus sillas. Los niños se tomaban estos talleres muy en serio y todos tenían grandes expectativas sobre los resultados de sus experiencias escolares.

"¿Estamos listos?" Preguntó Jane.

"¡Sí señorita, estamos listos!" respondieron los niños.

"Muy bien. A partir de este momento, y durante la próxima media hora, escribirán todo lo que sienten durante su tiempo en esta nave espacial. No hagan contacto visual con sus compañeros de clase y no salgan de la nave espacial. Recuerden que no tenemos trajes espaciales; eso significa que no podemos salir", agregó Jane para hacerles sentir la presión de la experiencia simulada.

Algunos niños inmediatamente comenzaron a tomar notas sobre su viaje en el espacio, y otros se acostaron debajo de su silla para así sentirse cómodos durante la experiencia. Desde ese momento todos los alumnos se quedaron en absoluto en silencio.

"¡Alerta de proximidad, alerta de proximidad!" Jane exclamó después de 20 minutos en silencio: "Vamos a conectar nuestra nave espacial con otro astronauta que está viajando en el espacio como nosotros. Haber, veamos, Cristal, une tu silla con tu compañero de la derecha. Todos ustedes, por favor, hagan lo mismo", instruyó Jane.

Las sillas chillaron en el suelo mientras los niños se unían a un compañero. Algunos de los niños estaban sonriendo durante el proceso.

"Por favor, preséntese a su nuevo astronauta amigo y compartan algunas de las experiencias que tuvieron durante su viaje en solitario en el espacio".

Esta actividad involucró mucho a los niños y fue excelente escuchar el sonido de sus voces hablando sobre el espacio. Compartieron sus puntos de vista sobre estar solos en un viaje y lo interesados que estaban por escuchar las notas de los otros compañeros. Jane los dejó para hablar diez minutos más. Después sonó la campana de la escuela avisando el final de la jornada escolar.

"¡Atención! ¡Atención! ¡Antes de que se vayan! La tarea para mañana es llenar una página con sus experiencias acerca de estar solo y de cómo cambió todo cuando se unieron a la otra nave espacial. Usar oraciones completas y no olviden la puntuación. Leeremos nuestras experiencias en voz alta mañana a primera hora. Además, no se olviden que mañana comenzaremos el experimento SRK de este mes. Vamos a cultivar maíz, frijol y melón. ¡Nos vemos mañana!"

Afuera, los padres esperaban a sus hijos. Ben, Adnan y Russell estaban esperando cerca de la puerta.

"¡Ven aquí mi pequeña favorita!" Ben exclamó en la puerta: "Hola, Jane".

"Hola, Ben", respondió Jane. "Ben, estaba pensando en tu idea de disfrazar a los niños para el primer día de otoño. ¿Te gustaría venir a mi casa mañana por la noche? Podemos hablar sobre algunos diseños que estaba viendo".

Ben se quedó helado. Russell y Adnan se miraron y luego le dieron un fuerte codazo a Ben para que reaccionara.

"¡Si si si! ¡Por supuesto! ¿A qué hora?" Preguntó Ben.

"Ven a mi casa a las 8 de la noche".

"¡Por supuesto! Estaré listo."

"¿Listo para que?"

"Para, paa …" Ben se congeló de nuevo. Ahí Russell saltó al rescate.

"Ben tiene una revisión de herramientas mañana por la tarde, pero estará listo para su reunión contigo, Jane".

Jane sonrió y miró a la hija de Adnan.

"Ok, ¡que tengas un hermoso día! Adiós, chicos", dijo Jane.

"Adiós… Jane", dijo Ben.

Russell y Adnan tomaron a Ben de los brazos y lo guiaron para que girara y caminara hacia la camioneta. Ben estaba ebrio de amor, con una sonrisa en el rostro.

"Tienes que darte una ducha", dijo Adnan.

"¡No puedo creer que Ben tenga una cita con Jane! Me alegro de haber venido hoy", agregó Russell.

CAPÍTULO 5 - MALAS NOTICIAS

Después de un largo viaje, Russell llegó a su querida ciudad de Greybull. Russell estaba inquieto por despedirse de Amanda, pero quería más que nada hacerle una despedida como se merecía. El taxi desde el aeropuerto lo dejó finalmente en la entrada de vehículos de su casa.

"No hay nada como el hogar", dijo Russell mientras abría la puerta de su casa.

"¡Papi!" Amy gritó, corriendo hacia los brazos de su padre.

"¿Me trajiste algo?"

"¿Si te traje algo?" respondió Russell: "¡Sí! Por supuesto que te traje algo, pero primero, lleva mi mochila a mi habitación. Luego revisa el bolsillo exterior."

"¡Gracias papá!" dijo Amy, agarrando la mochila y corriendo a la habitación de sus padres.

Elizabeth lo esperaba detrás de la pared con una gran sonrisa. Se quitó los zapatos y fue hacia ella.

"¿Cómo está mi chica?" dijo Russell.

"Parece que estos catorce días se hacen cada vez más largos", dijo Elizabeth. Se besaron.

"Ok, chicos, dejen eso para después. Déjenme ir a la universidad primero y luego podrán besarse todo lo que quieran", bromeó Amanda desde el sofá.

Ella se puso de pie con los brazos abiertos y Russell cruzó la sala para abrazarla.

"¿Cómo está mi querida cuñada Amanda? ¿Estás lista para esto?" preguntó Russell.

"No lo sé", dijo Amanda con un suspiro, "he estado esperando este día durante tanto tiempo, pero ahora me siento triste al tener que dejarlos. Sé que este sentimiento desaparecerá en unos días, pero les extrañaré un montón. Gracias por ser mi hermano mayor, Russell". Amanda le dio un cariñoso abrazo y Amy junto a Elizabeth también se unieron.

Los cuatro prepararon una deliciosa comida al aire libre para celebrar el día. Todos se rieron con las bromas de Amanda y Russell compartió lo mejor de las peleas de Adnan y Ben.

"¿Sabes qué? No van a creer esto, ¡Ben tiene una cita con Jane esta noche!" Dijo Russell.

"¿En serio? ¡No puedo creerlo! " Dijo Elizabeth.

Russell miró la pantalla de su comunicador para comprobar si tenía alguna llamada o mensaje de Ben.

"No puedo esperar para saber qué sucede. Espero que no lo arruine", dijo Russell.

Después de limpiar los platos y las tazas, todos se tomaron algunas fotografías grupales. Russell y Elizabeth llevaron el equipaje de Amanda al auto. Amanda sacó un recuerdo de cada habitación para recordarle el hogar. Amy estaba triste. La niña ayudó a mover los contenedores más pequeños hacia el auto de Amanda. Mientras hacía espacio en el maletero, Amy notó un librito rojo con el título "Los Auxiliares". Le llamó la atención, así que fue a tomar el pequeño libro cuando en ese momento vió una foto debajo de este, en donde Amanda la estaba abrazando durante un espectáculo de fuegos artificiales. Estaban felices, riendo con la boca abierta de par en par, los fuegos artificiales de fondo y vistiendo pelucas de plástico con colores rojo, blanco y azul. Tomó el cuadro de la foto con ambas manos.

"Eso fue divertido, ¿verdad?", dijo Amanda parada detrás de la pequeña Amy.

"Sí, esa fue la mejor víspera de Año Nuevo", respondió Amy, con una lágrima corriendo lentamente por su rostro.

"¿Qué vas a hacer ahora con un dormitorio completo para ti?" Dijo Amanda.

"Te voy a extrañar, Amanda", dijo Amy con su voz quebrada.

"Yo también te voy a extrañar, hermanita-sobrina".

"Yo también, y a extrañar nuestra canción matutina".

Ambas se rieron y se abrazaron.

Las hojas secas caían desde los árboles frente a la casa. En un círculo familiar, los Lincoln se abrazaron, orando por el viaje de Amanda y este nuevo capítulo en su vida. Amanda y Russell caminaron hacia el auto.

"Si permaneces en la Interestatal 20, puedes cargar la batería del automóvil en Shoshoni. Luego, toma la carretera Interestatal 26 hasta llegar a Riverton. Aquí está la reserva del hotel donde dormirás esta noche. Luego, mañana por la mañana comienza temprano por la carretera interestatal y... Amanda interrumpió las instrucciones de Russell.

"Russell, estaré bien. Tengo un GPS. Frank subió toda la información del viaje al servidor del auto. Puedes preguntarle por mi ubicación cuando quieras. Estaré bien, te lo prometo".

Russell sonrió. Su querida cuñada se estaba convirtiendo en mujer adulta y ella estaba lista para explorar, ser independiente y disfrutar de su vida. Russell la besó en la frente y la abrazó por última vez.

"Estás retrasada dos minutos de tu itinerario de viaje", anunció el GPS.

"Gracias", dijo Amanda, "y sabes que te amo. Siempre estaré agradecido por la bella vida que me diste y por hacer de mi hermana la mujer más feliz de Wyoming".

Russell, con las manos en los bolsillos, le sonrió con los ojos llenos de lágrimas. Amanda puso en marcha su auto y avanzó lentamente. Tocó la bocina dos veces y se fué.

Esa misma noche, Elizabeth y Amy fueron a bañarse antes de acostarse. Russell estaba afuera, sentado en el porche, mirando las nubes rojas del atardecer. Saludó a su vecino Larry que estaba cruzando la calle, mientras una brisa fresca soplaba suavemente sobre su rostro. Tomó el último sorbo de su bourbon.

"Esta vida es buena, Russell. Es muy buena", se susurró a sí mismo.

A la mañana siguiente, durante el almuerzo, Frank recibió un mensaje del automóvil de Amanda, informando que ya

47

estaba a medio camino de Stanford. Según los nuevos cálculos, ella llegaría a la universidad al final del día.

"Parece que se despertó temprano y empezó de inmediato", dijo Elizabeth.

"¡Apuesto a que se está divirtiendo mucho en la carretera!" Russell dijo: "Me pregunto por qué no durmió un poco más. Le gusta dormir por las mañanas. Quizás no pueda dormir. Debe estar muy ansiosa de llegar lo antes posible".

Amy estaba viendo dibujos animados en su computador cuando apareció una notificación en la pantalla.

"Papá, ¿Qué es este anuncio de ver la televisión esta noche?" Dijo Amy.

"No tengo ni idea, cariño", respondió Russell. "Debe ser algo sobre la investigación de corrupción en el Senado". Esa situación está a punto de estallar. Hay muchos nombres involucrados en millones de dólares que desaparecieron el año pasado. ¿Sabes lo que escuché? Que el gobierno estaba construyendo un búnker del fin del mundo. Alguien en la oficina me dijo que había presencia militar en el desierto de Sonora".

"¿Qué?" Elizabeth dijo: "¿Un búnker? Suena interesante, ¿verdad? Debe ser algo sobre armas nucleares o un búnker de misiles. ¿Crees que se avecina una guerra?"

"No lo creo, corazón", dijo Russell, terminando su café, "pero ¿un búnker? ¿Para qué? Solo pensar que podría pasar algo malo aquí me da escalofríos".

A última hora de la noche, Elizabeth le pidió a Russell que corriera rápido al supermercado porque quería hornear algunos quequitos para ellos y algunas galletas para la actividad con sus amigas el día siguiente. Elizabeth pensó que tenía todos los ingredientes, pero estaba equivocada, así que Russell y Amy subieron al auto antes de que la tienda cerrara.

El estacionamiento estaba muy ocupado, considerando lo tarde que era. Dentro, la gente estaba nerviosa y muchos hablaban de lo que podría tratarse el anuncio del presidente.

"¿Cuál es la diferencia entre esta harina y esta otra? No lo entiendo ", dijo Russell.

"Es fácil, papá", dijo Amy, "este es especial para hornear pan. Tiene más proteína, aproximadamente un 13% más que la harina normal. La mayoría del pan requiere una mayor cantidad de proteínas para producir mucho gluten. ¿Sabes qué es el gluten, verdad?

Russell movió la cabeza, indicando que no tenía idea.

"Por supuesto", dijo Amy empujando el carro. "El gluten se encuentra en el trigo, el centeno, la cebada y la avena, y le da a la masa elasticidad entre otras cosas", explicó Amy. "Hay algunas personas que no pueden comer gluten. Tienen reacciones alérgicas. Algunos de ellos incluso pueden morir si comen gluten. Es la enfermedad celíaca. La otra harina es para hornear todo tipo de cosas, como galletas y quequitos. El nombre de esa harina lo dice todo: harina para todo uso. Lo aprendimos para la escuela".

Russell se esforzó por no sonreír mientras Amy daba su clase magistral sobre la harina. A veces, Amy sonaba más elocuente que los mismos adultos.

"Guau. Deberías hacer una audición para ese programa en la televisión. ¡Hacen preguntas muy difíciles! Tienes la inteligencia de tu madre ", dijo Russell.

"Gracias, papá", dijo Amy, "pero lamento decirte esto, muchos de esos programas de televisión no son reales, papá, están arreglados".

"¿De verdad?" Dijo Russell.

En ese momento, un pequeño grupo de personas empezó a hablar muy alto en la sección de electrónica. Russell fue curioso por el pasillo y vio a más personas reunidas alrededor de las pantallas de televisión en la pared.

"¡Ese debe ser el anuncio del presidente!" dijo una persona que iba pasando.

Russell tomó la mano de Amy y caminaron hacia esa sección de la tienda buscando un espacio entre la pequeña multitud.

"¡Papá, no puedo ver!" Dijo Amy.

Russell tomó en brazos a la pequeña Amy y la puso sobre sus hombros.

"¡Ahora sí que estamos hablando!" Dijo Amy.

En la pantalla estaba el podio presidencial y una cuenta regresiva en la parte inferior de la pantalla que decía: "Un minuto para el anuncio presidencial". Las personas que rodeaban a Russell y Amy tenían diferentes teorías y rumores sobre el anuncio.

"¿Escuchó usted sobre la construcción del búnker?" Una mujer mayor le dijo a Russell.

"Sí, sí, escuché algo al respecto", dijo Russell.

"Mi esposo dijo que están construyendo una base de misiles subterránea. Creo que nos vamos a la guerra con China", respondió la anciana.

"¡Callense por favor!" gritó un tipo que estaba más adelante.

En la pantalla, el presidente aparecía tomando posición en el podio. Lucía cansado y muy triste. En ese momento todos supieron que el presidente tenía no tan buenas noticias.

"Antes de comenzar", dijo el presidente, "me gustaría decir que esta información se está transmitiendo ahora mismo a todo el planeta, simultáneamente. Los líderes del mundo están hablando directamente con sus ciudadanos en sus propios idiomas y la información es la misma para todos, en un evento sincronizado usando radio, televisión y transmisión en línea. A partir de este momento pedimos su completa atención. Deje de hacer lo que está haciendo. Si está conduciendo, busque un lugar para detenerse de forma segura y escuche la radio. Comparta con vecinos que no tienen acceso a la televisión. Comparta su pantalla o comunicador con la persona sentada a su lado en el metro. Les pido que escuchen este mensaje hasta el final. Empezaré ahora".

Amy, instintivamente apretó la mano de Russell.

"Queridos ciudadanos, hace nueve años, astrónomos del Observatorio VLT Paranal en Chile descubrieron un grupo de grandes objetos que ingresaban a nuestro sistema solar. Con años de investigación que involucraron a toda la comunidad científica y programas espaciales en todo el mundo, hemos llegado a la conclusión de que estos objetos golpearán duramente nuestro planeta. En respuesta, los líderes mundiales unimos fuerzas para construir un sistema de defensa lo suficientemente poderoso como para desviar la órbita de estos objetos. Desafortunadamente, todos nuestros intentos fracasaron. Debido a esto último, las agencias espaciales de todo el mundo han estado trabajando en una carrera contrarreloj. ¿El objetivo? Diseñar y construir transportes para salvar a los siete y medio billones de seres humanos que viven en la Tierra. Me entristece decir que ningún país tuvo el tiempo suficiente para lograr este objetivo, y hoy nos enfrentamos a los hechos. No podemos desviar los asteroides y no podemos cambiar el destino de nuestro planeta en el universo. El fin de nuestra especie en un evento de extinción bíblica es una realidad, y quiero que sepan que lo intentamos todo". En ese momento el presidente hizo una pausa, quebrándose en lágrimas. "Paralelamente a los planes de evacuación", el presidente continuó, "construimos estratégicamente varios refugios subterráneos ultrasecretos. Estas instalaciones están destinadas a salvar la historia, el arte y a un grupo de ciudadanos clave del mundo, quienes tendrán la difícil misión de reconstruir la sociedad humana si es que esa oportunidad se presenta luego del impacto."

La gente en el pasillo se quedó paralizada por un momento y luego algunos corrieron hacia las puertas en pánico. Un tipo grande empujó a Russell en su escapada, pero él se mantuvo firme con Amy todavía sobre sus hombros.

"Para el resto de nosotros, lo importante ante la extinción global es trascender como especie", prosiguió el presidente, "por eso, varias agencias espaciales de todo el mundo vienen trabajando en proyectos con ese objetivo. Las agencias lanzarán varios cohetes este fin de semana, todos con información sobre la raza humana. Algunos tratarán de conservar cosas del mundo tal como lo conocemos. Otros llevarán embriones que serán incubados por robots de inteligencia artificial, y esperarán encontrar algún día un planeta con las condiciones para la vida humana. A

51

partir de mañana por la mañana, proporcionaremos píldoras especiales para aquellos que elijan no esperar hasta el día del impacto y que deseen aliviar su sufrimiento antes de que ocurra el evento. Nuestros cálculos muestran que el impacto se producirá el viernes por la noche, exactamente en seis días. Si usted es…"

En ese momento, se desató el caos en la tienda y Russell fue empujado muy fuerte en su pecho. En la caída trató de agarrarse a algo o alguien, pero cayó hacia atrás con Amy sobre sus hombros, y su cabeza golpeó el suelo.

CAPÍTULO 6 - HABITACIÓN DE HUÉSPEDES

La gente del mundo estaba tratando de digerir la noticia. La vida en el planeta Tierra estaba a punto de extinguirse. Inmediatamente las ciudades se convirtieron en un caos, había problemas de tráfico mientras la gente en todas partes intentaba llegar a casa. Algunos de ellos estaban en pánico, sin saber a donde correr. Otros estaban sacando todo lo que podían de las tiendas de comestibles. La escena en torno a Amy y Russell no era muy diferente.

"¡Papá! ¡Papá!" Amy gritaba.

Russell escuchó la voz de su hija a lo lejos.

"¡Papi! ¡Despierta! ¡Despierta! ¡Papá!" Amy gritó.

Russell abrió los ojos. Todo estaba borroso y la gente corría y gritaba en todas direcciones. Se dio cuenta que estaba aún en la tienda, abrió los ojos, tratando de ver con claridad.

"¿Dónde estás… Amy? Amy! ¡Amy!" Russell gritó.

"¡Papá! ¡Estoy aquí!"

Ella estaba llorando y tenía sangre corriendo por el lado derecho de su cara y en el suéter de cuello alto. Sus manitos sostenían la cabeza de Russell en el suelo.

"¡Bebé, estás sangrando! ¡Estás sangrando!" Russell gritó.

"Sí, papá, me pegué con este estante de metal", dijo Amy entre lágrimas.

Estaba llorando y tenía un corte profundo en su oreja. Russell intentó ponerse de pie, pero el dolor en la parte posterior de la cabeza era intenso. Vio que el presidente seguía hablando por televisión, pero nadie le prestaba atención. Algunas personas estaban de pie frente a las pantallas llorando, tratando de escuchar al presidente. Un hombre caminaba de un lado a otro con sus manos en la cabeza. Russell intentó ponerse de pie de nuevo. Tomó a Amy en sus brazos y se dirigió hacia las salidas, con pasos lentos y erráticos. Las puertas automáticas seguían abriéndose y cerrándose mientras la gente corría con los brazos llenos de comida y aparatos electrónicos. Dos autos en el estacionamiento estaban en llamas y Russell no recordaba dónde había estacionado su auto. Siguió caminando sin saber adónde ir. Unos automóviles pasaron peligrosamente cerca de él mientras Amy estaba cubierta de sangre. Nadie, ni una sola persona se detuvo para ayudarlo.

"¡Ayuda! ¡Ayuda! Mi auto..." murmuró, tratando de recomponerse. Tomó sus llaves y presionó el botón de emergencia. Su coche estaba en la siguiente calle, con las luces encendidas y la alarma que se sumaba al caos reinante. Llegó al coche justo cuando Amy se desmayaba por el estrés y el dolor. Quizás perdió demasiada sangre. Acostó a Amy en el asiento trasero y le puso una chaqueta debajo de la cabeza.

¡Amy! ¡Amy!" Russell gritó: "¡Vamos, nena, háblame!"

Nada. Amy no respondió. Russell arrancó en su auto y decidió conducir a su casa. Las calles estaban horribles para conducir; nadie seguía las reglas del tránsito. Estaban llegando a una intersección no muy lejos de su casa cuando otro automóvil les chocó por detrás. Russell inmediatamente se quitó el cinturón de seguridad y abrió la puerta, planeando ver si necesitaban ayuda. La gente del otro coche hizo un giro brusco y rápido. De ahí siguieron su camino pasando rápidamente por su lado. Otros conductores comenzaron a tocar la bocina y a conducir alrededor de su vehículo, gritando insultos mientras pasaban. Todo el mundo quería volver a casa, sin importar las consecuencias.

"Tenemos que salir de aquí", susurró Russell.

Elizabeth estaba en la entrada de vehículos de su casa esperando a Russell y Amy. Ella había intentado llamarlo varias veces, pero los teléfonos no estaban funcionando.

"¡No puedo creer que esto esté pasando y no estoy con mi familia!" Elizabeth gritó: "Frank, hace un reporte del mapa y ve dónde está Amanda".

"Está bien, Elizabeth. Buscando", respondió Frank.

Intentó llamar a Russell de nuevo, pero nada. En ese momento, el auto llegaba estrepitosamente a la casa.

¡Elizabeth! ¡Ayúdame!" Russell gritó desde el coche aún en movimiento.

"¡Que pasó! ¿Dónde está Amy?" ella gritó:

"¡Está aquí en el asiento trasero! ¡Está sangrando!" Dijo Russell casi llorando.

Abrió la puerta y la levantó con mucho cuidado. Estaba inconsciente y cubierta de sangre.

"¡No! ¡No!" Elizabeth gritó.

Russell cruzó la calle corriendo hacia su vecino Larry, que es médico. Elizabeth comprendió de inmediato la situación y pasó corriendo junto a él para golpear la puerta.

"¡Larry, Larry!" Elizabeth gritó a la puerta.

La esposa de Larry abrió la puerta con Larry detrás.

"¡Chicos, qué pasó! ¡Entren, entren!"

Russell estaba llorando incontrolablemente. Se apresuró a entrar.

"Ponla aquí en el sofá", dijo Larry.

"¿Qué pasó?" Preguntó la esposa de Larry.

"Se golpeó en un estante de metal en el supermercado. La gente estaba en estampida y nos tumbaron. Me golpeé la cabeza con fuerza cuando caí al suelo. Cuando me desperté y la vi..." Russell empezó a llorar.

"¡Mi vida!" dijo Elizabeth: "¡Tú también estás sangrando!"

Ella le tocó la nuca, donde tenía un gran corte.

"Pon esto en la herida y aplica presión", dijo Larry, dándole un poco de gasa.

"Lo siento Elizabeth", dijo Russell, "todo sucedió tan rápido. La gente se volvió loca durante el discurso del presidente y comenzó a entrar en pánico. Hay un tremendo caos en las calles".

"Vamos, vamos nena..." Larry colocó algo cerca de la nariz de Amy, tratando de despertarla.

Sus párpados revolotearon.

"¿Papi?" Amy susurró.

"Estoy aquí cariño. Estoy aquí." dijo Russell, sosteniendo su mano.

Larry la examinó con su estetoscopio y le tomó la presión arterial. También agitó una luz frente a sus ojos.

"Ella no tiene una conmoción cerebral, y el corte en la oreja es algo de lo que puedo ocuparme bien ahora. Déjame encontrar mi bolso médico. No la muevan, vengo enseguida". Larry se fué por el pasillo.

"Déjame traer agua y algunas toallas", dijo la esposa de Larry.

El desorden en la ciudad y el ruido del tráfico disminuyeron a medida que se hacía más profunda la noche, pero había una sensación de caos y peligro en el aire. Algo ardía cerca del vecindario y el humo se elevaba hacia el cielo, produciendo un olor a plástico quemado. Algunas casas tenían muchos autos estacionados afuera. La mayoría de ellos eran familias o amigos que se reunían para tratar de comprender el cambio dramático que llegaba a sus vidas. Otros se iban con el mismo propósito.

"Dale este antibiótico cada ocho horas. Comida regular pero más líquidos ", dijo Larry. Quien ya se encontraba en casa de Russell.

Elizabeth y Amy estaban a salvo dentro. Russell preparó un par de whiskies y se quedó con Larry en el porche delantero.

"No puedo creer que esto esté pasando realmente. Es demasiado complicado de procesar ", dijo Larry, tomando un sorbo.

"Lo sé. Estaba en la tienda y todo se fue al diablo en un segundo. Quizás tenían razón. No estamos preparados para noticias como esta. Solamente mira alrededor. La ciudad está perdida", dijo Russell.

"Creo lo mismo que tu. Nadie está preparado para un anuncio como este. A veces debo entregar muy malas noticias a mis pacientes y sus familias. Nunca es fácil. Cada vez tengo que separar mis sentimientos de mi profesión. A veces, tienen menos de un año para que sus cuerpos cedan debido al cáncer u otras afecciones. Ojalá tuviera algo de esa fuerza en este momento para decirme a mí mismo que todo va a estar bien ", dijo Larry.

Russell lo miró y levantó su copa.

"Amigo mío, muchas gracias por tu ayuda. Pensé que la perdería. Traté de recomponerme, pero estaba tan asustado. Inmediatamente pensé en ti. Tenemos suerte que estuvieras en casa esta noche ", dijo Russell.

Larry también levantó su copa.

"De nada mi amigo."

"¿Cuales son tus planes ahora?" Preguntó Russell.

"Creo que nos iremos a la casa de mis suegros por la mañana", dijo Larry, "y tú deberías hacer lo mismo. Todo se pondrá muy diferente desde mañana. Pienso disfrutar de mi familia hasta el final".

"Sí, estaba pensando lo mismo. Los padres de Elizabeth son mayores y viven en una pequeña granja en las afueras de la ciudad. Creo que es un buen lugar para estar lejos de todo esto. Apuesto a que empeorará esta semana", dijo Russell.

"Mantén tu teléfono cargado, así podré llamarte pronto", dijo Larry.

Elizabeth abrió la puerta.

Amy está despierta.

"Ok, Russell, entra y cuida de tus chicas. Nos vemos mañana, por última vez, amigo mío". Larry le dio una palmada en el hombro a Russell.

"Gracias de nuevo, Larry."

Amy se estaba recuperando en la cama mientras Russell le daba sopa de pollo. Elizabeth se sentó a su lado y le tocó la mano.

"Mamá, hice lo correcto. Cuando vi a papá en el suelo, apoyé su cabeza en mis piernas y mantuve su cuello a salvo. Eso lo aprendí en la escuela. Ni siquiera pensé en el corte de mi oreja hasta que la toqué. Luego vi mi sangre por todas partes y me empezó a doler mucho". Dijo Amy.

"Eres una verdadera héroe, mi niñita", dijo Elizabeth.

"¿Cómo te sientes ahora?" Preguntó Russell.

"Bien, papá. Creo que estaba en estado de shock por el accidente. Recuerdo lo que dijo el presidente sobre el asteroide y el fin del mundo. Estoy asustada."

Elizabeth miró a Russell. Cerró los ojos y miró hacia abajo.

"A veces la gente no presta suficiente atención a las cosas importantes de la vida, hija mía. Somos una familia muy unida, nos amamos y nos cuidamos sin importar nada. Por eso mismo tenemos que estar juntos más que nunca, a cada hora del día. No creo que debamos perder el tiempo hablando de lo que sucederá. Deberíamos ir a la casa del abuelo por la mañana. Podemos quedarnos allí con ellos el resto de la semana. Será hermoso para ellos y pacífico para nosotros".

"Sí, esa es una excelente idea. Hagámoslo", dijo Elizabeth.

Durante la madrugada, Russell y Elizabeth trabajaron en el garaje, empacando comida y algo de ropa en la camioneta de Elizabeth. Podían escucharse disparos y sirenas en el silencio de la noche.

"Papel higiénico", dijo Elizabeth.

"Claro", dijo Russell.

"Tenemos algunas de nuestras cosas en la casa de mi suegro. Quizás no necesitemos empacar tantao", dijo Russell.

"No sabemos si vamos a llegar a la casa de mi papá. Tenemos que prepararnos para cualquier cosa".

Russell miró el rostro de Elizabeth. "Sí, tienes razón", dijo él y enseguida fue al otro lado del garaje y sacó la nevera con algo de equipo para acampar. "Pondré hielo en las neveras y tengo algunas botellas de agua en mi auto que está afuera", dijo Russell.

Mientras iba camino a la puerta, Frank se fue detrás de él.

"Russell, no puedo hacer contacto con el vehículo de Amanda", dijo Frank.

"Por favor, sigue intentándolo, Frank", dijo Russell.

"Russell, tampoco puedo conectarme a Internet. ¿Crees que hay un problema con mi sistema?"

—No lo creo, Frank. Los sistemas de comunicación deben estar colapsados. La gente está inundando las líneas para intentar comunicarse con sus familias. Sigue buscando a Amanda con tanta frecuencia como puedas. Al menos cada hora".

Russell caminó hacia su coche y abrió el maletero. Se colocó las botellas grandes de agua bajo los brazos, y cuando iba a regresar escuchó un ruido procedente de la casa de Larry. En ese momento pudo ver a Larry a través de las cortinas peleando bruscamente con alguien en el interior. De ahí la esposa de Larry gritó.

"¿Qué está pasando ahí?" Russell susurró, dejando caer las botellas en el maletero.

Comenzó a caminar hacia la casa de Larry para tener una mejor visual. De repente, un destello y el sonido de un disparo rompieron el aire. Luego otro.

"¡Oh no!" Russell susurró.

Comenzó a correr cuando de pronto vió a un grupo de personas que salían de la casa de al lado. Un hombre estaba parado en la puerta de la casa de Larry.

"¡Tomen lo que quieran, muchachos!" dijo el tipo, sosteniendo una pistola.

Russell se detuvo de repente en medio de la calle.

"¿Qué estás mirando?" El tipo gritó.

"Nada, nada…" Russell miró hacia abajo y rápidamente regresó a su casa con pasos apurados.

¡Elizabeth, vámonos! ¡Ahora!" Susurró Russell energéticamente tan pronto como cerró la puerta.

"¡Frank! ¡Súbete al auto, ahora! ¡Cambia a modo rápido!" Russell corrió al dormitorio de Amy y la recogió junto con todas las sábanas y mantas de su cama.

"¿Qué está pasando?" Dijo Elizabeth.

"Hay un grupo de personas afuera irrumpiendo en las casas. ¡Tienen armas y creo que mataron a Larry y su esposa!"

"¡Qué! ¡Oh no!" Dijo Elizabeth, con las manos en la cara.

De repente, alguien pateó la puerta de su casa con un fuerte golpe.

"¡Oye, échame una mano con esta puerta!"

"¡Corre al garaje! ¡Ahora!" Russell gritó.

Agarraron las llaves y corrieron al garaje mientras Frank casi terminaba de acoplarse a la camioneta.

"¡Apúrate! ¡Agáchate con Amy y quédate abajo!"

Las manos de Russell temblaban mientras intentaba arrancar el motor.

"¡Vamos vamos!"

El coche arrancó.

"¡Frank, abre la puerta del garaje!" Elizabeth gritó.

"¡Oye! ¡Qué crees que estás haciendo!" Un tipo grande les gritó desde la cocina caminando hacia ellos.

Russell rápidamente apretó el botón que bloquea las puertas.

"¡Miren esto, chicos! ¡Tenemos algunos fugitivos aquí!" Un hombre que estaba afuera miró por debajo de la puerta del garaje mientras se abría.

Tres hombres más se aproximaban a la casa mientras el que ya estaba adentro comenzó a golpear el parabrisas trasero.

"¡Vamonos!" Elizabeth gritó desde el suelo del asiento trasero.

El tipo que estaba detrás del coche rompió el parabrisas trasero y Russell apretó el acelerador con fuerza. La camioneta avanzó de golpe rompiendo el resto de la puerta automática del garaje atropellando a uno de los bandidos. Alguien disparó un arma y rompió la ventana trasera. Russell giró a la izquierda y condujo tan rápido como pudo. Entonces vio que todo el barrio estaba siendo atacado.

"¡No vamos a llegar ni al final de la calle!" Dijo Russell.

Un grupo bloqueó la calle rápidamente. Russell viró bruscamente y pasó por sobre el jardín delantero de la casa de la esquina.

"¡No pares!" Elizabeth dijo llorando.

"¡Vamos a lograrlo, mi vida! ¡Vamos a lograrlo!"

Giró a la derecha y vio que la calle estaba despejada. Habían escapado y se dirigían ahora a la granja de los padres de Elizabeth.

En su camino, vieron casas en llamas por toda la ciudad. La gente corría por las calles; algunos eran vándalos y otros buscaban ayuda.

"No mires a tu alrededor, Russell. Sigue conduciendo. No te detengas", susurró Elizabeth.

"Lo se cariño. Lo sé…" dijo Russell con tristeza en sus palabras.

La devastación envolvió la ciudad esa noche. Algunos autos estaban estacionados en la carretera, con las puertas abiertas de par en par y nadie adentro.

"¡No puedo creer que esto esté pasando!" dijo Russell con lágrimas en los ojos.

Condujeron por un tiempo. El caos y la destrucción no se detuvo durante todo el viaje a la granja. Ya cuando se acercaban a la entrada, Russell pudo ver un enorme incendio. Toda la granja estaba en llamas.

"¡No!" Elizabeth gritó.

Todo estaba ardiendo, incluso los árboles y arbustos a los lados del auto mientras conducían por el largo camino de entrada. Las llamas eran altas y se habían extendido rápidamente a toda la propiedad. Elizabeth esperaba que sus padres no estuvieran muertos. Tan pronto como Russell detuvo el auto, Elizabeth saltó y corrió hacia la casa.

"¡Elizabeth, espera!" Russell gritó, corriendo detrás de ella. "¡Nena, detente! ¡Por favor! Tal vez se fueron a un lugar seguro".

Elizabeth, arrodillada en el suelo, se quedó pasmada al darse cuenta de que los saqueadores no eran los responsables del incendio en la granja de sus padres. En el frente de la casa de campo, alguien había pintado con aerosol una advertencia; un círculo con una línea horizontal transversal. Esta marca era utilizada por un grupo malvado para identificar su trabajo.

"Están muertos …" dijo Elizabeth.

"Vamos, mi amor, sea positiva, tal vez …"

"¡No! ¡Mis padres están muertos!" Elizabeth gritó.

61

El fuego consumió la casa principal y el establo con animales aún dentro. El tractor y la camioneta de su padre también estaban en llamas. Russell cayó lentamente de rodillas en el suelo junto a ella.

"Lo siento, lo siento mucho. Ellos no merecían morir así", susurró Russell, llorando.

Elizabeth vio como el símbolo de odio desaparecía entre las llamas mientras el techo y la pared lateral colapsaron en la horrible escena.

"¡Papi!" Amy gritó mientras se encendía el motor.

"¡Bebé!" Elizabeth gritó.

Un hombre estaba robando la camioneta con Amy adentro.

"¡Adiós, perdedores! ¡El final se acerca! " dijo el ladrón.

De ahí, hizo un giro brusco a la derecha sobre el césped y el vehículo perdió el control chocando contra un gran árbol. Russell corrió lo más rápido que pudo, agarrando una pala que estaba en el suelo. El ladrón estaba tratando de retroceder cuando Russell llegó a la ventanilla del conductor y golpeó en la cabeza con una pala. Después abrió la puerta y lo sacó del asiento del conductor.

"¿Estás bien?" Russell le preguntó a la pequeña Amy.

"Sí, papá", respondió ella, llorando.

"Entra, cariño. ¡Vámonos!" Russell le dijo a Elizabeth, quien corría hacia el auto con el rostro cubierto de lágrimas.

Russell hizo retroceder el vehículo para alejarlo del árbol y después tomó una ruta adyacente alrededor de la granja, tratando de mantenerse alejado de la carretera. Volvieron la vista hacia la granja de los abuelos mientras las llamas iluminaban el cielo. La muerte y la devastación habían golpeado a esta familia duramente esa noche.

"Los amo, suegros queridos", susurró Russell.

"Adiós mamá, adiós papá ..." gimió Elizabeth.

Amy estaba llorando bajo el brazo de Elizabeth.

"Todo va a estar bien, cariño" ambos le dijeron a Amy.

El automóvil desapareció entre los árboles siguiendo la accidentada carretera de servicio que conducía al norte.

Después de un par de horas conduciendo durante la noche, Russell miró a Elizabeth y Amy por el espejo. Estaban dormidas y abrazadas.

"Necesito ponerle gasolina al auto", murmuró Russell.

Tocó la pantalla del GPS, tratando de encontrar una gasolinera cercana. En ese momento apareció un mensaje de texto de Frank.

"Deja que te ayude. Mantén tus ojos en la ruta. Buscando…"

Russell sonrió. "Gracias amigo mío", susurró.

Después de unos segundos, Frank había trazado la ruta a una estación de servicio a solo unos minutos de distancia. Russell siguió el mapa.

La mayoría de las estaciones de radio ya no funcionaban. Russell siguió presionando el botón de escaneo y descubrió que un par de estaciones que estaban transmitiendo programas pregrabados. Solo una estación de música country mencionó siquiera lo que estaba sucediendo.

"Vamos a mantenerlos actualizados con cualquier información sobre esta trágica noticia", dijo un locutor en la radio, "Estamos aquí con nuestras familias aquí en la radio, haciéndoles compañía y tocando buena música. Esto es lo que nos encanta hacer. Esto es lo que haremos hasta el final. Estás escuchando Sono FM, música country para tí. Hemos obtenido información confiable que se está organizando un gran concierto musical con famosas bandas y exitosos músicos para el viernes, el día del impacto. Celebrarán juntos uno de los más preciados regalos de la humanidad, la música. Este mega concierto gratuito se llevará a cabo en el frente occidental del Capitolio de los Estados Unidos, frente al icónico Monumento a Washington".

De ahí empezó una canción.

Más adelante, Russell vio una puerta de acceso. A medida que se acercaba, pudo distinguir un letrero junto a la puerta: "Bienvenido a Toskesville Farms". Condujo lentamente a través de la entrada y vio un largo camino bordeado de árboles, y al final pudo ver una luz tenue. Acercándose, vio una rotonda, grande, rodeada de hermosas casas. Había una pequeña tienda con una fachada campestre que tenía un dispensador de gasolina afuera. Russell estacionó suavemente el vehículo y antes de abrir la puerta para bajarse comprobó que Elizabeth y Amy todavía dormían. No había nadie alrededor. En medio de la rotonda había una pequeña fuente con un ángel sosteniendo una esfera. Alrededor de la fuente había bancas, arbustos en flor y un muy buen paisajismo. Mientras miraba la pacífica vista, la puerta de la tienda se abrió detrás de él.

"Hola", dijo una mujer desde la puerta, "Vaya, ¿qué le pasó a tu auto? ¿Estás bien?"

"Hola, soy Russell. Mi esposa y mi hija están en el auto. Hemos pasado una noche terrible. Un grupo de delincuentes atacó nuestra ciudad. Logramos escapar, pero algunos miembros de nuestra familia no tuvieron la misma suerte".

"Oh, querido, adelante. Déjame darte un poco de chocolate caliente. ¿O prefieres el café?"

"¡Muchas gracias! Además, necesito gasolina, por favor".

"Si, claro, no hay problema. Soy Susan, por cierto. Bienvenido a Toskesville".

"Encantado de conocerte, Susan, y gracias por tu amabilidad".

"Tenemos una habitación para huéspedes si quieren pasar la noche aquí. Son cuarenta dólares la noche. Tienes agua caliente y se desayuna en el salón comunitario hasta las nueve de la mañana", dijo Susan.

"Eso suena muy bien", dijo Russell, "y sí, súmele la habitación, la gasolina y un par de esos sándwiches, por favor".

"Está bien, no hay problema", respondió Susan, "Toma este chocolate caliente para tu hija y un café extra para tu esposa, yo invito. Sé que todos están confundidos después de escuchar la terrible noticia, y lamento mucho que usted y su familia hayan pasado por tanto hoy. Por favor, vayan, pónganse cómodos y pasen mañana a desayunar".

Susan le dio las llaves de la habitación y el recibo.

"Gracias, Susan. Todavía estoy tratando de procesar todo lo que está sucediendo. Es como una pesadilla. Todo sucedió tan rápido que no tuve tiempo de sentarme y analizar la situación", dijo Russell.

"Lo sé. Recibí varias llamadas de familiares y amigos", dijo Susan," es increíblemente impactante. Pero no te preocupes, aquí encontrará la paz para usted y su familia".

Russell sonrió. "Gracias de nuevo, Susan".

"De nada, Russell".

Salió de la tienda con la esperanza de que todo saliera bien. La bomba de gasolina estaba lista y comenzó a llenar el tanque. Elizabeth se estaba despertando.

"¿Mi vida, dónde estamos?" ella preguntó.

"Estamos en una comunidad de jubilados o algo así. Toskesville. Arrendé una habitación de huéspedes. Podemos descansar y luego resolver las cosas mañana por la mañana", dijo Russell, tocando suavemente el rostro de Elizabeth.

El dispensador de gasolina saltó una vez que el tanque estaba lleno. Luego, se estacionaron afuera de la pequeña hilera de habitaciones de huéspedes, y los tres entraron a dormir abrigados y seguros en una cama cómoda, al menos por ahora.

CAPÍTULO 7 - CELEBRACIÓN

La mañana comenzó con un sonido fácilmente reconocible, pero que las generaciones más jóvenes solo han escuchado en las películas. Era un gallo. No solo uno, sino varios gallos anunciaron el amanecer desde sus jaulas. La luz del sol se asomaba a través de las cortinas de la habitación de huéspedes. Fue una mañana difícil para todos en la familia, pero especialmente para Elizabeth. Sus padres se habían ido y ella no había tenido la oportunidad de verlos por última vez, ni la oportunidad de despedirse.

Russell se despertó y vio a Elizabeth sentada en la silla que estaba cerca de la ventana. Sostenía una pequeña foto de sus padres en su último aniversario, frente a su granja. Los ojos de Elizabeth estaban llenos de lágrimas, con la difícil tarea de aceptar que sus padres ya no estarían con ella. Se sintió responsable por no haber estado allí para protegerlos. La culpa le pesaba mucho.

"¿Estás bien?" Russell susurró, mientras ella continuaba mirando la foto.

"Mi mamá solía hacer huevos por las mañanas para mi papá. A él siempre le gustaron de cierta manera".

"Sí, lo recuerdo", dijo Russell. Se fue a su lado.

"Los huevos solo necesitaban una pizca de sal y pimienta", ella continuó, "con una generosa capa de mantequilla derretida sobre la tostada. Luego su café negro y el periódico".

"No olvides su radio", dijo Russell. "¿Cómo se llamaba ese programa que siempre escuchaba?"

Russell se sentó en el suelo y abrazó las piernas de Elizabeth.

"No puedo recordar", dijo Elizabeth.

"Lady Holidays", respondió Elizabeth con una suave sonrisa.

"¡Lady Holidays! ¡Tienes razón!" Russell dijo: "Tus padres estarán con nosotros para siempre. Los recordaremos todos los días".

Después de tomar una ducha, Elizabeth, Amy y Russell salieron en búsqueda de desayuno. En el camino, se encontraron con Susan.

"¡Buenos días chicos!" Ella dijo.

"Susan, ella es mi esposa Elizabeth y mi hija Amy", dijo Russell.

"¡Hola chicos! ¡Es un placer conocerte! Mira lo hermosa que eres, Amy. ¡Me encanta tu cabello!" dijo Susan, inclinándose un poco, "Guau, me gustaría tener el pelo rojo como tú".

Amy sonrió. La luz del sol hacía que el cabello de Amy pareciera más brillante y singularmente rojo.

"¡Gracias!" Dijo Amy.

"Encantado de conocerte también, Susan," dijo Elizabeth, estrechandole la mano, "y gracias por ayudarnos anoche. Lo apreciamos mucho."

"De nada, cariño. ¿Ya fueron a desayunar?"

"Justamente estábamos buscando el comedor", dijo Russell.

"¿Ves ese edificio azul con la banca afuera? Bueno, ese es nuestro comedor. No es demasiado grande ni demasiado elegante, pero dentro tenemos muy buena comida. Muestren el recibo de su habitación a la señora de la entrada cuando estén ahí".

"Perfecto, muchas gracias, Susan", dijo Elizabeth.

"Es un placer, chicos. ¡Disfruten el desayuno!"

Cuando se iban, Susan se devolvió para preguntarles una cosa más.

"¿Vas a quedarte a almorzar? Lo que pasa es que hoy tendremos una celebración. Estaremos viendo el despegue de la "Misión 100" desde California. Si deciden quedarse, les puedo dar un pase gratis. No tienes que pagar nada porque es un evento comunitario. Estaré en la puerta por si acaso."

Los tres sonrieron al mismo tiempo y se miraron.

"Nos encantaría, pero no estamos seguros de lo que haremos hoy. Pero igual, muchas gracias por tu generosa invitación, Susan ". Dijo Russell.

"Estaré en el comedor si ustedes deciden aparecer para el almuerzo, ¿de acuerdo?". Susan respondió con una sonrisa amistosa.

El desayuno estuvo increíble. Amy tenía un tazón grande lleno de yogurt, cereales, un plátano y algunas fresas. Elizabeth tomó un café y un muffin de arándanos mientras que Russell comió un poco de todo: Tostadas, huevos revueltos, jugo de naranja, café, un poco de cereal y una galleta con chispas de chocolate. Todos fueron amables. Para los Lincoln, fue como si hubieran aterrizado en un lugar feliz congelado en el tiempo, lejos de la pesadilla de la realidad. Algunas personas estaban con sus familias; otros estaban leyendo el periódico o viendo las noticias.

Después del desayuno, los tres salieron a mirar el pequeño lago detrás de la comunidad. Era un lugar hermoso con mesas y bancos de picnic. Incluso había un par de personas pescando en unos botes.

"Qué lugar tan maravilloso es este", dijo Russell.

"Creo que podemos quedarnos aquí", dijo Elizabeth.

"¡Sí Sí! ¡Por favor mamá! Por favor, papá. ¡Me gusta aquí!" dijo la pequeña Amy.

Se sentaron en el césped observando cómo los miembros de la comunidad paseaban junto a sus robots asistentes. Algunos se detenían para saludar cuando pasaban. Los pájaros en los árboles cantaban hermosas melodías cerca del lago.

"Sí, esto puede funcionar", dijo Russell, "Este puede ser nuestro último hogar. Un lugar como este nos permitirá disfrutar de nuestros últimos días juntos y pensar en el tiempo que hemos compartido como familia".

Cuando regresaron a la habitación de invitados, Russell trató de solucionar los problemas de conexión a Internet y sistemas GPS que tenía Frank.

"Como vas amigo mío, ¿has encontrado el auto de Amanda?"

"Lo siento, pero todos los sistemas de comunicaciones están caídos", dijo Frank. "Al parecer el sistema de seguimiento y ubicación GPS se reinició o está desfasado, y necesita una contraseña o una orden numérica para finalizar el protocolo. Intenté conectarme a Internet, pero hasta ahora no he tenido éxito. Creo que algo malo pasó con las comunicaciones en todo el mundo, o quizás ya no tenemos acceso a los satélites. Ejecuté un rastreador satelital esta mañana y aún así, el sistema no pudo conectarse con nadie".

Russell miró el informe y diagnóstico que Frank envió a su comunicador.

"No te preocupes, cariño", dijo Russell, mirando a Elizabeth, "Vamos a encontrarla. No olvides que es una chica inteligente. Ella sabe cómo protegerse. Además, en el último informe de GPS, estaba cerca de California".

"No creo que pueda soportar otra tragedia en la familia", dijo Elizabeth. Respiró profundamente y se sentó en la cama. Amy fue a sentarse a su lado.

"Mamá, ahora mismo tenemos que mantener una actitud positiva. Quizás el caos esté solo en este lado del país. Estoy segura de que ya llegó a la universidad. Eso significa que está a salvo con otros estudiantes y sus profesores", dijo Amy.

"Eres una niña tan dulce", dijo Elizabeth, besando su cabeza.

Más tarde ese día, después de una siesta tranquila y merecida, los tres decidieron quedarse. Querían consultar con la comunidad sobre sus opciones, para ver si podían quedarse. Caminando por la calle principal para el evento de celebración en el comedor, se encontraron con varios residentes, personas mayores, jubilados recientes y un veterano militar. Todos les dieron consejos sobre cómo llenar los formularios de la comunidad hasta que un hombre que era uno de los directores de la ciudad dijo que no había tiempo para preocuparse por el papeleo.

"Tenemos cosas mucho más importantes que hacer en este momento", dijo. "Ve a disfrutar de tu familia, comparte nuestro amor por Dios y sé agradecido por lo que tenemos. Hay mucha gente ahora mismo haciendo sufrir a otras familias, matando y viviendo los últimos días de sus vidas en pecado. Otros han arruinado comunidades, destruyendo todo a su paso, trayendo dolor y tristeza. Algunos de nuestros miembros están talando los árboles en el camino, bloqueando la entrada a nuestra comunidad. Queremos asegurarnos y evitar que estas malas personas nos encuentren. Somos un pueblo pequeño con gente mayor, pero sabemos defendernos. Ustedes son bienvenidos a disfrutar de este pacífico lugar. Esta noche hablaré con algunos de nuestros miembros para ayudarlos a resolver su situación lo antes posible. Nos vamos de este mundo, así que no hay tiempo que perder en papeleo. Incluso el dinero dejó de ser importante."

"Muchas gracias, señor", dijo Russell, estrechando su mano.

"Muchas gracias, señor", dijo Elizabeth, "ciertamente necesitamos un lugar seguro y tranquilo para quedarnos. Queremos ser felices y mantener eso en nuestros recuerdos para siempre".

En el comedor, Susan estaba dando la bienvenida a todos los que entraban por la puerta. Tenía un pequeño cohete de madera de la carpintería de la comunidad. Era hermoso con un texto pequeño que decía "Celebrando los 100", pintado con letras doradas.

"¡Hola Lincolns!" Susan dijo. "Los abuelitos de la carpintería trabajaron duro anoche para hacer esta hermosa pieza de madera. Es casi la hora de celebrar la "Misión 100". Les enviaremos toda la energía y el amor que los astronautas necesitan en esta aventura. Esta misión es una celebración a la creación de Dios. Ahora un grupo de humanos irá en busca de un nuevo hogar, en el nombre de Dios".

En el pasillo, el aire tenía un aroma a frijoles horneados y salchichas. Había música y conversaciones fuertes por todas partes. En la pared de la derecha, había una mesa larga con diferentes ensaladas, cordero, cerdo, pollo, arroz integral, puré de papas, pan y salsa. En la pared de enfrente había todo tipo de postres junto con cuatro grandes jarras de limonada. En el centro del salón, los organizadores habían reunido todas las mesas, formando tres largas filas con sillas cubiertas de tela blanca, como una boda. En la pared del fondo, un proyector transmitía el evento "Misión 100" de la División Espacial de California. Todo el mundo estaba emocionado y la atmósfera era increíblemente positiva. Por un momento, Russell, Elizabeth y la pequeña Amy olvidaron por completo la terrible situación que afecta a toda la humanidad. Era inevitable que Elizabeth pensara en su padre y su madre.

"Me hubiera gustado que mis padres estuvieran aquí ahora, disfrutando de esta comunidad. Ojalá estuvieran vivos y aquí, con nosotros", dijo Elizabeth.

Ella comenzó a llorar suavemente sobre el pecho de Russell.

"Yo también los extraño, cariño".

"¡Por favor, siéntese aquí con nosotros!" les dijo una pareja.

"Claro", dijo Russell.

"¡Hola! Mi nombre es Marjorie, y este es mi esposo, Carl. ¡Encantada de conocerte!" dijo la señora mientras los tres se sentaban a la mesa.

"¡Hola! Nosotros somos los Lincoln. Soy Elizabeth, él es mi esposo Russell y nuestra pequeña hija Amy. ¡Es un placer conocerte también! Gracias por invitarnos a sentarnos con ustedes".

"Voy a buscar más puré de papas", dijo Carl, y se alejó de la mesa sin ninguna gota de amabilidad.

"Lo siento por mi esposo", dijo Marjorie, "pero desde esta horrible noticia, ha propuesto que el pueblo bloquee el acceso principal a la comunidad con propósitos de seguridad. Cree que vendrá gente mala y arruinará nuestra ciudad. Él es veterano de la Marina y siempre es cauteloso y piensa demasiado en prácticamente todo. La mayoría de la gente aquí está de acuerdo con Carl, pero no creo que nos vayan a pasar cosas malas. Tampoco creo que ustedes sean malas personas".

"Espera, ¿Alguien piensa que somos malas personas?" Preguntó Russell.

71

"Bueno, no exactamente", Marjorie dijo dando un mordisco a su pastel de porotos verdes, "pero algunos miembros no están de acuerdo con dejar entrar a nadie externo. Ser parte de nuestra comunidad generalmente requiere una verificación de antecedentes. Sin embargo, en este momento, todos nuestros sistemas están inactivos y no tenemos acceso a Internet".

Russell miró la fila del buffet buscando a Carl, pero no estaba allí. Luego comenzó a mirar a su alrededor y lo encontró hablando con el director de la ciudad, la misma persona la cual habían conocido antes. Parecían estar discutiendo y Carl lucía molesto. Russell vio que Susan también estaba mirando la discusión de su esposo Carl. En ese momento, todos comenzaron a vitorear que el evento estaba a punto comenzar.

"Bienvenidos todos a este evento histórico para la humanidad", dijo el presentador en la televisión, "hoy celebramos la ingeniería, la tecnología y el ingenio humano. Aquí, en vivo desde la División Espacial de California, ¡Démosle la bienvenida a la Mission 100!"

Todos en el salón vitoreaban y aplaudían.

"¡Esto es genial!" Amy gritó.

"Sí, lo es, cariño", dijo Elizabeth.

"Amy, ¡Vayamos a buscar comida!" Russell dijo con una gran sonrisa llena de hambre.

"¡Sí, papá, vamos!"

Russell tomó su pequeña mano y comenzó a caminar hacia la mesa de la comida, pero estaba preocupado por la situación con Carl. Lo hacía sentir incómodo. Mientras caminaba, lo miró de lejos. Carl ahora tenía dos personas más involucradas en la conversación junto con Susan.

Amy lo ayudó a preparar un hermoso plato para Elizabeth mientras ella recogía nuggets de pollo, apio y una salchicha para ella. Russell decidió probar un poco de todo una vez más. Más familias llegaron al salón, transformándolo en un lugar lleno de alegría y gente alegre. Una de las damas de la mesa junto al televisor comenzó a cantar una canción de la iglesia. Inmediatamente otros en el salón se unieron y hubo manos en el aire unidas en oración. Un par de personas empezaron a llorar de toda la emoción.

En la televisión, los astronautas de la Misión 100 y miembros de la tripulación estaban sentados en las gradas con overoles azul oscuro. Hombres, mujeres y niños se sentaron en filas con sonrisas orgullosas en sus rostros. Pronto se dirigirían hacia la nave que se veía en el fondo en posición vertical lista para el despegue. Esta misión fue el último intento desesperado de continuar con la humanidad después de la destrucción de la Tierra. La Misión 100 de la División Espacial de California estaba planeando llegar a las instalaciones de la ISA en Marte; sin embargo, la ISA había declarado repetidamente que la estación en Marte aún no estaba lista para un asentamiento humano inmediato.

El locutor estaba entrevistando a algunos de los miembros de la tripulación. Era difícil escuchar la televisión porque la gente en el pasillo estaba cantando. El ambiente era encantador y lleno de esperanza. Esta comunidad tenía la fe de que podían enviar un poderoso mensaje de amor y esperanza desde el corazón de su pequeña comunidad hasta California.

De repente, alguien gritó muy fuerte. El canto se detuvo de inmediato. En la pantalla, un grupo de personas fuertemente armadas había interrumpido el evento. Todo parecía ser un acto terrorista. En segundos, el grupo había hecho que todos los participantes de la misión se tiraran al suelo, incluidos los niños. Una de las personas mayores del comedor se desmayó mientras otros comenzaron a llorar y a orar mientras veían esta terrible escena en la televisión en vivo.

Amy fue rápidamente a abrazar a Russell, asustada. En la pantalla, los miembros del grupo terrorista vestían de blanco y seguían apuntando con sus armas a cualquiera que se moviera. Las cámaras de televisión cambiaron a una toma amplia. Desde esa perspectiva, era fácil ver que los miembros con atuendos blancos habían rodeado el escenario.

"¡No! ¡Por favor no! ¡Esto es terrible!" Una persona gritó desde el frente del comedor.

"¡Dios ayúdanos!" otro gritó.

En ese momento, Elizabeth vio en la televisión a alguien que le resultaba familiar.

Uno de los terroristas tomó el micrófono del locutor. La cámara apuntó al podio y enfocó la lente en el rostro del terrorista. Russell, Elizabeth y Amy se congelaron. Era Amanda.

"No importa quién soy, lo que importa es a quién represento", dijo Amanda, "Somos Los Auxiliares".

Amanda miró a la cámara, levantó la tapa de un dispositivo y apretó el botón rojo con el pulgar. Luego, un flash cubrió el ángulo de la cámara con una luz brillante, dejando la pantalla completamente blanca. El sonido de una explosión de la transmisión rompió el silencio en el pasillo. Otra cámara desde lejos mostró la explosión masiva que envolvía la plataforma de lanzamiento, seguida por el colapso de la nave espacial y la posterior masiva explosión. Luego se produjo otra gran explosión los tanques de combustible aledaños destruyeron toda la plataforma de lanzamiento y los edificios circundantes, matando a todos los que estaban cerca de la instalación.

"¡No, Amanda! ¡No!" Elizabeth gritó mientras otras personas también gritaban.

Amy, petrificada de horror, buscaba una respuesta. Russell sostuvo el cuerpo de Elizabeth mientras ella comenzaba a inclinarse, casi desmayándose. Marjorie se volvió rápidamente y miró a Russell.

"¿La conoces? ¿Conoces a la chica de la televisión?"

"¡Esa era su hermana!" Russell gritó conmocionado y confundido.

"¿Qué?" exclamó Carl.

La situación se intensificó rápidamente. Carl estaba hablando frenéticamente con otros en el pasillo, haciéndoles volver la cabeza hacia los Lincoln. En la televisión, la última esperanza para la raza humana desapareció en llamas, muerte y aniquilación. Russell le dio a Elizabeth un poco de agua. Amy permaneció cerca de Russell, sintiendo el miedo en el aire y sintiendo que el ambiente en la habitación estaba cambiando. Sabía que algo andaba muy mal.

Carl se subió a una silla y señaló a los Lincoln.

"¡Ustedes! ¿Vinieron aquí para hacernos lo mismo? ¿Ese es tu plan?"

Carl empezó a mirar a su alrededor, mirando a la gente a los ojos. Su rostro encendía la chispa de odio.

"¿Qué? ¡No! ¿Qué? ¡Por favor, no pienses así, Carl!" Russell gritó: "¡Por favor, claro que la conocemos, pero estamos tan sorprendidos y confundidos como ustedes! No tenemos idea de por qué haría eso. ¡Por favor!"

Russell puso su mano sobre el hombro de Elizabeth. La situación se intensificaba a cada segundo.

"¡De esto es lo que les estaba hablando!" Carl gritó: "Estas personas creen que pueden entrar aquí y atacarnos. ¡Vinieron aquí para destruir nuestra ciudad! Ellos son responsables de lo sucedido y ..."

"¡Carl! ¡Por favor cálmate!" Una persona gritó desde otra mesa.

"¡Cállate y la boca bien cerrada! Siempre hablas, hablas, hablas, pero nunca haces nada. Nunca te hemos visto hacer nada más que alegar y quejarse ...", dijo Carl.

"¡Si! ¡Es verdad!" otra mujer gritó desde una mesa diferente.

Diferentes grupos en el comedor comenzaron a discutir mientras otros comenzaban a salir de la habitación.

"¡Estas personas son responsables de esta masacre!" Marjorie gritó.

Amy abrazó la pierna de Russell. Los tres empezaron a retroceder hacia la puerta del pasillo.

"¿Qué te dije, eh? ¡Qué te dije!" Carl gritó: "Sabía que esta gente estaba aquí con malas intenciones. ¡Seguro que vendrán más! Ese es tu plan, eso es lo que quieren, ¡por supuesto!" Carl terminó su garrotera y agarró un cuchillo de la mesa.

"¡Por favor, por favor, no tenemos nada que ver con lo que pasó en la televisión!" Russell gritó: "¡Por favor, créanme! ¡Por favor, vinimos aquí huyendo de gente mala y los encontramos a ustedes!"

La gente en la sala estaba dividida sobre la situación. Russell siguió avanzando hacia la puerta con Elizabeth y Amy.

"¡Queríamos estar a salvo aquí, con ustedes! ¡No somos malas personas! ¡Créanos, por favor!" Russell gritó con la voz quebrada por momentos.

La situación era peligrosa y ya casi estaban en la puerta.

"Bueno, ¿qué vas a hacer, eh?" Carl gritó.

"¡Déjanos ir, por favor, déjanos ir!" Dijo Russell.

Entonces alguien arrojó una manzana a la cabeza de Elizabeth. Inmediatamente otros siguieron la nefasta acción.

"¡Oye! ¡Oye! ¡Por favor, por favor!" Russell gritó mientras buscaba a tientas la chapa de la puerta.

"¡Papi!" Amy gritó.

"¡Corran!" Dijo Russell.

Las puertas se abrieron y empezaron a correr tan rápido como pudieron. Su auto estaba aparcado en la esquina de la placita. Un grupo comenzó a seguirlos fuera del comedor. Otro animó a la multitud a capturar a la familia.

"¡No podemos dejar que se vayan! ¡Tenemos que detenerlos ahora! ¡Vamonos!"

Una docena de personas los persiguieron. Russell corrió hacia el coche y puso en marcha el motor. Elizabeth tenía a Amy en sus brazos.

"¡Enciende el auto!" Elizabeth gritó.

En segundos estaban dentro.

"¡Vamonos!" Elizabeth gritó.

Uno de los hombres agarró a Russell por el cuello. Dos más intentaban entrar al auto a través de la ventana rota en la parte trasera. Elizabeth empujó a Amy hacia abajo y Russell apretó el acelerador. El coche pasó por encima de la acera, empujando a un hombre y pasando por encima de sus piernas. Esto llevó a la multitud a un mayor nivel de ira. Russell giró a la izquierda, tratando de llegar a la salida de la comunidad, pero vio los árboles bloqueando la ruta de escape. En un movimiento rápido, Russell retrocedió el vehículo a alta velocidad. Giró hacia una vía de servicio detrás del comedor y se dirigió a la derecha hacia otra calle.

"¡Estamos atrapados!" gritó.

Mientras giraba, la rueda delantera derecha cayó a un hoyo, destruyendo el neumático. El coche circulaba por una ruta llena de barro y la velocidad se redujo considerablemente. El vehículo se hundió en un charco de barro, lo que imposibilitó seguir conduciendo.

"¡Todos salgan del coche!" Russell gritó.

Corrieron por el barro y cruzaron un campo hasta que llegaron a un viejo granero. Dentro, Russell, Elizabeth y Amy buscaron desesperadamente una puerta trasera pero no había salida.

"¡Ahora que! ¡Ahora que!" Russell susurró en voz baja. Se podían escuchar los gritos de la multitud que se acercaba al granero. En la persecución, la multitud se había reducido a 5 o 6 personas.

"¡Mamá papá! ¡Mira!" Amy dijo en un susurro, señalando un cajón de herramientas.

Era una gran caja de madera, lo suficientemente grande para esconder a los tres dentro.

"¡Escondámonos aquí!" Amy susurró.

Al instante, Russell sacó un par de herramientas de metal que estaban dentro de la caja. Primero entró él y luego ayudó a Elizabeth y Amy. Las voces se acercaban cuando Russell cerró suavemente la tapa de la caja.

"¡Aquí! ¡Parece que entraron en ese granero! " gritó uno de los líderes.

Abrieron las puertas grandes y empezaron a buscar. Uno de ellos subió por las escaleras para revisar el segundo piso. Otros dos chicos y una chica movieron algunos objetos grandes, pensando que podrían estar detrás. Entonces, un tipo con una gorra de béisbol vio la caja de herramientas.

"Ese podría ser un buen lugar para esconderse", dijo.

Caminó hacia la caja y comenzó a levantar la tapa. En ese preciso momento alguien les llamó desde afuera.

"¡Oye! ¡Encontré su robot de servicio!"

El hombre del sombrero dejó caer la tapa de la caja y salió con los demás. Russell le lanzó una mirada de sorpresa a Elizabeth.

"¿Frank?" Elizabeth susurró.

Frank se dirigió a la pequeña multitud.

"Sí, mi nombre es Frank, el robot de la familia, pero me dejaron atrás. No merezco esto después de todos los años de servicio que he brindado a esta gente. No sabía qué tipo de humanos eran hasta hoy".

Todos se reunieron alrededor de Frank para escucharlo. Russell, Elizabeth y Amy se quedaron muy quietos, confundidos por lo que estaban escuchando.

"Los vi corriendo en dirección opuesta. Esos delincuentes se fueron directamente al comedor a atacar a esas personas indefensas".

"¡Vamonos!"

Todos corrieron rápidamente en la dirección que Frank les había dado.

"Si los encuentran, ¡denles lo que se merecen!" dijo Frank con su volumen alto.

El ruido de la multitud enojada se fue desvaneciendo a medida que se alejaban. Russell, Elizabeth y Amy escucharon atentamente desde el interior de la caja, esperando a que todo estuviera despejado. Entonces, de repente, alguien abrió la tapa.

"Los engañé a todos", dijo Frank, levantando la tapa.

"¡Frank!" Amy gritó, luchando por salir y abrazarlo.

"¡Frank! ¡No puedo creerlo!" Elizabeth estaba llorando y temblando.

"Frank ... mi amigo. ¡Nos salvaste!" dijo Russell entre lágrimas.

Notó que Frank tenía una luz roja encendida sobre su cabeza y una delgada línea roja brillando alrededor de su cuerpo. Russell nunca antes había visto estas luces.

"Recibí una alerta de pánico desde el brazalete de Amy con un punto de ubicación cercano a mi. Simplemente seguí el protocolo en mi memoria. Sé qué hacer en una alerta de pánico", dijo Frank, "y creo que esta fue una de mis mejores actuaciones frente a una audiencia en vivo".

Los Lincoln estaban llorando y riendo. Este fue un claro ejemplo de amistad incondicional entre una máquina y una familia.

Miraron a su alrededor con cuidado y luego se dirigieron silenciosamente hacia los árboles.

CAPÍTULO 8 - HOGUERA

Después de caminar durante varias horas, tenían que buscar refugio o un lugar para dormir. Se les acercaba la noche y el bosque podía ser peligroso sin los conocimientos básicos, como el entrenamiento de los Boy Scouts. Los encuentros con animales es una de las razones por las que la gente no acampa en medio del bosque, y ciertamente no sin protección y equipo de campamento.

Russell vio un camino de barro que podría llevarlos a una granja o refugio donde podrían pasar la noche.

"Se está haciendo de noche. Necesitamos encontrar un lugar seguro para descansar", dijo Russell.

"Russell, en mi mapa puedo ver que si vamos a la izquierda, la ruta se dirige a Toskesville Farms. Si vamos a la derecha aproximadamente un kilómetro y medio, hay un refugio para cazadores, pero no tengo una descripción del lugar", dijo Frank.

"Eso es suficiente para mi; hagámoslo", respondió Russell.

Tomó a Amy en sus brazos. Ella estaba exhausta y todos estaban sucios, hambrientos y necesitaban desesperadamente una ducha tibia y una cama suave para pasar la noche. Los hermosos colores del atardecer a través de los árboles les dieron un momento para relajarse y apreciar la naturaleza que los rodeaba.

"Deberíamos haber hecho esto antes", dijo Elizabeth, haciendo una sonrisa irónica, sabiendo que el resto de sus vidas solo sería cuestión de días.

"Sé que es extraño, pero todo se siente como un mal sueño. Ojalá pudiera cerrar los ojos y abrazar a mi papá por última vez. Tal vez si hubiéramos salido de casa un par de horas antes, nosotros ..."

"Nadie pensó que las cosas se intensificarían así, cariño", dijo Russell, interrumpiendo los pensamientos de Elizabeth, "ahora miremos hacia adelante y agradezcamos lo que nos queda. Estoy tratando de bloquear todo lo demás y solo darte a ti y a Amy un lugar para estar juntos. No puedo dejar que la tristeza se apodere de mi mente. No puedo. Lo siento si soy demasiado duro ahora, pero tenemos que ser optimistas y mantenernos enfocados".

"¡Aquí! ¡Deténganse!" Dijo Frank.

"¿Dónde está el refugio?" Preguntó Russell.

"Se supone que debe estar aquí en alguna parte", dijo Frank.

"Creo que es esa cosa verde en los árboles", dijo Elizabeth, señalando detrás de Russell.

"¿Eso? Ya sé lo que es. Es una torre de observación para cazar animales silvestres", dijo Russell en voz baja, "espero que nadie se encuentre allí en este momento".

Caminaron hacia la torre y Russell golpeó la escalera de metal con una piedra para ver si había alguien allí.

"Si es que hay alguien, les voy a preguntar si podemos pasar la noche con ellos", dijo Russell.

La torre de caza era una estructura alta y sólida de metal con grandes ventanas cuadradas. El vidrio era negro y todo estaba pintado de camuflaje. Russell volvió a llamar a las escaleras un poco más fuerte, pero no apareció.

"Parece que no hay nadie", dijo Elizabeth.

"Ok, voy a entrar". Russell le pasó la pequeña Amy durmiendo profundamente a su madre y lentamente subió la escalera. En la puerta, giró la perilla y un grupo de pájaros volaron alrededor de la torre, asustándolos a todos.

Russell abrió la puerta del refugio con cuidado descubriendo que nadie estaba allí.

"¡Está vacío, cariño!" Russell dijo con una gran sonrisa en su rostro.

Elizabeth besó a Amy en la frente, llena de alegría y esperanza. Russell volvió a bajar para cargar a Amy. Elizabeth giró y miró a Frank, tratando de buscar la manera de llevar su pesada estructura por la escalera. —No te preocupes por mí, Elizabeth. Me quedaré aquí patrullando el perímetro", dijo Frank.

"Oh, querido Frank, lo siento", dijo Elizabeth.

"De todos modos, le tengo miedo a las alturas", agregó Frank. Elizabeth le sonrió con agradecimiento.

La pequeña torre estaba limpia y tenía una gran vista de los alrededores. El interior estaba revestido con una hermosa y fina madera y las ventanas cuadradas tenían una lámina de visión unidireccional. Alrededor de la cabaña había pequeños agujeros con cubiertas extraíbles para que los cazadores pudieran apuntar a sus presas. Había un botellón de agua grande y sellado y algunos vasos de plástico. También había un par de binoculares, cigarrillos y un encendedor en un estante hacia atrás. Russell cubrió a las chicas con dos mantas que encontró que estaban razonablemente limpias.

Russell tenía una idea en mente, pero estaba esperando a que las chicas se durmieran.

En medio de la noche, Russell abrió lenta y cuidadosamente la puerta de la torre y bajó para hablar con Frank.

"¿Qué estás haciendo aquí? Hace frío y te vas a enfermar", dijo Frank.

"Oye, recuerdo que dijiste algo sobre una ruta a Toskesville Farms. ¿Qué tan lejos está?" preguntó Russell.

"¿Toskesville? No planeas volver allí, ¿verdad?"

"Es que tengo un plan. Puedo ir y volver mientras está oscuro y traer de vuelta algunos elementos esenciales para nosotros. Entonces podremos seguir adelante. ¿Qué te parece mi plan?"

"Disculpa, pero lo que tienes ahí es una idea. Lo que acabas de decir ni siquiera califica como plan".

"No se preocupe amigo mío. Tengo memoria fotográfica y vi un par de cosas que me ayudarán. Deben estar durmiendo ahora. Nadie me verá".

"Nunca has ganado jugando ningún juego de estrategia. Además, no eres muy astuto. Y no tengo que mencionar tu condición física desde que dejaste el gimnasio".

"¡Oye! Recuerdo que gané una vez. Y sí, dejé el gimnasio, pero solo porque estaba lesionado".

"Russell, tenías un pulgar dislocado. Esa no es una razón para no ir al gimnasio."

"Claro, tu no tienes dedos..."

Por la mañana, Elizabeth abrió lentamente los ojos. No quería despertar aún. Era difícil creer que algo de esto fuera real. Volvió a cerrar los ojos y quiso despertarse en su propia cama, como un día normal. Se imaginó tocando su canción favorita en la ducha y preparando el desayuno con su familia. La imagen de Amanda presionando el gatillo explosivo se le vino a la mente. Abrió los ojos, tratando de pensar en cómo entender una revelación tan demoledora sobre su propia hermana.

"Qué forma más horrible de morir. ¿Cómo nunca vi que Amanda era una terrorista? Es tan difícil de creer", Elizabeth susurró.

"Lo sé, mamá. No puedo dejar de pensar en eso", dijo la pequeña Amy.

"Oh, nena, lo siento mucho. No sabía que estabas despierta".

"No te preocupes, mamá. Como dice el papá, tenemos que ser optimistas y dejar el pasado en el pasado".

"Si, pero no seas tan dura contigo misma cariño. Podemos hablar de ello si es necesario".

"Lo sé, pero creo que por ahora es una pérdida de tiempo".

Elizabeth abrazó a su pequeña niña con fuerza.

"¡Mira, mamá!" Amy susurró.

"¿Qué?" Dijo Elizabeth, moviéndose rápidamente hacia la ventana, pero Amy la detuvo del hombro.

"Lento; los asustarás", dijo Amy.

Debajo de la persiana, cuatro ciervos comían la hierba fresca alrededor de la torre. Amy vio a dos más cerca de Frank. Le olfateaban cuidadosamente. Frank a veces olía a comida porque solía llevar bocadillos en uno de sus compartimentos. Ahora no había bocadillos, pero los ciervos tenían curiosidad.

"Esto es hermoso. Nunca había visto un ciervo tan de cerca", susurró Amy.

"Yo tampoco", agregó Elizabeth, "Es una pena que todo vaya a desaparecer para siempre, incluso la vida silvestre".

Elizabeth giró para despertar a Russell y se dio cuenta que no estaba allí. Inmediatamente comenzó a entrar en pánico. Se movió rápidamente, haciendo ruidos en la torre, y asustó a algunos de los ciervos mientras otros buscaban la fuente del ruido. Frank giró la cabeza, mirando hacia la torre.

"Despertó la jefa...", dijo Frank.

Elizabeth abrió la puerta de la torre y el resto de los animales huyeron. Ella comenzó a bajar las escaleras.

"Frank, ¿dónde está Russell?" gritó Elizabeth.

"¡Buenos días, Elizabeth! Hoy tenemos una temperatura agradable y esperamos que vengan vientos de …"

"¿Dónde está Russell?" Elizabeth exigió de nuevo.

El ruido de un vehículo que se acercaba por el camino de tierra infundió miedo en su pecho.

"¿Mamá?" Amy dijo, asustada por el ruido.

Algunos pájaros volaron de los árboles a medida que el vehículo se acercaba.

"Frank, ¿Dónde está Russell?" Elizabeth gritó una vez más.

"Russell volvió a Toskesville Farms".

"¿Qué?"

El vehículo se aproximaba.

"Russell pensó que podría traer algo de comida y ropa en medio de la noche mientras todos dormían", respondió Frank con voz suave.

"¿Se fue por la noche? ¡Es de mañana, Frank! ¡Le debe haber pasado algo terrible! " gritó Elizabeth.

"Yo también tengo miedo de eso, querida Elizabeth."

"¡Mamá!" gritó Amy.

Un camión grande y ruidoso llegó frente a la torre. El vehículo era un camión cisterna blanco con ventanas oscuras y dos antenas altas a ambos lados. La puerta tenía un emblema pintado negro y azul que decía "Niño sediento" y había detalles cromados brillantes por todas partes.

Producto del polvo de la carretera, una densa nube cubrió a Frank y Elizabeth. La puerta del pasajero quedó frente a ellos, y Amy pudo ver que el conductor estaba a punto de salir de la cabina. Amy abrió un poco la puerta de la torre para observar. Luego el conductor salió y comenzó a caminar por el frente. Lo único que Elizabeth podía ver era una figura caminando directamente hacia ella sosteniendo lo que parecía ser un rifle. Frank movió su cabeza giratoria para mirar a Elizabeth.

"No sé qué hacer", murmuró.

Las luces de Frank se pusieron rojas. Abrió la tapa del compartimento de los cubiertos. El polvo se aclaró, revelando el rostro del extraño.

"¿Russell?" Dijo Elizabeth.

"No pude encontrar una camioneta, pero tendremos suficiente agua para darnos una ducha", dijo Russell, sosteniendo una escoba con una sonrisa.

Las luces rojas de Frank se apagaron inmediatamente y Elizabeth corrió hacia su esposo. Amy bajó las escaleras lo más rápido que pudo para abrazar a su padre.

"¡Miren, tengo una escoba!" Russell dijo, sonriendo mientras caminaba hacia la puerta del copiloto, "¿Saben cuántas escobas he usado en mi vida? Sea cual sea ese número en sus mentes, les aseguro que es más que eso. ¡Y mira, esta es nueva!"

Les mostró el interior del camión donde había mantas, ropa y comida suficiente para una semana. Luego sacó una caja oscura de una bolsa de plástico.

¿Creías que me había olvidado de ti Frank? ¡Por supuesto que traje algo para ti!" Dijo Russell.

En su mano tenía el reemplazo para la batería de Frank y un pequeño cargador de panel solar.

La familia pasó tiempo esa mañana organizando todo lo que Russell trajo en la sección trasera de la cabina del camión. Al final los tres levantaron a Frank para ponerlo dentro del camión.

"Creo que conducir hacia el norte nos mantendrá alejados de cualquier peligro", dijo Russell.

"Podríamos ir a Canadá", agregó Elizabeth.

"Permítanme mostrar algunas opciones en el mapa", dijo Frank.

Condujeron desde ese punto toda la mañana, unas seis o siete horas hacia el norte. Cuando pasaron por el puesto de control de la aduana canadiense en Sweet Grass and Coutts, no vieron a nadie. Todas las barreras estaban abiertas de par en par y el lugar estaba totalmente desolado. No se detuvieron por nada y continuaron su viaje confiando en el mapa de Frank. El plan era averiguar adónde ir, lejos de personas y ciudades, para evitar cualquier riesgo de encontrarse con personas con malas intenciones o situaciones peligrosas.

Mientras tanto, Amy estaba a cargo de buscar cualquier estación de radio que aún pudiera estar transmitiendo, aprovechando las altas antenas que el camión tenía. Amy localizó varias estaciones con música, pero nadie hablaba. Finalmente, encontró una estación de radio con voz femenina que informaba noticias en vivo.

"… Y me dijeron que me mantuviera alejada, lo cual me molestó mucho. Me sentí impotente. Así que tomé mi carrito de golf y conduje hasta la estación de policía, pero no había nadie. Revisé casi todas las habitaciones de ese edificio y no pude encontrar ni una sola persona. Entiendo que todo el mundo quiera estar con sus familias, pero necesitamos policías aquí. ¿Están conmigo? En fin, me alegro que me estés escuchando en este momento caótico y me alegro de no estar sola. No puedo revelar mi ubicación porque podría ser objetivo de personas con malas intenciones. Recibo a veces algunas noticias pero la conexión a Internet es muy mala. Tengo una radio de alta frecuencia aquí en mi casa rodante y todo el mundo habla de lo mismo. Lo peor de la humanidad está ahí en las calles, haciendo que las últimas horas que tenemos sean las más dolorosas y aterradoras. Es una lástima. Puedo confirmar que hemos perdido toda la comunicación por satélite. No sé mucho de ciencia, pero sé que los asteroides tienen campos magnéticos, así que pronto también perderemos la comunicación por radio. Repito esta información una y otra vez, agregando nueva información cuando la obtengo. Los canales de televisión se apagaron anoche, pero las noticias justo antes de que se fueran eran sobre problemas en la prisión, problemas de seguridad en algunos centros correccionales. Un informe de Calgary y uno de Lethbridge dijeron que la policía estaba buscando a varios prisioneros que escaparon en medio de la confusión. Tenga cuidado ahí fuera. Además, debido a que no hay nadie en la planta de agua, una falla en la instalación de filtrado del Este ha provocado que se derramen productos químicos altamente concentrados en el sistema de distribución. Por lo general, estos son los productos químicos que mantienen nuestra agua limpia y potable. El problema son los niveles altos de esos productos. Corren por el sistema de agua de la ciudad y deben considerarse peligrosos para beber. Podrían enfermar gravemente y posiblemente causarles la muerte. Sé que todos moriremos pronto, pero todavía estoy esperando un milagro. Rezo por el mundo cada hora desde aquí si quieres unirte a mí. Sé que este es el final, pero estoy segura que para los que aman a Dios, para los que van a la iglesia todos los domingos ... "

"Osea que está confirmado que estamos fuera de la lista, ¿eh?" Dijo Elizabeth.

"Manténganse a salvo, sean positivos y mantengan viva su esperanza", continuó la dama en la radio, "Hay una luz al final del túnel. Todos estamos en él en este momento, así que unámonos en espíritu y si puedo decirte algo, es que lo harás ..."

Amy apagó la radio de repente.

"Lo siento, pero no quiero escuchar más de eso", dijo Amy.

Estaba oscureciendo y Russell conducía sin detenerse. Frank encontró un lugar para que descansaran por la noche. Russell le dió una actualización sobre la cantidad de combustible que le quedaba al camión. De esa manera, Frank podría hacer cálculos más precisos sobre qué rutas tomar para mantener a la familia alejada del peligro. Desde que empezó todo, Frank había estado intentando conectarse a satélites GPS. Nada ha cambiado desde que vio a Amanda en medio de su viaje a California. Entonces, en lugar de GPS, Frank accedió a su mapa más reciente de las Américas, Canadá y Alaska.

"Debes girar a la derecha en unos dos kilómetros y conducir aproximadamente otro kilómetro y medio más hasta que veas un campo. Podrás estacionar el camión allí", dijo Frank desde el asiento trasero.

Elizabeth dormía en el lado del pasajero y Amy estaba en la parte de atrás con Frank, acurrucada en las mantas. Russell llegó al campo y detuvo el camión. Podía ver un lago frente a ellos.

"Ya no puedo conducir más. Estoy tan cansado que podría tener un accidente", dijo Russell, apagando las luces.

"No has dormido desde que fuiste a Toskesville. Necesitas recuperar tu energía. Bebe un poco de agua antes de irte a dormir. De lo contrario, te despertarás con un fuerte dolor de cabeza".

"Gracias, Frank, mi querido amigo", dijo Russell.

"Russell, ¿Qué pasó en Toskesville? ¿Cómo conseguiste el camión y estos suministros?" Preguntó Frank.

"No querrás saber", respondió Russell.

"Entiendo. Si necesitas hablar, sabes que puedes hablar conmigo en cualquier momento. Además, puedes borrar nuestra conversación si te hace sentir mejor", dijo Frank.

"Lo se mi amigo. Lo sé ", dijo Russell. "—Duerme un poco ahora, Russell. Tengo batería suficiente para permanecer despierto toda la noche. Te despertaré si pasa algo ", dijo Frank.

Russell se acomodó con una manta y ajustó el asiento del conductor para un sueño más placentero.

Frank giró lentamente la parte superior de su cabeza y miró a su querido amigo. Pensó en Russell como su hermano. Russell había sido su socio durante años en el extraño mundo de la amistad entre máquinas y humanos. Luego, Frank miró a la derecha para ver cómo estaban Elizabeth y Amy. Comenzó a apagar sus sistemas uno por uno, dejando solo un indicador luminoso encendido para ahorrar energía durante la noche. El cielo cambió de púrpura a negro como boca de lobo, las estrellas iluminaron el cielo e hicieron un hermoso reflejo en el lago. El brilloso polvo cósmico azul, verde y amarillo de los asteroides acercándose en el cielo de la noche, eran un recordatorio de que las últimas horas de la Tierra eran inevitables.

Todo estaba en paz y se sintieron seguros durante unas horas. En la oscuridad, la luz de 'standby' en el panel frontal de Frank prendía y apagaba intermitentemente, iluminando la cabina del camión. Los Lincoln finalmente durmieron.

Con el amanecer, los pájaros inmediatamente comenzaron a hacer ruido y buscar gusanos escondidos en la hierba. Otros animalitos hacían lo mismo, buscando comida. Amy también tenía hambre de desayunar y hacía todo tipo de ruido tratando de despertar a sus padres. Elizabeth decidió no despertar a Russell y le indicó a Amy y a Frank que lo dejaran dormir.

Elizabeth y Amy bajaron del camión. Tan pronto como estuvieron en la hierba, quedaron impresionadas por la belleza que los rodeaba, el mejor regalo que este grupo de supervivientes podría tener. El lago era como un paraíso en una revista de naturaleza. Los pájaros volaban y los conejitos buscaban comida. No muy lejos, un par de ciervos bebían agua en el lago. El lago era el centro de todos los animales que vivían ahí en paz y armonía.

"Esto parece un santuario de animales", dijo Elizabeth.

"Eso significa que este podría ser el lugar perfecto para quedarse", dijo Amy.

"No puedo creer lo hermoso que es. Hace frío, pero es muy agradable", dijo Elizabeth sosteniendo la mano de Amy mientras estaban parados al costado del camión.

"¿Crees que hay depredadores por ahí?"

"Parece bastante seguro, supongo", respondió Elizabeth.

"¡Vamos a explorar, mamá!"

"¡Por supuesto! ¡Vamos!"

Aún tomadas de la mano, comenzaron a correr hacia el lago, riendo y saltando sobre la hierba. Ambas necesitaban un momento de felicidad, sin miedo, sin tener que analizar lo que estaba pasando. Amy sentía mucha curiosidad por algunos animales pequeños que encontró escondidos en la hierba. Elizabeth sabía que solo eran pequeños ratones corriendo.

Cuando Russell se despertó, sacaron a Frank del camión y empezaron a preparar un picnic improvisado. Frank usó la brillante luz del sol para cargar su batería. Russell usó unas gotas de gasolina para encender un pequeño fuego y hervir agua para hacer café. Amy buscó algo fresco para comer, pero todo lo que encontró fueron barras de bocadillos, cajas de jugo y comida enlatada.

"Amy, puse una mochila llena de sándwiches detrás del asiento del conductor", gritó Russell.

"¡Genial, lo sabía! ¡Gracias Papa!" Dijo Amy.

Saltó de alegría y corrió hacia el camión.

"Creo que deberíamos quedarnos aquí, cariño", dijo Russell.

"Sí, es seguro y está lejos de todo", dijo Elizabeth.

"Vi un bote cerca de ese árbol; ¿Puedes verlo?"

"Sí, lo vimos esta mañana cuando estábamos jugando junto al lago. Amy nunca se ha subido a un bote. Ella me preguntó cómo era la sensación. ¿Quizás podrías llevarla a dar un paseo?" Preguntó Elizabeth.

"¡Suena como un momento perfecto para un viaje de pesca padre e hija!" Dijo Russell.

"Bien. El bote no tiene remos, pero vi una cuerda adentro. Quizás podríamos empujarlo y traerlo de regreso con la cuerda", dijo Elizabeth.

"¡Hagámoslo! Quizás comamos pescado hoy", dijo Russell.

Amy rápidamente se comió dos sándwiches de jamón y queso mientras Elizabeth comía medio sándwich de queso y una manzana. Russell estaba tratando de hacer una caña de pescar con una rama y una cuerda delgada para el bote. Se estaba tomando muy en serio la idea de comer pescado fresco.

"¿Sabes que? Quiero nadar en el lago", dijo Elizabeth.

"Sabes que el agua está fría, ¿verdad?" Dijo Russell.

"Lo sé, lo sé, pero ya no importa. Nunca antes había nadado en un lago en ropa interior. Y nunca en la naturaleza". Ella miró hacia el lago.

"¡Seguro mi amor! ¡Por qué no!" Dijo Russell.

"¿Vamos a pescar o qué?" Dijo Amy.

"¡Si! ¡Vamos!" dijo Russell saltando del suelo.

Russell ató la cuerda al bote y se subieron. Elizabeth sostuvo la línea y le dio un empujón al bote hasta que lentamente comenzó a alejarse de la orilla.

"No hay mucha cuerda, así que no será difícil traerlos de regreso. Por si acaso, voy a atar el otro extremo a este árbol", dijo Elizabeth.

"¿Vas a nadar, mamá?"

"Creo que sí", dijo con una sonrisa.

"¿Vamos a pescar o qué?" dijo Russell desde la parte delantera del bote.

Cuando el bote se alejó lo suficiente, la cuerda se puso tensa y tiró con fuerza. Amy cayó sobre Russell.

"¡Guau! Lo siento. ¿Estás bien, papá?"

"Por supuesto, cariño, estoy bien"

"¿Están bien?"

"¡Sí nena! ¡Estamos bien!"

"¡Sí mamá!"

Russell tomó su caña de pescar improvisada y se preparó con la idea de tener pescado fresco para el almuerzo.

"¡Que comience la pesca!" Amy anunció con alegría.

Elizabeth se quitó la ropa y la colgó sobre la rama del árbol. No estaba segura de qué tan frío estaría el lago, pero lo estaba pasando bien. Sin probar el agua, corrió y saltó.

"¡Oh, oh! ¡Es muy fría!" ella gritó.

Solo nadó un minuto y luego salió, poniéndose la ropa lo más rápido que pudo. Cogió una manta del camión y se agachó muy cerca de la hoguera. Hacía frío, pero su inmersión en el agua fue muy refrescante.

Después de media hora, Russell y Amy estaban listos para regresar. Elizabeth se acercó al árbol y comenzó a recoger la cuerda. Fue mucho más difícil de lo que ella pensaba. Agarró la cuerda, se la puso alrededor de la cadera y tiró con la fuerza de su cuerpo alejándose de la orilla. Eso funcionó mejor; mucho mejor.

"¡Vamos, mamá! ¡Tú puedes!" Amy gritó desde el bote.

"¡Dale nena, fuerza! ¡Hazlo por el pescado que tengo para el almuerzo!" gritó Russell, riendo.

Una vez que regresaron a la orilla, Elizabeth se acostó en el suelo, exhausta y feliz, riendo.

"¡Nunca me había divertido tanto con ustedes! Me pregunto por qué nunca antes habíamos ido de campamento. Quizás nuestra versión de acampar fue visitar la granja con mis padres. Pero nunca hicimos fuego afuera ni fuimos a nadar a un lago. ¡Y nunca tiré un bote a la orilla!" Dijo Elizabeth, tratando de recuperar el aliento.

"¿Estás bien, cariño?" Preguntó Russell.

"Sí, mi amor, mejor que nunca, en serio".

Russell puso más ramas en el fuego y sacó una rejilla de metal de la parte superior del tanque de agua, para usar como parrilla para asar lo obtenido en la pesca.

Mientras el pescado se cocinaba sobre el fuego, Amy sintió mucha curiosidad por comer pescado crudo.

"¿Cuál es el sabor del pescado crudo, papá?"

"No tengo ni idea querida. Quizás sea como sushi. ¿Qué tal si lo pruebas?

"No, no lo creo. Tal vez lo haría si el pescado crudo fuera el único alimento disponible", respondió Amy.

"¡Vamos niña! ¡Tenemos una sola vida y se nos acaba el tiempo! ¡Intentalo!" gritó Elizabeth.

"¿En serio? ¿Una de las últimas cosas que comeré en mi vida será pescado crudo? No lo sé, tengo que pensarlo", dijo Amy.

"Necesito saber que todos se han lavado las manos antes de almorzar, ya sea que se coman el pescado crudo o cocido", dijo Frank.

"¡Oh, vamos, Frank!" los tres gritaron al mismo tiempo.

Por la tarde, Russell, Elizabeth y Amy consideraron seriamente hacer un pequeño campamento, donde pasarían el tiempo que les quedaba. Parecía una buena idea estar en un lugar tranquilo, disfrutando el uno del otro. Y este lago parecía estar lejos de la gente y cerca de la naturaleza. ¿Qué puede salir mal?

"¡Russell, Russell!" Dijo Frank, tratando de despertarlo de su siesta después del almuerzo.

"¿Frank? ¿Qué pasa? respondió Russell.

"Se acerca un vehículo", dijo Frank, señalando con la cabeza.

¡Elizabeth! ¡Amy! " gritó Russell.

Las chicas estaban sentadas en la hierba no muy lejos.

Inmediatamente vieron el auto que se dirigía directamente hacia ellos. Russell se puso de pie y les dijo a las chicas que se quedaran detrás de él.

"Chicas, quédense calladas. Déjenme hablar".

Amy estaba aterrorizada, abrazando las piernas de Elizabeth. Frank se movió para ponerse frente a Russell.

Parecía una patrulla de policía. El vehículo redujo drásticamente la velocidad a medida que se acercaba. No podían ver el interior del auto, tenía los vidrios oscuros. El coche se detuvo con la ventanilla del conductor frente a Russell. El vidrio bajó solo cinco centímetros.

"¡Qué tal, hola!" dijo una voz desde el asiento del conductor.

"Hola, oficial. ¿Cómo podemos ayudarle?" Dijo Russell.

Solo pudo ver los ojos del oficial, pero la familia se relajó un momento, sabiendo que la policía no los pondría en peligro.

"¿Sabía que están acampando y haciendo fuego en una reserva protegida para animales?" dijo el policía en voz alta.

"¡No puedes hacer fuego aquí, hermano!" Otra persona dijo desde el interior del coche.

"Lo siento oficial, llegamos anoche y estaba oscuro. No vimos ninguna señal. Lo sentimos mucho", explicó Russell.

"¿Son solo ustedes tres?" preguntó el oficial.

"Sí, solo nosotros tres, pero podemos irnos ahora mismo si es necesario, señor", dijo Russell.

"¿Qué edad tiene la niña?" preguntó otra voz.

"¿Mi hija, Amy? Tiene ocho años", respondió Russell.

"Me suena bien para mi", dijo un cuarto hombre desde adentro.

Todos los pasajeros empezaron a reír. Russell, confundido, miró por las ventanas.

"¿Perdóneme?" Dijo Russell.

Se abrieron las puertas. El conductor y el pasajero bajaron junto con otros tres chicos del asiento trasero. Llevaban uniformes de prisión de color naranja.

"¡Russell!" dijo Elizabeth nerviosamente.

"¡Oigan, por favor! ¡Podemos irnos ahora mismo, por favor!" gritó Russell, levantando las manos y retrocediendo para acercarse a las chicas. "¡No queremos ningún problema, por favor!".

"No, no, no, quédate. No te muevas. ¡Solo queremos divertirnos un poco antes del fin del mundo!" Dijo uno de los pasajeros, riéndose. De ahí, todos los prisioneros se miraron riendo.

"Por favor, por favor, tomen lo que quieran, ¡pero no lastimen a mi familia, por favor!" gritó Russell en pánico.

Los hombres rodearon lentamente a la familia. Dos de los hombres en la parte de atrás mostraron sus armas. Uno de ellos pasó su lengua por su arma.

"Hemos estado solos durante mucho tiempo, amigo mío", dijo el conductor del auto.

"Solo queremos algo de compañía y tal vez un poco de romance, ¿de acuerdo?" dijo uno desde atrás, apuntando con su arma a Russell.

"Me gustan las chicas pelirrojas. ¿Qué opinas, Hank?

"Una noche romántica con algunas chicas pelirrojas, ¿eh? ¡Suena bien!" respondió Hank, el conductor.

"¡Se acabó la conversación!" gritó un prisionero dirigiéndose rápidamente hacia las chicas.

"¡Paren esto!" gritó Russell.

"¡No!" Amy y Elizabeth también gritaron.

Instantáneamente, Frank cambió sus luces a rojo. Abrió la tapa del compartimiento de los cubiertos y arrojó un cuchillo. Con increíble precisión, Frank le acertó al hombre que venía por las chicas. Cayó al suelo, tratando de respirar con el cuchillo de cocina clavado en su cuello, la sangre comenzó a salir disparada por todas partes.

"¡Que demonios!" Hank gritó.

"¡Disparales!" otro prisionero gritó.

Un prisionero levantó los brazos para disparar a Russell. Frank giró la cabeza hacia el chico. En segundos, Frank disparó cuatro cuchillos más como una ametralladora. El silbido de los cuchillos cortando el aire fue el último sonido que escucharon antes de que los cuerpos de los cuatro prisioneros cayeran al suelo. Frank había apuntado hábilmente a sus cabezas, cuello y pecho en su contraataque.

"Que…" Russell susurró.

Se volvió para ver el rostro de Elizabeth. Ella estaba protegiendo a Amy con todas sus fuerzas.

"¿Qué es lo que acaba de suceder?" susurró Elizabeth.

Frank giró lentamente la cabeza hacia la familia.

"Protocolo de seguridad", dijo Frank con una voz extraña.

"¿Qué? ", dijo Russell.

En ese momento, Hank movió el brazo para alcanzar una pistola que había caído en la hierba cerca de él. Enseguida apuntó a Frank y apretó el gatillo. La bala impactó uno de los brazos de Frank, despedazandolo.

"Maldito robot", murmuró Hank.

Frank giró rápidamente hacia el malhechor. Hank volvió a disparar el arma y, al mismo tiempo, Frank lanzó su último cuchillo directamente a la frente de Hank.

Desde ese instante, Hank ya no era una amenaza para la familia, pero esa última bala alcanzó el hombro de Amy.

"¡No!" Russell y Elizabeth gritaron.

"¡No no no! ¡Amy!" Elizabeth sostuvo a Amy en sus brazos.

"¡Ay! ¡Duele! ¡Duele mucho!" gritó agarrándose del hombro.

"Cariño, cariño, déjame ver la herida", dijo Russell.

"¡Espera, papá, duele!" Amy gritó de nuevo.

"¡Lo sé, cariño, lo sé! Déjame intentar detener el sangrado, ¿de acuerdo?"

Las luces rojas de Frank se apagaron.

"¿Qué pasó?" preguntó Frank.

"Déjame echarle un poco de agua. Déjame ver", dijo Russell, tratando de recomponerse.

Vertió un poco de agua sobre la herida y vio que la bala había rozado el hombro de Amy. Dolía pero no era demasiado profundo. Frank se acercó en silencio y Elizabeth lo abrazó.

"No entiendo, necesito saber cuál fue mi error. Me moví para protegerla, pero veo que no fue suficiente", dijo Frank.

"La salvaste, Frank", dijo Elizabeth.

"Eso es lo único que necesitas saber, mi querido amigo", dijo Amy entre lágrimas.

"¿Aló, Hank? ¿Dónde estás, hombre? ¡Te perdimos!" Se oyó una voz por el radio comunicador del coche policía.

"¡Giraste a la izquierda después de la señal de la reserva de animales, pero luego te perdimos, dónde están!" continuó la voz.

"¡Oh no! ¡Mira!" Dijo Elizabeth, señalando un grupo de autos que se dirigían hacia ellos.

Estaban a varios kilómetros de distancia. Pero el polvo de la caravana de vehículos se podía ver desde el otro lado del lago.

"¡Vamonos! ¡Vamonos!" Russell gritó y corrió hacia el camión para encender el motor.

"Vamos cariño, levántate. ¡Tenemos que irnos! Revisaré tu hombro en el camión", le dijo Elizabeth.

"¡Frank, date prisa! ¡Acércate al camión!" Russell gritó.

Después de levantar a Frank y meterlo en la cabina, Russell trató de recoger algunos de sus suministros del campamento improvisado. Elizabeth lo agarró y ambos corrieron hacia el vehículo.

"¡No hay tiempo, bebé! ¡Vamonos!" gritó Elizabeth.

Regresaron al corto camino que los había llevado a la reserva, y de ahí mismo giraron a la derecha dirigiéndose al norte lo más rápido que pudieron.

Dos horas después, cinco patrullas de policías llegaron al lago. Alrededor de la hoguera, los cuerpos de Hank y los otros cuatro reclusos yacían sin vida. Los cinco vehículos estaban llenos de criminales que habían escapado de la prisión local.

"El jefe va a estar muy enojado por esto. Quien haya hecho esto sabía muy bien lo que estaba haciendo con los cuchillos", dijo uno de ellos.

"No deben estar muy lejos. Descansemos aquí y mañana nos divertiremos en un día de caza", dijo el hombre del tatuaje en la frente. "Comenzaremos al amanecer"

CAPÍTULO 9 - ESTO ES TODO

Frank estaba manteniendo despierto a Russell, dándole indicaciones sobre qué ruta tomar. Buscó caminos alejados de las principales carreteras o ciudades. Russell creía que los prisioneros los perseguían y los matarían a todos. Condujo sin parar. Cada vez que escuchaba: "Papá, tengo que ir", le recordaba que estaban perdiendo un tiempo precioso para escapar. Estaba tan preocupado que la próxima vez Russell esperó hasta que todos necesitaran usar el baño para detener el camión.

En medio de la noche, en una de esas paradas, Elizabeth encontró a Russell llorando detrás del camión.

"¿Cariño? ¿Estás bien?" Preguntó Elizabeth.

"Ya no puedo conducir, Nena. Estoy sufriendo. No puedo mantenerme despierto. Me siento mal y mareado".

"Pero, cariño, realmente estamos lejos del lago. Duerme un poco." Dijo Elizabeth.

"No podemos detenernos ahora mismo. Necesito al menos 5 horas en la carretera para sentirme mejor", dijo Russell.

Empezó a llorar de nuevo. Estaba emocionalmente roto y demasiado cansado para continuar. Estaba aterrorizado por los prisioneros y necesitaba sentir que su familia estaba a salvo.

"Oye, déjame conducir", dijo Elizabeth. "Frank puede echarme una mano. Sé que es un camión grande y que no se maneja igual que nuestro automóvil, pero sé lo básico, ¿verdad? Me refiero a izquierda, derecha y adelante ", dijo Elizabeth con una pequeña sonrisa

"De acuerdo, mantén el camión entre 60 y 80 kilómetros por hora, en caso que tengamos algún problema en la carretera; cosas como un cruce de animales o algo frente a ti".

"Vamos, métete dentro del camión", dijo Elizabeth con mucha suavidad.

Mientras lo cubría con una manta en el asiento trasero, recordó su boda cuando dijo: "Sí, quiero". Entonces supo que tenía suerte. Había encontrado un amigo, un marido y un día un padre perfecto. Russell no había tenido un momento para procesar la terrible situación en la que se encontraba la humanidad. Y quién sabe lo que sucedió cuando Russell fue a Toskesville a buscar suministros. Ella sabía que un gran camión cisterna de agua no pasaría desapercibido en medio de la noche. Elizabeth vio unas manchas de sangre en su ropa cuando llegó esa mañana. Algo sucedió esa noche, pero claramente no quería hablar de eso. Posiblemente nunca lo haría. Elizabeth no quiso preguntar. Ella creía que estaba bien dejarlo en paz. Por el momento estaban conduciendo a un lugar seguro.

"En un kilómetro y medio más, cruzarás un pequeño puente", dijo Frank.

"Frank, ¿sabes a dónde vamos?" susurró Elizabeth.

"Sí, vi un lago rodeado por una espesa arboleda", dijo Frank. "Calculo que pronto nos vamos a quedar sin combustible. El lago podría ser el lugar perfecto para detenerse".

"Suena bien, Frank", respondió Elizabeth.

"Esta ruta nos lleva a una región fría del continente, pero lejos de los prisioneros. Conducir hacia el norte nos dará un mayor porcentaje de supervivencia. La nieve nos protegerá de la primera ola de calor tras el impacto del asteroide".

"Me había olvidado por completo del asteroide", dijo Elizabeth.

"Lo siento. No era mi intención recordártelo. Estaba tratando de ser honesto sobre el plan", dijo Frank.

"No te preocupes, Frank. Solo estoy pensando en voz alta". Dijo Elizabeth.

"Entiendo, Elizabeth."

Ella miró a Russell y Amy. Siguió conduciendo, pasando el puente y continuó sin parar toda la noche hasta que se acabó el combustible.

"Huele a pino," pensó Russell mientras se despertaba lentamente.

Se estiró y bostezó, abriendo los ojos, tratando de ordenar sus pensamientos. Todo estaba tranquilo y en paz. Vio árboles alrededor del camión y luego se levantó de un salto.

"¡Bebé! ¡Amy!" gritó Russell. "¡Oh no no! ¡Elizabeth! ¡Elizabeth!"

Russell continuó gritando mientras buscaba a tientas la manija de la puerta. Al saltar, casi se cae de bruces desde la altura del camión. Vio que Elizabeth y Amy estaban sentadas junto al fuego con una olla pequeña de agua hirviendo.

"¿Quieres un café, cariño?" Preguntó Elizabeth.

"¿Dormiste bien, papá?"

Russell estaba profundamente confundido. Grandes árboles los rodeaban y la temperatura era helada. Pero también había un olor increíble a pinos. Hacía tanto frío que salía vapor de su boca.

"¿Qué? ¿Dónde estamos?" Preguntó Russell.

"Estamos en algún lugar de Nunavut", respondió Frank.

"¿Nunavut? ¿Estás seguro?"

"Mi mapa se actualizó el mes pasado. Entonces, sí, estoy bastante seguro. Además, las temperaturas aquí pueden comenzar entre 30° y -15° Celsius.

"Eso no está nada mal, ¿verdad Frank?" Preguntó Russell.

"Esos son datos de la temporada de verano", dijo Frank. "Estamos en invierno, lo que significa que puede llegar a -40° Celsius. Te aconsejo que consigas algunas mantas si quieres desayunar con las chicas".

"¡Guau! ¿Manejaste toda la noche, cariño? ¿Cuánto dormí?"

"Bueno, sí, manejé hasta que nos quedamos sin combustible aquí mismo entre estos árboles. ¡De nada!" Dijo Elizabeth, sonriendo.

"Y...", dijo Frank, "dormiste quince horas, treinta y siete minutos y veintidós segundos. ¡De nada!"

"¡Excelente! ¡Pero qué equipo!" Dijo Russell.

Volvió a subir a la camioneta para agarrar las mantas.

La mañana fue tranquila, sin interrupciones. No había combustible en el camión y pronto se quedarían sin comida. Russell le pidió a Frank que buscara en sus mapas cualquier lugar con comida y refugio. Frank ya había pensado en eso y le dio a Elizabeth una lista con tres posibilidades. Los tres eligieron una de esas opciones. Ese sería su próximo destino del día.

Al mediodía el grupo comenzó a caminar. Hacía frío, pero caminar los mantenía lo suficientemente calientes para resistir las bajas temperaturas. Frank cargaba algunas provisiones en una mochila que Russell había colocado en su parte trasera. Después de un par de horas, llegaron al borde del bosque. La ruta les alejaba de los árboles y los llevaba a una vasta llanura. Fue hermoso. Luego, Frank dijo que pronto verían un lugar que parece una fábrica con galpones.

"Vamos, equipo, estamos cerca", dijo Russell.

"¿Frank? ¿Crees que vamos a encontrar gente mala allí?" Preguntó Amy.

"No lo creo," respondió Frank. "Al parecer, por los datos que tengo de aquella locación, la gente de aquí se gana la vida con la tala de árboles y no se quedan en las instalaciones durante la noche. Eso significa que este lugar no es una ciudad ni un asentamiento humano. Estamos en una región de razas nativas y está protegida. Según mis registros parece haber un conflicto entre los nativos y las empresas madereras".

"Bueno, esa es ciertamente una descripción completa del lugar", dijo Russell.

"Además, no creo que encontremos gente aquí ahora que el mundo se acaba", agregó Frank.

"Yo también lo creo. Gracias, Frank. Si encontramos a alguien, lo resolveremos. Somos un gran equipo", dijo Amy.

Después de horas de caminar por una ruta llena de barro, finalmente se acercaron a las instalaciones que Frank describió anteriormente. Russell se tomó un momento para descansar. Usando la cámara digital de su comunicador, Russell hizo un zoom en la instalación para verificar si había algún movimiento, en caso que perros estuvieran vigilando el lugar. Estaban cansados y con mucho frío. Amy tenía un poco de fiebre y le dolía el hombro. Además de eso, había comenzado a nevar.

"Amy necesita antibióticos para su herida de inmediato", dijo Russell. "Pase lo que pase ahí dentro, será nuestra decisión como familia. Estaremos juntos hasta el final y nos mantenernos con vida a cualquier precio".

Amy y Elizabeth asintieron con aprobación. Luego se dirigieron a la entrada.

Las rejas estaban abiertas de par en par y no había nadie allí. Russell les dijo a las chicas que caminaran lentamente detrás de él. El estacionamiento en la parte delantera estaba lleno de camiones y vehículos para nieve. La instalación tenía un galpón principal con puertas grandes y una pequeña oficina adjunta a un costado. Russell notó que salía humo de la chimenea de la oficina.

"Alguien está aquí", dijo Russell.

Miró a su alrededor para hacer planes de último momento. Se quedaron alrededor de la entrada durante un par de minutos, esperando a que apareciera alguien. La nieve caía con más fuerza y decidieron ir hacia la pequeña oficina. Amy abrió la boca para atrapar algunos copos de nieve mientras cruzaban el estacionamiento.

"Hace frío, ¿verdad?" Una voz vino desde un camión.

Russell y las chicas se detuvieron de repente y se giraron para buscar a la persona que les hablaba.

"Lo siento, solo estamos buscando refugio para pasar la noche", dijo Russell.

"Nuestra hija está herida y necesitamos antibióticos", agregó Elizabeth.

"No queremos problemas, señor. Por favor, no nos lastimes", dijo Amy.

"¡Oye, no voy a lastimarte! ¡Dios!" respondió el hombre.

Lentamente se bajó del camión sosteniendo un rifle largo. Tenía una larga barba blanca que cubría su bufanda y podían ver el vapor saliendo de su boca.

"Que tal, soy Oswald, por cierto", dijo.

Cerró la puerta y se acercó a ellos. Oswald se detuvo frente a Russell y lo miró silencioso, sin expresión en su gran rostro. Russell y las chicas no movieron un músculo. Los hombres se miraron fijamente, mientras el sonido de una pieza metálica del techo de la oficina rechinaba con el viento. El hombre miró la pieza de metal y luego volvió a Russell.

"¿Te gustan los frijoles?" Preguntó Oswald.

"Si... Sí, señor. ¡Sí, señor! Nos gustan los frijoles", dijo Russell.

"Me gustan los frijoles con arroz, señor", respondió Amy.

Russell movió su brazo, indicando a Amy que no debería unirse a la conversación. Oswald inclinó su cuerpo lentamente hacia la izquierda para ver el rostro de Amy.

"Con arroz, ¿eh?" Dijo Oswald.

El hombre respondió positivamente a Amy moviendo la cabeza y volvió a mirar a Russell.

"Frijoles y arroz será. ¡Vamos! Bienvenido a Old Log. Vamos a comer algo y nos abrigamos", dijo Oswald. "Tengo algunos medicamentos en el gabinete de emergencia".

Comenzó a caminar hacia la pequeña oficina y los Lincoln se miraron entre sí.

"¡Muévanse rápido! Tendrán que irse pronto, así que dense prisa", dijo Oswald.

"Sigámoslo. Creo que estamos a salvo". Amy susurró.

"Está bien, vamos", dijo Elizabeth.

Lo siguieron al interior de la oficina. Había una luz colgando del techo y una lámpara sobre el escritorio. Era brillante y cálido, y podían ver pilas de papel por todas partes, piezas de máquinas y herramientas en el suelo. Los tres se quedaron en la puerta mirando a su alrededor.

"Mira, no tengo comida gourmet por aquí, pero tengo este horno microondas, arroz congelado y muchos frijoles enlatados. Ven y sírvete", dijo Oswald. "Ese gabinete en la esquina tiene medicamentos que pueden ayudar a su pequeña. ¡Y cierra la puerta! ¡Hace frío!"

Los tres entraron silenciosamente mientras Frank permaneció afuera. Elizabeth cerró la puerta, pero se aseguró que fuera fácil volver a abrirla por si algo salía mal. Russell fue rápidamente al microondas y colocó un paquete de arroz dentro. Oswald se sentó en el escritorio en la parte de atrás y apoyó su rifle contra la pared.

"Niña, ¿sabes cómo usar este abrelatas?" Dijo Oswald.

Le dio a Amy un viejo abrelatas con forma de cuchillo pequeño.

"No se preocupe, señor. Yo puedo hacer eso", dijo Elizabeth mientras caminaba hacia él.

"Ok, ok, solo estaba tratando de ser amigable", dijo Oswald.

Elizabeth sentó a Amy en una silla y abrió la mitad de su chaqueta. Después abrió tres latas de frijoles y las vertió en platos de cartón cerca del microondas para que pudieran calentar la comida más rápidamente. En el botiquín, Elizabeth encontró analgésicos, antidiarreicos, antiácidos y un ungüento antibiótico que podía usar para Amy. Elizabeth tomó algunas toallitas antisépticas, almohadillas y gasas para la herida. El primer plato estaba caliente y listo para comer, y Amy era la prioridad. Russell le dió de comer mientras Elizabeth se ocupaba de su hombro. Le dio a Amy unos analgésicos con agua mientras comía.

"Realmente apreciamos su generosidad, señor. Gracias por ayudarnos", dijo Russell.

Russell volvió al ruidoso microondas y preparó el segundo plato.

"La última vez que vi una unidad HHR fue cuando mi esposa estaba viva", dijo Oswald, "Le encantaba ese maldito robot. Un día se quedó sin actualizaciones, así que lo envié a la instalación de reciclaje. Me dieron algo de dinero y compré uno nuevo. No fue lo mismo, pero funcionó bien. Mi esposa me odió por siempre tras haber hecho eso".

"Sí, lo entiendo totalmente. Solo una pequeña cantidad de unidades de tercera generación siguen funcionando en la actualidad. Frank es el único que tiene un sistema de orugas en lugar de ruedas", dijo Russell.

"¿Cómo es eso posible?" Preguntó Oswald.

"Un día nos lo robaron y lo desmantelaron. El seguro nos dio piezas alternativas para su nueva estructura cuando lo ensamblamos otra vez", dijo Russell.

"¿Pero por qué no compraste uno nuevo?"

"Porque no se puede reemplazar a un miembro de la familia".

Oswald bajó la cara. Se quedó callado por un momento.

"Cuando murió mi esposa, lo único que me quedaba era mi hijo. Desafortunadamente, tomó el camino equivocado y fue a la cárcel de por vida. Desde entonces, hemos estado en una lucha interminable con los nativos de esta región y estoy exhausto. Me alegro de que todo esté llegando a su fin y que mi hijo vuelva a casa. Si este es el fin del mundo, quiero compartirlo con mi familia y amigos".

Elizabeth se hizo cargo de Amy en silencio mientras Russell terminaba de calentar el último plato de comida.

Amy se quedó sentada mirando al hombre al otro lado de la habitación. Oswald estaba sentado sobre su escritorio y el molesto sonido de la pieza de metal en el techo continuaba rechinando.

"Mira, solo tienes un par de horas antes de que Jack llegue con mi hijo y el resto de los chicos. Y créanme, ellos no son amables o educados. Así que come esa comida, agarra un poco más y sal de aquí", dijo Oswald con una voz vieja y cansada.

Russell y las chicas lo miraron fijamente, tratando de averiguar qué hacer. Se acercaba la noche y la temperatura exterior bajaría muy rápidamente.

"¡Señor, tiene que ayudarnos, por favor!" Russell imploró.

"¡No me hables así!" replicó Oswald. "Yo no pedí todo este drama. Sabes, podría haberte disparado en la cabeza tan pronto como entraste en mi propiedad, pero ayudé a alimentar a tu familia. ¡Así que tómalo con gratitud y cállate!" gritó Oswald, levantándose del escritorio.

"Lo siento. Lo siento mucho. No queremos molestarlo, señor", dijo Russell.

"Señor, vamos a comer y nos vamos. Nunca más sabrá de nosotros, se lo prometo", dijo Elizabeth.

"Entonces, toma la maldita comida y lárguense de aquí", dijo Oswald, con voz más tranquila pero severa.

Entonces la radio que estaba instalada en la pared comenzó a hacer ruido de interferencia. Alguien intentaba establecer contacto, pero la recepción no estaba clara.

"Oswald, ¿me copias? ¿Oswald?"

Oswald se inclinó sobre el gabinete de la radio y tomó el micrófono. Movió algunas perillas en el panel frontal para obtener una mejor señal de la transmisión.

"Sí, sí, estoy aquí. ¿Quién es?" respondió Oswald.

"Oye, Oswald, este es Fred", respondió la voz en la radio.

"¿Fred? Fred Parson? ¡Hombre! ¡Es bueno escuchar tu voz!" respondió Oswald.

"También es bueno saber de ti, Oswald. Ha pasado mucho tiempo desde que hablamos".

106

"Sí, mi amigo. ¿Están todos bien? ¿Vienes con el grupo?" Preguntó Oswald.

"Oye, te tengo una noticia terrible. Tus muchachos llegaron a la prisión e hicieron un trabajo increíble sacándonos y dándonos nuestra libertad nuevamente. La policía disparó a dos de tus hombres, Nick y Patrick. Cogimos varios coches de la policía y escapamos con el resto de la pandilla. Lamento decirte esto, pero Jack y Hank están muertos. Cambio."

Oswald estaba atónito. Pateó un cubo de basura que estaba cerca de él.

"¡Qué! ¡¿Quién los mató?! ¡Cambio!" gritó Oswald.

"No sabemos qué pasó. Hank conducía delante de nosotros y los perdimos durante un par de horas. Cuando los encontramos vimos que al parecer Hank y Jack fueron atacados por un grupo en la reserva animal. Mataron a Hank y al resto. Lo siento. Cambio."

"¡No! ¡No no no!" Oswald gritó, golpeando el micrófono contra la pared.

Russell, Elizabeth y Amy estaban petrificados en su lugar. Tenían que escapar rápidamente. Elizabeth empezó a moverse lentamente, recogiendo cosas mientras Amy se dirigía a la puerta.

"¿Sabes quién hizo esto? ¿Enemigos? ¿O quizás esos nativos de Arviat? ¡Van a pagar por esto!" Oswald gritó al micrófono con lágrimas en los ojos.

"Vimos un camión blanco conduciendo hacia el norte, pero los perdimos. Encontramos marcas de un robot en el suelo, tal vez uno pequeño con un sistema de orugas. También vimos pequeñas huellas, como si hubiera un niño con ellos", dijo Fred.

Russell y las chicas dejaron de respirar. La tensión vaticinaba un duro enfrentamiento por venir. Oswald se quedó en silencio mientras las lágrimas rodaban por su barba. Apretó el micrófono lo más fuerte que pudo y lentamente se giró hacia ellos.

"¿Oswald? ¿Está ahí? ¿Oswald?" Fred dijo.

Oswald dejó caer el micrófono y gritó: "¡Mi hijo está muerto!"

Russell extendió las manos para intentar calmarlo.

"¿Cómo se supone que debo reaccionar ante eso, eh? ¿Me pueden explicar eso?" gritó Oswald.

"Mira, no queremos ningún problema aquí. Escucha, ellos nos atacaron primero…"

"Así que lo mataste, ¿no?"

"¡Pero déjame explicarte!"

"¿Y viniste aquí para matarme también? Sabía que algún día los nativos volverían en busca de venganza, pero esto…"

"¡Espera no! No somos nativos, nosotros …"

"¿Crees que vas a arreglar años de lucha por estas tierras matando a mi hijo y a mí? Somos una gran familia. ¡Esta tierra y los árboles nos pertenecen! Si tenemos que matar a los nativos de nuevo, como lo hizo mi hijo, ¡lo haremos uno por uno!"

Entonces Oswald miró su rifle y miró directamente a Russell.

"¡Y ahora, todos ustedes van a morir!"

Oswald y Russell se lanzaron hacia el arma, agarrándola al mismo tiempo y tratando de dispararse a la cabeza del otro. Russell apuntó a la pared justo cuando Oswald apretó el gatillo, dejando un gran agujero debajo de la mesa del microondas. Elizabeth agarró a Amy y se tiraron al suelo. Oswald pateó la pierna de Russell y ambos cayeron. Oswald estaba encima de Russell y, con un rápido movimiento de cabeza, golpeó con fuerza la nariz de Russell. Ambos tenían un férreo agarre del rifle. Rodaron de un lado a otro y se gritaban el uno al otro. Cuando sus cuerpos chocaron contra la pared, Russell terminó encima de Oswald.

"¡Todos ustedes van a morir!" volvió a gritar Oswald.

"Sí, tienes razón, pero nosotros vamos a decidir cuándo", dijo Russell.

Forcejeando, Russell colocó el rifle bajo la barbilla de Oswald a través de su barba peluda y sin dudar apretó el gatillo. El disparo atravesó la cabeza de Oswald, esparciendo trozos de cerebro y sangre por toda la pared, el microondas y la ropa de las chicas.

El silencio que siguió solo fue roto por Russell, Elizabeth y Amy sollozando, con los ojos bien abiertos. La pieza de metal en el techo seguía rechinando con el viento. Russell se levantó, profundamente conmocionado y confundido pero con rabia en los ojos.

"¿Oswald? ¿Estás ahí?" preguntó la voz en la radio.

Russell escuchó atentamente.

"Oye, entiendo que estás triste en este momento y no quieres hablar. Escucha, llegaremos a las instalaciones en poco menos de dos horas. Cambio y fuera".

"¡Russell, tenemos que escapar ahora!" Elizabeth gritó.

"¡Papá, vámonos!" Amy gritó, tirando de su brazo.

"Tienes razón. ¡Tomemos algo de comida y salgamos de aquí!" Dijo Russell.

Elizabeth colocó con cuidado el brazo de Amy en un abrigo de invierno que encontró en la silla. Russell puso algunos frijoles enlatados en una bolsa. Sacó varias barras de cereal del armario y las metió en los bolsillos de las chaquetas. Amy hizo lo mismo.

"Llenen todos los bolsillos de sus chaquetas", dijo Russell.

"Dame algo. Tengo otra chaqueta aquí". Dijo Elizabeth.

Russell vio algo que podría ayudar. En la pared estaba el llavero de todos los camiones que estaban afuera. Salieron corriendo en busca de un vehículo. Era difícil caminar por el barro y la nieve. Elizabeth cayó varias veces sobre la superficie resbaladiza.

"No vamos a llegar muy lejos con este barro", dijo Russell.

"Es demasiado resbaladizo y las ruedas van a ..." Entonces Russell vio a Frank moviéndose rápida y eficientemente a través del complicado terreno.

"No necesitamos un camión. Lo que necesitamos es un vehículo con orugas", dijo Russell.

Inmediatamente comenzaron a buscar un vehículo específico con orugas en lugar de ruedas.

"¡Este, papá!" Amy gritó.

Amy había encontrado un pequeño transporte pintado de camuflaje verde y el nombre "Bárbara" en la parte de atrás.

"Perfecto. Déjame buscar. Camuflaje y Bárbara, camuflaje y Bárbara...", murmuró Russell, buscando entre los llaveros.

"¡Vamos, date prisa!" Dijo Elizabeth desesperada.

"!Si se, Si se!"

Russell vio un llavero rectangular con puntas redondeadas con una B en el centro.

"¡Espero que sea este!" Dijo Russell.

Elizabeth y Amy, cubiertas de barro, subieron al transporte mientras Russell intentaba arrancar el motor. Funcionó.

"Voy a agarrar esos contenedores con gasolina extra. ¿Necesitas algo más de adentro?" Dijo Russell.

"Trae ropa. Vi unos pantalones térmicos y otras chaquetas colgadas en la pared. Trae todo lo que pueda mantenernos abrigados. ¡Y date prisa!" Dijo Elizabeth.

Frank usó su brazo para engancharse a la parte delantera del transporte donde había una pequeña plataforma para unidades robóticas.

"¡Larguémonos de aquí!" dijo Russell, cerrando la puerta.

Condujeron alrededor de la instalación en dirección norte. El transporte no era de alta velocidad, pero era muy eficaz en el terreno embarrado. Después de varias horas de conducción, el barro desapareció y condujeron a una velocidad estable. El sistema de calefacción funcionó muy bien en la cabina y las chicas se quitaron la ropa mojada y embarrada, se pusieron los uniformes de los trabajadores. Frank, que estaba cubierto de nieve, continuó ayudando a Russell mostrándole el camino, girando la cabeza para indicar la dirección correcta.

Más tarde, la nieve comenzó a caer en gruesos copos y era difícil ver el camino por delante. Condujeron varias horas durante la noche hasta que el pequeño transporte se quedó sin gasolina. Russell salió para rellenar el tanque, pero primero limpió la nieve acumulada sobre la cabeza de Frank.

"Oh no…" susurró Russell.

Los contenedores de gasolina se habían agrietado por la baja temperatura y la mayor parte del combustible se había derramado.

"¡Eso es todo… No tengo más ideas", susurró Russell.

Él miró a su alrededor. No había nada más que nieve. Russell se paró junto al vehículo por un momento tratando de entender por qué la muerte parecía estar siguiéndoles. Sabía que no podían rendirse. En ese momento, vio el brillo de las luces a lo lejos y se dio cuenta de que el vehículo de transporte había dejado huellas claras que podían rastrearse. Russell abrió la puerta para despertar a las chicas.

"¡Despierten, despierten, tenemos que irnos ahora!" Dijo Russell.

Elizabeth se despertó y miró por la ventana.

"¡Pero para donde Russell! ¡Dónde! No tiene sentido todo esto," dijo Elizabeth desesperada.

"¡No renuncies ahora, cariño! No se van a detener. ¡No tienen nada que perder! Lo resolveremos, nena, lo prometo", dijo Russell.

Tomó el cuerpo agotado y dormido de Amy en sus brazos, y Elizabeth tomó un poco de comida. Luego ella vió las luces también.

"Tenemos que encontrar una forma de escondernos. Sé lo ridículo que suena esto, pero tal vez excavar bajo la nieve nos salve", dijo Russell.

"Vamos. Busquemos un lugar, ¡Pero tenemos que movernos rápido y ahora!"

La nieve comenzó a caer fuertemente dejando una espesa manta sobre el terreno. La ropa que habían sacado de la instalación fue de gran ayuda; sin embargo, cada paso de escape era más lento a medida que avanzaban.

"¡No vamos a lograrlo!" Dijo Elizabeth, quedándose sin aliento.

"Mira, tenemos algo de nuestro lado", dijo Russell. "La nieve se está volviendo pesada y cubrirá las huellas detrás de nosotros. ¡Esta es nuestra oportunidad de seguir adelante y encontrar un refugio!" dijo Russell, inspirando a su esposa.

Frank comenzó a rodar frente a ellos, dejándoles un camino más fácil para caminar. Frank estaba siguiendo una ruta hacia una comunidad Inuit, pero aún estaba muy lejos. Su batería se estaba agotando y no podría recargar hasta la mañana usando su panel solar. Sabía que ahora no era un buen momento para malas noticias. Frank también sabía que inspirarlos a caminar mantendría sus cuerpos calientes y la familia viva. Colocó la canción favorita de Elizabeth y Russell a todo volumen por su altavoz externo mientras la nieve continuaba cayendo.

"¡Para, para!" gritó Russell.

"¿Estás bien, nena?" dijo Elizabeth.

"¡Amy, despierta!" dijo suavemente Russell.

"Quiero dormir, papá".

"Tienes que caminar, cariño. Eso te mantendrá despierta y abrigada".

"Estoy cansada, mamá. Quiero dormir,"

"Es posible que su cuerpo esté batallando con alguna infección, por lo de su hombro", dijo Frank.

"Detengámonos aquí. Ya no importa", dijo Elizabeth.

"Caminemos un poco más, por favor", preguntó Russell.

"Frank, ¿ves algo útil en tu mapa?" preguntó Elizabeth, pero Frank no respondió.

"¿Frank? ¿Amigo?" preguntó Russell.

Frank estaba frente a ellos, pero no se movía en absoluto. Sus luces ya no parpadeaban. La batería de Frank estaba vacía.

"Bueno, supongo que es todo. Llegamos hasta el final, mi amor", dijo Elizabeth.

"Eso supongo ...", respondió Russell.

Russell apoyó su espalda en el costado de su viejo amigo Frank y colocó a Amy sobre sus piernas. Elizabeth se acostó junto a Amy y la cubrió con sus brazos. En silencio, los Lincoln se rendían. Su viaje había terminado cuando la nieve a su alrededor se hizo más espesa.

Al final, luego de un rato, Russell creyó ver dos o tres siluetas de personas que se acercaban a ellos en la nieve.

"No lastimen a mi familia. No se atrevan a hacerles daño a mi familia ..." Russell susurró suavemente, sin energías y cerró los ojos.

CAPÍTULO 10 - GAS FRÍO

"Probando, probando. Uno, dos, probando. ¡Hola Mike! ¡Por favor! ¡Necesito más volumen aquí!" dijo el chico frente al micrófono. Estaba probando el sonido de la batería en el escenario para el Concierto del Día del Impacto. Varios grupos usarían el set de percusión.

"Ok, vayamos con la canción número tres, sólo el comienzo. ¡Tres dos uno!"

Se podía escuchar la música rock desde el escenario principal. Cientos de bandas estaban en la alineación de lo que podría ser el concierto de música más concurrido en la historia de la humanidad. El espectáculo contaba con la participación de varias empresas de eventos y parecía que todos habían traído a sus familias. El ingeniero de sonido se encontraba sentado frente al escenario con su abuela. Le enseñaba a lograr el sonido perfecto de un mezclador de audio de cincuenta canales. En el escenario, un joven ingeniero de iluminación estaba con sus dos hermanas. Explicándoles en detalle cuál había sido su trabajo durante los últimos años. Detrás de la estructura prominente del escenario se encontraban los camiones de transmisión con cientos de cables que iban en diferentes direcciones. Los operadores de cámara, productores, directores y técnicos nunca antes habían tenido la oportunidad de mostrar a sus familias cuáles eran sus roles en conciertos y eventos.

Philipe estaba dentro de uno de los camiones de transmisión de televisión. Él era director asistente, sentado frente a un inmenso panel lleno de botones con su hija recién nacida, Emma. Estaba llorando mientras la bebé dormía profundamente en sus brazos.

"Ojalá pudieras ver esto, Emma. Todas las luces, botones y pantallas. Esperaba enseñarte esto y tantas otras cosas mas; cómo andar en bicicleta o cómo el amarillo y el azul hacen verde. Lamento mucho haberte traído al mundo en este momento. Quiero que sepas que te amaré por siempre. Tu rostro estará en mi memoria incluso si ya no estamos físicamente aquí. Siempre serás mi querida Emma" susurró Philipe a su hija , besándola en la frente.

El camión estaba transmitiendo a las antenas de costa a costa. El sonido del evento viajó a frecuencias de radio de todo el mundo. Los técnicos creían que podían confortar las últimas horas de vida en la Tierra uniendo a las personas con la música, una de las formas de arte más hermosas que tiene la raza humana.

"... Y básicamente le dije ¿Por qué no?", dijo la presentadora a la cámara, "Así que hoy estoy aquí con nuestro cantante de country favorito y uno de mis mejores, mejores amigos, Bob Faller. ¿Cómo te va mi querido amigo? Finalmente estamos juntos en la televisión, ¿eh?"

"¡Sí, de hecho, Krystal! Lo logramos. Llevamos años trabajando sin parar. Esa es la vida que elegimos. La música y la televisión consumen todo, y ahora aquí estamos."

"Vaya, Bob. Esas son unas hermosas palabras. Recuerdo cuando nos conocimos en ese concierto. Seguro que no esperaba ir detrás del escenario e informar sobre tu banda para las noticias, pero tuve suerte esa noche. Recuerdo que estabas sentado en el suelo, esperando tu turno para brillar en el escenario. Sabes que siempre me gustó mucho tu voz y tus canciones. Además amigos míos ¡Bob huele maravilloso!" dijo ella riendo.

"¿Sabes qué, Krystal? Cuando te vi, supe que te seguiría a cualquier parte, y después de años de intentar conseguir esa segunda cita, nuestros horarios seguían siendo trabajo, trabajo y más trabajo. Pero adivina qué..."

Bob se metió la mano en el bolsillo izquierdo de la camisa mientras el evento se transmitía en vivo desde el Capitolio de los Estados Unidos, con el icónico Monumento a Washington de fondo. Se instalaron pantallas gigantes en todas partes para que la audiencia pudiera ver más de cerca el escenario.

"¡Ok, amigos!" dijo Krystal: "¡Parece que Bob tiene una sorpresa para nosotros hoy!"

Bob sacó una cajita azul con dos corazones en la parte superior. Bob se inclinó lentamente, apoyando una rodilla en el suelo. Las manos de Krystal se movieron repentinamente hasta sus mejillas y el público se volvió loco.

"Krystal, tan pronto como supe que estarías aquí hoy, el corazón me dijo exactamente qué hacer. Sé que ese sentimiento durará hoy y siempre. Krystal, ¿quieres casarte conmigo?"

"Bob, más te vale que detengas ese asteroide. ¡Sí, sí quiero, desde hoy y para siempre!"

Se besaron llorando frente a la mayor audiencia de la historia de la radio y la televisión. Bob deslizó suavemente el anillo en su dedo y le besó la mano. Comenzó a cantar a capela su mayor éxito, "El Ritmo de mi Corazón". Las personas que estaban sintonizando en todo el mundo se volvieron hacia sus parejas con expresiones de amor. Miles de personas pensaron en cómo el amor era una parte tan esencial de la vida en la Tierra. Comenzó el concierto. Un reloj en la pantalla trasera del escenario comenzó con la cuenta regresiva en el día del impacto.

En la oscuridad, Russell se despertó lentamente, sintiendo como el aire caliente abrigaba su cuerpo. Estaba desorientado y tenía un dolor agudo en la cabeza, como una migraña. Podía oír el crujir de un fuego cerca y podía oír la voz de Amy hablando y riendo.

"¿Amy? Amy, ¿eres tú? ¿Dónde está tu mamá?" Preguntó Russell, entrecerrando los ojos. Su voz sonaba rasposa y pellizcada.

"Papá, por favor no te muevas. Déjame ayudarte", dijo Amy sosteniendo el hombro de Russell.

"¿Dónde está tu mamá? ¿Dónde estamos?" preguntó, con la cabeza entre las dos manos.

"Mamá está durmiendo y está bien. Y el padre de Malik dijo que se te pasaría el dolor de cabeza si bebes este té."

"Espera, ¿quién? ¿De qué estás hablando?"

Russell se movió rápidamente, tratando de sentarse, pero su dolor de cabeza lo cegaba y sentía que iba a vomitar.

"¡No te preocupes, papá! Es una familia; Malik, su padre Sinjagik, y su madre Sialuk. Ellos nos rescataron. La anciana en la parte de atrás que cuida a mamá es la abuela de Malik, Erinak. Ellos hablan su dialecto esquimal solamente, así que Malik ha estado traduciendo entre nosotros."

"¿Rescatado? Pero pensé que esas luces eran... Vi gente acercándose a nosotros", dijo Russell.

"Lo sé, papá. Estamos a salvo, gracias a ellos. Ahora estamos en su cueva. Son muy amables".

Russell volvió a abrir los ojos, pero esta vez miró a su alrededor. Estaba acostado sobre una piel gruesa y peluda, hermosa y suave. La habitación de la cueva estaba rodeada de piedras y vigas de madera cubrían parte del techo. Una pequeña hoguera iluminaba la cueva en el centro, y en la parte de atrás Elizabeth descansaba en una cama de pieles con la anciana a su lado. El lugar era cálido y tranquilo. Amy le sonrió a su padre.

"Sinjagik dijo que teníamos suerte de estar vivos", dijo Amy.

"No entiendo lo que pasó. Lo siento, debo estar confundido."

Russell se cubrió la cara y comenzó a llorar.

"Oh, papá, ahora estamos a salvo. Lo logramos gracias a ti." La pequeña Amy lo besó en la frente.

"Mi papá no se ha detenido desde que nos enteramos del asteroide. Nos ha estado protegiendo del peligro todos los días. Está tan cansado." le dijo Amy a Malik.

"Entiendo y lo siento. Señor, ahora está a salvo", dijo Malik, "por favor, beba un poco de té. Le hará sentir mejor, se lo prometo".

Sirvió el té en una taza de madera. La abuela de Malik lo había preparado con hierbas y agua del río.

"Hice estas tazas yo mismo, tallando la madera con un cuchillo", dijo Malik.

"Lo siento, Malik. No sé por qué estoy llorando. Casi nunca lloro", dijo Russell.

Alcanzó la taza y asintió con la cabeza ante la amabilidad del niño.

"Tómeselo con calma, pero trate de beberlo mientras esté caliente", dijo Malik.

Russell tomó un pequeño sorbo e inmediatamente arrugó la nariz. Amy sonrió.

"Yo también lo bebí. Es bastante malo", dijo Amy, riendo un poco.

"¿Qué le está haciendo a mi esposa?"

"Mi abuela puede sentir su dolor. Me dijo que parece que su esposa perdió a un ser querido. Ella está tratando de calmar su corazón. Su esposa está despierta y se siente bien, no se preocupe. Solo tenemos que darle un poco de espacio a la abuela Erinak", dijo Malik.

Al otro lado de la cueva estaba Frank. El robot estaba en el suelo de costado sin señales de funcionamiento. Junto a Frank estaba Zima, un gran perro esquimal canadiense gris y blanco, durmiendo profundamente. El animal era un miembro esencial de la familia e increíblemente sensible a los sentimientos de las personas. Zima siempre cazaba con Sinjagik y, a veces, tiraba de un trineo con otros perros. Russell lo estaba mirando y Zima sintió su mirada. El enorme perro se puso de pie y comenzó a caminar hacia él.

"Umm, chicos?" Russell susurró.

Zima se acercó y lo miró fijamente por un momento. Luego, el animal se acostó sobre las piernas de Russell. El perro lanzó un par de gemidos a Russell.

"No se preocupe, Senor Russell. Zima quiere ayudarlo", dijo Malik.

Zima lamió la mano de Malik y luego volvió a mirar a Russell a los ojos. Russell comenzó a sentir algo, una sensación de calma en los ojos de Zima. En el silencio, se miraron el uno al otro mientras Russell movía lentamente su mano hacia la barbilla de Zima. El perro lamió su mano y volvió a emitir un par de pequeños gemidos. Russell finalmente sonrió y miró a su hija.

En la parte de atrás, pudo ver que Elizabeth estaba sentada con un pelaje envuelto alrededor de ella. Parecía segura y tranquila. Los padres de Malik, Sialuk y Sinjagik, estaban agregando pequeños leños al acogedor fuego.

"No olvide su té", le recordó Malik.

Russell sonrió y asintió.

Afuera, la fría noche estaba en silencio. Después de que las familias se conocieran tan inesperadamente, pasar un momento juntos sentados alrededor del fuego fue un regalo precioso para todos. Al ver de primera mano lo que la gente podía hacer en sus momentos más oscuros y en los días de huida, los corazones de los Lincoln finalmente estaban en armonía. Amy pensaba en todos sus amigos y esperaba que todos estuvieran a salvo.

"Nunca volveré a ver a mis amigos. No tuve tiempo de despedirme de ellos", dijo con tristeza.

Elizabeth miró el fuego con lágrimas en los ojos. Russell sintió el dolor con el que estaba lidiando por perder a sus padres y a su hermana de una manera tan dramática. Russell le tomó la mano mientras Amy comenzaba a cepillar su cabello.

La abuela Erinak estaba sola en la entrada de la cueva, sosteniendo una vieja bolsa de cuero. Le susurró a las estrellas en su dialecto nativo. Ahora las estrellas compartían el cielo con esos enviados de destrucción. Los grandes asteroides atravesaban la atmósfera terrestre en una danza con la gravedad. Dibujaban líneas de chispas y dieron un brillo colorido al espacio para un último espectáculo natural.

Erinak estaba sentada sobre una piedra, apoyando la espalda en la entrada del pequeño túnel excavado en lo profundo del permahielo. Amy estaba aprendiendo el dialecto de Malik con palabras y expresiones simples. Russell y Elizabeth estaban encantados, reconociendo la dulzura de un momento increíble entre dos culturas al final de sus vidas.

"Malik, saben sobre el asteroide, ¿verdad?" Preguntó Russell.

119

"Sí, no exactamente sobre las rocas grandes, pero la abuela Erinak y otros ancianos de su comunidad vieron las señales de advertencia en las estrellas hace mucho tiempo".

"Pero, saben lo que va a pasar, ¿verdad?" Preguntó Russell.

"Sí, me lo dijo Amy", contestó Malik.

En ese momento, la abuela Erinak caminó directamente hacia el grupo y cayó de rodillas. Sinjagik la tomó de la mano y habló con ella. Entonces Sinjagik miró a su esposa. Sialuk tomó las manos de Sinjagik y Malik. Luego todos se tomaron de las manos en círculo. Zima apoyó la cabeza sobre las manos de Malik y Amy. Un suave estruendo vibró en el suelo. Elizabeth y Russell se miraron.

"¿Qué está pasando?" Dijo Amy.

La abuela Erinak comenzó a cantar una canción en su idioma nativo. Luego, Sinjagik, Sialuk y Malik la siguieron. El estruendo se intensificó y Erinak comenzó a hablar. Malik les tradujo de inmediato.

"Todas las cosas en la tierra tienen un espíritu: tú, yo, el fuego, esa copa, ese perro. La conexión entre las estrellas y los espíritus se rompió hace siglos atrás, pero hoy está restablecida. Las fuerzas de la naturaleza también tienen espíritu y están aquí con nosotros hoy. Dicen que perdonan nuestro corazón y que podemos comenzar nuestro viaje hacia el nuevo mundo en paz. La pesada carga de nuestras malas acciones y decisiones equivocadas han desaparecido. Si hemos hecho mal o si hemos hecho sufrir a alguien, en este momento, todo eso está olvidado. Es tiempo de irse. Nos están esperando. Vamos ahora; vayamos en paz".

El estruendo en el suelo se volvió masivo y fuerte. Bloques de permahielo y rocas cayeron alrededor. Un remolino blanco y frío entró por el pequeño túnel, apagando el fuego y golpeando a todos de espaldas. Rocas comenzaron a caer, golpeando a algunos del grupo, y luego el techo de toda la cueva colapsó y fue succionado por el aire. La luz brillante y el gas blanco frío lo cubrieron todo.

CAPÍTULO 11 - DÍA UNO

Hacía calor y el aire estaba muy húmedo. La tenue luz del sol a través de la nubosidad anunciaba un nuevo día, un nuevo comienzo. Estaban todos inconscientes en el suelo, empapados y sus pulmones intentaban arduamente respirar el aire brumoso. Frank estaba en el suelo también pero con el panel de carga solar hacia arriba. Su sistema automático inició el protocolo de carga, llenando las baterías con suficiente energía para reiniciar su interfaz. Frank estaba perdiendo energía a través de su brazo roto. Decidió apagar todas las partes móviles de su cuerpo y concentrar toda la energía en su memoria y dispositivos periféricos. Este cambio le hizo imposible moverse o pararse. Frank permaneció de espaldas, esperando que alguien se despertara y lo arreglara.

Esta situación fue la misma todo el día. Nadie se despertó y el único problema que Frank pudo detectar con sus sensores fue la falta de oxígeno en el aire. Sus cuerpos intentaban respirar a un ritmo frenético. Frank hizo girar sus cámaras para buscar señales de supervivientes o de alguien que pudiera ayudarlos. Pero no había nadie. El suelo estaba negro y lleno de charcos de agua y la niebla a veces era muy espesa. Por alguna razón, el día tuvo casi treinta horas de sol. Frank pensó que sus sistemas estaban dañados y había perdido el control del seguimiento del tiempo. La situación con la conexión satelital era la misma que antes del impacto. No había GPS ni ninguna otra señal del sistema global de Internet, pero su memoria estaba intacta. Después de cuarenta y seis horas realizando un diagnóstico sobre su información y sistema operativo, Frank se dio cuenta de que la rotación de la Tierra era diferente y también lo era el grado del eje del planeta.

Frank encendía de vez en cuando su foco de luz principal en la oscuridad de la noche, para comprobar si es que alguien estaba despierto.

"¡Ayuda, ayuda!" una voz susurrante se elevó en medio de la oscuridad.

De inmediato, Frank encendió la luz y no vio a nadie moverse.

"Ayuda…" dijo la misma voz susurrante.

Frank giró la cámara y la luz, y vio al joven Malik moviendo la boca, tratando de hablar y respirar al mismo tiempo. Frank no tenía idea de quién era esta persona. Lo mismo con las otras personas que rodean a Russell, Elizabeth y Amy.

"Hola, joven, yo soy Frank. ¿Estás bien?" Frank preguntó sin respuesta.

"Frank …" Otra voz susurrante llegó desde su otro lado.

Movió la luz y vio a Amy, mientras intentaba levantar la cabeza. Luego se desmayó.

Frank giró otra vez hacia Malik, pero ya no se movía. La noche cálida y oscura volvió a quedar en silencio, por ahora. Después de un par de minutos, Frank apagó las luces para ahorrar energía.

A la mañana siguiente, Frank tuvo suficiente información acerca de la rotación completa de la Tierra para calcular la nueva duración del día: cincuenta y ocho horas, treinta y cuatro minutos y un par de segundos. Una rotación completa del planeta indicó que el nuevo día era más del doble de lo que solía ser. Frank registró inmediatamente este nuevo cálculo en su sistema en una carpeta digital que llamó "Día uno". Frank notó las condiciones climáticas y comenzó a guardar todas las imágenes de su cámara y audio en esa nueva categoría. Pensó que podría ser esencial registrar esta información. Quizás algún día sea útil para los supervivientes.

Después de casi la mitad del día, Malik y Amy estaban despiertos, pero no se movían. Frank vio que sus ojos parpadeaban y que respiraban con dificultad. No hubo un solo movimiento del resto del grupo.

Cerca del segundo anochecer luego del impacto, Russell intentó hablar. Aún tenía los ojos cerrados, pero su boca se movía.

"Russell, Russell…" dijo Frank.

"Agua, agua…" susurró Russell.

"Ustedes están rodeados de charcos de agua. Trata de voltear tu cuerpo y bebe. Es un movimiento simple, pero no quemes demasiada energía", dijo Frank.

Amy y Malik también empezaron a intentar moverse. Malik fue el primero en hacerlo, pero estaba llorando de dolor. Gritó fuertemente mientras avanzaba poco a poco hacia el agua. Amy también lo estaba haciendo. Empujó con fuerza con el cuello hasta que su boca entró en contacto con el agua. Russell estaba gimiendo y usando toda su energía para llenarse la boca de agua.

Estaban experimentando parálisis parcial con plena conciencia.

"¡Un poco más, Russell! Puedes hacerlo", dijo Frank.

Russell volvió a desmayarse. Amy y Malik bebieron lo suficiente y volvieron a ponerse de espaldas. Cuando llegó la noche y la niebla se extendió, Frank comenzó a tocar algunas canciones de la lista de reproducción de Amanda. Era la misma música que solía tocar mientras estudiaba. Después de una hora, Frank detuvo la música.

"¿Por qué te detuviste?" Russell susurró.

"Todo DJ comprueba si aún tiene audiencia. No me pagan mucho, así que estaba pensando en acostarme", dijo Frank.

"Amigo mío", susurró Russell, "no sé lo que está pasando. Tengo un gran dolor de cabeza y tengo sed. No puedo moverme. No puedo respirar …"

"Duerme un poco, Russell. Mañana lo intentarás de nuevo."

Russell lo intentó una vez más, moviendo la cabeza rígidamente con los hombros. Lo intentó varias veces. El esfuerzo lo aniquiló y comenzó a roncar.

A la mañana siguiente, Frank puso en marcha su sistema, emitiendo sus típicos pitidos por el altavoz. Su cámara trató de inspeccionar el área, pero la niebla era muy espesa.

"Hola, Frank, ¿puedes poner esa música de anoche por favor?" Dijo Amy.

"Amy, ¿estás bien?" Preguntó Frank.

"Sí. Me volteé. Estoy boca abajo, pero necesito música para inspirarme y tratar de mover los brazos".

"Estoy en ello." Frank volvió a poner en marcha la lista de reproducción de Amanda. La niebla todavía era demasiado espesa para ver algo, pero escuchó que Amy estaba haciendo todo lo posible para tratar de mover su cuerpo.

"Amy, ¿cómo te pusiste boca abajo?" Preguntó Malik.

"¡Malik!" Amy gritó.

"Estoy tratando de moverme, pero no pasa nada", dijo Malik.

"Escúchame. Prueba esto", dijo Amy. "Mueve los dedos. Sé que no es fácil, pero te prometo que tan pronto como muevas un dedo, se despertarán uno por uno. Intenta imaginar que estás escarbando en la tierra."

La voz de Amy era aguda y le costaba respirar. Malik se quedó callado por un momento.

"Concéntrate, Malik, solo concéntrate ..." dijo Amy.

No había señales de los demás esa mañana.

"No puedo creerlo. ¡Funciona!" Malik tosía, pero estaba encantado.

"¡Excelente!" dijo Amy. "Ahora imagina que tu mano es una gran araña. Haz que tu mano camine debajo de su espalda. No es fácil, pero inténtalo, descansa y repite. Una vez que tu brazo esté debajo de tu espalda, empuja con todo lo que tienes y gira tu cuerpo, ¿de acuerdo?"

"Entendido, haré lo mejor que pueda."

"¡Genial! ¡Ese es el espíritu!"

"Yo también intentaré eso", agregó Russell.

"¡Papi! ¡Papi!" Amy gritó y empezó a llorar.

"Oh, cariño, está bien. Estemos agradecidos de estar vivos y juntos".

"Papá, ¿qué está pasando? Estoy tan asustada ¡Quiero abrazarte a ti y a mamá, pero no puedo moverme y no puedo respirar!" Amy estaba perdiendo el control de sí misma.

"No te preocupes, cariño. Nos estás inspirando a todos aquí, así que mantén la calma. Prometo que pronto esto será nada más que una pesadilla", dijo Russell.

Amy seguía llorando y tosiendo. Russell estaba tratando de mantener la compostura e inspirar a su hija.

En ese momento, el padre de Malik, Sinjagik, comenzó a toser con fuerza. Tenía dificultad para respirar pero finalmente estaba consciente.

"¡Padre! ¡Padre!" dijo Malik.

Sinjagik estaba tratando de respirar, pero el aire era demasiado denso. Elizabeth también comenzó a toser, pero aún no había señales de Sialuk o de la abuela Erinak.

Más tarde ese día, la niebla comenzó a desaparecer. Amy estaba boca abajo, con los codos en el suelo y la barbilla levantada. Su rostro estaba cubierto de barro. Malik estaba del otro lado en la misma posición. Todos, incluido Frank, estaban en círculo.

"¡Lo hiciste, Malik!" gritó Amy..

"¡Sí, sí, lo hice!" dijo Malik, tratando de respirar y sonriendo.

Russell miró a Elizabeth a los ojos. "¿Qué es todo esto, que está sucediendo?" Elizabeth susurró entre lágrimas.

"No lo sé, cariño. No tengo idea de lo que está pasando."

Amy comenzó a gatear hacia su mamá y su papá. Sus manos se hundieron profundamente en el barro negro y, con los movimientos sincronizados de sus codos, se acercó a Russell. Malik vio a Amy gateando y decidió intentarlo también. Un brazo a la vez, Malik se estaba acercando a Sinjagik. Su padre comenzó a inspirarlo con grandes frases en su lengua materna. Malik estaba llorando, pero no se dio por vencido. Estaba oscureciendo y Frank encendió las luces, animándolos a persistir. Además, Frank puso música. Amy y Malik finalmente llegaron al lado de sus padres. Exhausta, Amy dejó caer la cabeza sobre el pecho de Russell y Malik besó la frente de su padre. Había llegado la noche.

Después que Frank apagara las luces, las nubes se separaron durante unos segundos en la oscuridad, dejándoles ver el cielo. Era hermoso, lleno de polvo de estrellas de colores y objetos arremolinados, probablemente como resultado del impacto con los asteroides.

Todo estaba igual a la mañana siguiente. Los niños estaban frágiles y cansados. Russell y Sinjagik estaban tratando de ponerse boca abajo.

"Espera, ¿dónde está el perro?" Preguntó Russell.

"Es verdad. No lo veo ", agregó Elizabeth.

"Oye, ¿dónde está tu perro?" Russell intentó preguntarle a Sinjagik, pero él no hablaba inglés: "¡Tu perro! Vamos, tu sabes de lo que hablo…"

Luego, Russell intentó usar movimientos de sus manos para simbolizar garras e hizo algunos ruidos de ladridos.

Sinjagik le sonrió y repitió los sonidos de perro que Russell había intentado.

"Oh genial, ¿ahora te vas a burlar de mí? ¡Genial!"

Sinjagik seguía sonriendo.

Amy y Malik estaban profundamente dormidos. Todos necesitaban comer algo antes de morir agotados. No había nada que pudieran hacer con el estómago vacío. Luego Russell recordó las barras de cereal en sus chaquetas.

¡Amy! ¡Amy! ¡Despierta!"

"¿Qué? ¿Qué pasó, papá?"

"¡Tu chaqueta, tu chaqueta, cariño!"

"¿Mi chaqueta?"

"¡Barritas de cereales, nena! ¡Revisa tus bolsillos!" Dijo Russell.

Pero Amy estaba demasiado débil. Ella se durmió de nuevo.

"¡No! ¡No! Amy! ¡Despierta! ¡Te necesitamos!" Russell insistió.

Todos necesitaban con urgencia una fuente de energía y esas barras de cereales podrían salvarles la vida. Durante horas, Russell y Sinjagik habían intentado moverse, siguiendo el ejemplo de Amy. Elizabeth no se sentía bien. Ella estaba débil y los veía haciendo todo lo posible para tener éxito.

"Espera, Russell. ¿Qué es eso?" Dijo Elizabeth.

Vio que algo venía directamente hacia Russell a través de la niebla.

"¡Qué es eso! ¡¿Cariño?!" gritó Elizabeth.

Inmediatamente ella comenzó a ahogarse con su propia saliva. Aterrada, imaginó enfrentarse a un animal o una persona sin ninguna resistencia. El objeto venía lento, directamente hacia Russell. Sinjagik también lo vio e intentó alcanzarlo extendiendo uno de sus brazos, pero no estaba lo suficientemente cerca. Elizabeth se desmayó después de mover un brazo. Russell estaba solo, y la cosa estaba muy cerca. Sinjagik trató de levantar sus brazos y ahuyentarlo, pero se detuvo de repente. No podía ser un animal porque no tenía patas. Sinjagik, con la boca bien abierta, miró fijamente el objeto que atravesaba la niebla. Russell también lo vio. Rápidamente apoyó la cabeza en el suelo y el objeto pasó sobre su cuerpo sin tocarlo. Era una roca, una roca flotante. Luego, tres más siguieron al primero. Sinjagik detuvo al siguiente con el brazo y Russell detuvo a otro.

"¿Pero qué diablos?" gritó Russell.

Sinjagik estaba hablando en su idioma y parecía asustado. Trató de despertar a Malik. Esta loca situación los había tomado por sorpresa, pero era demasiado para tratar de entender. Frustrado y agotado, todo el grupo decidió descansar más y continuar con sus esfuerzos más tarde.

"Las respuestas vendrán", susurró Russell para sí mismo.

"¿Qué pasó, papá?"

"Nada, cariño," dijo Russell "vuelve a dormir. En este momento, tenemos que concentrarnos en descansar y guardar nuestra energía para más tarde".

"¿Crees que alguien nos va a encontrar?"

"Claro, cariño. Toda esta agua debe ser el resultado del derretimiento del permahielo después del impacto. No creo que seamos los únicos vivos. Había más personas en la comunidad de Sinjagik. Vendrán a ayudarnos. Hasta que eso suceda, tenemos que sobrevivir. Eso es lo que hemos estado haciendo todos los días, y así es exactamente como vamos a seguir escribiendo las páginas de nuestra historia", dijo Russell.

La pequeña Amy lo miró, inspirada. Estaba ansiosa por mostrarles a todos que podía sobrevivir y ayudar al resto del grupo.

A la mañana siguiente, Amy despertó a todos con alegría y celebración. Estaba sentada con una gran sonrisa, esperando que sus padres vieran su logro.

"¡Papá! ¡Mamá! ¡Todos! ¡Despierten! ¡Despierten!" gritó Amy.

"¡Qué! ¡Qué!" gritó Russell con los ojos bien abiertos.

"¡Amy!" gritó también Elizabeth.

"¡Mira mira! ¡Lo hice! ¡Estoy sentada!"

"Oh, Dios ..." dijo Elizabeth.

"No puedo creerlo. ¡Cómo hiciste eso!" Russell gritó de alegría.

Luego se puso boca abajo de nuevo y empezó a arrastrarse hacia Elizabeth.

"¿Estás lista para una barra de cereal, mamá?"

Amy abrió una barra y le dio de comer a su madre. Luego juntó las manos como un balde y vertió agua en la boca de Elizabeth.

"Gracias mi amor. Nos salvaste", dijo Russell, llorando.

"Prepárate, papá, tengo cereal para el desayuno y tú eres el siguiente", dijo Amy.

Todo el tiempo, Frank había estado grabando los esfuerzos físicos de Amy tan pronto como la niebla era lo suficientemente fina para enfocar la lente de su cámara. Los Lincoln se sentían muy vivos hoy. Amy se arrastró hasta Russell y lo alimentó, usando la misma técnica. Estaba cubierta de barro, pero su sonrisa era visible a kilómetros de distancia. Tenía otras barras de cereal listas en la mano.

"Ahora voy a alimentar a la familia de Malik. Es nuestro momento de cuidarlos".

"Amy, no tengo palabras. Estoy impresionado y muy orgulloso de ti", dijo Russell.

Ella comenzó a arrastrarse hacia Malik, pero esta vez trajo una de las rocas flotantes que Russell y Sinjagik detuvieron el día anterior. Amy empujó suavemente una de esas piedras que eran del tamaño de un neumático de automóvil, haciéndola flotar lentamente hacia Malik en una trayectoria recta, venciendo la gravedad. Una vez que se puso frente a Malik, detuvo la roca flotante, la agarró con ambas manos y la usó para levantarse. Luego se giró y se sentó en el suelo.

"Si yo puedo hacerlo, tú también podrás", dijo Amy con total confianza.

Ella le sonrió a Malik y suavemente empujó la piedra hacia él. Malik levantó el brazo.

"Sí, Amy, puedo hacerlo."

Mientras Malik usaba sus brazos para escalar la roca, Amy gateó hasta Sialuk y Sinjagik. Le dio una barra de cereal al padre de Malik, quebrandola en pedazos y colocando poco a poco en su boca. Luego le dio agua. Sinjagik pronunció algunas palabras en su idioma nativo.

"Las estrellas iluminan tu camino. Eso es lo que mi padre te acaba de decir ", Malik tradujo para Amy.

Ella vertió un poco más de agua en su boca. Después de que Sinjagik terminó su barra de cereal, Amy estaba lista para visitar a la madre de Malik, pero Sinjagik de repente la tomó del brazo. Amy volvió la cara hacia él y Sinjagik movió la cabeza, tratando de decirle que no fuera hacia ella. Amy, confundida, miró el cuerpo de Sialuk y, después de un par de segundos, se dio cuenta de la razón por la que Sinjagik la había detenido. Sialuk estaba muerta.

"Entiendo", susurró Amy, impactada.

Sinjagik tenía lágrimas en los ojos y la mandíbula apretada, asintiendo a Amy. Luego señaló a la abuela Erinak. Ella todavía estaba viva. Amy asintió.

Se dirigió hacia Erinak. Pasó cerca de Malik, que estaba haciendo todo lo posible por escalar la roca y sentarse. Amy le sonrió y sintió pena al mismo tiempo, entendiendo que Sinjagik tendría que encontrar el momento adecuado para hablar con su hijo. Amy extendió su brazo y dejó una barra de cereal encima de la roca.

"Esa es tu motivación", dijo Amy con una sonrisa amistosa.

Miró a Elizabeth a través de la niebla, pensando en la suerte que tenía de tener a su madre viva.

CAPÍTULO 12 - GUSANOS

La naturaleza siempre colocó la vara más alta cada vez. Adaptarse a nuevos entornos, mejorar habilidades, superar obstáculos, todo requería un núcleo de supervivencia y coraje. Valorar la vida misma y estar decidido a soportar la lucha fue clave para la supervivencia del pequeño grupo. Con ese enfoque inquebrantable, Russell y Sinjagik estaban enseñando a sus hijos aspectos difíciles de la supervivencia, a pesar que todavía tenían problemas para recuperar su movilidad. Todo el grupo había experimentado una pérdida total de sensibilidad desde las caderas hasta los dedos de los pies. Elizabeth y la abuela Erinak descansaban en la misma posición, mirando hacia arriba sin suficiente energía para siquiera moverse. Poco a poco, Amy y Malik fueron ganando más control de la parte inferior de sus cuerpos.

El grupo se había mantenido vivo comiendo las barras de cereal, pero pronto se acabarían. Las rocas flotantes se volvieron fundamentales para su desafío de supervivencia. Amy mostró al grupo cómo usar las rocas para levantarse. Russell sentía mucha curiosidad por estas rocas flotantes. No tenía idea del porqué algo como esto era posible.

"Papá, estas son las últimas barras de cereal. Tenemos que dividirlas para que todos puedan tener una porción. Pero, ¿qué va a pasar después de eso?" Preguntó Amy.

"No lo sé, cariño. Ojalá pudiera ser uno de esos padres con todas las respuestas en este momento", dijo Russell, "pero puedo decirte algo. En todo esto, tú nos has mostrado cómo ser valiente y mantener una actitud positiva. Nos alimentas y nos das agua cuando tenemos sed. Te has convertido en un verdadero líder para nuestro pequeño equipo y estamos muy orgullosos de ti".

"Pase lo que pase mañana, encontraremos las respuestas juntos", susurró Elizabeth.

"¡Mamá! ¿Cómo te sientes, mamá?"

"Estoy bien, cariño, es solo un pequeño dolor de cabeza".

Amy se arrastró hacia ella y la besó en la frente. Elizabeth ocultaba una herida en el costado izquierdo bajo su chaqueta. El corte en sus costillas era muy profundo. Había estado sangrando durante días hasta que se movió del agua y dejó que la herida se secara. Elizabeth planeaba contárselo a Russell pronto. No sabía que tenía una infección terrible en la sangre y que su sistema colapsaría rápidamente si no se hacía algo al respecto.

"Tienes que intentar sentarte, nena. Te sentirás mucho mejor", dijo Russell.

"Estoy bien. Ahora mismo, esta posición en el suelo es buena para mí ", susurró Elizabeth.

Malik estaba con su padre, abrazándolo en silencio después que Sinjagik le diera la penosa noticia de que su madre estaba muerta. Fue una noche difícil para ambos. Malik no quería hablar con nadie. Se sentó en silencio mientras su padre le daba de comer una barra de cereal. Amy tenía muchas ganas de hablar con Malik para demostrarle que no estaba solo. Pero ella entendió la situación y le dio el espacio que necesitaba.

Amy estaba cuidando a la abuela Erinak, alimentándola y manteniéndola hidratada. Erinak le hablaba constantemente en su lengua materna. La miró profundamente a los ojos, pero Amy no entendía una sola palabra.

"Llegamos a este punto solo para darles a las estrellas lo que nos pidieron. Pronto todos nos habremos ido. Pronto estaremos con las estrellas", dijo Malik.

Russell y Elizabeth se miraron, sabiendo que Malik tenía razón. Quizás después de que se agoten las barras de cereal, el final sería inminente.

"Ese no es el estilo de los Lincoln", dijo Amy seriamente.

"Lo sé porque me lo dijiste antes. Conozco el camino de Lincoln", dijo Malik, "Los Lincoln nunca se rinden". Lo que acabo de decir en esa frase es lo que te acaba de decir la abuela Erinak, dijo Malik.

Amy volvió su rostro hacia su abuela.

132

"¿Qué más dijo la abuela Erinak?" Preguntó Amy.

"Ella cree que esta es una segunda oportunidad, pero no para todos. Dijo que tenemos un lugar con las estrellas, pero solo después de que muramos. Dijo que tú, Amy, perteneces a un lugar más allá de las estrellas."

"Esas palabras son hermosas, abuela Erinak", dijo Amy.

"¡Malik!" Erinak gritó.

"¡Vamos, Malik! Ella te está llamando", dijo Amy.

Sinjagik lo animó a ir. Malik se arrastró lentamente hacia la abuela Erinak, con los ojos cubiertos de lágrimas. Pasó junto al cadáver de su madre, y su lamento entre sollozos mostró al resto del grupo el dolor en el que estaba. Tan pronto como Malik llegó al lado de la abuela Erinak, Amy comenzó a alejarse para darles espacio. Malik la tomó del brazo.

"Espera, quédate con nosotros un momento. No te vayas", dijo Malik.

Ella asintió.

Malik comenzó a llorar y a hablar con ella en su idioma nativo. Erinak le tocó la cara con lágrimas en los ojos. La abuela Erinak comenzó a cantar una canción corta con los ojos cerrados. Amy tomó sus manos, mostrándoles que todos estaban sufriendo la pérdida de Sialuk con ellos.

"Ahora somos una familia. Estaremos juntos hasta el final", dijo Amy.

Erinak habló con Malik pero Sinjagik se unió a la conversación a la distancia. Malik respondió, y se pusieron un poco ruidosos y gritones. La abuela Erinak gritó y comenzó a toser. Su padre gritó un poco más y Malik asintió.

"Mi padre dijo que podía oír agua corriendo. Podría ser un lago o un río. Quiere ir a buscar comida".

"¡Pero eso podría ser peligroso! ¿Qué pasa si él resulta herido? ¿Cómo vamos a encontrarlo o ayudarlo?" dijo Amy.

Entonces la abuela Erinak le dijo algunas palabras a Amy.

"Sinjagik siempre encuentra el camino a casa", tradujo Malik.

Sinjagik se movió de inmediato, arrastrándose hacia lo que creía que podía ser una fuente de alimento. Russell hizo un movimiento, pensando en unirse a Sinjagik.

"Espera, por favor quédate conmigo", dijo Elizabeth.

Pero puede que necesite ayuda. Yo también puedo ayudar", respondió Russell.

"Lo sé bebé. Lo sé, pero tengo miedo y quiero que estés conmigo", dijo Elizabeth.

Russell miró de nuevo a Sinjagik, que desapareció lentamente en la niebla, arrastrándose.

Más tarde ese día, Amy dividió las últimas tres barras de cereal. Una barra para Russell y Elizabeth, y otra para ella y Malik. Los últimos dos trozos eran para Erinak y Sinjagik. Decidió guardar esa media barra para él.

"Esperaré a Sinjagik. Sé que va a volver", dijo Amy.

"Lo hará", agregó Malik.

En la oscuridad de la noche, Frank encendió las luces esporádicamente para revisar el área circundante. A veces podía sentir movimientos o sonidos, pero no había nada que ver.

"Oye Frank, ¿Podrías darme un poco de luz aquí, por favor?" Dijo Elizabeth.

Frank dirigió uno de sus focos de luz directamente hacia ellos. Estaban juntos en un triángulo, con Russell y Amy descansando boca abajo y Elizabeth todavía mirando hacia arriba.

"¿Estás bien, mamá?"

"Si, estoy bien."

"¿Qué pasa, amor? ¿Qué necesitas?"

"No, nada importante, chicos. Es solo que aprendí algo hace un par de días y me gustaría compartirlo contigo. Además, no puedo dormir".

"Yo tampoco, mamá".

"Sí, yo también estoy súper despierto".

"Estaba en la clase de jardinería y el instructor nos dijo que las lombrices son beneficiosas para las plantas. También son una parte esencial del equilibrio de la vida. Sus proteínas son necesarias para muchos animales, aves y, en este caso, también para los seres humanos".

"¿Para dónde vas con esto mama?" Dijo Amy, sospechosa.

"Espera. Entonces, encontré algunos gusanos a mi alrededor ayer".

"¿Y?" Dijo Russell.

"Y me los comí".

"¡Guacala!" Dijo Amy.

"¡No te voy a volver a besar nunca!" Dijo Russell, riendo.

"¡Espera, espera!" Elizabeth susurró: "No me enfermé ni tuve ningún otro efecto secundario, así que son seguros para comer, y les voy a enseñar cómo encontrarlos, ¿de acuerdo?"

Russell y Amy se sorprendieron. Elizabeth había estado dirigiendo un negocio de flores desde casa y se estaba capacitando continuamente. También tenía contactos con un par de productoras de bodas.

"Está bien ... Gusanos," dijo Russell.

"¡Enséñanos, mamá!"

Elizabeth puso una de sus manos en el suelo con todos sus dedos juntos en forma de espátula.

"Está bien, presta atención aquí", dijo, "tienes que poner tu mano verticalmente en el suelo. Los gusanos reaccionan a las vibraciones y, a veces, con la lluvia que cae, las pequeñas gotas de lluvia generan vibraciones que hacen que los gusanos afloren. Intentar recrear esa vibración no es difícil. Una forma es poner un palo en el suelo y golpearlo repetidamente con otro palo. Eso hace todo tipo de vibraciones. No tenemos palos alrededor, pero si ponemos las manos en el suelo y las movemos rápidamente, provocará una leve vibración, suficiente para hacer emerger los gusanos. Lávalos con agua y cómelos inmediatamente".

"Está bien, lo intentaré primero", dijo Amy.

Ella comenzó a mover su mano muy rápido. Casi de inmediato, cinco gusanos salieron a la superficie.

"¡Mira aquí!" Dijo Russell.

"Muéstrame, muéstrame", dijo Elizabeth.

Amy tomó los gusanos, los lavó y se los mostró a Elizabeth.

"Presta atención", dijo Elizabeth, "esos gusanos marrones son buenos para comer. Este otro con color morado también es bueno. Nunca antes había visto a este otro con negro y amarillo, y comprendo la naturaleza lo suficiente bien como para reconocer una especie venenosa. Estos hay que descartarlos del menú."

Cogió uno y se lo metió en la boca. Lo tragó sin probarlo. Amy eligió uno e hizo lo mismo. Después de eso, puso su mano en el barro y comenzó a hacer vibraciones nuevamente. Aparecieron otros gusanos gracias a su esfuerzo.

"¡Vamos, papá! Come estos dos".

"¿Estamos seguros de esto?" Dijo Russell.

Elizabeth y Amy se miraron y empezaron a dar señales de estar envenenadas.

"¡Bebé! ¡Cariño!" gritó Russell.

Elizabeth y Amy empezaron a reír. No habían sonreído en mucho tiempo, y ahora parecía que las cosas finalmente estaban mejorando.

"Estos gusanos también se pueden usar para pescar, ¿Verdad mamá?" Preguntó Amy.

"Sí, lo más importante que debemos entender es que solo debemos atraparlos cuando necesitamos comer. No podemos capturarlos para el futuro porque dañaremos el ecosistema. Además, se morirán y van a estropear a los otros. Entonces, si los comemos, nos enfermaremos".

"Se trata de equilibrio. Recuerdo que mi maestra nos dijo algo sobre eso", dijo Amy.

"Sí, cariño", dijo Elizabeth, "los seres humanos no han sido buenos para vivir en armonía con el medio ambiente, y pagamos por eso durante muchos años. Sé que esos asteroides no eran parte de eso, pero creo que Dios nos estuvo observando todo este tiempo", dijo Elizabeth. Todos se quedaron en silencio por un momento.

Vamos, papá. Cómetelo. Y trata de traer más gusanos a la superficie."

"Recuerda, cariño", dijo Elizabeth, "esto no se trata de comida gourmet o sabor. Se trata de valor nutricional".

En ese momento, Elizabeth sintió un dolor agudo. Ella se encogió y se tocó el costado. Gritó, incapaz de ocultar su dolor.

"¡Mamá! ¿Estás bien?" gritó Amy.

"¡Bebé! ¿Estás herida?"

"¡Qué pasa, mamá! ¡Déjame ver!"

Amy se arrastró rápidamente alrededor de Elizabeth en la oscuridad, solo apoyada por la luz de Frank.

"No te preocupes, no es nada", susurró Elizabeth.

Entonces Amy vio la gran herida abierta que comenzaba a sangrar de nuevo.

"¡Mamá! ¡Oh mamá! ¡Estás perdiendo sangre!"

"¡Nena, no! ¡Por qué no me lo dijiste! gritó Russell.

Amy perdió el control y su estabilidad y empezó a llorar.

"¿Qué puedo hacer, cariño? ¡Dime, dime por favor!" Dijo Russell. Sabía que las cosas podrían salir mal muy rápidamente ahora.

"No es nada, mi amor, por favor. Solo quédate conmigo. Ámame," susurró Elizabeth.

Elizabeth, Amy y Russell juntaron sus cabezas, llorando. En la parte de atrás, lejos de ellos, estaba Frank. Sintió su dolor a través de los datos que recopila el brazalete de Amy.

Las noches eran muy largas, silenciosas y oscuras. No hubo rescate, ni medicina, ni esperanza. Malik y la abuela Erinak se abrazaron y hablaron en su idioma nativo.

"Malik, querido, solo somos visitantes", dijo Erinak suavemente. "No pertenecemos ni aquí ni allá. Somos viajeros. No tenemos un lugar para siempre. Mantén a tu madre en tu corazón porque ella está en algún lugar de las estrellas pensando en ti. Haz que se sienta orgullosa y pon en práctica todo lo que te enseñó.

Recuerdo cuando viniste a este mundo, haciendo todo más brillante con tu sonrisa. Sabíamos que serías alguien especial y que serías un protector, un salvador." La abuela Erinak tocó el rostro de Malik.

"¿Vas a morir, abuela?" Preguntó Malik.

"Comenzaré mi viaje muy pronto, querido. Te estaré observando, protegiéndote a ti y a tu padre".

Metió la mano en una bolsita peluda y sacó un pequeño amuleto tallado en un diente de ballena con la forma de un pescador.

"Mi abuela lo hizo", dijo Erinak. "Se lo dio a mi madre, y ella antes de morir, me lo dio a mí. Se suponía que debía darle esto a mi hija Sialuk, pero el destino te ha elegido a ti".

"Es bonito. ¿Quién es, abuela?"

"Este es mi abuelo", respondió Erinak, "se fue a pescar un día de tormenta y nunca regresó. En su dolor, mi abuela talló este amuleto para encontrar paz y compañía. Este amuleto lo era todo para ella, y cuando murió, los sabios miembros de nuestro grupo dijeron que se había reunido con él en las estrellas. Me gusta creer que están juntos desde ese día y que me están esperando ahora mismo". Continuó sosteniendo la mano de Malik hasta bien entrada la noche.

CAPÍTULO 13 - CRUDO

La mañana siguiente fue diferente. La niebla no era demasiado densa y todos podían ver a cada uno con más claridad, pero aún no había señales de Sinjagik. Russell se despertó con un sonido de rocas chocando. Se movió un poco para ver cuál era el sonido, y descubrió que Malik acababa de terminar de cubrir suavemente el cuerpo de su madre con piedras. En la parte de atrás, Amy estaba haciendo lo mismo con los restos de la abuela Erinak. Malik sollozaba en silencio. Amy se arrastró hacia Malik y lo abrazó.

"¿Te dijo qué hacer si, ya sabes, tu padre no regresa?" Amy le preguntó a Malik con una voz muy suave y gentil.

"¿Qué quieres decir?" respondió Malik.

"No lo sé. Perdóname. No se que hacer. Tu padre tiene más experiencia en sobrevivir al aire libre que nosotros. Sé que tú también sabes mucho, mucho más que nosotros tres. Estoy segura que tu padre volverá, pero me preguntaba si tu abuela dijo algo".

"No te preocupes, Amy. Va a volver y nos traerá algo de comer, te lo aseguro", dijo Malik, poniendo una última piedra en la tumba de su madre.

"No sé qué está pasando con nuestros cuerpos o si alguien vendrá a rescatarnos", dijo Amy. "Pero creo que si nos mantenemos juntos, podremos sobrevivir el tiempo que sea necesario para encontrar ayuda".

"¿Y entonces qué?" Preguntó Malik.

"¿Entonces? Bueno, nos enfrentamos al futuro y sobrevivimos hasta el próximo desafío, Malik".

Russell y Elizabeth cuidaron de Malik por el resto del día, abrazándolo y amándolo como si fuera suyo. Era un niño tan hermoso, lleno de vida, y podían verlo enfrentando la terrible verdad de perder a todos los miembros de su familia a la vez. Russell creía que Sinjagik no regresaría y que Malik ahora era su responsabilidad. La familia de Malik los había salvado de morir en la fría ventisca, y ahora estaba seguro de que necesitaban cuidarlo a cambio.

"Mira, Malik, simplemente pon tu mano así y entierrala en el barro", dijo Elizabeth.

"Está bien, aquí voy de nuevo", dijo Malik, siguiendo las instrucciones de Elizabeth para atrapar algunos gusanos.

Lo intentó una y otra vez, pero no pudo hacer suficiente vibración para llevar a los gusanos a la superficie. Estaba perdiendo el valor y seguía mirando hacia la espesa niebla por donde se había ido su padre en busca de comida.

"A veces está afuera por dos o tres días, pero siempre regresa", dijo Malik.

"¡Por supuesto que volverá, cariño!" Dijo Elizabeth.

"¿Y si nos cuentas sobre tu familia, Malik? Cuéntanos cómo se conocieron o tal vez una aventura que tuvieron juntos", dijo Amy.

Malik de inmediato esbozó una sonrisa y les contó una historia divertida de él cayendo en un charco de barro justo después de que su madre lo había bañado. Todos rieron y compartieron un hermoso momento juntos.

La mañana siguiente comenzó con una sorpresa. Russell abrió los ojos y vio una figura alta en medio de la niebla. Por un momento pensó que era un sueño, pero luego imaginó que era un oso preparándose para comérselos. Cuando sus ojos se acostumbraron, escuchó a Amy.

"¡Papá, mira, mira!"

Amy estaba de pie, un poco desequilibrada pero luchando duro para mantenerse erguida. Con sus brazos abiertos y su sonrisa visible a través de la niebla, un grito de esperanza salió de su pecho.

"¡Sí! ¡Lo hice! ¡Lo hice, papá!" Amy gritó en voz alta al cielo.

"¡Vaya, nena! ¡Elizabeth! ¡Elizabeth! ¡Despierta! ¡Despierta!" Russell gritó.

Elizabeth estaba abrazando a Malik. Movió la cabeza con la poca energía que tenía, y Malik empujó con los brazos, tratando de mover su pecho hacia arriba, mirando el nuevo paso de Amy hacia adelante.

"¡Ay Dios mío! Amy! ¡Cariño!" dijo Elizabeth en voz baja, tratando de respirar y animar a su hija.

Ella estaba muy débil y trataba de ahorrar toda la energía que le quedaba.

"¡Esto es increíble, Amy!" dijo Malik, sonriendo y pensando que ella era realmente el miembro más fuerte de la tripulación.

"¡Como lo hiciste! ¿Cómo te levantaste, cariño? le preguntó Russell sorprendido.

"Nunca renuncié, papá", dijo Amy. "Me lo dijiste una vez, y eso fue suficiente para mí. Me desperté y decidí hacerlo. Ayer me di cuenta que en la noche las rocas no flotaban. Puse un par de rocas juntas, luego me levanté y esperé. Una vez que las rocas comenzaron a subir por la mañana, mi cuerpo se elevó con las rocas. Solo di cuatro pasos y me siento terriblemente débil. Siento que cuando mi cerebro sepa que mis piernas se mueven, hará la conexión allí", dijo Amy.

Déjame traerte algunos gusanos. Sería bueno si tuvieras energía", dijo Russell.

"¡Malik! ¡Malik!" era la voz Sinjagik desde la distancia en la espesa niebla. Luego gritó algo en su idioma nativo y Malik se rió.

"Mi padre le pregunta si les gustaría comer pescado. Creo que sabrá mejor que los gusanos ", dijo Malik.

"¡Oh, cariño! ¡Sinjagik está aquí! " Dijo Elizabeth.

"Hermosa mañana", susurró Russell para sí mismo.

Sinjagik se sorprendió al ver a Amy de pie. Hablaron por un momento con Malik traduciendo. Luego cerró los ojos y comenzó a rezar. Estaba cubierto de barro y había traído un montón de pescados con él que también estaban embarrados. Se arrastró hasta el centro del círculo de la morada y se detuvo donde estaba enterrada su esposa, poniendo una mano sobre las rocas en silencio. Sinjagik le habló a Malik en su idioma.

"¿Erinak se ha ido?" preguntó.

"Sí padre. Ella se fue en paz en mis brazos anoche. Se quedó dormida, esperando ver las estrellas, pero las nubes nunca se movieron".

Sinjagik sollozó con la cabeza en las rocas. El resto del grupo compartió su dolor en silencio. Todavía estaba en la lucha por sobrevivir, y el resto de ellos estaban en el mismo camino. Se quedaron en silencio por un rato. Sinjagik y Malik cantaron algunas melodías hermosas, y Sinjagik colocó una última piedra en el lugar del entierro de su esposa y luego se arrastró hasta Erinak para hacer lo mismo. Cuando terminaron de cantar, se arrastró de regreso al grupo, trayendo con él la preciosa carga de su viaje.

Después de estar de pie por un tiempo, Amy regresó al suelo suavemente.

"Estoy muy orgulloso de ti, querida", dijo Russell entre lágrimas.

"Lo hiciste, cariño", dijo Elizabeth.

Miraron a cada uno con esperanza, pero sabían que habrían muchos más obstáculos que superar. Se tenían el uno al otro, y eso era todo lo que necesitaban por el momento.

"¿Han comido pescado crudo antes?" Preguntó Malik.

"¿Sushi? ¿Eso cuenta?" Russell preguntó con una cara divertida.

"Sí, sí, cuenta", respondió Malik con una sonrisa.

Los cinco estaban alrededor de un charco. Mientras Sinjagik lavaba los pescados en el agua, un increíble color púrpura y plateado brillaba en las escamas de aquellos pescados. Sinjagik dijo que nunca antes había visto este tipo de pez.

"¡Es tan hermoso!" dijo Amy, tratando de tocar uno.

"Creo que debido al impacto, el océano y la mayor parte de la geografía de la tierra expulsaron a las especies de su zona de confort o hábitat natural", dijo Russell.

Sinjagik le dijo a Malik que tradujera para los Lincoln mientras explicaba cómo pelar el pescado; de esa manera, podrían hacerlo sin su ayuda. Trajo un trozo de roca plana y afilada que había encontrado cerca de El Lago Dulce; así fue como llamó al lugar donde pescó esos peces. Les mostró paso a paso cómo quitar la piel y todos los órganos del interior. Le arrancó la cabeza y preparó pequeños trozos listos para comer. Después de eso, ponerse el pescado crudo en la boca sería una tarea difícil.

"Me arrastré sin detenerme en línea recta siguiendo el sonido de salpicaduras que escuché desde aquí", dijo Sinjagik mientras comía un poco de pescado y pelaba más.

"¿Puedes pedirle que nos explique lo que vio?" Preguntó Amy.

Tenía un trozo de pescado en la mano, pero todavía no estaba lista para llevárselo a la boca.

"La tierra es plana y negra, exactamente como aquí", dijo Malik, traduciendo a su padre. "El aire era un poco más limpio y más fácil de respirar cuando estaba cerca del agua. No pude ver nada más a través de la espesa niebla. Vi algunas rocas flotantes moviéndose sobre el lago, pero se hundieron y desaparecieron en el agua. Ese fue el momento en que vi un pez saltando del agua. Me arrastré hasta la orilla del lago y sumergí las manos. Esperé el momento adecuado para pescar. Esperé y esperé. Tenía tanta sed y probé el agua. Estaba deliciosa, dulce y cálida. Vi muchos peces nadando a mi alrededor, otros saltando. Seguí esperando. Entonces uno saltó directamente a mi cabeza y lo atrapé. Luego otro y otro. En la noche no vi ninguna estrella; eran solo nubes y niebla a mi alrededor. Escuché a la abuela Erinak diciéndome que me mantuviera con vida y protegiera a la niña. Escuché sus pasos en la arena, pero no había nadie allí. Tomé una siesta sentado en el agua y los peces dejaron de saltar tan pronto como El Lago Dulce se oscureció.

"Vaya. Tenemos mucha suerte de que estés aquí, Sinjagik", dijo Amy.

"Cariño, tienes que intentar comer algo", le dijo Russell a Elizabeth. Ella se veía muy mal; su rostro estaba pálido y estaba perdiendo su energía.

"Mamá, hazlo por nosotros, hazlo por el esfuerzo que hizo Sinjagik. Te necesitamos. Te necesito", dijo Amy con algunas lágrimas en los ojos.

"Déjame probar un bocado", dijo Elizabeth.

Después de que comieron y dejaron algo de pescado para el día siguiente, Sinjagik tomó una siesta, exhausto después de su viaje. Amy continuó sus esfuerzos tratando de ponerse de pie, tratando de establecer una conexión entre sus piernas y su cerebro. Tenía confianza porque había asistido a fisioterapia cuando estaba en el equipo de escalada de la escuela.

La situación actual no era muy esperanzadora. Todos sufrían los mismos problemas de movilidad y dificultad para respirar, dolores de cabeza, náuseas y, a veces, visión borrosa. Amy animaba continuamente a Malik, dándole instrucciones sobre cómo ponerse de pie, pero sin resultados inmediatos. Russell estaba tratando de mantener una actitud positiva sobre la recuperación de Elizabeth. Pero en el fondo de su corazón, sabía la verdad sobre su estado de salud. Se estaba muriendo y no había ayuda para ella. Esa noche, Russell y Amy se quedaron dormidos abrazados a Elizabeth, dándole la esperanza de que todo estaría bien a la mañana siguiente.

Mientras tanto, Frank revisó los datos que ha estado analizando desde el día uno después del impacto, registrando temperatura, ciclos de la niebla, el comportamiento de las rocas flotantes, y más. También estaba haciendo una copia de seguridad de todos los archivos y datos del comunicador de Russell por si acaso le pasaba algo al dispositivo. Frank sabía que registrar todos estos datos podría ser beneficioso para el grupo de supervivientes y que tal vez él era la última pieza de tecnología humana disponible.

CAPÍTULO 14 - OPCIÓN DESCARTADA

Elizabeth, el amor de la vida de Russell y la protectora de la pequeña Amy, falleció. Russell se despertó para escuchar los sollozos de Amy. Fue una mañana triste para los Lincoln. Más tarde esa mañana, Malik los ayudó a recolectar piedras y Sinjagik cantó hermosas melodías durante la ceremonia de entierro improvisado. Russell pasó la mayor parte del día apoyado contra las rocas que cubrían el cuerpo sin vida de su esposa. Malik ayudó a Amy a mantener su mente ocupada, llevando sus cuerpos al límite. Amy transformó su dolor y desesperanza en combustible para su corazón. Era demasiado joven para perder a su madre, pero aprendió una lección esencial de la fuerza de Malik. Ahora era su momento. Sabía que las lágrimas no le devolverían a su madre y que su padre la necesitaba más que nunca.

"Malik, es hora de tomar el control de nuestros destinos", dijo Amy. "No viene ningún equipo de rescate por nosotros y no podemos permitir que se pierdan más vidas. Tenemos que cambiar de opción ahora mismo. Tenemos que ser más fuertes que nunca y hacer que nuestras madres se sientan orgullosas".

"¿Qué tienes en mente?" Dijo Malik.

"Vamos a caminar mucho", respondió Amy.

Con un espíritu fuerte al final de ese trágico día, Amy y Malik comenzaron a caminar. Le costó mucho esfuerzo y lágrimas, pero una vez que sus músculos se calentaron, algo cambió y caminar se volvió más natural y estable. Siguieron utilizando las rocas flotantes para ayudarlos a ponerse de pie. Por alguna razón, la situación de Russell y Sinjagik no cambió. Todavía se arrastraban sin movimiento en sus piernas, y no podían sentir nada desde sus caderas hasta los dedos de los pies.

Antes del anochecer, Malik vio que los pantalones del Sinjagik tenían un desgarro en la parte de atrás de una de las piernas. Luego vio manchas de sangre en el pantalón. Con la ayuda de Amy, quitaron parte de la tela y descubrieron que Sinjagik tenía un gran corte en la pierna desde el muslo hasta la pantorrilla.

Sinjagik dijo que debió haber sucedido cuando se sentó en el lago para atrapar esos peces porque las rocas en la orilla eran afiladas. No había forma de saber si estaba infectado, pero Malik lo limpiaba con frecuencia. No había medicinas ni hierbas alrededor, y Amy revisó las piernas de Russell inmediatamente por si acaso él también tenía una herida.

"En este momento, es crucial mantenerse alejado de las rocas afiladas", dijo Amy.

"Estoy de acuerdo, los dos no pueden sentir nada en sus piernas", dijo Malik.

"Tenemos que crear un plan y buscar ayuda. Podemos usar la base de datos de Frank y mapas antiguos de su banco de memoria para decidir a dónde ir," agregó Russell.

Russell les enseñó a Amy y Malik cómo revisar la base de datos de Frank usando su comunicador. Se dieron cuenta que, durante la mañana, era cuando tenían más problemas para respirar. A medida que mejoraba el aire durante la mañana, les resultaría más fácil hacer cosas como pescar o explorar la zona.

"Creo que podemos dar un largo paseo y averiguar a qué hora tenemos que volver antes de que oscurezca", dijo Amy.

Russell casi se atraganta con un trozo de pescado al escuchar la idea de Amy.

"No hay forma de que salgas sola y te pongas en riesgo. No puedo dejarte ir a esa misión. No puedo perderte a ti también", dijo Russell.

"Iré con ella", dijo Malik.

"No, gracias", agregó Russell.

"Pero papá, Sinjagik está muy enfermo, y si podemos encontrar ayuda para él, todos nuestros esfuerzos valdrán la pena", dijo Amy, tomando la mano de Russell.

"¿Qué pasa si no encuentras ayuda y luego te pierdes? O peor aún, ¿Qué pasa si te atacan en busca de comida o refugio?" Russell dijo con lágrimas en los ojos.

"Si mamá estuviera aquí, ella ..."

"No metas a tu madre en esto. ¡Ha sido difícil para todos nosotros, y lo único que podemos hacer es permanecer juntos y sobrevivir! " gritó Russell.

"No me importa solo sobrevivir; Quiero respuestas y quiero encontrar ayuda", dijo Amy, poniéndose de pie. "Te guste o no, saldré a caminar mañana en cuanto el aire sea bueno. ¿Vienes conmigo, Malik?"

"Sí, Amy, puedes contar conmigo. Estaré listo", respondió Malik.

"No creo que estés pensando bien, hija. Estás arriesgando tu vida y la de Malik sin un plan sólido", gritó Russell.

"Oh, ¿Así que gatear buscando gusanos es tu plan sólido, papá?" gritó Amy en respuesta, pero de inmediato se sintió terrible e irrespetuosa. "Lo siento, papá. Es solo que no quiero ver morir a Sinjagik ni a ninguno de nosotros. Tenemos que encontrar una manera de salvarnos nosotros mismos".

"Si sé. No puedo hacerlo, cariño. No puedo dejar que te metas en esto", dijo Russell.

"No te preocupes. No tienes que dejarme ir", dijo Amy. "Ahora las cosas son diferentes, y todos luchamos por el mismo objetivo, hacemos un equipo. Mi parte será encontrar ayuda y la tuya será cuidar de Sinjagik".

Russell respiró con dificultad, pensando en la razón que tenía. Su falta de argumentos le dio solo una opción: apoyar sus planes y brindarle toda la orientación que necesitaba.

"Frank, ¿Puedes planificar una ruta que los lleve de regreso antes de que oscurezca?" Dijo Russell. "Carga la información en mi comunicador. Configura la alarma para la mitad del día, para que puedan tener suficiente tiempo para regresar."

"Sí, Russell, puedo hacer eso", respondió Frank mientras una pequeña sonrisa crecía en el rostro de Amy. Miró a Malik y asintió. Malik asintió en respuesta también.

Más tarde en la noche, Sinjagik tomó dos piedras y comenzó a cantar una hermosa canción en su idioma nativo. Tenía los ojos cerrados y lloraba en un estado muy emocional.

"Está cantando el cántico de guerra tribal", susurró Malik.

Russell le pidió a Amy que se sentara con él por un momento. Malik se sentó frente a su padre y se unió a la canción con su voz joven.

A la mañana siguiente, Amy y Malik comenzaron su primer desafío de exploración.

"No me decepciones, cariño", dijo Russell.

"Nunca", dijo Amy, besando la frente de Russell.

"Volveré pronto con ayuda", le dijo Malik a Sinjagik mientras lo abrazaba.

Amy y Frank habían establecido una ruta que gradualmente crearía un mapa para que lo usaran durante futuras exploraciones. En las clases de geografía en la escuela, Amy y sus amigos habían practicado observaciones simples, clasificación, organización y habilidades de lectura de mapas. Parte de esa información estaba en los discos de Frank de forma predeterminada y sería muy útil en exploraciones futuras. Amy también tomó el pequeño cargador solar como respaldo para la batería del comunicador.

Todos estos preparativos hicieron que Russell se sintiera mal del estómago. Confiaba en Amy y siempre la había animado a hacer lo mejor que pudiera. Sabía que era una chica inteligente, pero temía no estar allí para ella si algo salía mal con sus planes. Mientras tanto, Malik y Sinjagik rezaban tomados de la mano.

"Está bien, estoy lista, papá", dijo Amy, con el rostro lleno de emoción y alegría.

"Prométeme que planificarás cuidadosamente tu próximo paso y el siguiente. Cuento contigo. Contamos contigo." Russell contuvo las lágrimas y proyectó confianza en su hija.

"Te lo prometo, papá", dijo Amy con su hermosa sonrisa.

Malik besó la frente de su padre después de terminar sus oraciones.

Caminaron durante horas en línea recta dejando atrás el lago. La tierra plana hecha de arena negra y piedras no tenía nada que ofrecerles. La niebla era espesa a la distancia pero lo suficientemente delgada como para ver lo que estaba justo frente a ellos cuando se acercaban. Era difícil hablar y caminar simultáneamente con la mala calidad del aire, por lo que decidieron avanzar en silencio hasta que llegó el momento de tomar un descanso.

Cuando sonó la alarma del comunicador señalando que era hora de dar la vuelta, se detuvieron. Amy estaba muy decepcionada. Se inclinó para agarrar un poco de arena en su mano.

"Creo que mañana será mejor", dijo Amy, con la desventura en sus ojos.

"Sí, estoy de acuerdo", dijo Malik. "Piénsalo. Este es solo el primer día".

"Lo sé, Malik. Pero esperaba encontrar algo más que piedras negras". Amy se puso de pie y giró lentamente para regresar.

"Vamos, Amy. Mañana será maravilloso. Vamos."

La misión del día siguiente era pescar. Después de caminar un par de horas, Amy vio que algo se les acercaba por la derecha en la niebla. Tomó a Malik del brazo para detenerlo y señaló la silueta.

"¿Qué es eso?" susurró Malik, tratando de enfocarse en el objeto.

"¡Mira! Hay otro que viene de la izquierda", dijo Amy en voz baja.

Lentamente, los dos objetos se acercaron a un rango visible. Eran dos rocas flotantes. Luego chocaron entre sí. Amy y Malik se rieron.

"¡Tenemos que acostumbrarnos a estas rocas, Amy!" dijo Malik, riendo un poco más.

"No lo sé. Un día pensaremos que es solo una roca, pero podría ser otra cosa, algo peligroso". dijo Amy, preocupada.

149

"Sí, tienes razón", dijo Malik. Caminaron hacia las rocas.

"Creo que es hora de un bocadillo", abriendo Amy uno de los bolsillos de su chaqueta.

"Aquí hay uno bueno", dijo Malik mientras agarraba una de las rocas flotantes y apoyaba todo su cuerpo en la superficie. Era una roca rectangular, plana y gruesa, del tamaño de una puerta.

Amy sonrió y con un pie empujó la piedra. La roca comenzó a moverse hacia adelante, suspendida en el aire.

"¡Woohoo!" gritó Malik.

Amy sonrió. Pero un segundo después, su rostro se mostró emocionado.

"¡Oh, Dios mío, Dios mío! ¡Oh Dios mío!" gritó Amy.

"¿Qué? ¡Qué!" dijo Malik mientras se alejaba lentamente de Amy.

"¡Sí, lo descubrí! ¡Me lo imaginé!" Amy gritó una y otra vez, muy fuerte.

Malik se sorprendió, se bajó de la roca y la detuvo.

"¡Malik!" Amy gritó.

"¡Qué! ¡Qué! ¡Díme! ¿Estás bien?"

"¡Malik, acabamos de crear nuestro transporte!" dijo Amy con una sonrisa más grande que cubrió su rostro.

Russell estaba lavando un pescado que había pelado recientemente. Sinjagik no se sentía mejor, pero era optimista, rezaba y esperaba que el cielo le mostrara las estrellas. Entonces vio que algo se acercaba a ellos.

"Russ ... Russ ... Russell!"

"¿Sinjagik?"

Sinjagik señaló a la niebla directamente a la gran cosa que venía directamente hacia ellos.

"¿Qué es eso? ¡Qué es eso!" dijo Russell, tomando una piedra larga y afilada en caso de que tuviera que usarla para defenderse.

La niebla se separó lentamente y pudieron ver a Amy de pie encima de una gran roca plana flotante. Al otro lado, Malik estaba sentado en el borde con los brazos abiertos, triunfante.

"¡Woohoo!" gritó Malik.

"¿Qué? ¿Qué?" Russell dijo mientras Sinjagik se reía y tosía al mismo tiempo.

Los niños detuvieron la roca saltando y parándose frente a ella, frenando con fuerza con los pies en el suelo.

"¡No puedo creerlo! ¿Qué rayos? ¿Son encantadores de rocas flotantes ahora? Russell preguntó, riendo.

"¡Con esta roca podemos explorar más rápido, cubrir más tierra y asegurarnos de obtener ayuda para Sinjagik y para todos nosotros!" gritó Amy. "¿También adivina qué? ¡Podemos ir todos juntos!"

"¡Esto es increíble! ¿Cómo ... ? cómo ... qué ... ¡Oh, querida, eres increíble!" dijo Russell, tocándole la cara con sus manos que olían a pescado.

"Y espero que podamos encontrar tu colonia favorita también", agregó Amy.

Más tarde, Russell les pidió a los niños que se acercaran a Frank. Con la ayuda de Amy, trabajó en el sistema de gateo atascado de Frank, y luego lo empujaron hacia una posición vertical. Durante el resto del día, Frank cargó su batería con el pequeño panel solar para poder estar listo para el viaje de mañana.

El grupo se despertó temprano a la mañana siguiente, todos con grandes expectativas de comenzar una nueva aventura. Habían pasado doce días después del impacto. Los niños revoloteaban sobre la tierra juntos y exploraron cada centímetro alrededor del lago. No encontraron nada más que un desierto de arena negra plana y charcos de agua. Para ir más lejos, las únicas direcciones disponibles eran cruzar el lago o subir las grandes colinas que lo rodeaban.

"Vamos a dar la vuelta a las colinas. Quizás haya algo en el otro lado ", dijo Malik.

"Sí, es una idea excelente, Malik", dijo Amy.

"Chicos, quiero sentarme en la roca. ¿Me puedes ayudar?" Dijo Russell.

"¡Sí, señor!" dijo Malik.

"Te va a encantar, papá", dijo Amy.

Los niños apilaron algunas piedras pequeñas cerca de Russell y luego empujaron la gran piedra cerca de él. Lo levantaron hasta que estuvo sentado en la superficie.

"Se siente tan irreal, tan extraño", dijo Russell, sonriendo.

"¡Si! ¿No es asombroso? Dijo Amy.

"No entiendo cómo funciona esto, pero se siente increíble cuando estamos explorando", dijo Malik.

"No podemos cruzar el lago porque las rocas se van a hundir", dijo Russell.

"Sí, pero ¿y si depende del tamaño de la roca?" Dijo Malik.

"Mi papá vio rocas pequeñas hundirse en el lago, pero ¿Y si estas grandes pueden hacerlo?".

"Hay demasiado en riesgo. Cruzar el lago podría ser una elección terrible. Mi papá y Sinjagik no pueden mover las piernas y podrían ahogarse si nuestra teoría es incorrecta".

"Tenemos que seguir adelante tan pronto como podamos", dijo Malik. "La herida de mi padre está empeorando y podría estar infectando su sangre. Lo toqué y tiene fiebre. Tenemos que encontrar ayuda rápidamente".

"Mañana, tan pronto como las rocas empiecen a subir, daremos la vuelta al lado izquierdo del cerro. Malik, necesitaré ayuda para preparar el pescado para mañana", dijo Amy.

Amy era la líder natural de la exploración, pero aun así Malik sentía una profunda sensación de desesperanza. Prepararon trozos del pescado que Russell pescó antes y los prepararon para el viaje. Además, recogieron algunos gusanos y los metieron en los bolsillos de la chaqueta de Amy.

Más tarde, Russell tomó una siesta sobre la roca donde estaba sentado, y los niños intentaron pescar más peces. Un par de rocas flotantes llegaron a su ubicación, moviéndose directamente hacia Russell, pero nadie se dio cuenta de ello. Entonces, una de las rocas golpeó muy fuerte el costado de la gran roca donde estaba Russell, haciendo un sonido de choque que rompió el silencio alrededor del lago. Russell se despertó de inmediato y su roca flotante avanzaba directamente hacia el lago. Otra pequeña piedra golpeó una de las esquinas, lo que hizo que la piedra de Russell comenzara a girar ligeramente. Después del choque, una de las rocas se detuvo, pero la otra cambió su trayectoria, dirigiéndose hacia Malik.

"¡Oye, chicos! ¡Atención!" Russell gritó a todo pulmón.

Amy volvió la cabeza y vio que la piedra se acercaba rápidamente a Malik, girando fuera de control.

"¡Malik, agachate!" gritó Amy.

Malik reaccionó rápidamente, agachando la cabeza y casi golpeándose la frente contra el suelo.

"¡Ay! ¿Qué? ¡Qué fue eso!" gritó Malik.

"¡Papi!" Amy gritó.

"¡Niños! ¡Ayuda!" Russell gritó cuando su roca se acercó a la orilla del lago, girando lentamente y mareándolo mucho.

"¡Salta, papá! ¡Salta!"

Los niños empezaron a correr y se lanzaron al agua.

"¡Salte, señor Russell, hágalo ahora!"

"¡No lo logrará!" gritó Amy.

"¡No puedo nadar sin mis piernas!"

Amy y Malik se adentraron más en el lago, pero tenían problemas para caminar por la arena. Luego Russell rodó su cuerpo sobre la superficie de la roca y cayó al agua, no muy lejos de los niños. La gran roca giratoria continuó su viaje hacia el lago, pero no se hundía. La teoría de Malik estaba obteniendo la mejor prueba que podían haber esperado.

"¡Intenta mantenerte por encima del agua, papá! ¡Mantén la respiración!" Amy gritó, moviéndose aún más rápido en el agua.

Malik quería nadar, moviendo los pies y los brazos, tratando de coordinar sus movimientos.

"¡Papi!" Amy gritó desesperadamente.

Russell estaba luchando por mantenerse en la superficie, moviendo sus brazos, salpicando el agua, implorando por ayuda desesperadamente. Los niños nadaban rápido.

"Te tengo. ¡Lo tengo, señor!" gritó Malik.

"¡Mantén la cabeza por encima de la superficie, Malik! ¡Me estoy acercando!" gritó Amy.

"¡Vamos, señor Russell! ¡Respire!"

"¡Papi! ¡Papi!"

Malik y Amy pusieron sus brazos debajo de la espalda de Russell, ayudándolo a flotar. Se miraron después de este increíble rescate. Los niños se sintieron invencibles, casi llorando por la adrenalina.

"¡Mira! Creo que mi teoría sobre la gran roca que flota en el agua está a punto de ser probada, ¿verdad? " Dijo Malik.

"Veamos si la roca continúa flotando antes de que desaparezca en la niebla", dijo Amy.

Las colinas rodeaban el lago y, según la hora del día, la sombra cubría algunas de las áreas a su alrededor. La roca flotante entró en una de esas secciones oscuras y rápidamente perdió altitud tocando el agua.

"No creo que vaya a lograrlo", dijo Amy.

"Tienes que decir eso, ¿eh?" Malik dijo, decepcionado pero con un tono de voz divertido.

Entonces, de repente, la roca explotó, lanzando cientos de pequeños pedazos al aire. Russell y los niños se sorprendieron al ver una columna gruesa y vertical de agua y fragmentos de roca que se elevaban a través de la niebla. Algo estaba debajo del agua, un objeto que golpeó la roca, destruyéndola y lanzando fragmentos hacia arriba. Trozos de roca llovieron en todas direcciones, produciendo todo tipo de salpicaduras alrededor del lago. A través del agua, vieron lo que parecía ser una enorme cola de ballena. Una grande con púas y partes huesudas, casi como un animal prehistórico.

"¿Qué? ¿Qué es eso? ... ¡Oh, no! ¡Vaya, vaya! ¡Muevanse!" Amy le gritó al equipo.

"¡Oh no! ¡Es un monstruo!" Malik gritó, casi llorando.

"¡Tenemos que salir del agua o vamos a ser su cena!" Amy gritó.

"¡Aborten! ¡Aborten!" Dijo Russell.

No había mucho que pudiera hacer más que ser salvado por los dos niños pequeños. Movió los brazos, tratando de empujar en dirección a la tierra.

"¡Apurarse!" Amy gritó, moviendo las piernas.

"¡Vamos! ¡Empuja fuerte!" Malik gritó.

La columna de agua se disparó nuevamente hacia el cielo y esta vez estaba muy cerca de ellos. Amy y Malik nadaron con todas sus energías hasta la parte poco profunda del lago. Luego arrastraron a Russell por sus brazos. Russell vio con horror cómo la forma en el agua se acercaba con fuerza y rapidez hacia ellos. Sinjagik intentó con todas sus fuerzas arrastrarse hasta el lago y hacer algo. Finalmente llegaron a la orilla y todos cayeron a la arena, exhaustos. Muy cerca de la orilla, el agua se abrió suavemente y vieron parte del cuerpo de lo que pensaron que podría ser una ballena. Se quedó allí por un momento, luego levantó su gran cola puntiaguda y la arrojó al agua. Era como un mensaje de advertencia para que los intrusos se mantuvieran alejados del dominio de la criatura.

"¿Qué está haciendo una ballena en un lago?" Sinjagik susurró en su idioma nativo, tocando las cabezas de Amy y su hijo con manos temblorosas. La ballena con las aletas dorsales huesudas y la cola puntiaguda hizo una última aparición en el medio del lago antes de desaparecer lentamente en la niebla.

"Bueno, creo que hemos decidido que navegar es una opción descartada, ¿verdad?" Añadió Malik.

CAPÍTULO 15 - ZIMA

Sin cambiar sus planes, el pequeño grupo de supervivientes inició su viaje tan pronto como las rocas flotantes comenzaron a separarse de la superficie.

"Vamos", dijo Amy.

Tenía un tono determinado en su voz. Todavía estaban vivos y Amy se sentía más fuerte que nunca. Por la noche lloraba silenciosamente por Elizabeth, pero sabía que nada devolvería a su madre. Esa mañana, antes de que todos despertaran, algo cambió en Amy. Ella decidió separar su mente de su dolor, sabiendo que podría ser una distracción. Malik hizo lo mismo con su madre y la abuela Erinak. Eran sobrevivientes y Amy era la líder que necesitaban.

Russell y Sinjagik compartieron la gran roca flotante. Sinjagik, sudando de fiebre, estaba acostado de lado. Malik estaba ayudando a Russell a sentarse en la parte delantera de la roca con las piernas colgando. La batería de Frank estaba completamente cargada y listo para moverse con el grupo.

"Ayer esas rocas vinieron del lado derecho del lago. Quiero llegar a la fuente de este material y tomar más," dijo Amy. "Nos ayudará a movernos más rápido y tenemos opciones limitadas. Además, podríamos encontrar ayuda allí".

Malik y Russell asintieron.

"¿Ella siempre es así?" Malik le susurró a Russell.

"¿Cómo qué?"

"Correcta."

"Oh sí. Como su madre".

Los niños le dieron un empujón a la roca flotante para comenzar, avanzando con sus padres en la parte superior. Atrás, iban dejando recuerdos y a sus seres queridos.

"No hay vuelta atrás después de esto", dijo Amy.

Ella era demasiado joven para asumir la responsabilidad de todos ellos, pero creía que podrían sobrevivir juntos y encontrar ayuda. Tenía recuerdos frescos de todos los trágicos eventos que habían sucedido ese día en el supermercado y cómo Russell siempre había tenido una actitud positiva sobre las circunstancias. Se crió con el mejor ejemplo de cómo actuar de su padre, y ella también podía hacerlo. Porque ella era Lincoln, y un Lincoln nunca se rinden.

La exploración alrededor de la colina se desarrolló sin problemas. En el lado izquierdo había una montaña con algunas rocas afiladas y brillantes. Frente a ellos y a la derecha, no había nada más que tierra plana y negra; sin animales, sin plantas. A veces se detenían para ayudar a Frank cuando se quedaba atascado en el barro. Su sistema de orugas estaba muy embarrado, lo que hacía que sus partes móviles fueran demasiado pesadas con toda la resistencia adicional. Malik repartía bocadillos frescos y revisaba la temperatura de su padre con frecuencia. Sinjagik todavía estaba luchando contra la infección en su pierna, que se veía muy mal.

"Lo único que me preocupa, es que es posible que la colina no rodee el lago", dijo Russell. "Podría estar yendo en otra dirección desde este lado de la formación rocosa. Eso nos alejaría del lago y del pescado, que es nuestra principal fuente de alimento".

"Sí, tienes razón, papá. Siento que no estamos rodeando nada. Se siente como si fuéramos en línea recta", dijo Amy desde atrás mientras empujaba la piedra.

"¿Y si nos detenemos aquí? Puedo intentar subir esta colina y comprobar si puedo ver el lago". Dijo Malik.

"¡Esa no es una mala idea, Malik! Pero escalaremos juntos", respondió Amy.

Tan pronto como detuvieron la roca flotante, Amy y Malik comenzaron a subir la colina, que tenía una superficie muy irregular y piedras afiladas. Amy arrancó algo de tela de su chaqueta y envolvió las manos de Malik para protegerlo de las rocas afiladas. Ella hizo lo mismo con las suyas.

"Ten cuidado con las rodillas y los codos", dijo Amy. "No se necesitará mucho para que estas rocas corten a uno de nosotros. Recuerda que no tenemos medicamentos ni nada para curar las heridas. Hablo en serio, ten cuidado. Si no estás seguro de cuál será tu próximo paso, no lo hagas. Y recuerda cada paso para que podamos bajar la colina con seguridad. ¿Estamos claros?"

"Sí. Sí, Amy, lo tengo claro," dijo Malik, con los ojos bien abiertos.

"Ella estaba en el equipo de escalada de su escuela. Ganaron un par de competencias, así que ella sabe cómo subir una colina", dijo Russell desde la piedra flotante.

Escalar la colina no era diferente de lo que veían caminando. La espesa niebla sólo les permitía ver un poco más adelante, pero afortunadamente la colina no era demasiado empinada.

"¿Padre? ¿Puedes escucharme?" gritó Amy colina abajo.

"¡Sí nena! ¿Estás bien?" Russell le estaba dando a Sinjagik un poco de agua.

"¡Sí, estamos bien! ¿Estás bien para continuar, Malik? Amy preguntó en voz baja.

"Sí, estoy bien, Amy. Sigamos escalando."

Después de un rato, llegaron a la cima de la colina, pero no había nada que ver. La niebla era densa y no podían ver mucho. Podían ver cómo la cima de la colina se alejaba de ellos en una curva. Luego descendieron la montaña con mucho cuidado.

"No había nada que ver, pero teníamos razón. Estamos caminando alrededor de una montaña curva", dijo Amy. "Pronto deberíamos encontrar la corriente de agua que alimenta el lago".

Antes del anochecer, Amy le preguntó a Frank qué tan lejos estaban del punto de partida, basándose en su sistema de posicionamiento. Frank mostró en la pantalla del comunicador la línea que estaban trazando desde que dejaron el campamento, y efectivamente habían tomado una curva.

"Gracias, Frank. ¡Esto es fantástico! Nuestro plan está funcionando", dijo Amy.

El estado de Sinjagik era el mismo a la mañana siguiente. Caminaron durante horas con pequeños descansos para bocadillos. Finalmente, la colina comenzó a hacerse cada vez más pequeña en su lado izquierdo. El ruido de un río cercano a ellos fue un alivio.

"¡Miren! ¡Estamos llegando al final de la colina! ¡Lo hicimos!" gritó Amy.

Inmediatamente fue a Frank y comprobó qué tan grande era su círculo en el mapa, y no se equivocó al pensar que era grande. En la imagen de la pantalla del comunicador había un semicírculo desde el punto de partida hasta su posición actual.

"Ahora estamos del otro lado", dijo Amy. "Frank, ¿Puedes buscar en el historial de tu mapa antes de que golpearan los asteroides y ver si puedes encontrar un lago con esta geografía? Eso podría darnos una pista sobre dónde estamos ahora".

Después de ver a Sinjagik, Malik se acostó de lado y tomó una siesta, abrazando a su padre. Amy ayudó a Russell a sentarse en el suelo y comieron pescado.

"Me gusta tu idea de hacer coincidir el camino que hemos tomado con las formaciones geográficas existentes para saber dónde estamos", dijo Russell. "¿Pero una ballena en el lago? ¿Cómo llegó allí? ¿Y si esto no es un lago y estamos en la costa?"

"Si es que estamos en la costa, deberíamos escuchar el sonido de las olas", dijo Amy.

"Hijita inteligente, muy inteligente", dijo Russell.

"Pensé en eso y apoyo tu idea sobre el cambio geográfico después del impacto. Por esa razón, tal vez algunos animales se trasladaron a un nuevo hábitat", dijo Amy. "Aún así, solo han pasado catorce días desde el impacto y las especies no cambian tan rápido. Quizás me equivoque, pero esa ballena y la forma de su cola me dan escalofríos. Me pregunto si vamos a encontrar otros animales. No tenemos nada con qué protegernos o luchar".

"Todo esto es como un sueño, un mal sueño", dijo Russell.

"¿Sabes qué, papá? Volví a tener ese sueño extraño", dijo Amy.

"¿Con la ciudad de metal o con la soldado de oro?" respondió Russell.

"Con la ciudad hecha de metal", respondió Amy.

"¿Viste algo diferente esta vez?"

"No, las mismas máquinas seguían rodando por un desierto polvoriento", dijo Amy. "Frank está conmigo y puedo ver las máquinas alejándose de mí. Todo está ardiendo y me despierto. Cada vez es exactamente el mismo sueño".

De repente, un fuerte ladrido rompió el aire.

"¿Qué fue eso?" Russell susurró.

"¿Crees que podría ser ..." Amy escuchó otro ladrido un poco más cerca.

"¿Zima?" Malik gritó mientras se despertaba.

Ahora los ladridos eran más fuertes y frenéticos. Malik saltó de la roca y comenzó a aplaudir. Hizo chillidos divertidos con la boca. Entonces, la silueta de un perro salió de la niebla. ¡Era Zima! Corrió hacia Malik más rápido que el viento, moviendo la cola en círculos como una hélice. Saltó alrededor de Malik gimiendo y aullando en voz alta. Russell y Amy se rieron y se abrazaron. Esto era justo lo que todos en el grupo necesitaban. Malik le indicó a Zima que saltara a la roca donde estaba descansando Sinjagik. Zima cambió de humor de inmediato. El perro se sentó con las orejas levantadas. Luego, Zima se inclinó lentamente para oler la cara de Sinjagik. El perro le lamió la cara un par de veces e hizo algunos gemidos en su oído.

"¿Zima?" dijo Sinjagik suavemente.

El perro se acostó al lado de Sinjagik, poniendo su nariz mojada cerca de su cuello. Malik tocó la cabeza de Sinjagik y acarició el cuerpo de Zima. El perro tenía algo de sangre seca alrededor de la cara y el cuello, como marcas de una pelea. También tenía otras heridas en las patas delanteras. Zima olía horrible, pero no parecía hambriento ni desnutrido.

"Frank, ¿cuántos días han pasado desde que Zima desapareció?" Preguntó Amy.

160

"Zima desapareció el mismo día que te despertaste", dijo Frank. "Vi al perro alejarse del grupo la segunda mañana, pero nunca regresó".

"Quizás fue a buscar comida y se perdió en la niebla", dijo Russell.

"Parece que ha estado cazando. Su barriga se ve bastante llena y está en buena forma", dijo Malik, caminando hacia Amy y Russell.

"Tal vez él nos muestre la manera de encontrar ayuda", dijo Amy.

"Yo creo lo mismo", agregó Russell, tocando a los niños en sus hombros.

Russell se despertó a la mañana siguiente con gemidos provenientes de Sinjagik. Russell le dio un poco de agua y todavía tenía fiebre. No estaba mejorando, y si los niños no encontraban ayuda pronto, Sinjagik moriría. Cuidó de él, buscando a Amy y Malik a su alrededor. Se estaban preparando para una caminata de exploración.

Antes de comenzar su viaje, Malik habló con Zima en su idioma nativo y le dio instrucciones sobre cómo quedarse allí con Russell y Sinjagik y no moverse. Zima se quedó mirando a Malik alejarse.

Amy besó a Russell en la frente.

"Volveremos pronto. Solo vamos a ver si podemos pescar algunos peces en la parte poco profunda del lago. Luego vamos a explorar en busca de ayuda", dijo Amy.

Más tarde, la luz del sol atravesó las nubes, creando algo de sombra en la ladera de la colina. Russell se arrastró hacia la sombra y apoyó la espalda en una roca. Luego vio una silueta que regresaba a través de la niebla.

"¿Tan pronto? ¡Yo no sabía que ustedes eran tan buenos pescando! " Le dijo Russell a los niños.

161

A través de la niebla, apareció un animal que parecía una pantera o un gran gato negro, y lentamente se movió directamente hacia Russell.

"¡Ahh, no! ¡Ayuda!" Russell gritó.

Inmediatamente Zima comenzó a ladrar frenéticamente, haciendo movimientos amenazantes para obligar al animal a retroceder. El felino dejó escapar un largo y fuerte gruñido a Zima, pero no fue suficiente para asustar al perro. Zima siguió ladrando y avanzando hacia el animal. Lentamente, el animal miró a Sinjagik y lo olió. En ese momento el animal cambió su objetivo. Russell trató de subir la colina de espaldas pero fue imposible sin el uso de sus piernas, y gritó, tratando de asustar al animal. Zima se acercó demasiado y el animal mordió el lomo del perro y lo tiró al suelo.

Zima gimió. La pantera se puso de pie y mordió la mano de Sinjagik con sus afilados dientes. Sinjagik gritó de dolor, y cuando abrió los ojos y vio el rostro del animal, se asustó. Trató de quitar la mano de las mandíbulas del feroz animal. El felino negro tironeó el brazo de Sinjagik sacándolo de la elevada roca y golpeandolo contra el suelo con algo de fuerza. El animal abrió las mandíbulas tan fieramente, listo para morder el cuello de Sinjagik. En ese momento Frank golpeó al animal en la pierna a toda velocidad, pero la fuerza lo hizo caer de costado. Zima se levantó de un salto y mordió el lomo del felino. Ambos iniciaron una furiosa pelea, mordiendo y rodando por el suelo. Russell, que estaba arrojando piedras al animal, encontró un momento para arrastrarse y arrastrar a Sinjagik lejos de la pelea. Su mano sangraba mucho y Russell tomó trozos de tela que Amy cortó el día anterior para cubrir las heridas. Llevó a Sinjagik a la sombra en la ladera de la colina. Continuó la ruidosa y feroz batalla entre los animales. En ese momento, la pantera saltó hacia atrás, gruñendo con fuerza.

Por un momento, la batalla quedó en suspenso. Zima siguió ladrando fuerte. Russell arrojó más piedras al animal, que se encontraba cansado después de pelear con Zima. El perro sangraba mucho y el felino decidió retirarse lentamente. La criatura desapareció en la niebla.

De repente, Russell pensó en los niños. Ahora ellos corrían el riesgo de encontrarse con este animal. Comenzó a gritar sus nombres, tan fuerte como pudo, llorando y gritando. Sinjagik se desmayó por el dolor y su mal estado de salud. Zima cayó al suelo, herido por la terrible pelea.

La gran roca se movió lentamente hacia la sombra donde descansaban, mientras Russell decidió gatear hasta Zima y traerlo con ellos. Tan pronto como comenzó a gatear, la roca flotante perdió su altura rápidamente, tocando el suelo, y uno de los bordes atrapó las piernas de Russell. Estaba atascado y no pudo ayudar a ninguno de los dos. Seguía pidiendo ayuda, pero estaba abrumado. Russell se desmayó.

Después de horas de pesca, Amy y Malik regresaron, encontrando el terrible escenario. Russell se despertó y les contó sobre el ataque. Malik lloró mientras abrazaba a su padre moribundo. Amy intentó soltar las piernas de Russell, pero la piedra era demasiado pesada para levantarla. Partes de la roca sujetaban las piernas de Russell al suelo y no había nada que pudieran hacer.

"Zima, Zima..." susurró Sinjagik mientras tocaba la cara de su hijo.

Malik inmediatamente fue a levantar el cuerpo ensangrentado y herido de Zima. El perro estaba muy lastimado, pero movía la cola y respiraba, lo cual era una buena señal. Amy lloró, abrazando a Russell. Malik y Zima estaban junto a Sinjagik mientras caía la noche.

CAPÍTULO 16 - SINJAGIK

Amy se despertó temprano a la mañana siguiente preocupada por las piernas de su padre. Fue a ver a Sinjagik y Malik, pero aún estaban durmiendo. Zima la miraba, moviendo la cola.

"¡Hola bello!" Amy susurró, moviéndose lentamente hacia Zima.

Tenía sangre seca por todo su peludo cuerpo blanco. Amy recogió un poco de agua del charco cerca de Zima, le dio de beber y algunos trozos de pescado para comer. Ella lavó sus heridas con mucho cuidado. Zima lamió algunas de las heridas tan pronto como Amy vertió agua sobre ellas. La sangre se fue lavando gradualmente, permitiéndole ver la extensión del daño en sus piernas y cuello.

"¡Eres muy valiente!" susurró Amy. "Salvaste a nuestros padres y te pusiste en peligro. ¡Ese es el espíritu de un verdadero guerrero, Zima!"

La luz del sol comenzó a brillar entre las nubes, invitando al resto de la tripulación a despertar. Amy comenzó a pelar un poco de pescado y a preparar trozos para el equipo hambriento.

Amy mantuvo una actitud positiva. Ella era optimista y valiente. Sabía que ella y Malik tenían más posibilidades de sobrevivir porque sus cuerpos eran jóvenes y saludables. Tarde o temprano, sus padres morirían y la misión de supervivencia dependería de ellos. Ella había cambiado y lo sabía.

"¿Amy?" susurró Malik.

"Sí ¿qué necesitas?"

"¿Puedes ayudarme a mover mi brazo? No quiero despertar a mi padre".

"Por supuesto, Malik. Deja que te ayude."

Ella lo ayudó a sentarse cerca del pescado para que pudiera comer.

"¿Cómo está tu padre?"

"Él está bien. No siente ningún dolor en las piernas y eso me asusta. Estoy esperando que la roca flote para poder cuidar sus heridas ".

"¿Tu limpiaste a Zima?"

"Sí, Zima es un perro valiente. Tiene varios cortes y ha perdido mucha sangre. No te preocupes por él. Le di pescado y agua. Tú te ocupas de Sinjagik, ¿de acuerdo?"

"Gracias, Amy".

Malik se echó a llorar y Amy también.

Más tarde, la roca flotante comenzó a elevarse, y Amy rápidamente llegó a las piernas de su padre, empujando la roca. Russell se despertó mientras Amy movía las piernas. Estaban hinchados y morados, y Amy comenzó a masajearlos, ayudando a que la sangre circulara. No sabía nada sobre masajes, pero Elizabeth le había masajeado las piernas al final de cada entrenamiento del equipo de escalada. Ella hizo lo mismo, exactamente como lo había hecho Elizabeth.

"Creo que me he roto los tobillos", dijo Russell.

"¿Crees? ¿Por qué? ¿Puedes sentirlo, papá? Preguntó Amy. "Déjame quitarte los calcetines y zapatos".

"¡No!" Russell gritó. Amy se sorprendió por la advertencia en su voz.

"Solo estoy tratando de ayudarte, papá", dijo Amy.

"Lo siento mucho, cariño", dijo Russell. "Puedo ver que mis tobillos están en la posición incorrecta, y seguro que están dislocados o rotos. Quitarme los zapatos va a empeorar la lesión".

"De acuerdo papá. ¿Estás seguro que no sientes nada en las piernas?"

"No puedo sentir nada debajo de mis caderas", respondió Russell.

"¿Está bien, señor?" Preguntó Malik.

"¡Hola! Sí, estoy bien, creo. ¿Cómo se siente tu padre?"

"Lo mismo. Su corazón tiene un frágil latido, pero su fiebre desapareció. Perdió mucha sangre por la mordedura de su mano y, al caer de la roca, pudo haberle roto algunas costillas".

"Es un hombre valiente. Deberías estar orgulloso de él. Luchó con ese animal como un superhéroe. Todavía estoy sorprendido por su fuerza," dijo Russell.

"Si. Estoy orgulloso de mi viejo. Y sé que es hora de que descanse. Está sufriendo y creo que estoy listo para dejarlo ir".

Malik bajó la cabeza. Amy lo abrazó y Russell tomó su mano.

Más tarde esa mañana, los niños buscaron algunas rocas lo suficientemente planas como para apilarlas y colocar los pies de Russell en una posición elevada. Encontraron algunas buenas, pero de repente, Amy se detuvo cuando se le ocurrió una idea. De ahí, ella se alejó.

"¡Espera, Amy, no hemos recolectado suficientes rocas! Amy?"

"Espera, Malik, creo que tengo algo en mente".

Amy empujó lentamente la piedra hacia la sombra e inmediatamente comenzó a perder altura. Luego empujó un poco más y la piedra cayó al suelo.

"Creo que he descubierto el secreto de las rocas flotantes", dijo Amy. "Una reacción con la luz del sol hace que la roca flote del suelo. ¿Quizás hay algo en el suelo que repele la roca flotante? ¿O quizás la roca flota a causa de la luz? ¿O quizás ambos? Por eso solo flotan durante el día".

Por la tarde, Sinjagik pidió comida. Amy se sentó y empezó a darle de comer pequeños trozos de pescado. Su rostro estaba pálido y su vida se estaba yendo lentamente. Amy y Malik acercaron a Russell y Zima para que pudieran estar todos juntos.

Amy le dio un poco de agua con las manos y le limpió la cara después de comer. Sinjagik le dijo a Malik que le tradujera un mensaje.

"Amy, tal vez tu corazón ya te haya dicho esto, pero hay algo especial en ti. Sé que puedes sentirlo en lo profundo de tu alma, y es verdad. Eres especial." Sinjagik pidió más agua para continuar. "No fue una coincidencia que estuviéramos allí para rescatar a tu familia esa noche. Fue nuestro destino. Las estrellas vinieron buscando desesperadamente nuestra ayuda, pidiendo que cualquiera de nosotros saliera a la ventisca y les salvara. Otros amigos se unieron a la búsqueda y nunca los volvimos a ver. Nuestro destino era estar allí cuando vinieran pidiendo ayuda, y encontrarlos a todos con vida. Las estrellas nos dijeron qué hacer y respondimos a su llamado. Recuerda que las estrellas te acompañarán siempre. Perteneces a las estrellas y hay algo más grande esperándote allá afuera".

"Creo en el destino y siempre les estaremos agradecidos por salvar a nuestra familia", dijo Russell.

Amy se acercó a Sinjagik tomándolo de las manos.

"Erinak me habló de las estrellas. ¿Mi mamá también está en las estrellas?

"Sí, que lo está", respondió Sinjagik.

Amy miró a Russell y también le tomó la mano.

"Sinjagik, ¿quién pidió nuestro rescate?" Preguntó Amy.

"Su propósito siempre fue proteger lo que era más importante para todos nosotros..." Ahí, Sinjagik comenzó a ahogarse gravemente. Amy y Malik lo pusieron de costado para que pudiera respirar mejor.

"Russell", susurró Sinjagik.

"Si, estoy aquí,"

"Russell, por favor, protege a mi hijo," Malik tradujo, comenzando a llorar.

"Lo haré, amigo mío. Te lo prometo."

En la noche, Russell y Amy miraron el resplandor de la luna en las nubes. También sostenía el comunicador de Russell, comprobando qué podía coincidir con el mapa.

"Nada de esto tiene sentido. Parece que toda la geografía de la tierra cambió. No lo entiendo", dijo Amy.

"Esta ya no es la tierra que conocíamos, de seguro. Sé que hay más por venir", dijo Russell.

Malik caminó hacia ellos y se sentó con ellos.

"Ahora está en paz. El se fue."

"Ven aquí, querido mío", dijo Russell, abrazándolo y asegurándose de que se sintiera apoyado y amado.

"Lo siento mucho" dijo Amy, tocando el hombro de Malik. "Tu padre fue un gran hombre. Nos salvó dos veces y merece todo nuestro respeto. Tuvimos el honor de estar en su camino. Como él dijo, está con las estrellas ahora, cuidándonos."

"¿Sabes qué, Malik? Siempre quise tener un niño. Parece que nunca es demasiado tarde", dijo Russell.

Malik lloró en el hombro de Russell hasta que se quedó dormido.

Por la mañana, Amy cubrió el cuerpo de Sinjagik con piedras, de la misma manera que lo hicieron con Sialuk, Elizabeth y la abuela Erinak. Luego Amy fue a buscar pescado fresco. Ella lloró, pensando en las palabras de Sinjagik. También les había enseñado a pescar, y esto era algo que recordarían para siempre.

Mientras descansaba, se levantó una ligera brisa y movió la niebla durante un par de segundos, tiempo suficiente para que ella viera el río que llenaba el lago. Ella tenía razón. Ahora había un nuevo plan por delante, y estaba en la misma dirección de donde venían las rocas flotantes.

Frank y Russell estaban sobre la gran roca flotante con Zima mientras él se lamía las heridas. Las piernas de Russell no mejoraban y él temía convertirse en una carga, un obstáculo para la supervivencia en este duro entorno después del impacto. Iban hacia adelante para buscar sobrevivientes y dejar atrás todo el dolor de perder a sus seres queridos.

CAPÍTULO 17 - LA CIUDAD DE BERRY

Amy, Malik y Russell eran sobrevivientes. Habían triunfado sobre tantas situaciones peligrosas y ahora estaban comenzando a adaptarse a una rutina despiadada. No había nada para ellos, solo agua, gusanos, peces y muchas preguntas.

Simplemente no pudieron procesar la cantidad de devastación de la tierra y cuánto había cambiado el planeta. El asteroide debe haber provocado incendios y temperaturas elevadas, quemando toda la vegetación y evaporando la mayor parte del agua. Quizás esa fue la causa de la constante niebla. Quizás eso también hizo que los días fueran el doble de largos que antes.

Frank probó todas las combinaciones de mapas que tenía en su base de datos para tratar de averiguar exactamente dónde estaban. Amy estaba verificando datos en cada parada con la esperanza de encontrar una respuesta, pero hasta ahora no tuvo éxito. La única opción disponible era caminar río arriba. A veces, rocas flotantes pasaban cerca de ellos, lo que indicaba que todavía iban en la dirección correcta.

"Estoy cansada de caminar, sin saber a dónde vamos. Me molesta", dijo Amy, caminando y empujando la piedra desde atrás.

"Por el momento, es lo que es. Tenemos comida y agua. En nuestra situación, no podemos pedir más que eso," dijo Russell, sentado en el frente de la roca.

"Lo sé, y estoy agradecida", dijo Amy. "Pero esta situación me abruma. Solo podemos ver lo que está directamente frente a nosotros, y no hemos encontrado nada más que arena negra y este río".

"A veces, con mi papá, caminábamos durante horas en la nieve sin poder ver más allá de nuestras narices", dijo Malik. "No tengo idea de cómo nunca se perdió, pero siempre llegamos a casa sanos y salvos".

"Tu padre era un hombre increíble, Malik", dijo Russell.

"Nos enseñó exactamente lo que era necesario para que pudiéramos estar aquí hoy", dijo Amy.

Solo había una cosa que complicaba el viaje y eran las otras rocas flotantes. A veces eran pequeñas, y no con la suficiente altura como para golpearlos a ellos o a Russell. Pero de vez en cuando aparecían grandes rocas, y tenían que cambiar rápidamente de dirección para evitar chocar contra ellas. Cada vez que se detenían para tomar un refrigerio, uno de ellos debía vigilar las rocas que se acercaban. El único momento en que podían bajar la guardia y descansar era por la noche.

El grupo caminó durante días y la niebla se hizo más fina con cada paso. El cielo permaneció nublado, pero la niebla más ligera les permitió ver más lejos para estar atentos a las rocas más grandes.

"La tierra es tan plana y vacía que me asusta un poco", dijo Amy. "Además, no escucho un solo pájaro ni ningún otro sonido que no sean nuestras voces o nuestros pasos. Al parecer el impacto mató todo alrededor".

"Es verdad. Parece que somos los únicos sobrevivientes aquí", dijo Malik mientras limpiaba las heridas de Zima.

"¿Qué pasa si encontramos un lugar con un grupo de supervivientes?" Dijo Russell.

"Sí, claro, papá", dijo Amy, sonriendo.

"No de verdad. ¿Qué hay sobre eso?" dijo Russell, señalando hacia adelante.

Los niños miraron y sus caras cambiaron de inmediato.

"Espera. ¿Qué es eso?" Dijo Malik.

"Oye, Frank, ¿tu cámara funciona?" Preguntó Amy.

"Sí, todas mis aplicaciones están 100% funcionales, Amy".

"Perfecto. ¿Puedes usar tu cámara y acercar eso?"

"Claro, Amy", respondió Frank, enfocando su cámara en el objeto.

"Acabo de tomar una fotografía y la enviaré al comunicador. Listo. Cargando. Al parecer es una ciudad", dijo Frank.

"¿Ven? ¡Te dije que era una ciudad!" Russell exclamó.

Entonces la imagen llegó al comunicador.

"Parece una gran ciudad metropolitana con edificios altos. Quizás haya sobrevivientes y medicinas allí. ¡Vamos ahora!" Amy dijo, muy emocionada.

"¡Sí, hagámoslo!" Malik gritó.

Por primera vez, se pudo sentir un fuerte sentimiento de esperanza y optimismo al mismo tiempo dentro del grupo. El objetivo estaba muy lejos pero nadie dijo nada. Todos pensaban que finalmente podrían dormir bajo un techo. Amy los animó a no darse por vencidos y Frank puso su mejor selección de música para el viaje.

Por un momento a lo largo del camino, la niebla volvió a ser espesa y la ciudad desapareció de su vista, pero nada iba a detener su renovada determinación. La luz del sol comenzaba a desvanecerse.

"¡Vamos! Puedo escuchar ruidos provenientes de la ciudad", dijo Amy.

La niebla volvió a disiparse y su vista fue clara. Estaban llenos de grandes expectativas hasta que se acercaron a su objetivo. La decepción colgaba de sus rostros. La ciudad que habían visto no era más que una gran formación de roca sólida, una montaña cubierta de picos que emitía un estruendo constante. Las rocas que caían desde lo alto después de desprenderse de la parte superior de la formación se estrellaban contra el suelo. La decepción les rompió el ánimo. Hoy no encontrarían ayuda, ni medicamentos ni sobrevivientes.

"¿Qué? ¡Esto no está sucediendo!" gritó Amy.

"Pensé ..." dijo Malik.

"Yo también, Malik, yo también", dijo Russell.

La gigantesca formación rocosa negra se herejía alto en el cielo, y estaba levemente inclinada hacia la izquierda. Tenía la forma de cristales de cuarzo gigante, y todo se empujaba desde las profundidades del suelo. Un fuerte rugido rocoso provenía de la base. En la parte superior, trozos de roca grandes y pesados se rompían continuamente, como cristales en una secuencia de cámara lenta. Cuando las piezas se estrellaban contra el suelo, inmediatamente comenzaban a flotar. Algunas de las rocas chocaban con otras al caer y empezaban a girar o a dispararse en diferentes direcciones.

"Entonces, aquí es de donde vienen las rocas flotantes, ¿eh?" Dijo Amy.

"¿Qué es esto, mineral o metal?" Dijo Russell.

"Mira la parte superior; pareciera que la luz puede pasar a través del material", dijo Malik.

Se detuvieron después de su larga caminata, y Russell señaló el otro lado de la formación donde las rocas no caían. Decidieron caminar hacia esta zona segura y descansar un poco antes de que llegara la noche. El suelo tenía muchos trozos afilados de las rocas que se estrellaban, por lo que siguieron su camino con cuidado.

A medida que se acercaban a la formación rocosa, los crujidos y las rocas rompiendo eran aterradores, pero la vista era increíble. Algunas de las estructuras cerca de la parte superior reflejaban las luces que entraban a través de las nubes y lo hacían parecer un diamante negro gigante. Desde el suelo, el estruendo de la roca que salía del planeta era persistente y fuerte.

El grupo se detuvo cerca de un charco de agua. Amy se quitó los zapatos y metió los pies en el agua fría para relajarse. Malik revisó las heridas de Zima y las limpió. Russell miró hacia la formación rocosa, tratando de averiguar cómo era posible algo así.

"Quizás el impacto empujó este material desde el centro de la tierra, y luego con la luz del sol…". Russell estaba pensando en voz alta.

"Lo sé, papá. Nunca había visto nada como esto. De todos modos, estoy muy decepcionada. Parece que nunca encontraremos ayuda". Amy se sentó con ambos pies en el charco.

"Cuando duermo, imagino que me despertaré y veré que todo esto fue solo una pesadilla", dijo Malik, terminando de atender a Zima.

Russell estaba callado, mirando hacia las rocas en la parte superior, resquebrajándose y cayendo al otro lado. Amy le estaba pidiendo a Frank que guardara su progreso para el día, pero en ese momento, vio algo verde en la parte inferior de la formación. Por un segundo, Amy pensó que solo eran sus ojos cansados jugando con su mente. Pensó en ir a investigar, pero había llegado a su límite. Decidió no esforzarse demasiado; recuperaría energías y descansaría.

Tan pronto como llegó la noche, la formación rocosa se detuvo de repente como si una fábrica bulliciosa y ruidosa hubiera llegado al final de la jornada laboral y todas las máquinas estuvieran apagadas. Un par de rocas más de la cima se rompieron y cayeron. Entonces el silencio fue absoluto, precisamente lo que necesitaba el equipo.

Russell estaba pensando en todo lo que había sucedido; perdiendo a sus suegros, su esposa y sus amigos. Nunca pensó que vería morir a Elizabeth o que ya no podría caminar. Nunca llegaría a ser el padre de la novia, escoltando a su hija por el pasillo el día de su boda. Estaba recostado en el suelo, llorando en silencio, con Amy y Malik abrazados a su alrededor. La noche era cálida y el resplandor de la luna atravesaba el cielo nublado. Esto era lo que les quedaba, el uno al otro, con un destino incierto y la supervivencia como único camino a seguir.

La mañana siguiente comenzó con un suave crujido proveniente de la formación tan pronto como la luz del sol atravesó las nubes. El sonido se hizo más fuerte lentamente. Temprano esa mañana, Amy salió a caminar. No podía dormir pensando en la línea verde que vio en la base de la formación rocosa. Descubrió una vegetación seca pero verde que tenía la forma de una maleza rodadora. Toda la base de la sólida estructura estaba cubierta con esta tupida planta. Tocó uno de ellos y descubrió que estaba chamuscado y era fácil de romper. Sacó una rama y salió toda la mata de una vez. Se llevó un poco con ella y exploró un poco más, pero solo encontró más de la misma especie de vegetación seca. Amy regresó al grupo arrastrando las plantas y le preguntó a Frank si es que tenía algo con lo que podía hacer una chispa. Amy quería hacer fuego. Siempre lleno de sorpresas, Frank abrió uno de los pequeños compartimentos en su espalda y había un encendedor adentro. Russell lo había usado cuando era fumador. El logo de ISA, Houston, estaba impreso en el encendedor.

Amy juntó algunos pedazos de la planta seca y encendió un pequeño fuego.

"Se siente tan bien. El olor, el calor, ¡esto es genial!" dijo Amy con una sonrisa.

Puso unas piedras alrededor del fuego. Al instante, algunas de esas rocas empezaron a flotar.

"Espera un minuto. ¿Qué?" Dijo Amy.

"Parece que las rocas flotantes reaccionan a cualquier fuente de luz", dijo Frank.

Frank hizo girar la parte superior de su cuerpo y encendió una de sus luces. Luego lo enfocó directamente en una roca cercana a él, y la pieza se levantó inmediatamente del suelo. Frank apagó la luz y la piedra cayó a la arena. Frank volvió a encender la luz y la roca empezó a flotar de nuevo.

"¡Esto es asombroso!" dijo Amy, sonriendo, casi riendo. Ella besó a Frank en el tope de su estructura robótica.

Russell y Malik se despertaron con el fuerte sonido de la formación rocosa. Sonaba como camiones de minería trabajando a toda máquina.

"Algo huele delicioso, pero ¿qué es?" Preguntó Russell.

"Espera. ¿Qué?" Malik se levantó de un salto y se dirigió al fuego.

Amy había cortado finas rodajas de pescado con una piedra afilada y las puso alrededor del fuego. El olor de ese pescado cocinándose era delicioso. Amy tenía algunos trozos de pescado cocido listos para comer y se los entregó a su papá. Malik se sentó frente al fuego y Amy le pasó un trozo de pescado cocido.

"¡El desayuno está servido!" dijo Amy con una gran sonrisa.

Esa tarde, el grupo se sentó en círculo, tratando de planear su próximo movimiento. No tenían muchas opciones, pero la mejor era seguir el río arriba para tener acceso continuo al agua y la comida.

"Si tan sólo tuviéramos la oportunidad de ver más allá de la niebla", dijo Amy.

"Eso sería genial", dijo Russell.

En ese instante, un viento suave separó la niebla por un breve momento, lo que les permitió ver más adelante.

"Bueno, ese deseo se cumplio rapido", dijo Amy.

"¿Puedes pedir helado a continuación?" dijo Malik, sonriendo.

Desde su posición al lado de la formación rocosa, pudieron ver otra colina más adelante. Más lejos, siempre al lado del río, había una montaña cubierta de nieve. Esta montaña parecía muy lejana y podría ser la fuente del agua que corría en el río. Amy propuso dirigirse hacia la siguiente colina. Podría ser un lugar para establecerse por un tiempo, un lugar para descansar y pensar en un plan mejor.

"No hay nada que perder en este momento. Seguiremos caminando y buscando sobrevivientes porque no hay nada más que hacer", dijo Russell, bebiendo un poco de agua del charco.

"Estoy de acuerdo", dijo Amy. "No hay razón para que esperemos ayuda. Quizás nadie nos esté buscando, o peor aún, puede que seamos los únicos supervivientes".

"Haré lo que crean que es mejor. Ahora estoy en tus manos", dijo Malik.

"Ahora eres uno de nosotros, Malik. Tomamos decisiones juntos, hacemos el plan en familia y vamos a sobrevivir", dijo Amy.

"Necesitamos que Zima se recupere pronto", dijo Russell. "Es una parte importante del equipo. Puede oler mucho mejor que cualquiera de nosotros y puede protegernos de animales peligrosos u otros tipos de peligros. Dinos qué hacer si necesitas ayuda con él, Malik".

"Es verdad. Zima siempre nos advirtió cuando sucedía algo peligroso. Por el momento, solo necesita descansar y comer. Me pregunto dónde estuvo todo el tiempo que estuvo lejos de nosotros".

"De ahora en adelante, nos moveremos juntos", dijo Amy. "Nunca dejamos atrás a un miembro de nuestro grupo. El contacto visual es necesario si todos vamos a estar a salvo".

Russell la miró y asintió. Malik hizo lo mismo.

Amy y Frank determinaron la distancia y el tiempo que tomaría el viaje a la siguiente colina. Mientras tanto, Malik contó las piezas de pescado disponibles y estimó la cantidad de pescado que necesitarían para el viaje. No había más gusanos, y Russell tenía la misión de atrapar algunos para comer y usarlos para pescar. Amy estaba sentada sobre una pequeña roca flotante, comprobando las imágenes y los datos recopilados en el comunicador. Estaba inclinada hacia adelante y hacia atrás sobre la roca, como una mecedora. Se dio cuenta de que las formas y tamaños de las rocas flotantes podrían ayudarlos a transportar cosas como comida o Russell y Frank. Miró a su alrededor en busca de más piezas, recogiendo todo tipo de rocas flotantes.

Se paró sobre dos pequeñas rocas flotantes mientras sostenía sus manos sobre la grande, donde Zima descansaba. La sensación de estar suspendida en el aire la hizo sonreír. Malik la vio y también sonrió. Amy comenzó a empujar las rocas como si estuviera en un trampolín. Malik trajo una piedra plana, como una patineta, e hizo lo mismo. Después de un par de minutos, los dos niños se reían tanto que Russell también se echó a reír. Finalmente se estaban divirtiendo, como niños.

"¡Mira! ¡Son como patines!" dijo Amy, moviéndose hacia adelante y hacia atrás en direcciones opuestas.

"¡Es verdad! ¡Esta puede ser una patineta!" dijo Malik, moviendo las piernas de izquierda a derecha. Zima estaba viendo a los niños divertirse, ladrando y lloriqueando como si quisiera estar saltando junto a ellos.

"Espera, déjame probar algo", dijo Amy.

Trató de empujar la gran roca mientras flotaba, pero no pasó nada. Si ambos estaban flotando, ninguno podría hacer que el otro se moviera.

"¡Espera, sé lo que estás tratando de hacer!" dijo Malik. "¿Qué pasa si primero nos paramos en el suelo, empujamos y luego saltamos sobre las rocas? Ya sabes, como esos tipos en patines que se aferran a camiones en movimiento".

"¡Malik! ¡Excelente idea! Intentémoslo", respondió Amy.

Russell estaba sentado en el borde de un charco poco profundo mirando a los niños divertirse. Compartió su momento de alegría. Ahora estaban averiguando cómo pasar al siguiente objetivo más rápido sin demasiado esfuerzo físico.

En el siguiente experimento, Amy y Malik empujaron la gran roca y saltaron sobre las pequeñas, sosteniendo sus manos en el borde.

"¡Funciona!" gritó Malik.

Comenzaron a moverse con la roca a la misma velocidad con grandes sonrisas en sus rostros, disfrutando de uno de los descubrimientos más valiosos de sus jóvenes vidas.

"¡No hay forma de conducir! ¿Cómo vamos a cambiar la dirección de esto?" Dijo Malik.

"Es cierto, déjame probar algo", dijo Amy, todavía en movimiento.

Amy se movió alrededor de la roca usando sus manos, tomando el lado delantero izquierdo mientras Malik todavía estaba en el lado trasero derecho. Amy empujó con los brazos, tratando de mover la piedra, pero dudaba que esto funcionara ya que estaban en el aire. Amy empujó de nuevo muy fuerte y sus piernas empezaron a elevarse más de lo normal. Por un momento, la roca se movió hacia la derecha. Amy comenzó a usar sus rocas como patines. Empujó de nuevo y le dijo a Malik que hiciera lo mismo pero hacia adelante. En un momento de gloria, la gran roca comenzó a girar hacia la derecha.

"¡Woohoo!" gritó Amy.

"¡Sí!" Malik también gritó.

"¡Esa es mi chica!" Russell gritó a la distancia.

Hicieron un semicírculo completo y ahora regresaban. La roca ganó algo de velocidad, lo suficientemente rápido como para mover la niebla a su alrededor. Zima movió sus patas delanteras para sentarse y sentir el aire en su rostro. Su lengua salió naturalmente.

"¡Se siente tan bien!" gritó Amy.

"¡Sí! ¡Esto es tan divertido!" dijo Malik.

Todo parecía ir muy bien hasta que Amy se dio cuenta que se estaban moviendo demasiado rápido y que detener la gran roca sería difícil a una velocidad tan alta. Amy movió su cuerpo frente a la roca y le dijo a Malik que hiciera lo mismo rápidamente. Malik trepó por encima de la roca, llevándose la roca plana con él, y gateó muy rápido, rodeando a Zima y llegando al frente.

"¡Vamos a hacer lo mismo que hice yo para cambiar de dirección! ¡Pero vamos a empujar hacia atrás! ¿Lo entiendes?" Amy le gritó a Malik, quien asintió de inmediato.

Amy miró hacia atrás contra el viento y agitó su brazo, tratando de advertir a Russell sobre el peligro. Russell se reía y los animaba a distancia, pensando que Amy le estaba saludando. Luego, Russell notó que se estaban acercando a él y no disminuían la velocidad.

"¡Oh no! ¡Aborten! ¡Aborten!" gritó Russell, rodando su cuerpo hacia el charco poco profundo.

"¡Listo Malik! ¡Ahora!" Amy le indicó a Malik que comenzara la maniobra.

Empujaron con fuerza contra la roca. Sus cuerpos estaban en el aire, casi en posición horizontal con las rocas en sus pies. Se esforzaron entre los dos en conjunto e instantáneamente la roca se desaceleró, casi deteniéndose. Una vez que se detuvieron por completo, Amy y Malik se miraron, asustados y respirando rápido.

Russell levantó la cabeza del agua, escupió un chorro de agua de la boca y se rió.

"La próxima vez que vayan a practicar carreras, háganlo lejos, ¿de acuerdo?" dijo Russell.

La roca se había detenido directamente sobre el charco donde estaba Russell. Entonces Amy y Malik se echaron a reír.

"Eso fue aterrador, pero divertido", dijo Amy.

"¡Tenemos que hacerlo de nuevo Amy!".

"Pero primero ayúdame a salir de este charco, ¿de acuerdo?"

Durante el viaje, Russell había creado una cuerda con trozos húmedos de la vegetación, ordenandolos como una trenza, que podría ser usada para diferentes tareas. Antes de que oscureciera, el pequeño grupo llegó al siguiente cerro, todos flotando sobre la gran roca utilizando la nueva técnica y reduciendo el tiempo para moverse de un punto a otro. Amy estaba al frente, girando hacia la izquierda o hacia la derecha. Malik estaba en la parte de atrás, dando al vehículo suficiente empuje para avanzar.

La siguiente colina era muy diferente a la formación rocosa flotante. Era solo una colina normal que se veía muy similar a las otras alrededor del lago, con las mismas piedras afiladas en la base, pero un terreno suave en la parte superior. Zima había vuelto a caminar con algo de dolor, pero su recuperación iba bien. Malik y Amy corrieron al río para pescar algunos peces antes del anochecer. Recogieron un montón de vegetación seca para hacer fuego. Amy quería guardarlo para cuando realmente lo necesitaran.

"Creo que podemos quedarnos aquí por un tiempo", dijo Russell.

"¡Pero papá! Tenemos que mantener …"

"¡Sí sé! ¡Sí sé! Pero tenemos que detenernos y pensar en establecer un plan para un par de días. Podemos ir a lugares y buscar sobrevivientes, pero tenemos que cuidarnos y reducir nuestras posibilidades de resultar heridos. No tenemos nada y necesitamos descansar nuestro cuerpo y nuestra mente. No tenemos contenedores para llevar comida o agua, lo que significa que

179

debemos estar cerca del río. Esa es nuestra única opción por el momento, y será la única durante mucho tiempo hasta que alguien nos encuentre y nos rescate. Podemos seguir explorando, pero solo en una dirección, que es este río. Lo siento, cariño, pero no iremos a ninguna parte. Tenemos que parar por ahora", dijo Russell.

"Me gustaría descansar un poco y ayudar a Zima a recuperarse", dijo Malik mientras sostenía a Zima en sus brazos.

Un poco decepcionada, Amy caminó hacia el río y se sentó en una roca. Metió los pies en el agua, mirando a los pequeños peces nadando alrededor. Ella se sintió llamada a explorar. Estaba cansada de ver morir a la gente a su alrededor. Tenía un impulso profundo para reparar su situación y mantenerlos a todos con vida. A ella no le importaba tener comida o agua cerca, pero sabía que esas cosas eran importantes. Russell tenía razón y nunca iría en contra de su padre, que era su fuente de conocimiento y, sobre todo, la única familia que le quedaba.

Todo estaba tranquilo a la mañana siguiente, sin exploración en el plan del día. Amy no estaba de acuerdo con la idea de quedarse sentada sin hacer nada. Revisó los datos de Frank una y otra vez. Malik estaba jugando con Zima, tirando un palo de la vegetación seca, y Russell estaba en el río lavando algo de la ropa que tenían.

"¡Vamos, Zima! ¡Traemela!" gritaba Malik.

Pero Zima detuvo repentinamente el juego. El perro miró hacia la niebla y movió las orejas como si hubiera escuchado algo.

"Creo que algo pasa", dijo Malik.

"¿Qué pasa, Zima?" dijo Amy.

"Niños, acérquense a mí", susurró Russell.

Zima se puso de pie y su cola se disparó hacia arriba. Hizo un par de gemidos y luego comenzó a aullar. Los niños se movieron rápidamente hacia Russell. Amy, Malik y Russell se asustaron al pensar que el animal que los atacó antes había regresado.

"Hey chico, ¿qué es lo que pasa?" dijo Malik.

Zima caminó hacia la niebla.

"¿Zima? ¿Zima? ¿Qué pasa?" dijo Amy.

Malik miró a su perro pero no dijo nada. El perro caminó directamente hacia la niebla, pero justo antes de desaparecer se detuvo abruptamente y volvió la cabeza para mirar a Malik. Malik le habló en su idioma nativo. Luego de eso, el perro caminó hacia la niebla y se perdió de vista.

"¿Qué acaba de pasar, Malik?" preguntó Amy, con los ojos llenos de lágrimas.

"No lo sé. Estoy confundido", respondió Malik. "Zima siempre se quedó así e hizo esos sonidos cuando mi papá regresaba a casa. Tiene algo que hacer. Por eso lo dejé ir", dijo Malik.

"¿Crees que es el mismo animal que nos atacó antes?" preguntó Russell.

"No. Esto es diferente. No sé qué es, pero Zima tuvo que irse", dijo Malik con voz suave.

"Deberíamos movernos a la gran roca y seguir buscando ayuda. Siento que estamos demasiado expuestos al peligro si nos quedamos en un lugar", dijo Amy.

Mira, cariño. Sé que quieres ir a explorar, pero piensa en los riesgos. Aquí no hay ninguna aventura", dijo Russell.

"¿De verdad crees que quiero ir a divertirme explorando? Buscar ayuda es de lo que se trata. Necesitamos medicamentos para tus heridas, y de seguro no hay ninguna misión de rescate que intente encontrarnos. ¡Somos la única ayuda que tenemos!" exclamó, molesta por las palabras de su padre.

"Si decides seguir explorando, te apoyaré. Pero ten en cuenta que cada paso aquí podría ser peligroso", respondió Russell.

"Ya es peligroso, papá. Ya no importa. Mira de dónde venimos. No hemos parado de correr desde el anuncio del asteroide, y aquí estamos. Nunca se detuvo, papá. Seguimos vivos y eso es lo más importante en este momento. La idea de perderte me asusta, pero sé que aquí no hay nada para nosotros".

"¿Qué pasa si nunca encontramos ayuda o sobrevivientes?" dijo Malik.

181

"Ninguno de nosotros sabe si hay supervivientes o qué va a pasar si los encontramos, pero una cosa está clara, ya sea que nos quedemos o sigamos moviéndonos, tenemos las mismas posibilidades de morir. No quiero morir sabiendo que la ayuda estuvo a un día de caminar. Prefiero intentarlo hasta que no haya más opciones. Quiero saber que hice todo lo que pude para verte caminar de nuevo, papá." Amy se volvió hacia Malik. "Lo siento por ti, Malik, pero estás con nosotros y tenemos que seguir adelante. Quiero que recuerdes que los Lincoln nunca se rinden. Ahora eres un Lincoln".

Por un momento hubo silencio y luego un largo y fuerte aullido rompió el silencio, y no era Zima. Amy se puso de pie inmediatamente. Otro fuerte aullido vino de la niebla. Malik y Amy ayudaron a Russell a gatear hasta la roca plana flotante. El plan era huir si había algún peligro.

"Eso no es Zima, ¿verdad?" Preguntó Amy.

"No lo sé. No suena familiar ", dijo Malik.

Entonces surgieron dos aullidos.

"Oh, cielos", dijo Russell.

Había más de un animal y era imposible verlo porque la niebla era muy espesa. Russell, Amy y Malik tenían los ojos bien abiertos y sus corazones latían más rápido que nunca.

"¡Mira! ¡Ahí!" gritó Malik.

Señaló cerca de la base de la colina donde se acercaban dos siluetas del tamaño de Zima.

"¡Oh no!" susurró Russell.

"¡Malik, prepárate para empujar la piedra!" Dijo Amy.

"¡Espera! Ese se parece a Zima, pero no sé sobre el otro", dijo Malik.

Apareció Zima, meneando la cola con alegría. A su lado venía caminando un perro amigo. Era de color marrón brillante con pelo esponjoso, gordo como un oso pequeño y su cola era más larga de lo habitual. Ambos caminaron hacia la gran roca, mirando hacia abajo como si pidieran permiso para acercarse. Se sentaron, esperando una reacción de los humanos.

"¿Qué?" dijo Amy.

"¿Tienes un amigo?" dijo Russell, sonriendo.

"Parece que Zima ha estado ocupado haciendo amigos, ¿eh?" dijo Malik, complacido, saltando desde la gran roca, pero con esa reacción Malik asustó al perro amigo. Entonces retrocedió sus patas unos metros. Malik abrió las palmas de las manos, mostrando que todo estaba bien. Zima calmó al otro perro lamiendo su cara. Malik los llamó a ambos con algunos sonidos de clic. Zima inmediatamente se acercó a él y le lamió la mejilla y la oreja. El otro perro se acercó cautelosamente a Malik.

"Vamos, vamos", dijo Malik con una voz dulce y gentil.

"¡Qué lindo es ese!" dijo Amy, todavía en la roca con Russell.

"Oh, vaya, espera un minuto", dijo Malik. "Este es definitivamente diferente. ¡Pero tan lindo! Ustedes no van a creer esto".

El segundo perro no era un perro normal, o tal vez era algún tipo de raza nueva que nunca antes habían visto. Tenía una pequeña cola en la frente del tamaño de un dedo. El perro meneaba la cola a Malik como la de atrás. Sus orejas eran un poco más anchas de lo habitual, y su nariz era elegantemente larga como un zorro. Ademas vio que su lengua era de color púrpura oscuro.

"No tiene dientes y huele horrible", dijo Malik.

"¿Sin dientes? ¡Genial!" Dijo Russell.

"Me acabo de dar cuenta de algo", dijo Malik. "Cuando Zima regresó con nosotros antes, traía un horrible olor, y este también lo tiene. Es como limones podridos".

"Entonces, eso no es un perro, ¿verdad?" Russell se puso muy nervioso.

"¡Cuidado, Malik!" dijo Amy.

"¿No sé qué hacer ahora, chicos?" dijo Malik, alejándose de los perros.

Zima jugaba con su nuevo amigo peludo, lamiéndole la cara. Entonces Zima corrió hacia Malik, moviendo la cola y metiendo la cabeza entre las piernas de Malik. Malik acarició la cabeza de Zima mientras el nuevo amigo observaba.

"¿Es tu amigo peligroso para nosotros? Lo que más me gustaría ahora es tener una comunicación fluida en el lenguaje de los perros", dijo Malik, bromeando con nerviosismo.

El inusual animal se acercó a Malik, haciendo precisamente lo que había hecho Zima. Puso su cabeza muy cerca de las piernas de Malik, esperando ser acariciado en la cabeza.

"Lentamente, Malik, despacio", dijo Russell, aconsejando el próximo movimiento de Malik.

"Cuidado, Malik", dijo Amy.

Malik movió su mano lentamente y acarició la cabeza del nuevo perro. El perro se acercó a la mano de Malik, pidiendo más. Malik volvió a acariciarlo, sonriendo. Zima hizo algunos movimientos divertidos saltando arriba y abajo preparándose para saltar por diversión. Luego, el otro perro hizo lo mismo y empezaron a jugar alrededor de Malik saltando y haciendo sonidos divertidos. Zima ladró, moviendo la cola. El otro perro también ladró, pero este no era el típico ladrido. Fue más como un grito agudo. Este sonido asustó a Malik y a los demás. Dejaron de sonreír de inmediato mientras el nuevo perro seguía haciendo el sonido particular.

"Parece que quiere ladrar, pero no puede", dijo Russell.

"Está imitando el ladrido de Zima. No sabe cómo hacerlo", dijo Amy, mirando a Malik.

"¿Qué es esto? Es un perro, ¿verdad? Malik preguntó con los ojos bien abiertos.

"Lo único importante en este momento es averiguar si este perro come carne", dijo Russell, abrazando a Amy.

"Vi su boca y no tiene dientes", les dijo Malik mientras los perros lo rodeaban divirtiéndose.

"¿Pero cómo es posible que no tenga dientes?" gritó Russell.

"Ok, eso es raro", dijo Amy.

Pronto, los perros se alejaron de Malik mientras jugaban, y lentamente comenzó a moverse hacia la gran roca donde estaban sentados Russell y Amy. Los tres estaban confundidos y no sabían qué tipo de animal era este.

"No es posible que las mutaciones del ADN hayan surtido efecto en solo 2 semanas, ¿verdad? Russell miró a Zima y al extraño perro.

"¿Entonces no es un perro?" dijo Malik.

"No lo sé. No tengo ni idea." respondió Russell.

"Me parece amigable", dijo Amy, avanzando y bajando de la gran roca.

"Espera, ¿qué estás haciendo?" dijo Russell.

"Quiero ponerme en contacto con él", respondió Amy.

Caminó un poco más cerca de Zima y su nuevo amigo haciendo movimientos suaves y lentos hasta que el nuevo perro se detuvo y la miró.

"¡Hola cariño!" dijo Amy adelantando la mano, invitando al nuevo perro a olerla.

Zima se acercó de inmediato a Amy y le lamió la mano, el brazo y la cara. El perro nuevo la miró, sin moverse en absoluto. Amy se sentó en el suelo y cruzó las piernas. Zima se sentó a su lado, lamiendo su oreja y mirando a su nuevo amigo. Entonces Zima hizo algunos ladridos cortos. El nuevo perro se movió lentamente hacia Amy, mirando hacia abajo y oliendo el suelo cerca de ella. Zima volvió a emitir esos breves ladridos.

"¡Vamos, amiguito, vamos!" dijo Amy gentilmente con un tono de voz amistoso.

El nuevo perro se acercó mucho a Amy y olió su mano. Luego, la miró a los ojos. Zima volvió a lamer la oreja de Amy e hizo esos breves ladridos a su nuevo amigo, como presentando el uno al otro. El perro nuevo se acercó y olió la otra oreja de Amy, y luego se sentó.

"¡Huele terrible!" dijo Amy, girando la cabeza hacia Russell y Malik.

"¡Si! ¡Te lo dije!" gritó Malik.

"¿Quieres un baño?" le dijo Amy al perro nuevo.

Amy se movió lentamente y se puso de pie. Invitó a Zima hacia el río. El otro perro los siguió, pero lentamente, sin correr ningún riesgo con estas extrañas criaturas nuevas.

"Vamos, Malik. Échame una mano aquí", dijo Amy.

"¿Estás segura acerca de esto?" dijo Malik, caminando.

"Juguemos juntos en el agua. Zima se unirá a nosotros, y esa será la invitación para nuestro nuevo amigo", explicó.

Tal como ella dijo, después de unos minutos de chapotear en el agua con Malik, los dos perros estaban jugando con ellos en el agua. Amy trató de acercarse al nuevo perro, pero él pensó que el juego era escapar de ella. De repente, Amy resbaló sobre una piedra y cayó al agua de espaldas con un gran chapoteo. Inmediatamente los dos perros se acercaron a ella. Ahi ella aprovechó ese momento para abrazar al nuevo perro.

"¡Hola cariño! ¡Oh, eres tan lindo con esa pequeña cola en tu cabeza! ¡Oh, Dios mío, eres tan lindo!" exclamó Amy.

El perro nuevo se sentó en el agua y miró a Amy con su forma suave de hablar, inclinando la cabeza hacia la izquierda y hacia la derecha. Entonces Amy comenzó a verter agua en el pelo del nuevo perro, tratando de deshacerse del terrible olor. Zima también entró a bañarse. Malik empezó a lavarle el pelo a Zima, mientras el nuevo perro los miraba. Zima tomó la misma posición de pie sobre cuatro patas.

"Bueno, ahora ambos pueden abrir un negocio de cuidado de perros", dijo Russell. "Nunca pensé en tener una tienda de mascotas. ¡Quizás este sea el negocio familiar que estaba esperando! Finalmente puedo dejar mi trabajo... Si todavía tengo trabajo. Me pregunto qué les pasó a Adnan y Ben o al coronel McGuillan. No tuve la oportunidad de despedirme de ellos. Espero que hayan estado junto a sus familias en el impacto".

El resto del día fue feliz y dieron la bienvenida al miembro más nuevo de su grupo.

Por la mañana, Russell se despertó con los ruidos de los perros. Él los miró y tenían ramas en la boca.

"¡Amy! ¡Malik! ¡Despierten, niños!" dijo Russell.

"¿Qué? ¿Qué pasa, papá?"

"¡Miren! ¿Es eso un trozo de árbol?" dijo Russell.

"¡Zima, ven aquí, muchacho!" dijo Malik.

Dejaron caer gentilmente las ramas al suelo y parecía que se las estaban ofreciendo a sus compañeros humanos. Malik examinó una de las ramas.

"Parecen tomates pequeños, ¿verdad?" Preguntó Amy.

"Sí, parecen tomates", respondió Malik.

"No se te ocurra probar esa cosa, déjame ver," dijo Russell.

El nuevo perro comenzó a comer una de las frutas redondas que estaban adheridas a las ramas. Entonces Zima hizo lo mismo.

"¿Esperen?" dijo Malik.

"Este fruto huele como berries y arándanos", dijo Amy, tomando uno en sus manos.

"Huele muy, muy bien", dijo Malik mientras aplastaba uno con los dedos.

El perro nuevo tomó una de las ramas en su boca y caminó hacia Amy, dejándola en sus piernas.

"Parece que quiere que comas uno de esos frutos", dijo Malik.

"Espera cariño. ¿Y si te enfermas? dijo Russell.

"Es verdad. Realmente no sabemos qué es esto o de dónde viene", dijo Amy.

"Puedes fingir que te lo estás comiendo", dijo Malik mientras el nuevo perro esperaba a que Amy se comiera el fruto.

"Eso podría funcionar", dijo Amy, poniendo su mano cerca de su boca y simulando que estaba comiendo.

"¡Oye, Malik! Tírame una", dijo Russell, levantando las manos listo para atrapar.

Malik le arrojó un fruto, y Russell apretó demasiado fuerte dejando que los jugos estallaran con el irresistible olor frutal.

"Oh, Dios mío, ¿qué es esto? ¡Huele increíble!" Dijo Russell.

Zima y el nuevo perro estaban comiendo estos tomates pequeños con olor a berries sin problemas y parecían complacidos.

"Creo que deberíamos esperar un momento y ver si Zima tiene algún síntoma", dijo Russell.

"Estoy de acuerdo", dijo Amy.

"Bien, esperemos," dijo Malik.

Más tarde, saltaron a la gran roca y dieron una vuelta por la colina con los perros corriendo delante de ellos. De repente, ambos perros se congelaron. Comenzaron a ladrar muy fuerte, incluido el extraño ladrido del nuevo perro. Los perros se alejaron de ellos y luego regresaron. Ladraron de nuevo y caminaron un poco.

"Es como si los perros nos pidieran que los sigamos, ¿verdad?" Dijo Malik.

"Sí, creo que tienes razón", dijo Amy.

Amy y Malik dirigieron la gran roca hacia la ladera de la colina. Después de un momento de navegación vieron que la base de la montaña se estaba poniendo arenosa. Luego, en la parte de atrás, vieron cosas verdes, como vegetación entre las afiladas rocas. Redujeron la velocidad y Amy encontró un gran arbusto con esas berries rojas que los perros les habían traído esa mañana.

"¡Mira!" dijo Russell, señalando los arbustos.

"¡Si! ¡Yo también lo vi!" respondió Amy.

Los perros caminaron hacia los arbustos y tomaron parte de la fruta, comiéndola.

"Si es que esto fuera una fruta mala, Zima ya estaría enfermo. ¿Qué piensan ustedes?" preguntó Russell.

"¿Por qué no? Intentémoslo", dijo Malik.

"Está bien, pero hagámoslo al mismo tiempo, ¿de acuerdo?" dijo Amy, todavía no muy convencida.

Amy y Malik caminaron hacia los arbustos y descubrieron aún más berries. Estaban por toda la base de la colina, y había otro grupos de arbustos algunos metros arriba de la colina con un color naranja.

"¿Estamos listos?" preguntó Russell, fruta en mano.

"Sí", dijo Malik.

"No estoy segura de esto, pero sí ", dijo Amy.

"¡Ok, uno, dos y tres!" dijo Russell.

Fue perfecto y delicioso. Disfrutaron del dulce sabor de las berries. El jugo corría por sus brazos y Russell se lamía el codo hasta la muñeca, sin desperdiciar una sola gota.

"¡Vaya, esta es la fruta más dulce que he probado en mi vida!" dijo Russell.

"¡Yo también!" dijo Malik.

"¡Me sumo!" gritó Amy.

La ladera les proporcionó una fuente más de alimento, así como también algo de vegetación seca para hacer fuego ese día. Antes del anochecer, la niebla se hizo más fina y pudieron ver hasta las montañas nevadas. Era una buena vista al final del día, y la gran montaña sería el próximo objetivo del grupo.

Por ahora, la fruta, el pescado y las lombrices completaban el menú de los supervivientes y del miembro más nuevo de su familia. Lo llamaron "Berry".

CAPÍTULO 18 - HIPOTERMIA

Usando los datos en la memoria de Frank, Amy trabajó muy duro para comprender la geografía que los rodeaba y así tener sólidas pistas sobre su ubicación. Su objetivo era encontrar la mejor manera de llegar a una ciudad o algún lugar donde pudieran unirse a una comunidad de sobrevivientes. Estaba preocupada por las piernas de su padre porque sus tobillos estaban rotos e hinchados. No podía sentir su herida, pero ella pensó que aún podía infectarse y matarlo, como Sinjagik.

Malik estaba tallando rocas para crear recipientes para comida o agua. Usó lo aprendido en su aldea y le estaba yendo muy bien. Malik ya había hecho dos contenedores del tamaño de un puño. Ahora estaba trabajando en uno más grande porque su mayor problema era el transporte por agua. Si Malik desarrollaba sus habilidades tallando rocas y piedras, tendrían la oportunidad de explorar tierras más alejadas del río.

Russell estaba muy ocupado haciendo cuerdas con trenzas de vegetación húmeda. Le pidió a Amy que lo ayudara.

"¡Esto es divertido, papá!" dijo Amy.

Siguió las instrucciones de Russell y creó varias trenzas.

"Es divertido cuando encuentras el ritmo de la trenza. De lo contrario, llegas al final y te das cuenta que te perdiste una, un nudo o una vuelta mal dada. Eso no es divertido", dijo Russell, buscando más materiales.

"Podemos hacer muchas cosas con esto, como asas para las rocas flotantes, cordones para nuestros patines flotantes, arneses para los perros. ¡Vaya, estoy impresionada ahora mismo!" eclamó Amy.

El resultado final fue una cuerda muy fuerte que podían usar para casi cualquier cosa.

"Necesito algunas piedras más afiladas," dijo Malik señalando la colina sobre los arbustos de berries.

"Está bien, Malik, pero ten cuidado", dijo Amy terminando otra trenza.

Malik buscó una piedra que pareciera un cuchillo. Estaba usando tela para protegerse las manos de las piedras afiladas. Sus zapatos eran lo suficientemente gruesos para proteger sus pies. Fue con cuidado, paso a paso, acercándose a la siguiente fila de arbustos. Estos otros producían una fruta diferente como una cereza, pero un poco más larga y de un color naranja brillante. Entonces vio la roca que estaba buscando. Era perfecta: un lado casi cilíndrico, como un mango, y el otro lado afilado como un cuchillo de chef. Vio otra piedra dos pasos a la izquierda. Malik se guardó la primera piedra en el bolsillo y luego extendió el brazo, tratando de alcanzar la otra piedra. Su pie derecho resbaló, pero rápidamente agarró una raíz de los arbustos haciendo que su cuerpo girara sobre la colina. La raíz no pudo soportar su peso y se rompió. Malik se deslizó sobre las piedras afiladas, cortándose la espalda severamente. Abrió las piernas y detuvo su caída.

"¿Estás bien ahí arriba?" preguntó Amy, mirando hacia arriba pero sin poder ver a Malik debido a la espesa niebla.

"¡Sí! ¡Todo está bien!" dijo Malik, conteniendo el dolor. Las lágrimas corrían por sus mejillas.

"¿Encontraste lo que querías, hijo?" preguntó Russell.

"¡Sí, señor! ¡Obtuve exactamente lo que estaba buscando!" gritó Malik.

Tan pronto como bajó la colina, corrió hacia el río. Malik se lavó la sangre de la espalda y la ropa. Decidió no decir nada, esperando que no fuera nada grave.

Esa noche Amy habló sobre comenzar su próximo viaje río arriba y cerca de las montañas blancas. Ella pensó que deberían explorar y luego regresar al campamento.

"Aquí tenemos todo lo que necesitamos y no hay razón para dejar este lugar. Podemos explorar, hacer mapas con la ayuda de Frank, pero siempre regresamos aquí al final del día", dijo Russell.

"Sí, me gusta esa idea. Con la gran roca, podemos ir más lejos y más rápido con tiempo suficiente para regresar", dijo Amy, poniendo una planta seca más en el fuego.

191

Temprano a la mañana siguiente, comenzaron su viaje hacia la montaña, planeando buscar cerca del río y regresar antes del anochecer. Todo el grupo haría el viaje, incluidos los perros y Frank. Malik estaba tratando de no moverse demasiado, esperando que esto ayudara a que su espalda cicatrizara. Estaba asustado porque no quería convertirse en un problema para el grupo.

Viajaron, flotando sobre la tierra a toda velocidad. En el frente de la roca estaba Frank, luego Zima y Russell. Amy flotaba en el frente y Malik en la parte de atrás. Tanto Amy como Malik tenían los nuevos patines atados a sus zapatos, gracias a las trenzas que hicieron Russell y Amy. Berry corría junto a ellos a la misma velocidad.

Después de la segunda pausa para el refrigerio, Amy decidió poner a Berry también encima de la roca. El animal estaba exhausto pero se resistía a subirse a la plataforma flotante. Amy y Malik sujetaron a ambos perros a la roca con dos arneses hechos con trenzas. Russell había pasado un par de días haciendo trenzas de todos los tamaños y longitudes. Algunos de ellos eran cuerdas fuertes. Una cuerda recorrió todo el camino alrededor de la roca de lado a lado, y otra fue de adelante hacia atrás. En el frente estaba Frank atado con la cuerda principal. En el medio, Zima y Berry estaban atados a la cuerda que iba de lado a lado. Russell estaba acostado y atado a la misma cuerda que los perros. Malik y Amy sujetaban la cuerda principal. El arnés los mantuvo a todos anclados por si necesitaban cambiarse bruscamente de dirección.

Luego, más tarde ese día, mientras descansaban, Amy vio algo emocionante.

"¡Mira, papá! ¿Eso es…?" dijo Amy, señalando el otro lado del río.

"Si puedo ver eso. ¿Pero, qué es?" Russell trató de enfocar sus ojos.

"Frank, ¿puedes …?" dijo Amy.

"Por supuesto, Amy. Ya estoy tomando fotos. Las enviaré al comunicador de inmediato", dijo Frank.

Las imágenes mostraban un valle verde. El río que venía de las montañas se dividió en dos arroyos: uno iba directo hacia ellos y el otro se dirigía a un área verde donde se unía a una masa de agua aún mayor que no parecía ser un lago.

"Eso parece un océano", dijo Russell.

"Podríamos estar cerca del océano. ¡Esas son buenas noticias!" gritó Malik.

"Si traemos suficiente comida para tres o cuatro días, podemos llegar allí y cruzar a la tierra verde. ¡Debe haber sobrevivientes y algo de ayuda para tus piernas, papá!" dijo Amy.

Malik no se sentía bien y estaba empezando a preocuparse de que sus cortes lo enfermaran. Ahora más que nunca, le preocupaba encontrar ayuda médica.

Viajaron sin parar. Frank dijo que todavía tenían un par de horas antes de que tuvieran que regresar a su campamento en la ladera de la colina.

La niebla casi había desaparecido a medida que cambiaba la temperatura, proporcionando una vista clara de la nieve que se avecinaba. Malik miró hacia atrás y tocó el hombro de Russell.

"Señor. Russell?" dijo Malik.

"¿Qué pasa Malik? Oh mi santo Señor," gritó Russell, sorprendido.

"Increíble ..." exclamó Amy.

Vieron una espesa capa de niebla y nubes cubriendo toda la tierra donde habían estado todo este tiempo. Varias cimas de montañas se alzaban a través del lienzo blanco. Sobre las nubes, el cielo estaba claro y de un azul brillante. A la derecha podían ver la luna, que estaba rodeada por una delgada línea, como los anillos de Saturno.

"Quiero llorar ahora mismo", dijo Amy.

"Creo que algunos de los asteroides se acercaron a la luna, rompiéndose en fragmentos y polvo. Esos fragmentos deben haber comenzado a girar alrededor de la superficie de la luna. No sé mucho sobre la formación de planetas, pero vi un documental sobre la gravedad", dijo Russell.

Amy y Malik contemplaron la vista durante un momento de tranquilidad y paz. La roca estaba ganando altura. Al principio, fue emocionante experimentar la sensación de vértigo y fue agradable tener el sol en la cara. Entonces, Amy y Malik notaron que la distancia del suelo se estaba volviendo peligrosa. Russell vio que los niños estaban asustados y los perros molestos por la altura. El sol era intenso sobre la niebla.

"¡Esto es malo, papá, muy malo!" dijo Amy: "Siempre viajamos cerca del suelo porque estaba muy nublado. ¡La roca flotante nunca estuvo en contacto directo con la luz del sol!"

Los niños saltaron sobre la superficie de la roca mientras su distancia del suelo aumentaba por segundo.

"Intenta cambiar de dirección y dirigir la roca con nuestra técnica", dijo Malik.

"¡No! ¡Esa es una opción terrible! Si te caes desde esta distancia, morirás. No sé qué hacer y me estoy quedando sin ideas", gritó Russell.

"¡Tengo miedo!" gritó Malik.

"¡Papi!"

"¡Cubramos la roca con nuestros cuerpos y bloqueemos el sol! ¡Quizás eso funcione!" dijo Russell.

Los tres se acostaron cubriendo la mitad de la roca, dejando solo el frente de la roca expuesto al sol. Al instante, el transporte comenzó a inclinarse.

"¡Aborten! ¡Aborten! ¡No cubran la roca! ¡Va a girarse y dejarnos caer!" gritó Russell.

"¡Papi!" gritó Amy.

"¡Oh no! ¡Me voy a caer!" gritó Malik, sosteniendo la mano de Amy y sintiendo cómo se abría la herida en su espalda. El dolor era casi insoportable.

Los perros perdieron el equilibrio, rodando hacia abajo y empujando a Malik y Amy hacia atrás. Las cuerdas les impidieron caer de la roca; sin embargo, Amy y Malik no estaban atados a nada, lo que hizo que cayeran directamente al borde. Russell rápidamente agarró las manos de los niños.

"¡Agárrate a la cuerda!" gritó Russell.

Amy y Malik estaban gritando. Rápidamente agarraron la cuerda mientras Malik casi lloraba de dolor. La cuerda alrededor del cuerpo de Russell los salvó a todos. La roca estaba inclinándose hacia abajo a una posición casi horizontal. Los niños colgaban del borde del transporte que avanzaba a pesar de la inclinación.

"¡Me voy a caer!" gritó Malik.

"¡Espera, Malik! ¡Puedes hacerlo!" gritó Amy.

"¡Amy! ¡Malik! ¡Los voy a levantar! Solo tengo suficiente energía para un intento, ¡así que prepárense para seguir adelante!"

Russell también estaba sufriendo, la cuerda se envolvió fuertemente alrededor de su cintura, sus brazos extendidos y soportando el peso de los dos niños.

"¡Listo!"

"¡Yo también!"

"¡Está bien, aquí vamos! ¡Uno, dos, tres!"

Russell tiró con toda la fuerza que le quedaba. Vio emerger los rostros de Amy y Malik, con los ojos muy abiertos en busca de algo a lo que pudieran aferrarse. Amy extendió la mano y agarró la cuerda alrededor de la cintura de Russell, y Malik agarró el costado de los pantalones de Russell.

Después de unos segundos, la roca comenzó a inclinarse nuevamente.

"¡Siéntense en el borde! ¡Siéntense en el borde!" gritó Russell.

La roca respondía rápidamente a cualquier sombra creada por sus cuerpos.

"¡Rápido! ¡Sube, Malik!" gritó Amy.

Los niños se sentaron en el borde y la roca volvió a la posición horizontal. Por alguna razón, su velocidad había aumentado y su distancia del suelo era mayor que antes. Estaban condenados y abandonados a su destino de volar hasta el atardecer.

Malik empezó a llorar y Amy vomitó.

"Estoy muy mareada, papá".

"¡Espera!" Russell ató una cuerda alrededor de la cintura de Amy y la anudó a la línea central. Hizo lo mismo con Malik.

"No miren al suelo, ¿de acuerdo?" dijo Russell. No pudo contener sus emociones y también comenzó a llorar.

La piedra mantuvo su velocidad y altura dirigiéndose directamente hacia la fría montaña.

"La muerte nos está buscando y no se irá hasta que nos lleve a todos", dijo Russell. "Lo peor de todo es que no hay nada que podamos hacer. Parece que nuestro destino era morir el día del impacto. Ahora, la muerte viene por nosotros, como todos los que ya se han ido".

Russell se acostó lentamente de espaldas tratando de no generar ninguna sombra sobre la roca flotante y tomó las manos temblorosas de Amy y Malik.

Durante las siguientes horas, la roca siguió avanzando en línea recta, sobre el río y directamente hacia la base de la montaña, que estaba cubierta de nieve.

Su destino parecía sombrío. El transporte se adentraba profundamente en la tierra cruda, la temperatura bajaba muy rápidamente y el viento helado golpeaba sus cuerpos.

"Oye, Frank, ¿cuántas horas faltan para el anochecer?" preguntó Russell.

"Tenemos tres horas más de luz hasta la puesta del sol", respondió Frank.

"Sí, pero échale un vistazo de nuevo, papá. Se está nublando a medida que nos acercamos a las montañas", dijo Amy.

"¡Es verdad! Las nubes debilitaran la roca. Espero que aterricemos en un lugar donde podamos cavar una cueva o construir un refugio", dijo Malik, todavía adolorido por sus heridas.

El grupo dejó atrás la tierra desolada de arena negra y rocas afiladas, la formación rocosa flotante y el río. Los tres miraron hacia donde se dirigían. A esa altitud, era fácil ver la tierra verde y la cadena de montañas que conducían a la parte más helada de la cordillera. Pronto, estaban sobre el océano con grandes trozos de hielo flotando en la superficie. La temperatura era mucho más fría ahí, pero no lo suficiente como para que se congelaran.

"Resistan y agarrense fuerte. Bajaremos muy pronto", dijo Russell.

Finalmente, el cielo se volvió más nublado y la roca comenzó a perder altitud, cayendo rápidamente.

"No puedo ver el suelo", dijo Amy.

"Creo que tendremos que apuntar a un área con nieve", agregó Malik.

"Eso no es nieve. Es hielo. Es una pared de hielo", dijo Russell.

Vio que el aterrizaje sería muy violento. Russell tomó una cuerda de debajo de él e hizo algunos nudos. Luego ató esos lazos a la cuerda principal.

"Oigan, niños, tomen estas cuerdas y envuélvalas alrededor de sus brazos. Agarrense fuerte, en caso de que nos estrellemos o tengamos un aterrizaje forzoso", dijo Russell.

Los niños lo miraron aterrorizados.

"¡Vamos, reaccionen! Estén conscientes de lo que está sucediendo frente a ustedes," exclamó.

Russell tomó la última trenza y ató una cuerda adicional a los perros. Frank ya estaba atado firmemente a la roca y revisó dos veces los cinturones de los niños. En ese momento, una nube cubrió el transporte y la roca flotante bajó abruptamente. Los niños gritaron y Russell trató de ver dónde aterrizarían.

"¡Estoy tan asustado!" gritó Malik.

"¡Mantente fuerte, Malik! ¡No te distraigas!" gritó Amy.

Estaban muy cerca de la pared de hielo, y debajo solo había agua.

"¡Primero tenemos que resistir el impacto! ¡Agarrense fuerte!" gritó Russell.

"¿Entonces qué, papá?".

"¡Escucha! ¡Escuchen atentamente! No hay tiempo para preguntas, ¡así que presten atención! Vamos a estrellarnos contra esa pared de hielo. Tan pronto como la roca se detenga, nos hundiremos; la luz del sol aquí es muy débil debido a las nubes.

¡Ustedes dos deben usar las piernas y empujar en dirección a la tierra! ¿Estamos claros?" gritó Russell.

"¡De acuerdo papá!".

"¡Sí, señor!" también gritó Malik.

Estaban a segundos de estrellarse contra la pared, y Russell agarró la cuerda con toda la fuerza que pudo. Luego miró a Amy a los ojos.

"¿Papi?" gritó Amy.

"No tengas miedo. ¡Vamos a estar bien! ¡Agárrate fuerte! ¡Tú también, Malik!".

La roca flotante se estrelló contra la pared de hielo con fuerza, lanzando trozos de hielo en todas direcciones. Con la fuerza del impacto, la cuerda que sujetaba la cintura de Russell se rompió, azotando su cuerpo contra la pared. El cuerpo maltrecho y noqueado de Russell se deslizó hacia el agua fría, hundiéndose casi de inmediato. La roca dejó una enorme grieta en la pared de hielo. Grandes fragmentos irregulares de hielo cayeron sobre los niños, Frank y los perros.

"¡No, papi! ¡No!" gritó Amy a todo pulmón.

La roca comenzó a perder altura y los niños estaban en estado de shock. Malik notó que la tierra estaba muy cerca y recordó las instrucciones de Russell.

"¡Empuja, Amy! ¡Empuja!", poniendo sus pies en la pared de hielo.

Sus ojos estaban muy abiertos y su voluntad de sobrevivir había desaparecido. Buscó la silueta de su padre entre los trozos de hielo flotando en el agua fría. Pensó en saltar al agua e intentar salvar a su padre, pero estaba demasiado alto. Incluso si sobrevivía a la caída, el mar frío le provocaría hipotermia inmediata. Malik le gritó para hacerla reaccionar y la roca fue bajando cada vez más. Desesperado, agarró a Amy del brazo y la atrajo hacia él.

"¡Vamos a morir si no me ayudas a empujar! ¡Empuja, Amy, empuja!"

"Lo único que quiero ahora es morir", susurró Amy en el rostro de Malik.

198

Su rostro se arrugó por la frustración. Malik se dio la vuelta, olvidándose del dolor de su espalda. Se movió contra el hielo, caminando de lado con las manos y agarrándose a la cuerda atada al frente de la roca. Se preparó para el empujón final que lanzaría la gran roca hacia tierra.

"¡Uno, dos y tres!" gritó Malik.

La roca se movió suavemente, casi tocando el agua. Ésta era su última oportunidad de llegar a la orilla. La luz del sol desapareció y la roca cayó al suelo aterrizando en la fría tierra helada.

Amy yacía calladamente de costado, mirando el agua, llorando por su papá. Malik estaba exhausto y con un dolor tremendo, pero se puso de pie y cubrió a Amy con una chaqueta.

"Voy a hacer un refugio para nosotros antes de que oscurezca".

Amy no respondió.

Malik tomó una de sus pequeñas ollas de piedra y comenzó a cavar debajo de la gran roca. Olvidando su condición física, hizo un pequeño refugio en la arena suave con suficiente espacio para ellos dos y los perros.

Frank apuntó su cámara hacia el agua, buscando a Russell, y Malik tomó los brazos de Amy, los metió dentro de la chaqueta y la abrochó. La abrazó.

"No puedo, Malik. No puedo ..." susurró Amy.

"Lo sé, Amy. Lo sé. Simplemente camina conmigo", dijo con suavidad.

Dentro del refugio, Malik cubrió la entrada con nieve, manteniendo la temperatura fría afuera. Zima puso su cuerpo sobre Amy y le lamió la mano.

Cuando llegó la oscuridad, los supervivientes se abrazaron, manteniéndose calientes dentro del refugio. Los materiales aislantes de los que estaba hecho Frank lo protegían del aire frío. Amy y Malik sabían en su corazón que sus posibilidades de sobrevivir sin un adulto eran muy bajas. Esa noche, la joven Amy solo pudo pensar en la pérdida de su héroe.

Malik se despertó en medio de la noche con un intenso dolor de cabeza. El dolor agudo en su espalda estaba afectando su sueño. Silenciosamente se arrastró hasta la entrada para tomar aire fresco. Quitó un poco de nieve y se sorprendió por las luces brillantes que venían del cielo. Fue espectacular y espiritual. Las estrellas eran deslumbrantes y llenas de colores.

"Nunca había visto estrellas así. Hermoso", dijo Malik.

Asomó la cabeza fuera del refugio para ver más. Luego se metió la mano en el bolsillo y sacó la pequeña bolsa peluda que le dio la abuela Erinak.

"¡Que bello! Esto es increíble", susurró Malik en un momento emotivo.

Comenzó a tararear una canción en su idioma nativo, agarrando la pequeña figura en su mano.

"Este es el final y el principio", dijo Malik, con lágrimas en los ojos.

Susurró los nombres de sus padres y la abuela Erinak. Finalmente había entregado las almas de su familia a las estrellas.

Por la mañana, Malik se despertó con aire frío en la cara. Miró a su alrededor y vio que la entrada del refugio estaba abierta. Amy no estaba allí. Malik estaba débil, pero se cerró la chaqueta y se obligó a levantarse. La gran roca estaba cubierta de nieve y no se movía. Estaba en el mismo lugar. La luz del sol no podía penetrar las capas de nieve.

"Frank, ¿dónde está Amy?"

"Ella caminó en esa dirección hace un momento. Debería volver pronto. Traté de moverme para poder ir con ella, pero estoy atrapado en el hielo.

"Está bien, déjame investigar tu sistema de arrastre".

Malik se acostó boca abajo y con un brazo cavó la nieve alrededor de Frank con la pequeña olla que había hecho. Zima ladró y se echó a correr hacia el acantilado de la pared de hielo. Malik vio a Amy sentada en la parte superior.

"¿Cómo llegó ella ahí?"

Malik terminó de cavar alrededor de Frank y comenzó a caminar. Berry lo siguió, pero el animal parecía molesto por la temperatura. Se detuvo a descansar varias veces mientras subía por el acantilado.

"Oye, Amy, te vas a enfermar aquí", dijo Malik. Él sabía de los peligros de este tipo de clima, había crecido en uno similar.

"Tal vez eso es lo que quiero", dijo en voz baja, mirando por encima del acantilado.

"Vamos, bájate del borde. ¡Es muy peligroso!"

"¡Déjame en paz, Malik! ¿No lo entiendes? Quiero morirme. No quiero vivir sin mi familia. ¡No tiene ningún sentido!"

"Créeme, te entiendo", dijo Malik, tratando de tocar su mano, pero Amy se apartó.

"¡No tienes idea de lo que estoy sintiendo ahora!" gritó Amy, casi llorando.

"¡No puedo dejar que te mates, Amy! ¡No hay razón para eso! ¡Por favor! ¡Ven conmigo!"

"¡Por qué no! ¡Míranos! ¡Mira esta vida miserable que tenemos ahora mismo!"

"Te he estado siguiendo porque eres fuerte e inteligente, y quiero vivir. ¡Eres el líder! ¡No puedes renunciar ahora!"

"Sin él, ya no importa. Lo vi ahogarse en el agua fría. El no merecía morir así. No puedo vivir con esa imagen", gritó Amy.

"Si, te entiendo. Yo siento lo mismo, pero mira, mi familia ahora está con las estrellas y …"

"¡No me importan tus estúpidas estrellas! ¡No me importa! ¡Por favor, déjame en paz!" le gritó Amy.

Malik estaba de pie detrás de ella, mirando al suelo. Zima se acercó a él y lamió su mano. Berry hizo lo mismo. Después de un par de minutos en silencio, Malik se dio la vuelta y regresó al refugio. Los perros lo siguieron.

Cuando estuvo a salvo dentro, Malik se desmayó. Durmió todo el día mientras Amy estaba sentada allí, tratando de reunir el valor suficiente para saltar al vacío y reunirse con sus padres.

Antes de que oscureciera, decidió regresar. Amy decidió que suicidarse no era lo que su padre hubiera querido. Tenía hermosos recuerdos de su padre en cada capítulo de su joven vida.

"Quiero hacerte sentir orgulloso, papá", susurró.

Recordó cuando Russell la apoyó para unirse al equipo de escalada, la ayudó con sus proyectos científicos y estuvo allí para su primer paseo en bicicleta.

Amy recordó uno de sus intercambios favoritos:

"Cuando realmente quieres algo con tu corazón, puedes hacer cualquier cosa. Deja que tu corazón te guíe. Tu corazón te mostrará el camino", decía siempre Russell.

"Quiero hacerte sentir orgulloso, papá".

"Bueno, hay un pequeño problema con eso, porque ya estoy orgulloso de ti hija".

Amy llegó al refugio y encontró a Malik acostado boca abajo, roncando fuerte por la posición de su cabeza. Trató de despertarlo moviendo su hombro. Malik abrió los ojos y tomó su mano.

"¿Estás bien, Amy?"

Amy le dio un trozo de pescado y un poco de agua que se había derretido en una de sus ollas de piedra.

"¿Qué te está pasando, Malik? ¿Estás bien?"

Él no respondió.

Le dio pescado a Zima y frutos rojos y raíces a Berry. También tomó algunas berries rojas para Malik.

"¿Amy? ¿Amy?"

"Estoy aquí, Malik. ¿Estás bien?"

"Siento lo de tu padre. Él era un gran hombre. Siempre fue amable conmigo".

Amy tomó su mano.

"Malik, necesito pedirte perdón. Por favor, perdóname por herir tus sentimientos y por ser tan irrespetuosa con el legado de tu familia".

"Amy, eres una verdadera líder. Estoy seguro de que esta no será la única prueba que tendrás en tu vida, pero sé que cuando llegue el momento estarás sólida, como mil montañas. Recuerda que ahora mismo tienes las estrellas de tus padres contigo. Sal y déjalos ir al cielo. Déjalos ir, Amy, déjalos ir…"

Después de que Amy se disculpó con Malik, salió y se sentó junto a Frank. Empezaba a oscurecer y aparecieron cuatro estrellas en la parte púrpura más oscura del cielo. Las cuatro estrellas estaban muy cerca una de la otra, casi en una línea perfecta. Amy lloró pensando en sus padres, sus abuelos y Amanda.

Ella entendió que la muerte era parte del curso natural de la vida y que estar vivo era un regalo. Se dio cuenta de que mientras estaba viva, su vida tenía un propósito. Solo tenía que averiguar cuál era ese propósito. Si ella y Malik eran los últimos supervivientes, tenían que estar agradecidos y sentirse honrados. Ahora se dio cuenta que no estaban solos y que las estrellas la guiarían en el siguiente paso de su viaje.

De vuelta en el refugio, Malik estaba durmiendo pero gimiendo de dolor. Salió y limpió la nieve de Frank. Ayudó a Frank a ponerse de pie en la entrada del refugio para que pudiera bloquear la temperatura fría y hacer brillar su luz en el interior.

"Malik, ¿qué te está pasando?" ella preguntó.

"Lo siento, Amy …" susurró.

Movió el cuerpo de Malik y vio que la sangre de su espalda atravesaba la chaqueta. Ella le quitó la ropa y encontró tres cortes largos desde su hombro hasta su espalda baja. El del centro sangraba y los otros dos estaban muy infectados.

"Lo siento, Amy", repitió Malik.

"¡Oh Dios mío! Malik, ¡¿qué pasó?!" gritó Amy.

"Lo siento mucho, Amy …"

"¿Sabes qué? No te preocupes, mañana es un nuevo día y sanaremos las heridas, lo prometo".

Malik cerró sus ojos y durmió. Entonces, ella empezó a llorar.

CAPÍTULO 19 - PUENTE DE HIELO

Temprano a la mañana siguiente, Amy intentó pescar en una parte poco profunda del río con los últimos gusanos vivos. Había pasado la mayor parte de la noche despierta cuidando a Malik. Estaba estable, pero debido a que había perdido tanta sangre, estaba muy débil. Cuando regresó, dejó los pescados dentro del refugio y cerró la entrada con nieve. Amy llevó a Frank al acantilado donde desde ahí tenía una vista clara de la tierra verde. Frank puso su cámara en el zoom máximo y tomó una foto. Amy pudo ver vegetación y suficientes materiales naturales para construir un refugio, pero no había señales de sobrevivientes. Quería ir a explorar, pero no quería dejar solo a Malik.

Por la tarde, Amy se sentó fuera del refugio y revisó los nuevos datos con Frank. Ella notó que entre la tierra fría y la tierra verde había una formación de hielo que podrían cruzar.

"Hay una pieza de información en mis datos sobre un puente de hielo masivo con las mismas características de este. Se llama el Estrecho de Bering".

"Creo que he oído hablar de eso antes, tal vez en una película".

"Déjame leerte esta información, Amy," dijo Frank. "El Estrecho de Bering era un puente de hielo que los científicos plantearon como hipótesis que permitió a los primeros humanos migrar desde Asia a América del Norte cuando el estrecho se congeló".

"¿Eso significa que puedes localizarnos en el mapa?"

"Si este fuera el estrecho real, estaríamos en Rusia ahora mismo".

"Espera... ¿Qué?"

"Esta suposición es imposible porque nuestra última ubicación GPS confirmada antes del impacto estaba en el centro de Canadá, Amy".

"Entonces, no estamos en Rusia, ¿verdad?"

"No lo creo."

De repente, Berry empezó a ladrar frenéticamente. Amy bajó corriendo para ver de qué se trataba la conmoción. Cuando entró al refugio encontró a Zima acostado de lado con los ojos abiertos, pero no se movía y su boca estaba cubierta de espuma blanca. Amy examinó inmediatamente al perro mientras Malik lloraba y llamaba a Zima.

"¡Berry! ¡Callate!" gritó Amy.

Berry siguió ladrando al cuerpo de Zima cuando Amy descubrió algunos pedazos de frutos de color naranja en la boca de Zima. Rápidamente se dio cuenta de que esas berries eran venenosas para el perro.

"¿Has comido estas berries antes?" Amy le gritó a Malik, mostrándole los restos de la fruta en la boca del perro.

"No, no lo he hecho. Ninguno de nosotros comió esas berries, solo las rojas".

"¿Pero cómo consiguió Zima las bayas naranjas?"

"¡Los estaba guardando para cuando nos quedáramos sin los rojos!"

"¡Oh no!"

"¿Lo maté?"

"¡No lo sé!"

Berry se acercó a Malik y le ladró al bolsillo de la chaqueta. Amy metió la mano dentro y encontró cuatro berries naranja más. Berry ladró directamente a la fruta, identificándola como el enemigo. Amy sacó las berries venenosas afuera, llorando y enojada.

"¡Mi papá tenía razón! ¡La muerte nos sigue y no va a parar!"

Extendió el brazo, lista para arrojar las frutas al agua. Pero luego pensó en la contaminación cruzada. Ella sabía de esto debido a un proyecto que hizo con sus amigos para una feria de ciencias en la escuela.

"Los peces se van a comer la fruta. Los peces morirán y el agua tendrá veneno flotando por todas partes".

Cogió una de las ollitas de piedra que hizo Malik, cavó un agujero en la tierra, tiró la fruta dentro del agujero y lo tapó.

205

Podía escuchar el extraño y triste aullido de Berry desde el interior del refugio.

"Ciertamente, las semillas crecerán algún día, pero no estaremos aquí cuando suceda", dijo Amy en voz alta, frustrada y molesta.

"Lo siento mucho, Malik", dijo Amy, regresando al refugio.

"¡Soy tan tonto! ¡Irresponsable!" gritó Malik. "¿Te imaginas lo que hubiera pasado si hubieras comido esta fruta? Podrías estar muerto ahora. ¡Fui tan tonto al recogerlas!"

"Eso no sucedió y aún estamos vivos, ¡Así que no seas tan duro contigo mismo!"

Luego lo abrazó y ambos lloraron. Zima estaba muerto y Berry yacía sobre el vientre de Zima, gimiendo y lloriqueando por su amigo. Los dos animales habían tenido una fuerte conexión. Berry miró a Amy mientras se sentaba cerca del cuerpo de Zima.

"Parece que murió casi instantáneamente después de comer esta fruta'', dijo Amy. Después salió corriendo de nuevo y se lavó las manos con agua y tierra muy meticulosamente en caso de que algo del jugo tóxico todavía estuviera en sus manos.

Más tarde, Amy intentó curar las heridas de Malik. Puso algo de nieve en la cicatriz sangrante. El color de la cara de Malik se estaba desvaneciendo rápidamente y Amy no tenía idea de qué hacer.

"Dondequiera que vayamos, hagamos lo que hagamos, la muerte estará cerca de nosotros hasta que nos lleve a todos. Tenemos que estar atentos. No podemos dejar que la muerte gane. Somos fuertes y no tenemos nada que perder. Te vamos a sanar, Malik, y juntos …"

Amy fue interrumpida por el ladrido agudo y chirriante de Berry dentro del refugio. Amy y Malik se taparon los oídos y apretaron los ojos del dolor. Berry saltó a través de la puerta de nieve, continuando con sus ladridos ensordecedores. Amy gateó sobre sus codos mientras se cubría los oídos y miró hacia afuera.

Vio tres animales negros que parecían panteras. Amy trató de destaparse los oídos, pero los ladridos eran intolerables. Cada vez que Berry ladraba, los tres animales bajaban la cabeza y retrocedían. El fuerte y chirriante ruido de Berry era su mecanismo natural de defensa.

"¡Malik! ¡Tenemos que irnos! ¡Ahora!" gritó Amy.

Se llenó los bolsillos de pescado y Berry dejó de ladrar por un momento.

"¡Malik! ¡Muévete!" dijo Amy, dándole una orden.

"No voy a lograrlo, Amy ..." susurró Malik.

"¿Qué? ¡No! ¡Muévete ahora! Nos vamos de aquí. Escucha, voy a quitar la nieve de la superficie de la roca. La luz del sol es lo suficientemente brillante como para que la roca se eleve", dijo Amy, moviéndose hacia la entrada.

"Amy, soy una carga para ti. Tienes un hermoso futuro por delante. Lo harás bien sin mí. Lo prometo" dijo Malik mientras Berry comenzaba a ladrar de nuevo.

"¡Escucha! ¡Cálmate y muévete!"

Salió y los tres animales estaban más cerca que antes. Berry les estaba ladrando directamente, y su pelaje estaba puntiagudo por todo su cuerpo, como un gato asustado.

"¡Cómo puede ladrar así! ¡Oh Dios mío! ¡Es tan agudo!" dijo Amy, colocándose la chaqueta y tapándose las orejas al mismo tiempo.

Los tres grandes felinos continuaron avanzando. Uno de ellos se movió hacia un lado, caminando de lado, usando una estrategia de caza antes del ataque. Amy dejó caer las otras chaquetas al suelo para poder saltar sobre la roca y quitarle la nieve pesada.

"¡Date prisa, Malik! La roca se va a mover, ¡así que ten cuidado ahí abajo!" gritó Amy.

Los instintos de Berry le hicieron consciente de la estrategia de ataque del gato grande. Uno de los depredadores hizo un movimiento rápido y saltó hacia Amy. Ella al girarse y ver al animal acercándose se congeló. En una fracción de segundo, Berry saltó más rápido y más alto. Mientras el perro extendía su cuerpo en el aire emergieron largas garras del tamaño de cuchillos desde sus patas delanteras. Berry cortó eficientemente al gran felino en el cuello, dejando una gran herida abierta. El animal cayó al suelo sangrando por toda la nieve blanca.

"¡Oh Dios mío! ¡Oh Dios mío!" gritó Amy, estupefacta.

Los otros dos animales permanecieron en sus posiciones amenazadoras. Amy sacudió la cabeza, tratando de procesar lo que había sucedido. Rápidamente pateó la nieve de la superficie de la roca. Al instante, el transporte se elevó. Amy saltó y tomó las chaquetas, arrojándolas sobre la roca. Berry estaba ladrando, mostrando al enemigo que estaba listo para la batalla.

"¡Malik! ¡Ten cuidado! ¡Voy a sacar la piedra de su posición! ¡Frank, ven aquí, rápido! " gritó Amy.

Una vez que la roca se movió, vio a Malik sosteniendo el cadáver de Zima.

"¡Oye, Malik! ¡Muévete!" gritó Amy de nuevo. "¡Tenemos que irnos! ¡Malik! ¡Vamos!"

"No te preocupes, Amy. Todo está bien."

"¡No! ¡Nada de todo está bien! ¡Hay que mantenerse en movimiento! ¡Tenemos que sobrevivir!"

"Ve tú, Amy. Ve rápido. Las estrellas te protegerán".

Malik movió el brazo y arrojó a Amy la bolsa peluda de la abuela Erinak. Ella la atrapó y lo miró, confundida.

"Zima y yo nos vamos a las estrellas, Amy. Nos encontrarás allí…" dijo Malik con una débil sonrisa.

Abrazó el cadáver de Zima con una mano. En su otra mano, sostenía una berrie naranja. Se la llevó a la boca y lo mordió.

"¿Malik? ¿Qué estás haciendo? Ma …" dijo Amy en voz baja, con los ojos llenos de lágrimas.

En este terrible momento, mientras Berry seguía ladrando a los animales, los ojos de Malik perdieron el brillo y su cabeza cayó lentamente hacia atrás.

Amy miró dentro de la bolsa y encontró la pequeña figura tallada de un pescador. Sus lágrimas cayeron por toda la pequeña bolsa. Vio que los animales se acercaban, por lo que se subió a su transporte y empujó con fuerza con las piernas, alejándose del refugio improvisado pero sin perder de vista el cuerpo de Malik. Berry vio que la roca se alejaba y empezó a correr con ella. Amy empujó de nuevo, más fuerte esta vez, y la piedra aumentó la velocidad. Berry saltó encima, mientras los animales lo seguían lentamente por el suelo.

"Lo siento, querida Amy", dijo Frank cuando la roca estaba flotando sobre el agua.

"La muerte nos está siguiendo, Frank", dijo Amy.

Frank giró su cámara hacia el rostro de Amy. Sus ojos miraban a la distancia; había perdido a la última persona de su vida para siempre. Uno de los animales entraba en el agujero mientras que el otro estaba en la nieve, mirando a Amy y Berry alejarse.

La luz del sol que atravesaba las nubes era suficiente para mantener la roca flotando a una distancia segura del agua. Pronto estarían al otro lado, en la tierra verde.

Amy vio como uno de los animales los seguía desde lo alto del acantilado. Luego vio que el segundo salía del agujero. La bestia se estaba comiendo el cadáver de Malik.

"¿Estás guardando esto en tus datos, Frank? Muy pronto comenzaremos a marcar nuevos lugares en el mapa", dijo Amy con su voz entrecortada y con sus ojos llenos de lágrimas.

Las lágrimas brotaban silenciosamente de sus ojos, pero no mostraba ninguna emoción. Ahora estaba sola y la búsqueda de supervivientes era su única prioridad.

"Sí, Amy, estoy grabando todo el tiempo. Nunca me detuve".

"Perfecto."

"Reconozco la forma de esos animales, Amy. Esos son los mismos animales que atacaron a tu padre y a Sinjagik".

"¿Crees que es el mismo animal?" Preguntó Amy.

"Es de la misma especie, 100% coincidente, pero no sé si alguno de esos es el mismo de ese día", respondió Frank, enviando una imagen al comunicador.

Amy vio la imagen del animal y luego miró hacia el acantilado. Los observó con atención mientras flotaban sobre el mar frío. Uno de los depredadores tenía problemas para caminar y comenzó a flaquear.

"Ese debe ser el que bajó al refugio", dijo Amy. "Debe estar enfermo por la sangre de Malik. Estúpida criatura, eso es lo que mereces."

Podía sentir que la rabia se apoderaba de ella y se apretó las manos con rabia.

"Estaremos sobre tierra muy pronto, Amy".

Cerca del borde del acantilado, el segundo animal cayó a través de la nieve, hasta el agua fría.

"Tiene que haber una manera de deshacerse de ese otro animal", dijo Amy, acariciando la cabeza de Berry mientras observaba diligentemente al último animal que los seguía desde el acantilado.

"Amy, date la vuelta", dijo Frank.

"¡Mira eso, que bello!" dijo Amy, mirando más de cerca el hermoso paisaje que pronto exploraría.

Cuando estuvieron lo suficientemente cerca, Amy pudo ver la hierba y los hermosos árboles a lo lejos. Había palmeras altas con hojas largas y árboles más pequeños con hojas de color púrpura oscuro y amarillo brillante. La parte del muro de hielo que conectaba con la tierra se derretía cerca de la orilla, pero aún había suficiente hielo para que el animal cruzara la arena sin problemas.

"Vaya, este lugar es fascinante. No entiendo cómo todo esto sobrevivió al impacto. ¿Es esto Rusia o América del Norte, Frank?

"Es difícil para mí darte la respuesta correcta, Amy. No estoy programado para afirmar algo si no tengo un 100% de precisión en mis datos. Este entorno no coincide con nada en mis mapas".

Finalmente, después de un rato llegaron a la orilla. La roca flotante ahora pasaba sobre la tierra, y Amy podía ver la arena roja muy brillante en contraste con la pared de hielo blanco que se derretía lentamente. Amy se bajó sujetando las dos cuerdas que estaban conectadas al frente. Frenó con los pies en el suelo, y Berry inmediatamente saltó y comenzó a ladrarle al gran felino.

"¡Ay, ay!" Amy exclamó tras los ladridos fuertes y agudos de Berry.

El animal en la cima del muro se detuvo tan pronto como Berry comenzó a ladrar. Amy miró a su alrededor, buscando algo que pudiera usar para defenderse. Se dio cuenta de que la pared hacía crujidos cada vez que las suaves olas llegaban a la orilla.

"¡Frank, ven aquí! ¡Necesito que te bajes de la roca, rápido!" dijo Amy, abriendo los brazos y preparándose para atrapar el voluminoso cuerpo de Frank.

"Tu cuerpo de una niña de ocho años no creo que sea capaz de soportar mi peso, Amy".

"Sí, tienes razón. ¡Qué puedo hacer, qué puedo hacer!"

"Una forma sería bajar la piedra al suelo, así puedo rodar fuera de ella".

"Frank, eso ya lo sabemos".

"Por supuesto. Bloquear la luz del sol te ayudaría con eso".

"Eso también ya lo sabemos, Frank".

Amy miró al animal en el acantilado, asegurándose de que todavía estuviera en el mismo lugar. Berry estaba haciendo un excelente trabajo manteniendo alejado al felino. Amy caminó hacia la vegetación que rodeaba la playa mirando en cada lugar.

"Debe haber algo aquí que pueda usar para bloquear la luz".

Agarró unas ramas y una hoja grande del tamaño de una manta.

"Vaya ... ¡Y esta, amigo mío, es la hoja más grande del mundo!"

Amy corrió hacia atrás arrastrando la hoja y la puso encima de la roca flotante, bloqueando la luz. La piedra aterrizó rápidamente en la arena y Frank pudo rodar en la arena.

"¡Bien hecho, Amy!"

"¡Gracias! ¿Algo más, señor?"

Luego quitó la hoja de la superficie de la roca.

"¿Qué tienes en mente, Amy?"

"Creo que si golpeo el hielo con la roca, dañará la estructura lo suficiente como para romperla. De esa forma, el animal no tendrá forma de llegar hasta aquí".

"Buen plan, solo si es que el animal no sabe nadar".

"¡Genial! Gracias, Frank", dijo Amy burlescamente.

"Lo siento, pero no puedo hacer una ..."

"... una afirmación si tus datos no son 100% precisos. Lo sé", dijo Amy. "Pero revisa las probabilidades de romper ese muro".

"No hay problema", dijo Frank.

Entonces, su pequeña luz de datos parpadeaba en amarillo muy rápido hasta que cambió a un verde sólido.

"Hay un 76% de posibilidades de éxito, Amy".

"¿76? Eso es todo lo que necesito."

Amy empujó la piedra con fuerza y empezó a correr con ella por la arena, ganando velocidad. Luego la dejó ir, enviando la roca directamente hacia la base de la pared de hielo. El impacto no causó daños considerables, pero hizo algunas grietas en el hielo. El animal en la cima retrocede unos pasos.

"76%, ¿eh? Intentemos esto de nuevo".

Amy tiró de la piedra hacia atrás con la cuerda y repitió la misma técnica de demolición, pero esta vez tomó más distancia y tomó más impulso antes de enviarla. Nuevamente corrió, empujando la roca con toda su energía. Golpeó la pared e hizo una grieta más grande. Pesados trozos de hielo cayeron y salpicaron el mar frío. El animal miró a su alrededor, tratando de averiguar de dónde venían los crujidos del hielo. Una grieta abrió un espacio justo debajo del felino. De repente, el animal cayó a través de una grieta, lo que le impidió escapar. Presa del pánico, la criatura estaba entre dos niveles de hielo.

"¡Esto no es un muro, Frank! ¡Es un puente! Es un puente de hielo. ¡Mira alrededor!"

Amy tiró de la roca y repitió una vez más su estrategia de demolición, pero esta vez aún más fuerte, agrietando toda la base del puente, lo que hizo ruidos fuertes como tronaduras que resonaron por todas partes.

"¡Una vez más, Amy!" gritó Amy con decisión.

El animal hacía ruidos fuertes, como gritos de auxilio.

Amy gritó a todo pulmón mientras empujaba la piedra flotante con toda la fuerza que le quedaba. La roca golpeó la grieta, rompiendo toda la base y destruyendo la cima del acantilado en varias partes. Creó un espectacular efecto dominó y toda la estructura se derrumbó. El animal negro estaba rascando el hielo tratando de escapar, pero fue en vano. Cayó al agua helada mientras enormes trozos de hielo cayeron a su alrededor.

"Húndete hasta el fondo, animal estúpido".

Grandes fragmentos de hielo también cayeron sobre la roca flotante. Amy corrió hacia la orilla tratando de salvarla, pero ya era demasiado tarde. La roca estaba cubierta de hielo, lo que bloqueaba la luz del sol y la hacía hundirse en el agua.

"¡Oh no!" gritó Amy.

"No te preocupes, Amy", dijo Frank.

"¿Que no me preocupe?" Exclamó Amy.

"El agua derretirá el hielo. Debido a que el agua es transparente, la luz del sol tocará la superficie de la roca, haciéndola flotar nuevamente. Por ahora, puedes relajarte y recuperar energías. Come un trozo de pescado, querida Amy".

"Sí, en teoría", respondió Amy, sentada en la arena roja.

Entonces, la luz amarilla del sistema de procesamiento de datos de Frank comenzó a parpadear muy rápido. Se detuvo en un color verde sólido.

"Acabo de comprobar los números. Sí, en teoría, estoy en lo cierto".

Los tres, Amy, Frank y Berry, estaban en la arena roja, viendo cómo se derretía el hielo lentamente. Berry se tumbó de costado, agotado por los ladridos. Amy estaba frotando su barriga cuando sintió algo peculiar. Berry miró a Amy a los ojos y empezó a mover ambas colas.

213

"Espera un minuto. ¿Qué está pasando en tu barriga?" Exclamó Amy. Ella sintió que algo se movía en su interior.

Pasó la mano por el torso de Berry, descubriendo pezones; ocho de ellos.

"¿Eres una chica? ¿Qué?" Amy dijo, llorando y riendo al mismo tiempo.

Berry le lamió la mano y soltó unos dulces y felices gemidos.

"¿Vamos a tener cachorros? Espera un minuto. ¿Eso significa que estos son los bebés de Zima? ¡Oh Dios mío!" Amy gritó entre lágrimas, abrazando al perro.

Después de un largo rato, cuando el sol brillaba, la roca comenzó a salir del agua lentamente. Amy caminó hacia el agua fría y tiró de ella hacia la tierra. Una vez más, se sentó junto a Frank y le sonrió.

"Usted tenía razón, señor robot."

"Robots: uno. Humanos: cero ", dijo Frank chistosamente.

CAPÍTULO 20 - SECTOR ROJO

Nine years later.

El día comenzó con la cálida luz del sol brillando sobre el hermoso paisaje de árboles verdes, naranjas y púrpuras. Después de un gran bostezo y un estiramiento, Amy tocó la pantalla del comunicador y la canción "The Rhythm of My Heart" comenzó a sonar.

"¡Buenos días! Buenos días Berry, buenos días, Spot, Blue, King y Tails. ¡Buenos días, Frank!"

Amy caminó hasta el lago para tomar su baño matutino.

"Buenos días, Amy", dijo Frank, siguiéndola. "Según mis datos, tendremos un día perfecto con temperaturas frescas. Estamos a nueve días del comienzo de nuestra temporada cálida y las posteriores temperaturas más altas".

"¡Verano, Frank! ¡El comienzo del verano!"gritó Amy desde el lago.

"¡Sí, eso! Y como recordatorio, tienes que terminar de recoger las verduras y llevarlas a la cueva".

"¡Sí sé!" gritó Amy.

"Me di cuenta que ayer por la mañana no te bañaste".

"¡Por eso me estoy bañando ahora, gracias!"

"Es mi trabajo mantenerte en buen estado de salud y lejos de cualquier fuente de contaminación", dijo Frank, rodando hacia ella.

"¡Oye! ¡Hey señor! ¡Mujer desnuda por aquí! ¡Gracias!"

"Lo siento mucho, querida", dijo Frank, volviendo la cabeza en otra dirección.

"Oye, Frank, ¿terminaste el diseño de los pedales? Quiero empezar a trabajar en ese proyecto hoy. Eso me va a ayudar mucho", gritó Amy antes de sumergir la cabeza en el agua humeante y salir rápidamente.

"Sí, pero tengo un problema con ese diseño. La roca será demasiado delgada y puede comprometer la durabilidad de la estructura. Se romperá fácilmente".

"Bueno, qué tal esto: Hazlo más grueso", respondió Amy en un tono sarcástico.

"Muy gracioso, pero debo recordarte que el comediante aquí soy yo. Nunca has actuado en una comedia", dijo Frank con mucho orgullo.

"Ok, tú ganas esta vez".

Frank volvió a su lugar a la luz del sol para seguir cargando la batería.

Amy nunca dejó de buscar sobrevivientes, visitar diferentes lugares y enfrentarse a depredadores y situaciones peligrosas, pero después de todo este tiempo, todavía estaba viva. Siempre tuvo la sensación de que había sobrevivido gracias a los sacrificios de su familia y amigos. Amy quería honrarlos manteniéndose con vida y nunca darse por vencida. Frank siempre usó cálculos matemáticos para mostrarle que la probabilidad de encontrar a alguien era cero, según sus datos anteriores al impacto y toda la información que habían recopilado de su nuevo entorno.

Cuando tenía catorce años, Amy atravesó un período de crisis existencial en la adolescencia. Ella se deprimió e intentó suicidarse varias veces. Tras eso, dejó de explorar por un tiempo.

Después de la Batalla del Kato cuando tenía quince años, tomó el control de su territorio y su hogar. A partir de entonces, Frank aplicó algoritmos y usó datos de viejos libros de psicología sobre procesos cognitivos y otros temas, creando un plan para que ella lo siguiera todos los años. Frank se convirtió en su mentor y su guía espiritual.

Las exploraciones de Amy arrojaron que después del impacto, no quedó nada. Se pulverizaron ciudades enteras y los humanos fueron aniquilados. No había rastro de vida humana, ni artefactos u objetos del viejo mundo. Pensó que podría haber algunos artefactos en el fondo del lago cerca del lugar donde estaban enterrados Elizabeth, Erinak y Sialuk. Por primera vez desde su muerte, volvió a visitarlos. Amy fue a nadar al lago, cuidando de ver a la ballena de aspecto prehistórico. Cuando abrió

216

los ojos bajo el agua, vio lo que podrían haber sido varias estructuras en el fondo, pero la luz no era lo suficientemente brillante para estar segura. Vio que la ballena comenzaba a moverse y rápidamente salió del agua. Un día, juró nadar hasta el fondo y obtener algunas respuestas.

Sus habilidades para pescar eran excelentes, pero a Amy le gustaban más las frutas y verduras que el pescado. En los primeros años, podía comer pescado, gusanos y frutos rojos que encontraba. Vio otros animales extraños, pero nunca se les acercó. Berry y los cachorros solo comieron verduras y le mostraron cómo encontrarlas. Amy trabajó muy duro para plantar un jardín y mantenerlo en excelentes condiciones hasta que llegó el verano. Las altas temperaturas del verano lo arruinaron todo y tuvo que empezar de nuevo, pero ahora estaba acostumbrada al ciclo de las estaciones.

Ella y Frank decidieron un día dejar de seguir los meses y las estaciones tradicionales del año porque las cosas en la tierra habían cambiado drásticamente. El planeta tardó 756 días en hacer un círculo completo alrededor del sol, y los días fueron el doble de largos. El invierno ya no era una estación del año, y solo los polos norte y sur tenían condiciones extremadamente frías. Ya no había agua salada, por lo que toda el agua de los lagos, ríos e incluso el océano era potable.

Después de perder a sus seres queridos, llevó a los perros y a Frank a todas partes, y ahora eran una familia muy singular. Estaba feliz y siempre tenía algo que hacer. Su misión más importante en la vida fue proteger a su familia. Cuando eso fue probado, ella estaba en su mejor momento, y podría ser la oponente más feroz que se pueda imaginar. Su vida había sido difícil ya que se quedó sola a tan temprana edad, pero a través de los años y con la guía de Frank, desarrolló su sentido de propósito, junto con sus habilidades de lucha y de ingeniería. Durante esos nueve años, pasó por varios desafíos y todo tipo de situaciones peligrosas. La mayor protección de Amy durante todo ese tiempo provino de los perros.

Al comienzo de cada verano, necesitaba recolectar todos los productos disponibles, junto con las semillas, y almacenarlos en el refugio que no estaba lejos de su campamento. Había dos veranos y dos primaveras cada año. Los veranos eran más cortos que la primavera. Nunca iban a explorar durante la temporada de verano debido a las temperaturas peligrosamente altas. Tan pronto como llegaba la primavera, el grupito continuaba con sus planes, que ahora incluían algunas celebraciones. Amy marcó días especiales en el calendario de Frank, como el Día de los Exploradores, la Semana de Russell, la Noche Inuit y el Aniversario de la Batalla de Kato. La celebración del primer verano del año llegaría en nueve días más.

Más tarde esa mañana, Amy estaba recogiendo el resto de las verduras de un pequeño jardín cubierto de enredaderas. Había dejado el espacio suficiente para que el sol llegara a sus productos. Amy estudió los datos de libros electrónicos, videos y audiolibros que Frank tenía en su banco de memoria y adquirió bastante conocimiento sobre el cultivo de alimentos. Hizo herramientas y creó procesos sistemáticos para mantenerse viva y segura. Russell le había enseñado a trenzar, y a partir de eso Amy creó cestas, mantas, toallas, esterillas, sacos e incluso el gigantesco techo que los protegía de los días de lluvia. También construyó una cerca alrededor de su jardín que tenía un sistema de alerta simple, usando cuerdas largas con tubos de madera huecos al final. Cuando un animal trataba de empujar contra la cerca, las cuerdas tiraban de los tubos de madera huecos en ese sector, haciendo todo tipo de ruidos fuertes. El sistema de alerta normalmente asustaba al depredador y activaba una alerta en el centro del campamento. También había creado un arsenal de defensa de lanzas cubiertas con el jugo venenoso de las berries naranjas.

Amy había estado sola desde que llegó a la Tierra Verde, aprendiendo, a veces llorando y asumiendo el desafío cada vez que estuvo en peligro. Su principal motivación fue demostrar que se había ganado el derecho a vivir.

"Puedo rediseñar los pedales", dijo Frank, "pero si querías tener algo hermoso, eso no va a suceder. Es demasiado arriesgado y comprometería la estructura de la roca blanca. Si eso sucediera en medio de un vuelo, no tendrías freno, lo que podría ser mortal si te movieras a alta velocidad".

"Entonces, no pedal bonito, ¿eh?"

"No va a suceder, Amy. No va a ser bonito. Va a ser práctico".

"Mmm ..."

"¿Qué pasa, Amy?" Preguntó Frank.

"Nada. Es solo que me gusta mucho el diseño delgado del pedal. Te entiendo, y lo más importante de un pedal de freno es que frene, no que se rompa".

Amy encendió una fogata en la batea que está en el centro del campamento.

¿Sabes qué, Frank? Volví a tener ese sueño extraño", dijo Amy.

"¿Con la dama de oro o con la ciudad de metal?" Frank respondió.

"La dama de oro. Han pasado años desde que tuve esos sueños", dijo Amy, alimentando el fuego.

"En los archivos de mi biblioteca, tengo varias opciones que pueden explicar ese sueño específico", Frank buscó afanosamente en sus discos hasta que su luz cambió a verde. "Escucha esto: Los sueños que involucran oro podrían revelar una conexión con alguien o algo valioso para usted".

"¿Estás inventando eso, cierto Frank?"

"Absolutamente no. No estoy programado para mentir".

"Bueno, esa es otra mentira", se rió Amy.

"Aquí hay otro: Los sueños con oro podrían representar un logro o simbolizar algo glorioso en su futuro".

"Te lo inventaste también", dijo Amy.

"Sí, lo hice", respondió Frank.

En ese momento, la alarma sonó, haciendo un ruido de madera fuerte y persistente.

"Oh cielos", dijo Frank, cambiando sus luces a rojo.

Amy miró hacia el techo alto en la parte superior de su cuartel general. Todas las líneas provenientes de los diferentes sectores convergen en un centro de alarma rústico pero funcional, haciendo ruido con los tubos de madera huecos.

"¡Es el Sector Rojo! ¡Vamos!" gritó Amy y silbó dos veces a los perros.

Salió corriendo directamente hacia un objeto grande cubierto por una frazada hecha de trenzas. Las cuerdas todavía se movían, y los tubos emitían sonidos. Los perros estaban emocionados por la conmoción. Ella quitó la alfombra y descubrió su transporte. Su vehículo tenía la forma de una gran motocicleta e instantáneamente flotó en el aire después de hacer contacto con la luz del sol. Amy saltó y se acostó boca abajo en una posición diagonal, como montando un caballo. Se puso un casco verde y agarró dos asas en la parte delantera que parecían cuernos. Luego, con ambos pies, presionó un mecanismo de pedal, y dos piedras blancas cuadradas montadas en barras de madera voltearon, una a cada lado del vehículo. El transporte salió disparado a una velocidad increíble, volando hacia el bosque y dejando una cortina de polvo y hojas. Dos de los perros, Spot y Tails, la siguieron tan rápido como pudieron. Blue y King se sentaron custodiando el frente al campamento, y protegiendo a Berry y Frank dentro de la gran carpa.

Cada sector del campamento tenía un camino recto que se alejaba de él, sin obstáculos como árboles o vegetación, dejando que la luz del sol brillara directamente sobre el camino, proporcionando a su transporte la energía suficiente para llegar a la cerca en segundos. Las líneas del sistema de alarma iban desde la pared perimetral directamente hasta el campamento a través de un sistema de poleas instaladas en los árboles. Los perros podían correr más rápido que cualquier animal, casi más rápido que Amy en su transporte.

Al acercarse, Amy vio una parte de la cerca tirada en el suelo. Redujo la velocidad del transporte empujando el pedal de velocidad hacia atrás, reduciendo el movimiento. Los perros se colocaron alrededor del transporte para proteger a Amy. Se acercaron a la cerca rota y vieron que algo se movía entre los árboles. Apretó otro pedal de piedra blanca que detuvo por completo el transporte al instante. El freno duro la envió hasta la parte delantera del vehículo, casi haciéndola caer.

"Realmente necesito trabajar en este pedal. Y necesito un cinturón de seguridad", susurró Amy para sí misma.

Los perros la miraron, esperando una orden. Amy hizo clic con la lengua una vez y los perros se dirigieron lentamente hacia el movimiento de la vegetación. Ella presionó suavemente el pedal de velocidad, avanzando pero siempre permaneciendo detrás de los perros.

"Este debe ser un Kato ..." susurró Amy.

Enfocó sus ojos, tratando de averiguar qué animal era lo suficientemente fuerte como para derribar la cerca. Cuando hizo clic con la lengua dos veces, los perros comenzaron de inmediato a ladrar con estruendo. Amy llevaba un casco con protección para los oídos que bloqueaba los tonos chillones de los ladridos. La criatura debajo de la pila de vegetación se movía erráticamente, tal vez con dolor por el espantoso ladrido. Amy hizo tres clics con la lengua y los perros se callaron. Escuchó un extraño gemido entre los arbustos. Los perros estaban en modo de ataque, listos para saltar. Luego, una cosa de forma extraña surgió lentamente de la maleza.

"Esa no es la cabeza de un pollo alto del bosque" susurró Amy.

Era una mano. Una mano humana. Luego otra mano. Los perros saltaron para atacar al intruso mientras los ojos de Amy se abrieron en estado de shock.

"¡Kiki!" Gritó, justo antes de que los perros mordieran esas manos.

Spot y Tails se detuvieron abruptamente a muy poca distancia.

"¡Lo siento! ¡Lo siento!" dijo la persona con una voz claramente masculina.

Rápidamente Amy se quitó el casco.

"¿Qué demonios?" gritó Amy, bajándose del transporte.

La persona mantuvo las manos en alto a través del montón de vegetación, temblando y teniendo dificultad para respirar. Los perros seguían esperando la señal de ataque y Amy se acercó lo suficiente para ver las manos frente a su cara. Se inclinó suavemente. La mano era hermosa y limpia. La laboriosa respiración proveniente de la persona le hizo pensar en el momento en que ella y su familia se arrastraban por el barro después del impacto. Suavemente movió las ramas a un lado para ver más, y luego vio un ojo. Ella saltó hacia atrás y los perros dieron un paso adelante para protegerla.

"¿Que? ... ¿Hola?" dijo Amy, sin estar segura de lo que estaba pasando. Estaba asustada pero muy curiosa.

"Por favor, no me lastimes. ¡Soy un amigo!" dijo la persona, tosiendo y respirando con dificultad.

Amy tomó un palo largo y apartó algunas hojas y ramas. Los perros hacían todo tipo de sonidos nerviosos e inquietos. Amy tenía una vista casi sin obstáculos de esta persona vestida con un overol blanco y botas negras. Ella podía ver su rostro. La última vez que vio un rostro humano fue hace nueve años.

"¿Eres un sobreviviente?" preguntó Amy en voz baja.

"Un amigo", respondió la persona.

CAPÍTULO 21 - ATRAPANIEBLA

El daño a la cerca fue extenso y Amy comenzó a repararlo de inmediato para evitar una invasión de depredadores. Spot y King montaron guardia, sin mover un músculo mientras miraban al nuevo visitante. Amy usó algunas de las pequeñas cuerdas que tenía en su bolso de cintura. Ella nunca iba por ahí sin ese bolso. Un lado de la cerca era fácil de arreglar, pero el lado opuesto necesitaba una nueva pieza de madera densa. Caminó hasta su transporte y revisó la canasta de almacenamiento que había instalado en la parte de atrás, buscando una herramienta para poder cortar un árbol pequeño y así reparar la cerca. El recién llegado estaba sentado en el suelo respirando con dificultad, pero mirándola de cerca. Estaba siguiendo cada paso de lo que Amy estaba haciendo. Amy sacó un palo largo y pesado envuelto en tela. Amy no hizo contacto visual con el visitante y se mantuvo concentrada en reparar la cerca lo más rápido posible. Arrastró el palo hasta un árbol. Tan pronto como quitó la tela de la punta del palo comenzó a flotar en el aire. Amy había fabricado ingeniosamente un hacha con una piedra flotante negra en forma de triángulo que tenía un borde muy afilado. Balanceó el hacha flotante hacia el árbol y causó suficiente daño como para cortar la mitad de la base. Amy sacó el hacha y la volvió a balancear, cortando por completo el resto del árbol pequeño. El árbol cayó en medio del camino y ella comenzó a podar las ramas para que la madera estuviera lista para formar parte de la cerca. El hacha flotante facilitó mucho el proceso, lo que le permitió derribar varios árboles con un mínimo esfuerzo. Amy había aprendido a usar las rocas flotantes negras para diferentes situaciones, lo que hizo de este elemento su herramienta más valiosa.

Enseguida, ató una cuerda a un extremo del tronco y con un poco de esfuerzo tiró del tronco a su posición final. Finalmente, selló la cerca rota mientras el visitante quedó impresionado por el ingenio de Amy.

"Vaya, tienes un talento increíble", dijo la persona.

"¿Oh sí? ¿Qué tal la próxima vez que no destruyas mi cerca? gritó Amy.

"Lo siento. Perdí el control de mi dron y choqué contra la cerca porque no la vi. Buen camuflaje", dijo la persona.

"Bueno, esa es la idea", respondió Amy.

Comenzó a caminar hacia el visitante e hizo un par de clics con la lengua y silbó a los perros, llamándolos para que se sentaran detrás de ella.

"¿Puedes caminar? No voy a cargarte", dijo Amy, ofreciendo una mano a la persona.

"¡Sí, seguro! Puedo caminar. Solo tengo dificultad para respirar".

"Te acostumbrarás", dijo Amy, ayudando a la persona a ponerse de pie.

Tan pronto como se puso de pie, se encontraron cara a cara. Sus ojos azules y su olor la impresionaron.

"¡Gracias!" Dijo, mirando a Amy a los ojos.

"Tú … Eee... de nada", dijo Amy, un poco desorientada.

"Mi nombre es Marshall"

"Soy Amy, Amy Lincoln".

"¡Nunca he visto cabello rojo en toda mi vida!"

"¿En serio? Sí, es ... es rojo. Sí. Rojo."

"¿Puedes decirles a tus perros que soy un amigo? Ese me está mirando como si fuera su cena", dijo Marshall señalando nerviosamente a King.

"Sí, sí, claro ... Sí", dijo Amy, ida en sus pensamientos.

"¿Me refiero a ahora? ¿Podrías?" Marshall insistió.

"¡Oh! ¡Sí! ¡Por supuesto! ¡Espera... ! ¡no! ¡Por supuesto no!" Amy dijo, retrocediendo dos pasos: "¿Qué quieres? ¿Quién eres tú? ¿Por qué estás aquí? Y ... por cierto, ¿qué es ese aroma?"

"Lo siento mucho, responderé todas tus preguntas, pero primero, ¿puedo conocer al resto de tu tripulación? Vi el tamaño de tu campamento desde el aire. Parece grande y muy seguro. ¡Oh! Y es Cowboy".

Marshall tenía una forma muy diplomática de hablar, elegante y muy educada.

"¿Cowboy?" Preguntó Amy.

"Cowboy, la fragancia de mi papá, el olor, me preguntaste qué era ese aroma…" respondió Marshall.

"Ah, sí, sí, el olor", dijo Amy, rascándose la cabeza.

"Sí, me gusta el olor de este perfume. Es muy rico." dijo Marshall.

"Por supuesto… Genial. ¡Espera! ¿Hay más supervivientes? ¿Dónde están?" Dijo Amy.

"Te lo diré pronto, pero mientras tanto, ¿nos vamos?" Preguntó Marshall.

"Sí, sobre eso, la cosa es … no hay nadie aquí. Yo soy la única. He pasado todos estos años buscando supervivientes, pero esto es todo lo que queda. Uno, solo uno", habló con una voz divertida, señalando con los dedos de una manera tonta.

"Espera, ¿solo tú? ¿Qué pasó con los otros exploradores?"

"¿Los otros exploradores? ¿Qué quieres decir?"

"Quiero decir, el resto de la tripulación. Verificamos los datos y decía que habían siete personas, un robot y un perro".

"Espera …" dijo Amy, retrocediendo unos pasos más y mirando a su alrededor muy confundida.

Spot y King comenzaron a caminar hacia Marshall sintiendo que Amy estaba en peligro. Marshall levantó las manos lentamente, tratando de mostrarles a los perros que no estaba allí para lastimar a nadie.

"Vamos, pero voy a atarte las manos y los pies hasta que me sienta segura".

"¿Atarme? ¿Está bien, pero por qué?"

"Acéptalo o sal de mi tierra".

"¡Ok, ok, claro! No hay problema", respondió Marshall.

Amy caminó detrás de él y le ató las manos con cuerdas. Luego le dio un palmazo en la espalda para que avanzara y montara el transporte. Ella le mostró cómo sentarse en el vehículo y le explicó que solo había espacio para uno. Luego le ató los pies al transporte, asegurándose de que no fuera a intentar cualquier cosa que la pusiera en peligro. Amy estaba perpleja, pero seguía sus instintos. Silbó dos veces a los perros y presionó con fuerza el pedal. El transporte comenzó a moverse a una velocidad tan alta que los ojos de Marshall comenzaron a lagrimear inmediatamente por el viento.

"¡Woohoo! ¡Esto es asombroso!" gritó Marshall.

Amy sonrió un poco, pero tenía demasiadas preguntas. Ella esperaba que Frank la ayudaría a entender esta confusa situación.

"¡Ok, quédate aquí!" Amy le gritó cuando llegaron al campamento.

"No te preocupes. No puedo moverme de todos modos".

Amy corrió hacia el interior directamente hacia Frank. Ella comenzó a llorar, pero luego se echó a reír y se puso las manos en la cabeza. Caminaba de un lado a otro, hablando con Frank sobre lo que había sucedido y lo confundida que estaba. Frank siguió su conversación moviendo la cabeza de izquierda a derecha pero sin decir una palabra. Cuando terminó, tomó una taza de piedra y bebió un poco de agua. Se echó un poco de agua en la cara y se paseó por la habitación unas cuantas veces más. Finalmente se sentó en un tronco, exhausta.

"¿Sabes lo que me gusta de ti, Frank? Que sabes escuchar".

"¿El visitante está afuera?" Preguntó Frank.

"¡Sí, sí, está!"

"¿Puedo ir a hablar con él?"

"No, no, espera, voy a traerlo adentro", dijo Amy.

Ella salió y lo sacó del transporte. Marshall estaba fascinado con los alrededores del campamento: el río, el lago, las nubes y sus herramientas, cuerdas, el gran techo, todo.

"Amy, que increíble, ¡guau! Este campamento es asombroso", dijo Marshall con una gran sonrisa.

"Sí, sí, bla, bla. Camina, por favor." Amy tiró de él con la cuerda atada a sus manos.

Una vez dentro, quedó aún más impresionado, mirando a su alrededor con la boca bien abierta. El cuartel de Amy era una obra maestra en medio de la jungla. Ella había usado árboles para construir una fortaleza con un gran techo hecho de cuerdas y vegetación. Habían escaleras a balcones superiores, pisos de madera y una hoguera rodeada de piedras. A un lado, había un gran estanque redondo, una pared cubierta de enredaderas y una sección llena de verduras. Se estaba mareando mirando todo, girando en su lugar hasta que vio a Frank.

"¡Que! ¿Un HHR de tercera generación? ¡Guau! He visto tu modelo solo en imágenes de archivo. ¿Qué le pasó a tu brazo?" dijo Marshall.

"Traté de detener una bala, me dio en el brazo y, lamentablemente, no hay nada aquí para repararla". Dijo Frank, moviendo su brazo hecho de madera.

"¡Vaya, eso es un acto heroico! ¿Eras una unidad de guardaespaldas? ¿Le pertenencias a la policía?"

"No, estaba tratando de salvar a mi familia", respondió Frank, girando la cabeza hacia Amy.

"Ya veo. Hiciste lo correcto, amigo mío", dijo Marshall.

"¿Discúlpame? ¿amigo mío? ¿Quién eres tú?" Preguntó Amy.

"¿Yo? Sí, claro. Estoy seguro de que tienes muchas preguntas, pero necesito seguir el protocolo y agradecería tu cooperación, Amy", dijo Marshall.

"¿Qué tipo de protocolo?" preguntó Frank.

"Para revelar información desfavorable", respondió Marshall.

"¿Estás aquí con malas noticias?" dijo Amy.

"No, en absoluto, pero creemos que esta es la opción más razonable en este momento", dijo Marshall.

"¿Qué? ¿Creemos? ¿De qué estás hablando?" Preguntó Amy.

"Amy, te sugiero que te relajes y escuches atentamente al visitante", dijo Frank. "Sea lo que sea lo que tenga que decir, su protocolo de información desfavorable es una de las mejores formas de escucharlo. Existe un protocolo probado para dar a alguien información inquietante".

"¿Estás seguro, Frank?" Preguntó Amy.

"Sí, reconozco el protocolo", respondió Frank.

Amy asintió, arqueó las cejas y movió una mano, señalando que era el turno del visitante para hablar.

"¡Bueno, gracias!" dijo Marshall. "Sé que tiene preguntas. También sé que mi llegada, y lamento lo de la cerca, es muy confusa, y por eso estoy aquí para responder a sus preguntas. Responderé a todas ellas. Si no puedo, me pondré en contacto con mi equipo para recibir orientación. Quiero decirles que estamos encantados de encontrar supervivientes aquí y que, personalmente, lamento mucho que hayan perdido a sus seres queridos. La vida puede ser muy frágil y la muerte puede encontrarnos muy rápidamente. Créame, sabemos mucho sobre eso".

"No creo que sepas mucho acerca de la muerte, pero te dejaré hablar", dijo Amy.

"Entiendo. Como comunidad científica, hemos sufrido pérdidas irreparables de vidas humanas, y nos unimos desde el corazón. Hemos aprendido de esto y recordamos a los que hemos perdido todos los días de esta guerra".

"¿Guerra? ¿Qué guerra? exclamó Amy.

"Vamos a llegar allí. Pero primero, déjeme volver al protocolo", dijo Marshall.

"Claro, claro, adelante", respondió Amy.

"Gracias. Ahora, Amy y Frank, ¿qué creen que está sucediendo aquí, en este planeta, en su vida? ¿Qué saben?" dijo Marshall, poniéndose cómodo incluso con las manos atadas.

"¿Qué quieres decir?" exclamó Amy.

"La Tierra fue golpeada por un grupo de asteroides hace nueve años atrás", dijo Frank, "el impacto destruyó a toda la raza humana y provocó la evolución de nuevas especies animales y vegetales. El aire tiene una composición diferente, y la geografía y el paisaje quedaron devastados, creando así una nueva topografía".

"¡Ok muy bien! Gracias, Frank. ¿Y tú, Amy?"

Amy entendió que necesitaba controlar su temperamento y calmarse para obtener las respuestas que quería. Caminó hacia Marshall y desató las cuerdas alrededor de sus manos. Luego, le dio un vaso de piedra con agua y se sentó cerca de Frank.

"Lo siento, pero no tenemos muchas visitas aquí", dijo Amy. "Nos despertamos en el suelo después del impacto sin poder movernos. Avanzamos, pero no todos lo lograron. Hice todo lo que pude para mantenerme viva. Aprendí de las nuevas especies, estuve de viaje por todo el planeta, buscando supervivientes, pero sin resultados. Aprendí cómo sobrevivir a los depredadores y cómo usar los elementos a mi favor. Fuimos a todos los rincones, pero nunca habíamos visto a otro humano. Entonces, después de ese triste descubrimiento, aceptamos que estábamos aquí solos. Esta es ahora nuestra tierra, nuestro territorio".

Amy se secó las lágrimas y puso una mano sobre la cabeza de Frank.

"Ahora", dijo, "si me vas a decir que te has estado escondiendo en algún lugar de este planeta con otras personas todo este tiempo, te voy a dar la oportunidad de salir de aquí y regresar al agujero del que saliste".

Marshall tomó el último sorbo de agua de su taza y la dejó a un lado. Suspiró, luego tosió tratando de recuperar el aliento.

"Amy", dijo, tomando una respiración profunda. "Todo este tiempo hemos estado luchando por mantenernos vivos y salvar a la próxima generación de humanos. Ha sido muy difícil, y créanme cuando les digo que no nos hemos estado escondiendo".

Amy asintió. Ella le hizo un gesto para que continuara.

"Está bien, gracias, Amy", dijo Marshall. "Ahora, ¿cómo le gustaría que le dijera lo que realmente le sucedió? Puedo responder a sus preguntas, o puedo contarle todo desde el principio. Además, puedo responder de forma muy técnica o muy sencilla".

Frank volvió la cabeza hacia Amy y ella también miró a Frank. No estaba segura de la respuesta; su mente iba a kilómetros por segundo. Se puso de pie y caminó por la habitación con las manos en la cintura.

"¿Tienes hambre, Marshall?" Preguntó Frank. "¿Quieres comer algo? Tenemos pescado, verduras dulces, puré de raíces y un poco de jugo de frutas".

"Estoy hambriento. Sí, por favor", dijo Marshall con entusiasmo.

"Muy bien. Primero lávate las manos en la piscina", dijo Frank y se trasladó a la despensa en la pared.

"¿Y si te pregunto? ¿Eso está bien?" dijo Amy.

"¡Por supuesto! Lo que sea que te haga sentir cómoda", dijo Marshall.

Se lavó las manos y se puso un poco de agua en la cara y en el cabello. Frank lo invitó a sentarse a la mesa afuera donde Amy comía todos los días. Amy les siguió mientras Frank sacaba una bandeja con un poco de todo.

"¿Tienes dos sillas?" Preguntó Marshall.

"Sí", respondió Amy, "he estado esperando mucho tiempo el tener a alguien a la mesa. Siempre pensé que en uno de nuestros viajes de exploración, volvería con alguien y hablaríamos durante el almuerzo".

"Bueno, déjame ser esa persona, si te parece bien".

Amy se sentó en la otra silla en silencio mientras Marshall comenzaba a comer. Entonces Frank se acercó a Amy.

"Está bien, querida, hagamos esto juntos", dijo Frank.

Ella le sonrió a Frank y le puso la mano suavemente sobre el brazo de madera.

"¿Dónde has estado todo este tiempo? ¿Dónde están los otros?" preguntó Amy.

"Hemos estado viviendo en Marte", respondió Marshall, "llegamos allí minutos antes del impacto y lo vimos todo. Yo no había nacido todavía, pero mis padres estaban allí y vivieron horrorizados aquel evento. Me contaron sobre el impacto, la devastación de la tierra y el precio que tuvo para el resto de los que sobrevivieron al impacto. En Marte algunos murieron rápidamente después de tener problemas para adaptarse al entorno del planeta. Otros murieron más tarde durante un motín que estalló en el complejo. Otros simplemente perdieron las ganas de vivir".

"¿Por qué no vinieron a rescatarnos?" Preguntó Amy.

"Debido a que este planeta está demasiado lejos de Marte", dijo Marshall, "hemos estado esperando la ventana correcta para hacer contacto. Este lugar es la única salvación para la raza humana".

"¿Entonces se vienen de vuelta a la Tierra?" Preguntó Amy.

"No, Amy, no podemos volver a la Tierra. Es inhabitable".

"Pero, acabas de decir ..." Su voz se apagó cuando se dio cuenta de lo que estaba sucediendo. Ella entendió de inmediato la verdad en esa simple frase. Finalmente, la geografía, las nuevas especies, los días más largos y las rocas flotantes y todo lo demás vivido durante estos últimos nueve años cobraban sentido. Se dio cuenta de que todo este tiempo no había estado viviendo en el planeta Tierra.

"Sí, Amy, la Tierra es solo un planeta muerto, toda la vida allí se ha ido. Pasarán miles de años, tal vez incluso millones, antes de que la vida en la Tierra pueda comenzar de nuevo".

"Entonces, ¿qué es este lugar? ¿Me estás diciendo que este lugar es ...? Amy estaba confundida.

"Estoy tratando de responder a tus preguntas de manera simple", agregó Marshall. "Siéntete libre de preguntar cualquier cosa porque hay mucho, mucho más que necesito contarte durante los próximos días".

"Está bien ..." dijo Amy. "¿Este planeta no es la Tierra?"

"Eso es correcto, Amy", dijo Marshall. "Los científicos llaman a este planeta Mangema, en el sistema Rhinosphere. Sólo podemos hacer contacto visual entre aquí y Marte cada nueve años. Durante todo este tiempo, nuestra comunidad científica se ha estado preparando para este último viaje. Dejaremos Marte para siempre, lejos de la guerra, trayendo así a los sobrevivientes aquí para comenzar un nuevo hogar y una nueva oportunidad para la raza humana".

"No, no lo creo. ¡Esto no es verdad!" gritó Amy. "¡Pero cómo llegamos aquí en primer lugar! ¡Esto es imposible!"

231

"Lo sé, Amy, déjame ayudarte a entender", dijo Marshall.

"¡No quiero escuchar nada más! ¡Sal de aquí! ¡No te quiero aquí!" gritó Amy.

"Amy, espera, ¡te necesitamos! Necesitamos tu ayuda, ¡y esta es nuestra única oportunidad!" dijo Marshall.

"¡Ustedes no me necesitan! Estaba perfectamente bien viviendo aquí, ¿y crees que puedes venir aquí con tus historias espaciales y tomar lo que he construido durante todos estos años? ¿Pensaste que sería así de simple? Qué pensaste, ¿Que soy una niña tonta? gritó Amy, llorando.

"Amy, te enviamos aquí en uno de nuestros módulos de exploración y eres el único sobreviviente. Has estado buscando más humanos toda tu vida, sin saber que eres el único remanente de esta guerra. Eres la única esperanza y no tenemos mucho tiempo".

Amy se detuvo un momento y luego se levantó de la mesa. Marshall todavía estaba sentado con comida frente a él, y miró a su alrededor, contemplando la increíble vista del bosque.

"Ella se fue al huerto. Siempre va allí cuando necesita calmar su mente", dijo Frank.

Amy estaba recogiendo la última cesta de verduras amarillas. La llevó a la entrada del jardín y la dejó junto a tres cestas llenas. Más tarde, Amy usaría el transporte para llevar todas las cestas al refugio de verano. Marshall se acercó con una sonrisa amable y gentil en el rostro.

"¿Qué quieres? déjame en paz", dijo Amy.

"¡Vaya, mira este lugar!" exclamó Marshall. "¿Qué tipo de verdura es esta?" Señaló la canasta llena de esferas amarillas.

"Las llamo bolas de jugo", respondió Amy.

"¡Vaya, se ven deliciosas!" dijo Marshall, tomando uno con la mano.

"Nunca has visto verduras antes, ¿verdad?" dijo Amy con sarcasmo.

"No, tienes razón, no lo he hecho", dijo Marshall, devolviendo la bola de jugo. "Nací en una instalación donde creamos nuestros alimentos a base de aminoácidos, vitaminas, proteínas, todas las cosas que el cuerpo necesita".

Amy se detuvo un momento para mirarlo, avergonzada por su falta de tino. "Lo siento", dijo.

"No tienes que arrepentirte. ¡Todavía estamos siguiendo el protocolo!" dijo Marshall amablemente.

Amy sonrió y se inclinó para recoger más verduras.

"¿Cuántos años tienes, Marshall?" preguntó.

"Tengo dieciséis años; un ser humano puro, original y único, hecho en Marte", respondió con orgullo.

"Espera, ¿no naciste en la Tierra?" Amy preguntó, confundida.

"No, la Tierra ya era inhabitable cuando nací", dijo Marshall.

"¿Me equivoco o hay algún problema con la matemática aquí?", dijo Amy, mientras dejaba de recoger las verduras.

"¿Cuál es tu problema matemático? Déjame ayudarte a resolverlo". dijo Marshall.

"Tenía ocho años el día del impacto. Ahora tengo diecisiete años según calendario terrestre. ¡Eso es nueve años! Dijiste que tienes dieciséis años y me dijiste que la Tierra ya era inhabitable cuando naciste", dijo Amy moviendo las manos enérgicamente. "Creo que encontré un agujero en tu historia espacial".

"Buenas matemáticas, pero desafortunadamente, hay más números que te faltan en el medio", dijo Marshall, sentándose a la puerta del jardín, "Los asteroides golpearon la Tierra hace cincuenta y nueve años. Un grupo de científicos y astronautas escapó a Marte minutos antes del impacto. Nací hace dieciséis años en un laboratorio ubicado en uno de los módulos del "Mars Hall". De ahí viene mi nombre, Mars Hall, Marshall".

Amy se congeló, tratando de encontrarle sentido a toda esta nueva información.

"¿Cincuenta y nueve años?" Amy preguntó, rascándose la cabeza, "Eso no tiene ningún sentido. ¿Es eso porque estamos contando los años en diferentes planetas?"

"No, Amy", respondió Marshall. "En Marte, todavía estamos usando la misma línea de tiempo que teníamos en la Tierra porque es más precisa y más fácil de entender. Además, está en el código que usan y ejecutan en nuestros sistemas informáticos. Cambiar eso complicaria todo".

"¡Sí! ¡Nosotros también hacemos eso!" gritó Amy: "Frank me dijo que sería fácil para mí seguir el mismo formato que él tiene en su sistema de memoria".

"Eso es correcto", dijo.

"Entonces, cincuenta y nueve ¿eh?" dijo: "¿Cómo se explica el resto de los años que me faltan?"

"Está bien, escucha esto", dijo Marshall, "recuerda que estoy aquí para responder todas tus preguntas, y tengo la intención de brindarte toda la información que necesitas. Por favor tenlo en mente."

Amy asintió con la cabeza, con los ojos bien abiertos. Estaba lista para la verdad cualquiera fuera.

"Usted y su tripulación estuvieron suspendidos en un estado criogénico todos esos años. Durante ese tiempo, nuestra comunidad en Marte trabajó para reconstruir el módulo de transporte. Desafortunadamente, hubo un problema civil en la estación en Marte, un motín por así decirlo. Muchos en nuestra comunidad murieron durante los disturbios que se produjeron. Mis padres, junto con algunos otros, lograron escapar. Para cuando el módulo de transporte estuvo listo, casi habíamos perdido nuestra ventana a este planeta hace nueve años, pero con algo de suerte lo logramos. Solo pudimos enviar a su tripulación y un grupo de robots médicos que realizaria el despertar y chequear los signos vitales de los pasajeros. Después de despertarlos estaban programados para eliminarse, en este caso hundiéndose en un lago cercano para aislar los generadores atómicos con los que funcionaban. Su tripulación fue enviada a este planeta como científicos y exploradores".

"Entonces, esas son las cosas que vi en el lago ...", dijo Amy, "pero no éramos científicos ni exploradores, solo éramos dos familias que estábamos juntas en el mismo lugar y en el mismo momento antes del impacto".

"Pero el sistema solo desplegó los transportes criogénicos a los miembros del proyecto", dijo Marshall pensativo. "Tu tripulación tenía un localizador que solo tenían los miembros de la misión".

"No tengo idea de lo que estás hablando", dijo Amy.

"Verás, todos los miembros del proyecto tenían una aplicación instalada en sus comunicadores. Esa aplicación se activó minutos antes del impacto y el sistema desplegó los transportes directamente a distintas locaciones del planeta. Tu tripulación fue la única que fue rescatada exitosamente.

"Espera un minuto ..." gritó Amy, corriendo fuera del jardín.

"¡Espera! ¡Qué!" dijo Marshall, siguiéndola.

Amy corrió hacia Frank y sacó el comunicador de uno de sus compartimentos. Encendió el dispositivo y se lo dio a Marshall.

"Déjame ver ... ¡Guau!" dijo Marshall: "Este comunicador es del Oval Project. Mi padre tenía uno. ¿Dónde lo obtuviste?"

"Mi padre también trabajó en el Oval Project, pero no era ingeniero. Él era el supervisor de logística y almacenamiento", dijo Amy.

"Interesante. Solo los comandantes de alto nivel, científicos y astronautas tenían acceso al programa de rescate criogénico. Treinta y tres personas, para ser más específicos".

"Mi papá era Russell Lincoln".

"Nunca escuché o leí ese nombre. He leído el manuscrito completo y todos los archivos del Proyecto Oval. Solo los miembros con la baliza estaban en la lista de evacuación. Gracias a ese proyecto se salvó la especie humana".

Marshall abrió un dispositivo rectangular, similar a un reloj inteligente en su muñeca izquierda y escribió el nombre de Russell. La pequeña computadora comenzó a buscar en la base de datos la afiliación y las autorizaciones de Russell dentro del programa.

"Esto es muy extraño. Tu padre estaba en un nivel cinco de siete. Solo los empleados de nivel uno estaban en el programa de rescate. Me pregunto qué tenía de especial tu padre. ¿Alguien de su grupo era científico?"

"No, solo éramos mi mamá, mi papá y yo. Antes de que los asteroides se estrellaran, fuimos salvados por una familia indígena Inuit de cuatro miembros: Sinjagik, Sialuk, Erinak y mi querido amigo, Malik ".

"¿Qué les pasó a ellos?" Preguntó

"Nadie lo logró. No fue fácil … Aún no lo sigue siendo." dijo ella, bajando la cabeza.

"Lo siento, Amy".

"Entonces, supongo que soy un verdadero superviviente, ¿eh?" dijo.

"Sí. ¡Sí que lo eres!"

"Sí, lo eres", agregó Frank.

Ella sonrió. Luego se secó las lágrimas de la cara y le pidió ayuda a Marshall.

Amy llevó a Marshall a un viaje corto al refugio de verano, llevando las canastas de verduras en la parte trasera del transporte. Flotaron rápidamente, por la ruta del sector azul. Ella necesitaba hacer el viaje pronto de todos modos antes de que la luz del sol se desvaneciera.

Cuando llegaron a la entrada del refugio de verano, tomaron las canastas y caminaron entre los árboles en compañía de Blue y King, los perros machos.

El refugio de verano era una cueva subterránea con agua fresca y comida que Amy había cosechado, recolectado y preparado. Tenía todas las comodidades que había en el campamento principal. El refugio estaba casi listo para otra temporada de verano mortalmente calurosa. La entrada estaba escondida en medio de los árboles y bloqueada por un estanque de agua.

"¡Sólo un poco más!" ella gritó.

"No puedo. ¡Es demasiado pesado! ¡Necesito más aire!" dijo Marshall.

"Eres muy débil. Pensé que los hombres eran más fuertes que las mujeres". dijo Amy, haciendo una broma.

"Es por la gravedad. Este planeta es muy diferente a Marte. Aquí es …" Marshall se desmayó.

Amy estaba preocupada y rápidamente lo llevó al interior de la cueva. Lo puso en una cómoda cama que ya estaba preparada. Ella le echó un poco de agua en la cara y esperó a que se despertara.

"¿Qué pasó?"

"Te desmayaste. No puedo contratarte como granjero. Eres demasiado débil".

"Ya veo." dijo Marshall: "Entonces, supongo que una bonificación está fuera de la mesa".

Ella lo ayudó a sentarse y le dio un poco de jugo amarillo en una taza de piedra.

"Bebe esto. Te hará sentir mejor ".

"Gracias", dijo, mirando a su alrededor, "¿Qué lugar es este? ¿Es este el refugio de verano?"

"¡Sí bienvenido!" Amy abrió los brazos de par en par. "Aquí es donde me quedo durante los veranos debido a las altas temperaturas. Afuera hace tanto calor que la mayoría de los animales se refugian y se esconden en las cuevas. Los árboles morados son los únicos que sobreviven durante el verano y siguen produciendo frutos amarillos".

"¡Este lugar es enorme! Nunca he visto una cueva. Es como toda la instalación que tenemos en Marte. ¿Y qué haces durante ese tiempo?"

"Escribo en mi diario, diseño nuevas herramientas y leo los libros que Frank tiene en el comunicador".

"Suena genial. A mí también me gusta leer", dijo.

"Es muy seguro aquí. El único acceso es a través del agujero que está bloqueado por el estanque. Esa entrada está cubierta por el agua durante las noches de verano. Creo que es porque el agua sigue a la luna".

"Inteligente. Y tienes toda tu comida almacenada aquí. ¡Una fogata, un lugar agradable para leer y agua del río!"

"Sí, pero no puedes beber esa agua. Las algas violetas pueden hacer que duela el estómago. Hervir el agua ayuda a eliminar las toxinas. El estanque obtiene el agua dulce del río cada vez que sale la luna, pero también entra en contacto con las algas ".

"¿Pero cómo se consigue agua potable aquí?"

"Guardo agua fresca todas las mañanas. El agua proviene de esa cuerda que cuelga en la parte superior de la cueva. Se moja desde afuera y llena la piscina aquí abajo", dijo Amy, señalando la hermosa piscina circular hecha de piedras azules y blancas.

"Increíble... Eso es muy sofisticado e interesante. ¿Tú también lo construiste?"

"¡Sí! ¿Quieres ver cómo funciona?"

Salieron del refugio, pasando por la entrada al lado del lago. Amy lo llevó a una pequeña colina inclinada sobre la entrada de la cueva donde una enorme telaraña de cuerdas colgaba de los árboles.

"Este es el sistema que construí para recolectar agua. Yo lo llamo atrapaniebla", dijo con orgullo.

"Esto es increíble. Ni siquiera me había imaginado nada como esto", dijo Marshall mientras seguía mirando el intrincado sistema.

"Gracias", dijo con una sonrisa. "Por la mañana, la niebla atraviesa las líneas, empapando las cuerdas con condensación. Las gotas de agua bajan hasta una cuerda final y entran en ese agujero".

"Y esa es la cuerda que atraviesa el agujero en la parte superior de la cueva, goteando en la piscina. Impresionante".

"Frank me mostró imágenes de sistemas similares que habían en la Tierra. Soy buena haciendo trenzas, así que las puse juntas y las instalé en diferentes lugares alrededor del refugio. Este era el mejor lugar para atrapar agua. Tuve suerte de encontrar ese agujero en la cueva".

"¿Pero cómo te subiste tan alto a los árboles? Preguntó.

"Soy buena escalando, pero para esto, usé las rocas flotantes".

"¡Oh casi lo olvido! ¿Cómo haces flotar esas rocas?"

"Yo no creé las rocas flotantes. Esta roca surge del suelo en la tierra negra. Reacciona a cualquier fuente de luz. Cuanta más luz recibe, más alto sube. Es así de simple."

"¡Vaya, estás llena de secretos interesantes, Amy! ¡Guau!"

"Pregúntame lo que sea. Es el protocolo…" dijo Amy, sonriendo.

CAPÍTULO 22 - SHERIFF

Regresaron al campamento antes de que desapareciera la luz del sol, y Marshall le preguntó a Amy si había algún lugar donde pudiera descansar. Se sentía mareado y cansado después de un día emocional y físicamente desafiante. Amy le preparó una cama cómoda cerca de la fogata y Frank le trajo una bandeja de comida.

Amy no sabía cómo ser anfitriona. Siempre había buscado a otras personas y puso toda su energía en esa tarea. Pero después de buscar durante tanto tiempo sin ningún resultado, se había convertido en una ermitaña. No tenía interacción social y su única compañía era un robot. Ahora estaba profundamente confundida porque su corazón finalmente podía sentir la compañía de otra persona. Una parte de ella quería abrazar, besar y compartir sus secretos con él. Otra parte de ella quería mostrarle que estaba a cargo y que cada decisión que se tomaba en el campamento requería su aprobación. Necesitaba que supiera que nadie le diría qué hacer.

Ella también quería ser aceptada por Marshall como persona. Quería complacerlo y ser valorada como persona, no como exploradora, ingeniera, granjera o científica.

"Gracias, Amy. Eso se ve muy cómodo", dijo Marshall.

"De nada. Vas a estar muy bien aquí cerca del fuego. Si tienes hambre o sed, ve a la pared y sírvete lo que quieras. Mi casa es tu casa".

"¡Genial! Escucha, Amy, necesito comunicarme con mi equipo antes de que termine la ventana de comunicaciones y eso es en unos dos minutos. Saldré y usaré estos preciosos minutos para decirles que llegué bien y que los llamaré mañana".

"No hay problema, tómate tu tiempo, Marshall", dijo Amy. De ahí hizo unos clics con la lengua a los perros para que lo siguieran afuera y lo protegieran en caso de peligro.

"Frank, no sé qué pensar en este momento. Estoy confundida", dijo Amy," siento que muchas cosas cambiaron hoy y tengo miedo, Frank. ¿Qué tengo que hacer?"

"Amy, debes aceptar las cosas como son; sólo la verdad, tal como es," dijo Frank, rodando hacia Amy. "Tan pronto como aceptes la verdad, tendrás la oportunidad de seguir adelante. Cuanto más tiempo pases rechazando esto y buscando otra explicación, más tiempo precioso perderás. Una vez que se resuelva el problema, se abrirá el puente hacia el próximo desafío".

"Gracias, Frank".

"De nada, Amy. Has sido mi misión más importante desde que me programaron para cuidar de Russell. Mi única directiva es mantenerte con vida y voy a utilizar toda la información que tengo disponible para tratar de que tu vida valga la pena".

"Tu eres mi único amigo. Te honraré todos los días de mi vida", dijo Amy, tocando el brazo de madera de Frank.

Marshall entró en la cabaña con cierta dificultad para respirar. Amy lo vio tambalearse y corrió tratando de atraparlo antes de que se desmayara de nuevo y se golpeara en el suelo.

"¿Estás bien?" gritó Amy.

"¿Por qué es tan difícil respirar aquí?"

"Lo sé, lo siento. Sé exactamente cómo se siente."

Amy tomó uno de sus brazos y lo acompañó a la cama que ella hizo. Frank le entregó una taza llena de jugo amarillo.

"Vamos, Marshall, bebe esto. Este jugo te ayudará a respirar".

"Esta es la medicina más deliciosa en todo el universo ..." susurró Marshall mientras bebía el jugo.

Ayudó con la respiración debido a una interacción con la composición química del aire.

"Cuando nos despertamos después del impacto..." Amy hizo una pausa. "Cuando nos despertamos después del estado criogénico, perdimos el control de nuestros cuerpos y respirar era una tarea casi imposible. Estábamos confundidos y pensé que iba a morir. Fue el peor sentimiento que puedes experimentar. Mi amigo

Malik y yo éramos los únicos capaces de caminar, después de intentar todos los días reconectar nuestro cerebro con el resto de nuestro cuerpo".

"Lamento mucho oír eso, Amy".

"¿Llegaste aquí en un módulo criogénico?"

"No, pasé por un portal".

"Entonces, no tuviste ningún problema con tu cuerpo, ¿verdad?"

"No, solo estoy respirando con dificultad, pero creo que sé lo que le pasó a tu tripulación. Los miembros del proyecto tenían que tomar una píldora segundos antes de que comenzara el procedimiento criogénico. Esa píldora protege el sistema nervioso de la congelación. Deberías tener recuerdos del procedimiento. Piensa".

"Recuerdo que estábamos alrededor de un fuego y sentí que el suelo temblaba. Toda la cueva se derrumbó después de eso".

"Interesante. ¿Recuerdas una nube de gas frío?

"¿Gas frío?"

"Sí, el procedimiento criogénico comienza con dosis muy frías de gas blanco a medida que los químicos penetran en sus pulmones y preservan los órganos de su cuerpo. Ustedes tuvieron la suerte de resistir la primera parte del proceso. Esa píldora restaura la conexión entre sus órganos y signos vitales. Sin esa píldora, el daño al sistema nervioso puede ser permanente y puede resultar en la muerte".

"Gas frío ..." dijo Amy, "Recuerdo una nube de gas frío en la cueva antes del impacto".

"Ese debe haber sido el transporte criogénico preparando el ambiente para la extracción y el protocolo criogénico", agregó Marshall.

"¿Por qué tu gente nos dejó aquí sin nada para sobrevivir?" Preguntó Amy.

"Tengo una respuesta para eso", dijo Marshall, "Lo que sé es que cuando finalmente lograron que el portal funcionara hace nueve años, encendieron el láser y apuntaron a este planeta. Enviaron el transporte criogénico con lo que creían que era la

242

tripulación de exploradores y científicos, además de los robots médicos para el procedimiento de despertar. Segundos después de eso, la entrega se completó. Intentaron enviar más equipo, pero era demasiado tarde y la ventana estaba cerrada. Ahora tenemos otra ventana. Se abrió ayer. ¡Hemos estado esperando esta ventana con tanta emoción!"

Amy caminó unos pasos con la cabeza gacha, sintiéndose molesta y enojada. Pensó en sus padres y sus amigos.

"Sufrimos, Marshall. Sufrimos y murieron uno a uno. Nadie se merecía eso". dijo Amy con lágrimas en los ojos.

"Entiendo. Lamento mucho tu pérdida".

Amy buscó la única foto que tenía de su familia. La encontró dentro de la billetera de Russell en el bolsillo de su chaqueta. Por lo general, guardaba la foto en una pared en particular al otro lado del campamento. Ahí es donde Amy guardaba las cosas que habían pertenecido a Elizabeth, el cuchillo de piedra que Sinjagik había usado para cortar pescado y la bolsa con el pequeño pescador.

"Mira, esta era mi familia", dijo Amy, "ella es Elizabeth, mi madre. Ella era mi tía Amanda, y este es mi querido padre, Russell".

"Vaya, qué hermosa foto, Amy", dijo Marshall, "¡Puedo verte allí también, Frank! Eres una unidad muy diferente, ¿eh? Nunca antes había visto este tipo de conexión".

"Supongo que soy un tostador muy afortunado", dijo Frank.

"¡Y además es gracioso!" gritó Marshall.

Se rieron y Marshall le devolvió la foto a Amy. Ella camino y la volvió a poner en la pared. Marshall comenzaba a sentirse mejor. Se sentó en la cama.

"Sé que tengo que dejar pasar esta parte triste de mi vida para poder seguir adelante. No soy tan fuerte cuando mi familia está en mi mente. Me afecta".

"Encontrarás la manera de transformar esa tristeza en algo fuerte que alimentará tu alma".

"Hago eso todos los días, Marshall. Estoy viva gracias a ellos. Los estoy honrando con mi vida".

Amy y Marshall se quedaron callados por un momento. Estaba mirando el rostro de Amy, pensando en lo hermosa que era esta persona. Y cuán equivocados estaban acerca de sus cálculos para el equipo de exploración que habían enviado hace nueve años.

"¿Más jugo, Marshall?" Preguntó Frank.

"¡Sí, por favor!" Marshall respondió, extendiendo su taza para que la volviera a llenar. "Amy, vi un letrero en la entrada de tus instalaciones. Dice Hyperterra. ¿Qué es eso?"

"Cuando era pequeña, mi mamá y yo estábamos bajo una manta en nuestra sala de estar. Yo estaba muy triste porque extrañaba mucho a mi papá después que se fue al trabajo. Ella me calmó esa noche. Hablamos sobre el trabajo de mi papá y cómo trabajó tan de cerca con los ingenieros que construyeron los cohetes y las naves espaciales. Ella me preguntó si tenía la oportunidad de nombrar un planeta, ¿cuál sería? Hyperterra está aquí, mi hogar. Nuestra casa", dijo Amy, mirando a Frank y los perros.

"Me encanta. Suena mejor que Mangema, ¿verdad?"

"Sí, es verdad". respondió ella.

"Me gusta este lugar, Amy. Es hermoso", dijo Marshall, "la madera en el piso, la piscina de agua redonda, tu mesa con esa hermosa vista. Debo decir que me siento muy afortunado de estar aquí. Hablé con mi equipo y les dije que volvería a hacer contacto mañana. ¿Te gustaría estar conmigo para que puedan conocerte?"

"¿De verdad?"

"¡Por supuesto! Qué honor es conocer al único sobreviviente del proyecto 'el último brillo distante', ¿no te parece?" dijo Marshall.

"El último brillo distante. Me gusta ", dijo Amy.

"Sí, o TLDG. Mi equipo puede explicártelo mañana si quieres".

"Está bien, gracias, Marshall".

"No hay problema. Amy, una cosa más, ¿cómo domesticaste estos animales salvajes? Veo que te escuchan y obedecen tus órdenes. Eso es muy impresionante".

"Bueno, primero, es una larga historia. Y segundo, estos cuatro no son salvajes. El único animal salvaje aquí es Berry", dijo Amy, señalando a la criatura mullida que dormía junto al gran árbol en el centro de la tienda del campamento. Berry dormía en una pequeña plataforma, como una cuna, rellena de vegetación seca y cubierta con una estera.

"¡Guau! Yo no la había visto. ¿Está ella enferma?" preguntó.

"No. Berry ha estado durmiendo desde la semana pasada. Los animales como ella duermen todo el verano y nos llevamos su cama cuando nos trasladamos al refugio. Para cuando se despierte, ya estaremos de vuelta en el campamento".

"¡Entonces, también estás estudiando las especies nativas del planeta!"

"En realidad, no. Recuerda que solo estoy tratando de sobrevivir, Marshall, y debido a eso, he aprendido fragmentos de información sobre la marcha. Tenga en cuenta que todo este tiempo, pensé que todavía estaba en la Tierra. Lo siento, Marshall, pero no soy un científico ni un explorador. Sé que todo esto es emocionante para ti y tu equipo, pero las cosas aquí han sido muy, muy duras y difíciles para mí".

"Amy, lamento haberte molestado, pero debes darte cuenta de que eres el miembro más valioso de nuestro equipo. ¡Eres todo eso y más!"

"No lo pedí, pero supongo que es lo que es".

Amy añadió más leña al fuego. Spot y Tails saltaron a la cama junto a Marshall, descansando con él. Marshall se cubrió la cara con las manos.

"No te preocupes. Los perros solo están siendo amigables. Después de todo, nunca han visto a otro humano. También me sorprende su reacción", dijo Amy.

"Y ellos, ¿dormirán todo el verano también?"

"No, no son de la misma especie". dijo Amy: "Frank y yo hemos estado monitoreando su comportamiento y patrones fisiológicos. Son animales únicos".

"¿Puedo ver esos informes? ¿Son perros, verdad? ¿Cómo los encontraste?"

"Bueno," Amy sonrió. "Mi amigo Malik tenía un perro, Zima. Malik y sus parientes eran parte de una familia Inuit original. Zima era como un lobo de nieve, pero con un alma hermosa. El primer día nos despertamos y Zima había desaparecido. Regresó un día con Berry y tuvieron cuatro cachorros. Esos dos sentados contigo son Spot y Tails. Son hembras".

Marshall los miró y sonrió nervioso.

"Las hembras son muy agresivas y son las líderes del grupo. Blue y King son machos. No cazan, pero tienen una aguda intuición para detectar el peligro".

"Estos cuatro animales fueron concebidos por cruzamiento", dijo Frank, "permanecieron en forma de delicados cachorros durante mucho tiempo. En ese estado eran muy frágiles y dependían mucho de la leche de su madre. Después de un año, crecieron muy rápidamente; sólo les llevó un par de semanas crecer hasta alcanzar el tamaño que tienen ahora".

"Increíble. Entonces, esta es una especie completamente nueva. Ustedes son el primer equipo que recopila datos sobre el terreno. Deberían estar orgullosos."

Amy y Frank se miraron, riendo en silencio.

"¿Le gustaría tomar más jugo, doctora Lincoln?" Frank le preguntó a Amy, bromeando sobre sus nuevos títulos como investigadores.

"¡Sí, por favor, asistente médico!" respondió Amy.

"Ustedes dos son divertidísimos", agregó Marshall, riendo, "además, esa cosa en sus cabezas parece una cola. Este de aquí tiene dos".

Amy hizo clics con la lengua, luego Tails se levantó y se acercó a ella. Amy frotó la cabeza del perro.

"Sí, es una cola. Esta en la cabeza se mueve independientemente a la de atrás.

"¿En serio?"

"¡Sí! Pero esta linda niña tiene dos colas en la cabeza, ¿Cierto que si?".

"Estos son los animales más lindos que he visto en mi vida. Bueno, nunca había visto un animal antes en la vida real. Solo en fotos".

"¿En realidad? Bueno, ahí lo tienes ", dijo Amy.

"¿Y dónde está Zima? ¿Él también está durmiendo?

"No. Zima murió. Fue envenenado por comer una fruta muy tóxica".

"Oh, lo siento mucho".

"Ese fue su último regalo. Comió una fruta terriblemente tóxica. Su sacrificio me salvó la vida y nos enseñó lo útil que puede ser el veneno para defendernos". explicó Amy con tristeza.

"Siento mucho haberlo mencionado, Amy".

"Está bien. Zima me dejó a cargo de su próxima generación. En cierto modo, todavía está aquí protegiéndome".

Volvió a chasquear la lengua, indicando a Tails y a los otros perros que se fueran a sus camas.

"¿Cómo los entrenaste? Es como si estuvieras hablando con ellos".

"Leí un libro digital que Frank cargó en el comunicador. Se trataba de cómo entrenar perros militares. Mi papá lo compró cuando era joven. Quería tener un perro algún día".

"Entonces, ¿son perros?"

"Medio perro. Los llamé Beardogs. Pueden correr increíblemente rápido. Son inteligentes y pueden sentir el peligro con solo escuchar u oler el aire. Las hembras tienen unas garras retráctiles muy afiladas. Además el ladrido puede lastimar tus oídos, pero es su mecanismo de defensa. Sus garras y dientes son retráctiles y solo salen cuando están en peligro o cuando es el momento de cortar ramas o comer verduras duras. Además, los machos no tienen un ladrido fuerte, pero les gusta aullar a la luna azul. No aúllan cuando hay una luna blanca.

"Definitivamente tengo que hacer un informe sobre esta especie. ¡Estos animales son increíbles y tienes tanta información sobre ellos! ¡Me encanta!" dijo Marshall.

"Lo siento, pero es hora de dormir", dijo Frank.

"Claro, deberíamos descansar. Nos vemos en la mañana ", dijo Amy.

"Gracias, Amy. Es un placer conocerte".

"Yo también ..." Amy esbozó una sonrisa.

Luego caminó hacia las escaleras unidas al gran árbol en el centro del campamento. Su recámara está ubicada estratégicamente en la parte superior de la carpa, la mantendría a salvo de cualquier ataque que pudiera ocurrir en medio de la noche. Subió las escaleras, mirando a Marshall todo el tiempo. Marshall se estaba poniendo cómodo mientras Frank se atracaba en su lugar cerca de la plataforma de Berry.

Durante la noche, Amy se despertó porque escuchó algo. Se acercó al borde de la cama y vio que Marshall estaba comiendo algo. Amy decidió bajar y beber un poco de agua.

"¿No puedes dormir?" susurró Amy, caminando hacia la despensa de alimentos.

"Oh, lo siento si te desperté. La noche aquí es tan larga que no puedo volver a dormirme. Además, me muero de hambre ", dijo Marshall.

"Sí sé. A mí me sucedió lo mismo al principio. No hay nada que hacer durante la noche. A veces leo libros en el comunicador o escribo en mi diario digital.

"Quizás podrías trabajar en uno de tus proyectos por la noche".

"Lo intenté antes, pero cualquier ruido atraía a los depredadores y perturbaba la vida silvestre. Trabajé en hacer trenzas varias noches seguidas. Ese trabajo se puede realizar en completo silencio".

"Así veo."

"Ven conmigo; sentémonos a la mesa ". dijo Ella.

Cogieron algo de fruta y agua, y Marshall pudo ver el cielo nocturno por primera vez. La clara vista del universo, junto con el sonido de la vida nocturna del planeta, fue una experiencia que nunca olvidaría.

"Este es un regalo. Es tan hermoso que quiero llorar".

248

"Así es. Este es el lugar perfecto para mirar las estrellas" dijo Amy.

"Estoy muy impresionado por tus habilidades de supervivencia, Amy", dijo Marshall, "La forma en que has aprendido sobre el planeta y tu espíritu que te ha empujado a mantenerte con vida. Eres el mejor ejemplo que podríamos tener para las futuras generaciones humanas".

"¿En serio? gracias, Marshall. Solo quiero ser digna del sacrificio que mi familia y mis amigos hicieron por mí. Les debo mi vida a ellos y a Frank".

"Todavía tengo muchas preguntas para ti, y no sé por dónde empezar", dijo Marshall.

"Bueno, ya estoy despierta, ¡así que adelante!" respondió Amy.

"¡En serio! ¡Oh, eso es genial! Y lo siento, sé que usted debería ser la persona que haga las preguntas aquí".

"No te preocupes. También tengo muchas preguntas para ti. Hoy es la primera vez en nueve años que he estado cerca de otra persona. Solo quiero hablar y hablar".

"Bien, veamos. ¿Qué tipo de tecnología utilizas para tu transporte? ¿Cómo lo controlas?"

"Es un mineral raro que reacciona con la luz, pero eso ya lo sabes. Hemos viajado a todas partes utilizando la roca flotante. Frank estaba conmigo, haciendo un nuevo mapa de la geografía del planeta, y Berry estaba embarazada de los cachorros. Por cierto, estuvo embarazada de quince meses terrestres".

"Vaya, es como la duración del embarazo de una camello. Increíble", dijo Marshall.

"En un momento llegué a pensar que nunca tendría esos cachorros", dijo Amy, sonriendo. "Un día llegamos a una formación muy similar a la fuente de las rocas negras flotantes, pero estas rocas eran blancas. Nuestro transporte se detuvo de inmediato. Traté de empujarlo hacia adelante, pero la piedra no se movía. Frank dijo que tal vez había un campo invisible alrededor de la formación de roca blanca, así que caminamos desde ese punto. No encontramos vegetación ni vida animal. La formación se elevaba hacia el cielo, como una montaña, exactamente como la formación de roca negra. Grandes pedazos se romperían desde la parte superior y caerían al suelo. Curiosamente, la roca blanca no flotaba. Los grandes trozos comenzaron a hundirse en la arena alrededor de la estructura masiva".

"¿Has encontrado otro lugar como este? ¿Tomaste notas en el mapa?".

"Por supuesto que tomamos notas", dijo Amy con sarcasmo, caminando hacia un estante cerca del suelo donde tenía varias tazas de madera con tierra adentro. Ella trajo una a la mesa. "Tomé dos bloques de roca blanca y un poco de tierra. He recogido tierra de todas las partes del planeta, pensando que algún día podríamos obtener algunos datos de las muestras".

"¿Adivina qué? Podemos analizar todo ese material por ti. ¡Entonces podemos cargar los datos en la unidad de Frank!". dijo Marshall con entusiasmo.

"Frank y yo clasificamos las muestras de tierra, cada una con su propio número, y también marcamos cada ubicación en el mapa, por lo que será fácil hacer coincidir los resultados".

"¡Eso es genial! Deberíamos hacer eso por la mañana. Pero, ¿cómo conseguiste todas las piedras blancas que tienes detrás de tu campamento?"

"Oh si. Ese día caminamos de regreso a nuestra roca flotante, pero a medida que me acercaba, el transporte comenzó a alejarse de mí. Pensé que estaba pasando algo extraño, así que me detuve. Frank y Berry continuaron hacia la roca, pero no se movió. Di un paso adelante y la roca se alejó de mí de nuevo. Me di cuenta de que las rocas blancas eran lo opuesto a las negras, como los dos extremos de un imán. Até las piedras blancas a una cuerda larga y las arrastré aquí".

"Y así es como controlas tu vehículo. Fascinante."

"Exactamente. Los fragmentos de roca blanca me ayudan a ir rápido o a frenar. Lo mismo con la dirección hacia la izquierda o hacia la derecha. Más tarde, descubrimos que las formaciones rocosas, blanca y negra, estaban en lados opuestos del planeta", dijo Amy.

Ella le mostró una imagen del mapa en la pantalla del comunicador.

"¿Qué? ¡Es un descubrimiento increíble! Entonces, tienes un mapa y tienes muestras de suelo de todo el planeta. ¿Sigues pensando que no eres un científico?".

"Supongo que estas en lo correcto. Simplemente nunca lo había visto desde esa perspectiva". Amy estaba sonriendo.

Pasaron el resto de la noche examinando diferentes muestras de suelo, y Amy le mostró a Marshall todas las referencias en el mapa. Puso pequeñas muestras en su comunicador de muñeca pellizcando la tierra y rociando pequeñas cantidades en el dispositivo. El dispositivo guardó información esencial como la composición de los minerales, metales y otros elementos. Guardó la información que recopilaron en un paquete digital que su equipo en Marte recibiría tan pronto como restablecieran una conexión durante la próxima rotación del planeta.

"Mi equipo puede utilizar estos datos para comprender mejor la composición del planeta. Eso ayudará con la agricultura y el proceso de colonización", dijo Marshall.

"Osea, eso quiere decir... ¿Vienen a vivir aquí?" Preguntó Amy.

"Sí, pero no así exactamente", dijo Marshall.

Apagó su dispositivo y miró a Amy a los ojos.

"Estamos enviando miles de embriones humanos en módulos criogénicos, junto con robots de alto rendimiento, a este planeta. Las máquinas te ayudarán a criar a la nueva generación de humanos".

"Espera un minuto, Marshall", dijo Amy un poco molesta. "¿Los robots me ayudarán? ¿Y tu equipo? ¿Y tú?"

"Entiendo tu preocupación", dijo Marshall. "Pero recuerda lo que te dije antes, hay mucha más información que necesito darte durante los próximos días".

"¡Pero nunca me dijiste que traerías embriones humanos y robots!"

Amy, por favor, no te enfades. He estado tratando de responder a todas tus preguntas, de prepararlos para lo que se avecina".

"Podrías haber comenzado primero con esa información".

"¡Oye! Ten en cuenta que no sabíamos que el equipo de exploración no era más que gente común y corriente".

"¿Está todo bien, Amy? Mis sensores indicaron que los latidos de tu corazón están aumentando", dijo Frank, acercándose a la mesa.

"Sí, estoy bien, Frank. Gracias."

Amy caminaba de un lado a otro con las manos en las caderas, tratando de calmarse y regresar a la conversación con Marshall.

"En Marte solo hay cuatro personas y yo. La gravedad de este planeta nos afecta, y antes de que se cierre la ventana, tengo que volver a Marte para poder quedarme allí con los demás".

"¿Qué? ¿Pero por qué? ¿Por qué no te quedas aquí conmigo? Quiero decir, aquí en este planeta", respondió ella, un poco avergonzada.

Ella estaba triste por la idea de no volver a ver a Marshall nunca más. Empezaba a gustarle su compañía y su personalidad.

"Lo siento. No puedo sobrevivir más de un par de semanas aquí, y la ventana solo está abierta durante nueve días. Si me quedo aquí o si mi tripulación atraviesa el portal, la gravedad comprometerá la función de nuestro corazón y nuestros otros órganos. Entonces moriríamos. Nacimos en Marte y nuestros cuerpos funcionan según las condiciones allí".

"¿Y entonces qué? ¿Vas a visitarnos en nueve años? Preguntó Amy.

"Esa es una buena pregunta", dijo Marshall.

"Si te quedas aquí y traemos al resto de tu tripulación, al menos puedes tener las mejores dos semanas de tu vida. ¿No te parece? dijo Amy, tocando las manos de Marshall.

Marshall sintió su mano y la miró a los ojos, deslumbrado con la luz blanca de la luna en su rostro. Amy se sintió un poco avergonzada y se alejó.

"Creo que debería ir a trabajar en el jardín", dijo.

"¡Sí, sí, claro! Avísame si necesitas ... mi fuerza, ya sabes". dijo Marshall con una suave sonrisa en su rostro.

Amy trabajó duro en el jardín. Apenas salió el sol comenzó su arduo viaje yendo y viniendo al refugio de verano. Por alguna razón, quería estar cerca de Marshall todo el día, pero sabía que la comida aún tenía que ser su prioridad.

Esa mañana, Marshall se puso en contacto con su tripulación y les envió las muestras de suelo para su análisis. Usó su monitor para mostrarles el campamento y les contó lo deliciosa que era la fruta amarilla. Amy regresaba del refugio de verano cuando escuchó a Marshall hablar y reír. Ella lo escuchó decir cuán grande era el planeta y cómo ella era la mayor oportunidad para la nueva generación humana. Marshall les mostró a Frank. La gente del monitor quedó impresionada. Frank, como siempre, hizo algunas bromas, y ella también se rió. Amy no quería perder la oportunidad de reír y ser parte de una conversación con otras personas, por lo que tímidamente se acercó a Marshall.

"¡Hola! ¿Qué están haciendo, chicos?" dijo Amy tímidamente.

"¡Oh, esperen un segundo, chicos!" Marshall exclamó a la pequeña pantalla que tenía en la mano: "Voy a mostrarles la cara del proyecto 'El último brillo distante'. Damas y caballeros, es un honor para mí presentarles a Amy Lincoln".

"¡Guau! ¡Hola!" dijo uno de ellos.

"¡Encantado de conocerte, Amy!" dijo una mujer.

"Hola", dijo otro chico.

"¡Tienes razón, Marshall! ¡Ella es hermosa!" gritó una señora.

Amy sonrió mientras Marshall alzaba la cara hacia la pantalla.

"¡Oye! ¡Vamos! ¡Te dije que lo mantuvieran en secreto!".
Marshall se giró hacia ella, "Lo siento, Amy, estos no tienen
ninguna habilidad social. Después de todo, son científicos".

"¡Hola a todos! ¡Es un placer conocerlos también!" dijo
Amy a la cámara.

"¡Nunca antes había visto a una pelirroja en toda mi
vida!" dijo un chico.

"¿Cierto?" gritó Marshall. "Y ella es increíblemente
inteligente y talentosa".

"¡Oh, vaya! ¿Escucharon su tono de voz? ¡Ayayay!" dijo
una dama.

"No creo que vuelva a Marte", dijo otro tipo.

"¡Chicos, vamos!" Marshall estaba totalmente
avergonzado, "Lo siento mucho, Amy".

"Está bien, me caen bien", dijo sonriendo.

"Entonces, Amy, tengo un par de preguntas para ti",
dijo un chico.

"Sí, claro", respondió Amy.

"Marshall nos dijo que tu padre era Russell Lincoln y
que trabajó en Oval Project".

"¡Así es!" respondió Amy.

"Por alguna razón, fue uno de los objetivos protegidos
del protocolo de rescate criogénico. Nos gustaría resolver este
misterio sobre tu tripulación, Amy", dijo el tipo.

"No tengo idea de cómo sucedió esto. Pero mi papá
siempre me contaba todo sobre su trabajo. Pasábamos horas
hablando de sus historias cada vez que regresaba del trabajo", dijo
Amy.

"Esperen un segundo chicos, tal vez Amy reconozca
alguno de los nombres de otras personas del proyecto. Eso podría
revelar una conexión o darnos un lugar para comenzar", dijo una
señora al resto de la tripulación.

"Sí, es cierto", dijo otra dama.

"¡Por supuesto! Hagámoslo ", dijo Amy.

"Ok, Amy, aquí vamos. ¿Reconoces estos nombres?
Lorie Aspen".

"No."

"Tom Phillips.

"Nada."

"Ben Watson".

"¿Espera, Ben? ¿Ben Watson? Preguntó Amy.

"¿Conoces a Ben Watson?" Marshall dijo, sorprendido.

"¡Sí, por supuesto!" Dijo Amy. "Era amigo de mi familia. Recuerdo al tío Ben, al tío Adnan y al tío Alex. Es gracioso porque al tío Alex siempre le gustó llamarse a sí mismo "El Sheriff" y yo nunca lo hice. Lo volvía loco cada vez que lo invitaban a un asado. Era muy gracioso".

El equipo detrás de la cámara se quedó sin palabras. Marshall miró a Amy con lagrimas en los ojos.

"¿Dije algo malo? ¿Está todo bien?" Preguntó Amy.

Amy, ¿dijiste, Alex? ¿Alex McGuillan? preguntó una dama.

"¿Si porque?"

"El coronel McGuillan fue la persona que salvó a nuestros padres minutos antes del impacto. Después de eso, hizo todo lo posible por preservar la raza humana. Nunca se detuvo.

"Ya veo. Bueno, él era ese tipo de persona. Tenía una personalidad fuerte y siempre se preocupaba por los demás. Nos presentó a nuestro vecino Larry. Larry era médico. El tío Alex era grande y tenía una voz fuerte, pero yo siempre lo hacía reír. Tengo buenos recuerdos de todos ellos".

Amy miró el rostro de Marshall. Él guardó silencio.

"¿Marshall? ¿Estás bien?"

"¿Sheriff?" dijo una dama en la pantalla.

"¿Sheriff?" preguntó Amy: "¿Por qué te llaman así?"

"Antes de que Alex McGuillan muriera", explicó Marshall, "le pasó el puesto del sheriff a Ben Watson. Se convirtió en su responsabilidad asegurarse de que el proyecto 'el último brillo distante' fuera un éxito. Pero después de años sin éxito, un joven de quince años llamado Warren Hinckley inició un motín, lo que provocó que los miembros de la tripulación lucharan entre sí. Una guerra civil en Marte".

Marshall hizo una pausa y miró la pantalla.

"Mucha gente murió durante esos años oscuros. Ben finalmente recuperó la posición del Sheriff. Warren sobrevivió y Ben lo perdonó. Años más tarde, antes de que mi padre muriera, me pasó la oficina del Sheriff.

"Entonces, tú eres ..." Amy susurró.

"Sí, Amy, Ben Watson era mi padre. Soy Marshall Watson, el Sheriff".

Amy se emocionó mucho. Ella se acercó, tomó su mano y lo miró a los ojos.

"Bienvenido a Hyperterra, Sheriff", dijo.

Marshall se conmovió. Había pasado toda su vida tratando de completar el proyecto TLDG, tratando de rescatar a la raza humana.

"¿Qué le pasó a Warren?" preguntó Amy.

"¡Estoy aquí!" dijo una persona en la pantalla, con humor.

Amy miró la pantalla sorprendida. Marshall reconoció su expresión.

"No te preocupes, Amy. Waren ahora es un amigo". dijo Marshall.

"¡Así es! Y lamento interrumpir, pero tengo una pregunta para Amy", dijo Warren con una voz tonta.

Marshall nos dijo que tienes un comunicador. ¿Puedes encontrar un icono con el nombre 'OP'? Debe tener la forma de un huevo pequeño ", dijo Warren.

"Sí, dame un segundo", dijo Amy.

Buscó el comunicador en uno de los compartimentos de Frank. Amy y Marshall buscaron el icono.

"Sí, aquí está. ¿Lo abrimos?" Preguntó Marshall.

"Sí por favor hazlo. Mostrará el nombre de usuario de la última persona que inició sesión en la aplicación y cuál fue el protocolo o la razón", dijo Warren.

"Está bien, déjame hacerlo", dijo Amy, tomando el comunicador. "Dice 'Alex McGuillan' en la sección de usuarios. El protocolo dice "Conferencia de prensa". Creo que conozco esta parte de la historia".

"Conferencia de prensa ... no lo entiendo", dijo Marshall.

"Esto es lo que pasó." dijo Amy: "Mi padre me dijo que durante una conferencia de prensa, el tío Alex instaló una aplicación en su comunicador para operar el módulo Oval. El comunicador del tío Alex se quedó sin batería justo en medio de su discurso. Posteriormente, debe haber olvidado desinstalar la aplicación. ¡Eso es!"

Marshall suspiró, con una sonrisa en su rostro.

"No puedo creer lo afortunados que somos". dijo Marshall: "Minutos antes de que el primer asteroide golpeara la Tierra, mi padre y Adnan activaron el óvalo. Esa activación envió una orden de rescate a los módulos criogénicos. Todos los transportes llegaron a sus objetivos, pero no encontraron a nadie vivo. Mi padre me dijo que solo un módulo escapó a tiempo y viajó a la órbita de Marte. A bordo había siete personas, un robot y un perro".

La tripulación de Marte guardó silencio y Amy se quedó sin habla.

"Bueno, parece que todos estábamos en el lugar correcto en el momento correcto, así que supongo que nuestro destino es salvar a la raza humana", dijo Warren.

Marshall puso su mano sobre el hombro de Amy.

"Estamos frente a nuestro destino. En este momento, todos somos parte del rompecabezas. Mi padre nunca supo que sus amigos estaban en ese módulo criogénico. Amy, todos nos sentimos honrados de estar aquí contigo y lamentamos lo que le sucedió a tu familia y amigos. Incluso si todo aquello fue un error, ahora parece un hermoso milagro".

Amy recordó su duro y solitario viaje y todos los sacrificios que ella y su pequeño grupo habían hecho. Ella sonrió y sintió un nuevo sentido de propósito.

"Todo tiene sentido ahora", dijo Amy, "porque el tío Alex le dijo a mi padre que de alguna manera lo salvaría, aunque lo haya dicho en broma. Honraré su memoria. Me dieron la oportunidad de vivir y, finalmente, encontré el significado de mi vida".

CAPÍTULO 23 - PROMESA

Marshall tuvo dificultades para dormir la segunda noche. Fue a la despensa de alimentos y buscó fruta y agua. Trató de estar callado, pero pateó una pieza de madera. Se quedó helado, esperando no haber despertado a Amy.

"No te preocupes, yo tampoco puedo dormir", dijo Amy desde su balcón.

"Lo siento", susurró Marshall.

"Ven arriba. ¿Me puedes traer agua?"

"¡Por supuesto!" respondió, subiendo la escalera tipo caracol que rodeaban el tronco del árbol, envuelto en una manta que Amy había hecho; los perros los siguieron en silencio.

"¡Guau! ¡La vista de tu hogar es fenomenal!" dijo Marshall. "Y la construcción es una obra maestra".

"¿Tu crees? Espera, hay más". dijo Amy, tirando suavemente de una cuerda atada a un sistema de poleas sobre su cama. Una sección del techo se abrió, dejando que el aire fresco inunde la habitación y revelando la vista más hermosa del cielo nocturno.

"Amy, eres tan impredecible. Desde que llegué, todo ha sido tan hermoso y has creado un lugar tan especial".

Ella sonrió. Se sentaron en el suelo, apoyando la espalda en el borde de la cama. Amy y Marshall inclinaron la cabeza hacia atrás, mirando al cielo. La noche era hermosa, y se sentaron en silencio por un rato, mirando las estrellas parpadeando y la luna blanca arriba.

"¿Cómo se conocieron tus padres?" preguntó Marshall.

"Se conocieron durante el último año de la universidad de mi papá. Mi mamá estaba en su segundo año de botánica y análisis ambiental. Mi papá estaba terminando su carrera en logística, y a ambos les encantaba una canción llamada 'El ritmo de mi corazón', que a mí también me encanta. Bueno, ahora. Se casaron después de que ISA contratara a mi papá y se mudaron con mis abuelos. Yo nací allí."

"Esa es una hermosa historia, Amy. ¿Era feliz tu familia?"

"Muy, muy, feliz. Siempre encontrábamos formas de divertirnos, bromear y disfrutar de estar juntos. Los guardo en mi corazón y los veo todas las noches en el cielo. ¿Ves esas cuatro estrellas? Dijo Amy.

"¿Justo ahí?"

"Sí. Las dos primeras son mis abuelos y las de abajo son mi mamá y mi papá. ¿Qué hay de tus padres, Marshall? Cuéntame su historia".

"Bueno, su historia es un poco diferente. Mi padre estaba interesado en mi mamá, pero ella estaba perfectamente feliz con su vida. Así que no importa cuánto se esforzó mi padre, era solo otro chico que esperaba tener una cita con ella".

"¿En verdad? Eso es hilarante. ¿Donde trabajaba ella?"

"Ella era una profesora. Mi papá visitaba la escuela casi todos los días para verla un par de minutos".

"Espera", dijo Amy, "¿el tío Ben se casó con Jane?"

"¿Qué? ¿Conocías a mi mamá?

"No, no, pero mi papá dijo que el tío Ben finalmente tuvo una cita con Jane la misma noche que el presidente lanzó ese anuncio sobre los asteroides".

"Oh sí. Ese día", dijo Marshall. "Ese fue el comienzo de la pesadilla. Mi papá me dijo que se suponía que tenían seis días para reunirse con sus familias, pero luego la sociedad se hundió en el caos".

"Lo sé, créeme", dijo Amy.

"¿Vivieron el caos?"

"Sí… Cada momento hasta el día del impacto. Bueno, hasta que nos llevó el módulo criogénico".

"Lamento mucho oír eso. No era mi intención traer esos recuerdos".

"No te preocupes, Marshall. ¿Qué les pasó a ellos? ¡Al tío Ben y Jane!"

"El mundo se volvió loco en cuestión de horas y Adnan tuvo que ir a la escuela por su hija. Mi padre fue con él, pero todo estaba hecho un desastre en el estacionamiento de las instalaciones de la ISA. Los disturbios provocaron un choque que bloqueó sus autos. Mi papá se dirigió a los autobuses de la empresa que estaban estacionados al otro lado de las instalaciones. Fue fácil dar con las llaves y se dirigieron a la escuela. Vieron el caos por todas partes. Era temprano en la mañana y la jornada escolar apenas comenzaba. Jane y los niños estaban encerrados, asustados y llorando. Jane vio a Adnan y le pidió que ayudara a proteger a los niños. Adnan volvió afuera y le dijo a mi papá que detuviera el autobús detrás de la escuela. Se escaparon por la parte trasera del patio de recreo y todos los niños se subieron al autobús. Adnan dejó un mensaje en la pared fuera del salón de clases, diciéndoles a los otros padres que sus hijos estaban a salvo en las instalaciones de la ISA y que podían recogerlos allí".

"Eso suena muy similar a lo que vimos durante esos días locos", dijo Amy.

"No puedo imaginar lo duro y oscuros que fueron esos días", dijo Marshall, mirando a Amy.

"Sí. El mundo terminó mucho antes del impacto", agregó Amy.

"Adnan, Jane, mi padre y los treinta niños se escondieron en las instalaciones durante esos días. Tenían comida y un lugar para dormir, pero ninguno de los padres vino a recoger a sus hijos".

"Eso es muy triste. ¿Cómo escaparon".

"El día del impacto, el coronel McGuillan llegó a las instalaciones. Venía sangrando y mi mamá lo cuidó. McGuillan sabía lo que tenía que hacer y les pidió a Adnan y a mi padre que activaran el óvalo. Estaban abordando el módulo espacial, cuando dos hombres con grandes armas entraron al galpón. Adnan intentó hablar con ellos con las manos en alto. Estaba tratando de detenerlos el tiempo suficiente para que los niños entraran a la nave. Mi papá dijo que los hombres estaban locos con la noticia del fin del mundo y que estaban buscando matar y destruir. Tan pronto como Adnan se acercó, le dispararon y lo mataron. McGuillan empujó a mi padre y al resto de los niños y se fueron".

Amy gritó. Ella había conocido a Adnan, y los terribles eventos de esos días se repitieron vívidamente en su mente.

"Lo siento, Amy. Puedo detenerme ahora mismo".

"No, Marshall, por favor. Quiero saber ", dijo Amy.

"Se utilizaron los treinta y tres asientos de la nave. McGuillan dijo que no fue una coincidencia, sino una providencia".

"No puedo creer esto", dijo Amy.

"Si sé. Esta historia siempre me pone la piel de gallina", dijo Marshal, "pero fue McGuillan quien les dio un nuevo propósito".

Amy y Marshall bebieron un poco de agua.

"Entonces, el tío Ben y Jane eran muy mayores cuando te tuvieron, ¿verdad? ¿Cómo ocurrió eso?" Preguntó Amy.

"Veo que acabas de hacer los cálculos. Siempre adelante, Amy. Mis padres siempre habían querido tener un hijo, pero debido a las condiciones de Marte, les era imposible concebir. Cuarenta años después del impacto, hicieron contacto visual con este planeta. Tu planeta. Todos estaban increíblemente felices con la noticia. Luego de eso, el sistema de control detectó una pequeña nave alrededor de la órbita de Marte. Rescataron el objeto y lo enviaron al laboratorio. Pensaron que contenía suministros de alimentos de emergencia o equipo de otras misiones. Toda la tripulación quedó en shock cuando descubrieron que la carga contenía casi un millón de embriones congelados en perfecto estado".

"¿Pero cómo fue eso posible?"

"En un esfuerzo urgente por preservar la raza humana, una agencia espacial lanzó lo que se llamó el Proyecto PFE. Leí mucho sobre ese proyecto. Mi papá decidió comenzar a incubar un embrión y recopilar datos para futuros embriones, con la esperanza de que los robots pudieran ayudar en la incubación de nuevas generaciones. Así es como Ben y Jane se convirtieron en mis padres. Mis padres tenían sesenta y tantos cuando nací. Mi papá murió cuando yo tenía siete años. Mi mamá murió al año siguiente".

"Eras muy joven, Marshall."

"Muy joven. Como tú, Amy", una lágrima corrió por su rostro, "tuve que aprender a ser responsable, confiable, tomar decisiones y cuidar a las personas cercanas a mí. Sé que tu experiencia fue diferente a la mía. Aún así, puedo entender tu dolor, Amy, y parte del vacío que dejó en tu corazón".

Amy lo abrazó muy fuerte.

"Los robots pueden ayudar, pero la nueva generación de humanos necesitará que alguien los cuide, les enseñe y los proteja. Algún día lo harán ellos mismos. Contigo aquí, la raza humana tiene una oportunidad", agregó Marshall.

Esa noche Marshall le preguntó a Amy sobre su viaje y hablaron hasta que llegó la mañana. Amy nunca antes había tenido la oportunidad de contar su historia y fue muy difícil para ella. Lloró al recordar a sus seres queridos, pero más tarde, se sintió más ligera en su corazón.

A la mañana siguiente, Marshall recibió una llamada del equipo en Marte. Tenían información importante para compartir.

"¡Hicimos un gran descubrimiento, sheriff!" dijo una dama.

"Está bien, infórmame", respondió Marshall.

Marshall tomó la mano de Amy y se sentaron en un tronco.

"Después de analizar sus muestras de suelo", dijo Warren, haciendo clic en su teclado, "descubrimos Pettron en cada muestra. ¡Eso significa que todo el planeta está lleno de depósitos de Pettron!".

"¡Vaya, eso es increíble!" dijo Marshall.

"Pero eso no es todo", dijo otro tipo.

"¡Sí, hay más!" continuó Warren: "El Pettron que tenemos en nuestro laboratorio es negativo y el Pettron que nos enviaste es positivo. Se repelen".

"Muy interesante. Mismo material pero diferente composición mineral ... " dijo Marshall.

"¡Y finalmente!" gritó otra mujer. "Nos enviaste muestras de dos tipos de rocas".

"Sí. El transporte de Amy funciona con esas rocas. Uno es blanco y lo usó para controlar el vehículo, y el otro es negro y reacciona a cualquier fuente de luz. Dime, ¿qué averiguaste?" dijo Marshall.

"Analizamos las muestras muchas veces, sheriff", dijo Warren, "y descubrimos que la roca blanca es Pettron puramente positivo. La roca negra es Pettron negativo concentrado. ¡Estás sentado sobre los elementos minerales más raros de todo el universo!".

"Está bien, chicos, deben detenerse allí mismo. ¿Qué es Pettron? Preguntó Amy.

"Puedo responder eso". dijo Marshall: "Años antes del impacto, tres agencias construyeron una nave espacial exploradora y la enviaron en una misión para estudiar la composición y masa de los asteroides. La idea era preparar otra misión para intentar desviar los asteroides. Encontraron metales y minerales, pero el Pettron fue el más concentrado".

"Sí, y era el mismo material que encontraron en los trajes de los extraterrestres", gritó Warren desde el fondo de la pantalla.

"¿Extraterrestres?" dijo Amy, totalmente confundida.

"¿Enserio, Warren? Muy inmaduro", respondió una dama.

"Espera, ¿no le estamos contando la historia completa a Amy?" dijo Warren.

"Eso es suficiente", gritó Marshall, "lo tomaré de aquí y les llamaré más tarde. Buen trabajo en el laboratorio. Felicidades."

Marshall cerró la videollamada y miró a Amy. La invitó a dar un paseo.

"¿Enserio? ¿Vamos a dar un paseo para hablar sobre extraterrestres? preguntó Amy sarcásticamente."

"Está comprobado que pasear y hablar sobre temas difíciles libera el estrés y ayuda al cerebro a lidiar con la negación o la ira".

Comenzaron a caminar alrededor de la carpa principal.

"¿Qué pasa, Marshall?"

264

"En este punto, no debería sorprenderte nada", dijo Marshall, "porque en solo dos días has estado expuesta a revelaciones impactantes sobre tu vida y sobre todos nosotros. No tengo nada que esconder".

"Entonces, por curiosidad, ¿cuándo planeabas contarme sobre los extraterrestres que Warren mencionó?" preguntó Amy.

"Soy meticuloso y disciplinado, y había planeado todos mis días en este planeta. Te lo iba a decir en dos días más. Ahora veo que mi horario ya no es necesario".

"Dímelo ahora. ¡No puedo esperar a escuchar sobre estos extraterrestres del espacio!".

"Está bien, Amy. Así es como empezó todo y cómo, con tu ayuda, vamos a poner fin a la guerra".

"Estoy lista, Marshall".

"Todo comenzó en el año 1940, cuando Estados Unidos hizo el primer contacto exitoso con vida extraterrestre utilizando señales de radio. La tecnología alienígena era mucho más avanzada que la nuestra, y visitaron el planeta a finales de esa década en busca de una fuente de energía. Una unidad militar se enfrentó a los visitantes, sin saber sobre el programa espacial y sus esfuerzos por establecer contacto con seres del espacio exterior. Solo uno de los visitantes sobrevivió. Lo transfirieron a él y a todos los escombros restantes de la nave espacial a una base militar. Fue entonces cuando descubrieron el mineral que les ayudó a viajar. Lo encontraron en la nave y en los trajes que protegían a los extraterrestres. Nuestro ejército lo llamo mineral Pettron".

Toda la situación era un desastre en muchos niveles, y en la década de 1960, los extraterrestres regresaron a la Tierra en busca de sus exploradores. Cuando ocurrió un segundo encuentro, ninguno de los miembros originales del departamento militar secreto estaban vivos. El nuevo comandante capturó a los visitantes y los envió a la base militar que tenía el gobierno de los Estados Unidos en la Luna. Hubo varios viajes a la base lunar y, a principios de la década del 70, uno de los extraterrestres envió una señal de socorro. En represalia, el ejército mató a los tres alienígenas, enterró la base y nunca regresaron a la Luna".

Hacia finales de los años ochenta, un grupo de científicos de Alemania detectó una señal de radio. Este fue el comienzo de la Asociación Espacial Internacional o ISA. En una operación política y militar conjunta, un grupo secreto puso sus manos sobre el sobreviviente del primer incidente. El explorador aún estaba vivo y fue trasladado a una instalación de ISA en la Antártida. Los extraterrestres fueron invitados a la Tierra para recuperar a su explorador, y este fue el comienzo de una nueva relación entre los dos mundos. Los alienígenas se llamaban a sí mismos Strattos, y su hogar estaba en el planeta Pree. Los Strattos pidieron una fuente de energía que habían confirmado se encontraba en la Tierra. Los miembros de ISA prometieron buscar el elemento. El encuentro fue pacífico, y el primer explorador les fue entregado con especial cuidado por su delicada salud.

Entonces la reunión fue interrumpida por un ataque. El fuego cruzado mató a dos miembros de alto nivel de los Strattos y a casi todos los miembros de la ISA. En un contraataque, la nave alienígena disparó a los atacantes y los Strattos se retiraron con el último explorador superviviente. Nadie supo nunca quién fue el responsable de este horrendo ataque, y ninguna agrupación se atribuyó la responsabilidad".

A partir de ese día, ISA centró todos sus recursos en restablecer el vínculo roto con los Strattos. Ese era el plan, hasta que Tayeb Abucalil, uno de los supervivientes del ataque en la Antártida, decodificó un mensaje Strattos: la Tierra sería víctima de un ataque masivo. ISA inició una misión global para informar a los líderes mundiales sobre un evento de extinción inminente de proporciones bíblicas. Diferentes agencias compartieron sus resultados y descubrieron los asteroides. La ISA nombró a Alex McGuillan como el comandante a cargo del Proyecto Oval. El coronel McGuillan dividió el proyecto en tres misiones que se ejecutaban al mismo tiempo. El primero fue localizar un nuevo planeta para la vida. El segundo fue construir una estación en la luna y en Marte, y el tercero fue crear un transporte que pudiera viajar a la velocidad de la luz. En una carrera contra el tiempo, la primera misión encontró con éxito casi trescientos mundos

266

posiblemente habitables. La segunda misión completó la estación en la luna y la estación en Marte estaba casi lista. ISA decidió que la tercera misión era de alto secreto: un sistema avanzado que daría a los humanos la capacidad de viajar posiblemente a la velocidad de la luz. El sistema utilizaba portales de entrada y salida mediante la conducción de energía en el agua y el reflejo de láseres".

"¿Es el mismo sistema que usaron para traernos aquí?" preguntó Amy.

"Sí, el mismo sistema, perfeccionado por años de investigación y análisis que mi padre y McGuillan realizaron todos los años que vivieron en Marte".

"¿Pero cuál era el propósito de la estación en la luna?" preguntó Amy.

"ISA había estado enviando equipos desde el portal de entrada en la Tierra al portal de salida en la Luna. La estación lunar tenía dos portales, entrada y salida. Desde ese punto, enviaron el equipo al portal de salida en Marte. Así es como el proyecto avanzó tan rápido, y nadie en la Tierra lo supo nunca. Incluso mi padre y Adnan, que trabajaron en Oval Project, no sabían de esto. Adnan murió sin saber nunca que la nave que diseñó podía viajar a la velocidad de la luz ".

"Pero, ¿qué pasó con el resto del mundo? ¿Nadie intentó hacer algo similar?" La voz de Amy se elevó mientras hablaba. Ella estaba angustiada.

"¡Sí! Algunos países hicieron todo lo posible, mientras otros líderes mundiales pensaron que todo era un engaño". dijo Marshall.

"¿Por qué la ISA no compartió sus descubrimientos con otros?" pregunto Amy.

"En ese momento, todos los programas eran de alto hermetismo. Había rumores sobre lo que estaba pasando. Algunos dijeron que la ISA era una fachada de un grupo religioso llamado Sorvats. Otros decían que estaban diseñando una nave espacial para millonarios".

"¿Entonces nadie creó nada más?"

"Sí. Una agencia creó un programa que pondría a cien humanos en una nave y los enviaría al espacio profundo. Lamentablemente, los arreglos que hicieron para esa misión fueron muy inexactos. Los recursos para la tripulación, comida y aire estaban considerados sólo para cuatro años, tal vez incluso menos. De todos modos, nunca lograron despegar. La nave y su tripulación volaron en un ataque terrorista el día en que se suponía debían despegar. Un grupo conocido como 'Los Auxiliares' destruyó casi todas las posibilidades de que los humanos se convirtieran en una especie multi-planetaria".

A Amy se le puso la piel de gallina al escuchar a Marshall hablar sobre el ataque en el que estuvo involucrada su tía Amanda. No le dijo nada.

"Esa organización terrorista logró infiltrarse en múltiples programas espaciales. Los científicos e ingenieros famosos desaparecieron sin dejar rastro. Miembros de las fuerzas armadas y varios otros reclutados eran parte de esa organización internacional. El Oval Project no se vio comprometido porque la ISA informaba constantemente a la prensa con fragmentos sobre las dos primeras misiones y nunca revelaba la verdad completa. Nadie se enteró nunca de la misión de transporte a la velocidad de la luz. Otra agencia creó una misión llamada Novva. Comenzaron a construir una gran nave espacial en la órbita de la Tierra para albergar a un millón de personas. Este proyecto fue financiado por varios países, pero no se terminó a tiempo. Varias naciones crearon búnkers bajo las montañas para miembros del ejército, políticos y socorristas. Todos fueron allí con sus familias ".

"¿Y el proyecto de los embriones, el módulo que llegó a Marte?" preguntó Amy.

"Sí, el proyecto PFE. Se habían esforzado mucho por conseguir financiamiento, pero las empresas y los gobiernos a los que se lo propusieron pensaron que era un proyecto menos atractivo. ISA hizo un trato con una empresa privada de embriones para tener la opción de enviar su "producto" en la nave espacial criogénica, si alguna vez lograban construir una".

"El proyecto menos atractivo de todo el discurso 'Salvemos a la especie humana'", dijo Amy con una sonrisa irónica, "y se convirtió en el logro más importante en la historia de la humanidad".

"Así es, Amy, y soy la prueba viviente de que los embriones están en buenas condiciones después de cincuenta y nueve años en el espacio".

"Sí ... Y así es como los humanos trascienden", dijo Amy en voz baja.

"Puedo detenerme un rato si quieres".

"No, necesito saberlo todo. Si voy a ser responsable de la próxima generación, necesito contarles exactamente lo que sucedió en su historia".

Está bien, Amy. Entonces, cuando Tayeb explicó que los asteroides no seguían una trayectoria natural, rastrearon los asteroides y concluyeron que su origen era el sistema Strattos. Después de toda la hostilidad de un grupo de humanos hacia los Strattos, esta fue su declaración de guerra".

Tres asteroides del tamaño de Australia y otro grupo de asteroides más pequeños que eran del tamaño de Texas golpearon la Tierra y la Luna con una precisión devastadora. Los mayores impactos ocurrieron en la costa este de África, la costa oeste de Estados Unidos y México, y en Asia, entre Rusia y China. El segundo grupo de asteroides más pequeños salpicó el planeta en muchos lugares. múltiples porciones del planeta. Las rocas más grandes se rompieron en pedazos saltando al espacio luego del impacto con la superficie terrestre, pero la gravedad de la Tierra las trajo de regreso luego de un tiempo. Los escombros giraron alrededor de la Tierra y el impacto fracturó la corteza, creando terremotos apocalípticos de las placas tectónicas, iniciando erupción en volcanes y derritiendo todo en la superficie. Hubo tsunamis que provocaron inundaciones en todo el planeta. Todo estaba hirviendo y los búnkeres y los refugios subterráneos se convirtieron en fosas comunes. El aire era irrespirable y los que sobrevivieron al impacto murieron a las pocas horas por la contaminación.

Algunos gobiernos le dieron a la gente pastillas para el suicidio para que pudieran elegir evitar la devastación causada por la catástrofe. Las tripulaciones de los submarinos militares sobrevivieron durante unos meses, pero no había a dónde ir después de eso. Las erupciones volcánicas liberaron una mezcla de cenizas, minerales, finas partículas de vidrio y grandes cantidades de dióxido de azufre a la atmósfera. Las diminutas partículas y la baja densidad de los gases circularon por el globo y crearon el invierno más frío jamás registrado en el planeta, lo que finalmente acabó con todo lo demás. El planeta estuvo a oscuras durante casi tres años. Las personas que habían sobrevivido en refugios subterráneos nunca salieron porque estaban enterradas profundamente bajo kilómetros de lava endurecida. Algunos de los búnkeres militares almacenaban maquinaria pesada y herramientas, y pudieron cavar para salir. Pero la contaminación del aire y el suelo contaminado fue todo lo que encontraron. Estas personas se quedaron sin comida y se asesinaron unas a otras en condiciones de claustrofobia. Puede que todavía haya algunos animales allí, y probablemente algunos bajo el agua, pero no humanos.

"Pero si los Strattos ganaron esta guerra, ¿por qué dijiste que todavía estamos en peligro?" preguntó Amy, secándose las lágrimas.

"Los Strattos se enteraron de la estación en Marte y de nuestros planes de viajar a otro planeta. Uno de nuestros sistemas de comunicación en Marte les envió una señal revelando nuestra ubicación".

"¿Warren?"

"No, era su novia, Sara. Ella les dijo a todos: 'No importa quién soy, sino a quién represento. Somos Los Auxiliares. Warren estaba tan molesto que se volvió loco y la apuñaló. Las cámaras de seguridad de la estación grabaron todo. A partir de ese momento, supimos que podíamos volver a confiar en él".

"¿Y qué pasó con la señal enviada?"

"Mi padre vio algo en el espacio moviéndose con el mismo patrón del ataque masivo a la Tierra, pero estaba dirigido directamente a Marte. Trabajaron muy duro en el portal de entrada para poder escapar juntos. La ventana ya se estaba cerrando cuando el portal hizo contacto con este planeta".

"¿Fue esa nuestra ventana?"

"Sí, Amy. En el último minuto, mi padre decidió enviarlos aquí, nuestros exploradores en su módulo criogénico. Estuve allí y vi la hermosa luz azul brillante desapareciendo en el portal, con la esperanza de un mundo nuevo y paz. El plan fue perfecto. Los asteroides llegarían a Marte dentro de nueve años. Los exploradores prepararían el nuevo planeta para la llegada de las cápsulas embrionarias durante la próxima ventana".

Amy estaba concentrada en los embriones y no comprendió completamente lo que Marshall estaba diciendo.

"El plan sigue siendo perfecto, Marshall. Podemos hacerlo".

"Amy, nuestro siguiente paso es transportar el equipo y los módulos hasta aquí. Después de eso, debemos destruir el portal".

"¿Que?"

"Sí. De esa forma no quedará ningún rastro de nosotros ni ninguna información sobre los embriones. Pondrá fin a la guerra y la humanidad seguirá viviendo".

Amy estaba tratando de digerir esta aterradora revelación sobre la guerra planetaria, no había tiempo para procesarlo todo. Este era su nuevo propósito y misión.

"Hoy vamos a preparar el refugio de verano", dijo Amy con decisión en su tono de voz, "y estaremos listos. Terminaremos esta guerra y comenzaremos una nueva vida para los bebés y para toda la humanidad".

CAPÍTULO 24 - LOS TREINTA Y TRES

Tan pronto como la luz del sol tocó la roca Pettron, Amy, Marshall, Frank y los perros fueron al refugio de verano y comenzaron a trabajar en el campamento. Hicieron cálculos basados en el tamaño de la cueva para determinar cuánto equipo podrían instalar dentro. El único lugar que serviría era el refugio de verano, y Amy explicó que el equipo y los módulos criogénicos no funcionarían con las altas temperaturas del verano.

En una pared plana y rocosa dentro del refugio, Amy dibujó el plan maestro, creando divisiones y plataformas para hacer así un espacio para las incubadoras. La misión de Frank era tirar del transporte Pettron que estaba cargado con madera, y Marshall ayudaría a Amy a juntar las piezas dentro de la cueva.

Trabajaron duro, aunque de vez en cuando Marshall necesitaba descansar, respirando con dificultad hasta que bebía un sorbo del jugo amarillo. A la mitad del día, el equipo se detuvo a comer y Amy tomó una pequeña siesta.

Por la tarde, Marshall explicó cómo calcular el tamaño de la piscina y la cantidad de agua que necesitarían para activar el portal de salida. Movieron algunas rocas y redirigieron el agua del río a través de los tubos de madera. El estanque debía tener dimensiones y profundidad específicas, y llenarlo llevaría más de un día, por lo que dejaron la piscina para que se llenara durante la noche.

En su camino de regreso al campamento, pasaron por el Sector Rojo y verificaron el estado del transporte de Marshall. Tenía ahí un medicamento para el corazón y la ropa que se pondría después de un duro día de trabajo.

"La batería está vacía. ¿Cómo lo vamos a cargar? Preguntó Amy.

"Utiliza energía solar", dijo Marshall.

"Está bien, antes de trabajar en el refugio mañana por la mañana, vendremos aquí", dijo Amy. Luego sacaremos el vehículo de los árboles y lo dejaremos aquí al sol. En nuestro camino de regreso, traeremos tu transporte al campamento. Toma todo lo que necesites ahora y vámonos. El sol está bajando."

"Claro, Amy, solo necesito mi medicina y mi ropa".

"¿Qué tipo de transporte es ese, Marshall?" preguntó Frank.

"Es un dron. Tiene una densidad muy baja que facilita el paso a través del portal de luz".

"¿Portal de luz?" preguntó Amy.

"Sí, ese es el láser que disparamos desde el portal de entrada. Solo puede pasar elementos de baja densidad y humanos", dijo Marshall mientras buscaba sus cosas.

"Entonces, ¿así es como llegaste aquí? ¿Solo tú y este transporte? preguntó Amy.

"Eso es correcto. Usamos las mismas coordenadas de aterrizaje que se programaron para el portal hace nueve años. Aterricé en un lugar con mucha niebla. Estaba húmedo y muy oscuro. Elevé el transporte sobre las nubes y navegué hasta donde el radar apuntaba a una presencia humana. Pero me perdí entre los árboles y así fue como me estrellé contra tu pared. Tenemos que enviar las nuevas coordenadas a la tripulación en Marte tan pronto como la piscina esté lista", dijo Marshall.

Cuando llegaron al campamento, Amy le señaló el lugar en el río que usaba todas las mañanas para bañarse.

"Te vas a sentir tan bien", dijo Amy, "El agua tiene la temperatura perfecta antes de que llegue el verano. Solo ten cuidado de no quedarte dormido, ¿de acuerdo?".

Marshall miró alrededor del río tratando de memorizar todo sobre el hermoso paisaje.

"Amy, nunca me he bañado. Además, nunca había visto tanta agua. Me estoy volviendo loco ahora mismo".

"Muy bien, espera. Entonces, ¿Cómo te bañas en Marte?". ella preguntó.

"Usamos un poco de agua y un paño húmedo. Es lo suficientemente bueno."

"Ok, esto es muy diferente, tenlo por seguro. Intenta relajarte y disfrutarlo. Te prometo que esto es totalmente seguro y que no va a pasar nada".

"¿Te vas a quedar aquí? Quiero decir, ¿por si acaso me pasa algo? Marshall se sentía incómodo por la extensión del agua.

"No va a pasar nada", respondió ella, riendo un poco.

Puso unas mantas y su uniforme limpio en un tronco junto a la orilla. Amy entró y preparó una hoguera. Cortó algunas verduras y sacó un pescado del estanque de agua.

"Este pescado no será suficiente, Frank. Saldré a pescar un poco más, ¿de acuerdo?"

Regresó al río, olvidando que Marshall se estaba bañando. Desde el sendero escuchó chapoteos y se detuvo. Allí estaba Marshall, completamente desnudo y jugando con el agua. Nunca antes había visto a un hombre desnudo, así que echó un buen vistazo antes de cubrirse los ojos. Tomó un camino diferente para llegar al río. Marshall no la notó.

Mientras pescaba, Amy escuchaba a Marshall reír. Lo estaba pasando bien. Tenía curiosidad y quería volver a mirarlo, así que subió una pequeña colina cubierta de vegetación y rocas. Allí estaba, de espaldas a Amy, chapoteando, haciendo gárgaras con el agua y saltando. Amy sonrió. Marshall parecía un niño mientras jugaba. En ese momento Marshall se giró con los ojos cerrados. Amy lo vio completamente de frente y rápidamente se agachó, pero perdió el equilibrio en las rocas. Amy cayó de espaldas al río, mojándose toda.

Cuando Marshall regresó, fresco y relajado, se sintió completamente nuevo.

"Vaya, ¿qué es ese olor? ¡Nunca había sentido eso antes! ¿Qué es?" exclamó Marshall.

"Aaa… Sí, lo siento. Es pescado, y lo cociné en el fuego."

Amy estaba empapada junto a la hoguera.

"¿Pero qué te pasó?" Preguntó Marshall.

"¿A mi? Nada. Yo … yo estaba pescando y resbalé en una roca. Eso es todo. No estaba haciendo nada más. Solo pescando.

¡Toma, toma este pescado y disfruta!" Amy estaba avergonzada, sonrojándose mucho mientras hablaba con Marshall.

"¿Estás bien, Amy?" preguntó Frank.

"Si totalmente. ¿Por qué?"

"Tu pulsera indica un latido cardíaco elevado".

"No, estoy bien, debe ser el humo lo que me molesta".

"¡Vaya, Amy! ¡Este sabor! Vaya, ¡Vaya!" exclamó Marshall.

"Sí, está delicioso, ¿verdad? ¿Cómo estuvo tu baño?"

"¡Fue increíble! ¡El agua era tan refrescante! ¡Podría quedarme en esa agua para siempre! ¡Además, salpique por todas partes!"

"¡A si, lo sé!" dijo ella.

"¿Cómo lo sabes?" preguntó.

"¡Sí! ¡No! ¡Quiero decir, no! ¡Por supuesto que no te vi desnudo! ¡No! Quiero decir, lo sé porque yo también hago eso, chapoteo en el agua ... Eso. Siempre que me baño, chapoteo mucho".

"¡Sí, es muy divertido! El agua es asombrosa. El agua es increíblemente asombrosa", respondió.

Amy estaba actuando de manera muy extraña y nerviosa y quería salir corriendo y gritar. Su cara estaba toda roja y no podía detener su risa nerviosa. Siguió agregando más pescado al fuego. Frank se acercó para chequearla.

"¿Estás segura que estás bien, Amy? Los latidos de tu corazón están fuera de control", dijo Frank.

"¡Estoy bien, Frank! ¡Estoy bien!" gritó, sonriendo nerviosamente.

"Oh, déjame darte una pastilla para la arritmia cardíaca", dijo Marshall.

"¡No, no, estoy totalmente bien! ¡Estoy bien!"

"Bueno, tu pulsera me está enviando datos que dicen que..."

"¡Dije que estoy bien!"

"Toma esta píldora y te sentirás mejor después de ..."

"¡Dije que estoy bien!" gritó Amy y salió corriendo.

Frank y Marshall la vieron irse y luego se miraron el uno al otro.

"Las mujeres en nuestras instalaciones tienen estos episodios cuando no duermen bien. ¿Amy está durmiendo bien? preguntó Marshall, tomando otro bocado de pescado.

"Eso podría ser", respondió Frank.

Afuera, Amy estaba sentada en una gran banca de madera que había hecho, mirando al cielo. La forma de la luna blanca se podía ver a través de las colinas cercanas al campamento. Amy se sintió confundida y muchos pensamientos pasaron por su mente sobre Marshall.

"¿Qué me está pasando?" susurró Amy a sí misma. "Me siento tan feliz por las mañanas cuando veo su rostro o escucho su voz. Eso nunca me ha pasado con Frank. Frank ha estado ahí para mí todos los días, pero tal vez sea diferente con Marshall porque sus respuestas no están programadas".

"¡Oye!" dijo Marshall.

"¡Oh, hola!" respondió Amy.

"¿Puedo preguntarte algo?"

"Creo que sí. Quiero decir: si. ¡Por supuesto!"

"¿Estás durmiendo bien?"

Podía ver la preocupación en su rostro. Amy suspiró y sonrió. Hizo un gesto a Marshall para que se sentara junto a ella en la banca.

"Se acerca la noche y me gusta ver aparecer las estrellas, parpadeando una a una. Si tienes suerte, es posible que veas estrellas fugaces. ¡Puedes pedir un deseo si ves una! " Dijo Amy.

"Eso es cierto. No hay nada más hermoso que mirar las estrellas. Hay mucho más por ahí listo para ser descubierto: nuevos mundos, nuevas especies, nuevas culturas …" Marshall se sentó a su lado.

"¿Crees que hay más?" preguntó ella.

"Seguro, pero muy lejos. El problema no es la distancia. El verdadero problema es que la gente cree que somos los únicos y que de alguna manera somos superiores. Cometimos un gran error al pensar eso, y mira lo que nos costó".

"Ya lo pagamos, Marshall", respondió Amy, mirándolo.

"¿Tú crees?"

"Destruyeron nuestro planeta y miles de millones de personas. Hemos pagado por nuestras acciones. Es hora de que nos dejen en paz."

"Por eso estoy aquí", dijo.

Ambos se inclinaron hacia atrás en el banco, mirando en silencio hasta que el cielo se llenó de estrellas parpadeantes.

"¿Sabías que estás mirando al pasado cada vez que ves una estrella?" Señaló los puntos más brillantes del cielo.

"¿En serio? ¿Por qué?" preguntó Amy.

"Aquí hay un ejemplo; ¿Puedes ver esa estrella verde, la que es casi azul?"

"Sí."

"Esa estrella se llama Mandoj y está a siete años luz de este planeta. Eso significa que la luz que ves esta noche ha viajado durante siete años luz. Cada vez que mires a Mandoj, lo verás como era hace siete años luz atrás. Quizás esa estrella ya ni siquiera esté allí, pero su luz todavía está viva, viajando por el universo. Es como una máquina del tiempo. Estamos mirando hacia el pasado".

"Eso es hermoso", dijo.

"Sí lo es. Llámalo mi 'poesía estelar' ", dijo Marshall.

En ese momento, el dispositivo de muñeca de Marshall vibró, lo que indica una alerta de su equipo en Marte. Deslizó el dedo por la superficie y los rostros de la tripulación aparecieron en la pequeña pantalla.

"¡Hola! ¿Cómo estas? ¿Ya tienen los paquetes listos para ser enviados a través del portal?" dijo Marshall.

"¡Hola, sheriff! Sí, casi hemos terminado", dijo Warren.

"¡Muy bien! Terminaremos el portal mañana por la mañana. Después de eso, todo estará listo para comenzar el último paso de la misión".

"Hemos construido todas las estructuras y plataformas necesarias para el equipo y los módulos criogénicos", dijo Amy, "así que mañana solo agregaremos algunos toques finales. Todo será perfecto, se los prometo".

"Vaya, Amy", dijo Warren, "¡Nos das tanta esperanza! Sé que todo esto es muy nuevo, pero te acostumbrarás".

"No te preocupes, tengo experiencia en adaptarme a cambios repentinos". respondió Amy.

"Sheriff", dijo una señora, "tendremos un calendario muy ajustado para la entrega a través del portal".

"¿Es verdad? ¿Por qué?" preguntó Marshall.

"Hicimos algunos cálculos sobre el tamaño y la densidad de los elementos que estamos enviando. Requerirá mucha energía de nuestras baterías".

"¿Qué sucede si te quedas sin energía antes de que se complete la entrega?"

"Buena pregunta, Amy", dijo Warren, "Generar esa energía y llenar las baterías para activar el portal lleva aproximadamente un mes. Si se nos acabara ahora, simplemente no habría tiempo suficiente para recargar".

"Es por eso que tenemos que estar listos, no solo el portal, sino alineando todos los elementos involucrados", dijo Marshall.

"Amy, la clave aquí será que tengas suficiente espacio alrededor del portal de salida", dijo Warren, "Entonces podemos enviarlos en una secuencia rápida. Tenemos que optimizar el tiempo y la energía. Por favor, ayude a Marshall con lo que necesite".

"Lo siento, lo entendiste al revés, soy yo quien la está ayudando", dijo Marshall, "Amy está dirigiendo toda la operación en este planeta. Ella está a cargo ahora".

"Estaremos listos", dijo Amy.

"¡Genial!" dijo Warren.

"Lo primero que se debe enviar será la batería adicional", dijo una señora, "para que puedan mantener abierto el portal de salida".

"¿Y cómo funciona este portal? ¿Como la luz de las estrellas? preguntó Amy.

"Sí y no", respondió Warren. "Funciona con luz y viaja como la luz de una estrella, pero va mucho más rápido. Una división de ISA desarrolló un láser que puede transportar objetos. Se mueve tan rápido que viajar entre galaxias o sistemas solares se realiza en cosa de segundos. Nadie en la Tierra jamás supo de este láser; era nuestra arma más secreta".

"Funciona con agua y tiene dos métodos diferentes de viaje," dijo Marshall. "Un solo portal no puede manejar toda la energía que se necesita para ir en ambos sentidos. Por esa razón, construyeron dos máquinas separadas. Uno estaba en las instalaciones de la ISA y el otro en la estación de la Luna. Ambas instalaciones contaban con dos portales, entrada y salida separadamente. La instalación de Marte solo tenía un portal de salida. ISA envió equipos a la Luna y de la Luna a Marte. Entonces, el portal de entrada a la luna traería ingenieros y astronautas de la Tierra. Algunos astronautas hicieron viajes diarios a la luna y se enviaron muchos equipos a Marte. El resto de la agencia nunca lo supo".

"Y así fue como los miembros de ISA descubrieron que el láser era la herramienta más poderosa del universo", dijo Warren.

"ISA dominó los viajes interestelares a través de la galaxia", dijo Marshall, mirando a los ojos de Amy, "así que imagina si esta herramienta cayera en las manos equivocadas. Les otorgaría un poder infinito".

"Entiendo que fue delicado y no se podía compartir con otros. Pero, ¿qué hay de salvar al resto de la gente?".

"Hablaron de ello, créeme", dijo Warren, "pero habrían tenido que construir múltiples portales e instalarlos en diferentes países. Nunca hubiera estado listo para mover a tanta gente en tan poco tiempo".

"Sí, sería una tarea imposible", dijo Marshal, "y una decisión difícil. Para preservar la invención, escondieron todos los planos de la máquina con un código especial. McGuillan trabajaba todos los días con mi padre tratando de replicar el portal de entrada que tenemos hoy. Cuando lo consiguieron, McGuillan destruyó la última copia de los dibujos. Dijo que la información era demasiado

279

peligrosa y podría alterar el equilibrio del universo. Confió en mi padre para completar el último paso del proyecto".

"Los asteroides que se dirigen hacia Marte destruirán el portal de entrada", dijo Warren, "y ese será el fin de la guerra y el fin de la herramienta más poderosa del universo".

"Y el comienzo de un nuevo mundo", agregó Marshall.

"Me siento tan afortunada de ser parte de esta misión", dijo Amy. "Honraré el legado de mi tío Alex, Ben, Adnan, las víctimas de la guerra de mi familia y amigos. Este es el paso final de la misión que se inició hace tanto tiempo".

"Supe que podíamos hacer esto desde el primer momento en que te conocí". dijo Marshall.

Luego que terminaron la llamada, Amy y Marshall entraron a comer pescado y beber el jugo que preparó Frank. Se sentaron a la mesa del comedor, que tenía una hermosa vista del bosque por la noche.

"Me dijiste que eras parte de la primera generación de embriones criogénicos hace dieciséis años. Lo que no entiendo es que el asteroide impactó la Tierra hace cincuenta y ocho años, pero Warren y los demás en su grupo no parecen tan viejos", preguntó Amy, tomando otro trozo de pescado.

"Sí, sé que las fechas son confusas. Mi tripulación en Marte nació hace cuarenta y cinco años. Sus padres eran los niños de la clase de mi madre. Cuando tenían dieciocho años, mis padres les animaron a intentar quedar embarazadas para intentar salvar nuestra especie. Era arriesgado, pero todos estaban sanos y decididos. Entonces, once bebés recién nacieron en Marte, y entre ellos estaban Warren, Peter, Sophia, Amber y Sara".

"Sara, ¿la que reveló la posición de tu estación?"

"Exactamente", dijo Marshall.

"Dijiste algo sobre una organización llamada Los Auxiliares".

"Sí, eran muy peligrosos".

"¿Pero cómo podría ser eso si es que ella nació en Marte? No hay forma de que ella pudiera haber sido parte de esa organización. ¿Participaron sus padres?"

"Nunca sabremos cómo sucedió eso. Los padres de Sara murieron durante la guerra civil y Warren la mató antes de que pudiéramos obtener información. Los Auxiliares siempre han encontrado formas de infiltrarse en organizaciones de seguridad de alto nivel. Antes de ser asesinado, Tayeb Abucalil, ex presidente de la ISA, llamó a McGuillan por teléfono para advertirle sobre el plan de Los Auxiliares".

"Entonces, ¿Tayeb Abucalil fue asesinado por Los Auxiliares?" Preguntó Amy.

"Sí, y estaban buscando al Sheriff McGuillan. Ese grupo tenía miembros en todas partes, y mataron a todos los que pudieron encontrar involucrados en proyectos para salvar el mundo. No importa el país o la agencia, apuntaron a todos. Tayeb le dijo a McGuillan que Los Auxiliares mataron a varios astronautas y miembros de la ISA, y que McGuillan era su última víctima.

Cuando asesinaron a Adnan en el almacén, mi padre y McGuillan activaron el portal de entrada y dejaron que el huevo cayera a la piscina. El viaje fue instantáneo y llegaron a la luna en un abrir y cerrar de ojos. Dos miembros de Los Auxiliares también saltaron a la piscina, pero el portal en la luna no estaba rodeado por aire respirable, y cuando llegaron a la luna sin trajes, se asfixiaron de inmediato".

"¿Qué pasó con la gente de la nave?" Preguntó Amy.

"La instalación en la luna era una cúpula que tenía estanques de agua en su interior. Cada piscina era un portal. Debido a la baja gravedad, el portal de salida tenía una garra diseñada para recibir lo que fuera enviado desde la Tierra. Encontraron agua en la luna, y así es como ISA mantuvo los portales funcionando todo el día. McGuillan y mi padre salieron de la nave con trajes que proporcionaban aire y presión. McGuillan movió la garra y puso la nave al siguiente estanque donde se encontraba el portal de entrada. La gravedad de la luna no era lo suficientemente fuerte como para dejar caer la nave al agua, por lo que cualquier cosa que se enviara a Marte tenía que usar un sistema hidráulico de empuje.Una palanca en el costado de la piscina activaba el sistema manualmente. McGuillan se movió rápidamente y agarró la palanca, atando una cuerda a su alrededor para activar la máquina. Algunos asteroides se acercaban rápidamente a la luna. Corrió hacia la nave y desde la puerta tiró de la palanca, pero la cuerda se soltó. Entonces mi padre saltó y trató de volver a intentar atar el nudo en la palanca. Mi padre me dijo que en ese momento él no sabía lo que estaba haciendo. Estaba en la luna por primera vez y todo parecía un sueño.Mi padre pudo ver los asteroides acercándose a través de las ventanas de la cúpula, así que saltó con todas sus fuerzas. McGuillan lo agarró y juntos tiraron de la cuerda, activando el mecanismo hidráulico. McGuillan rápidamente cerró la puerta y les gritó a todos que se prepararan. En instantes la nave desapareció de la luna y en cuestión de segundos, estaban a salvo en Marte. Eran los únicos humanos vivos. Luego que aterrizaron, vivieron en el módulo durante casi un año hasta que las máquinas terminaron de construir las instalaciones en Marte".

CAPÍTULO 25 - BRILLO DISTANTE

Era un nuevo día en Hyperterra. Todos se estaban preparando para mudarse al refugio para la transferencia de los embriones y quedarse durante la temporada de verano. La primera tarea fue sacar el dron de Marshall de la vegetación y dejarlo al sol para que cargara. Luego fueron al refugio para inspeccionar el estanque en busca de la llegada del portal. Estaba completamente lleno y listo para funcionar.

"Marshall, ¿podrías comenzar a ensamblar las piezas del portal? Yo trabajaré para despejar el camino para los módulos".

"Suena perfecto, Amy."

Trabajaron durante horas, tomando solo breves descansos para comer o beber jugo amarillo. Amy repasó su lista de verificación dentro del refugio. Al mediodía, el portal y el nuevo refugio de verano estaban listos para recibir carga.

"Amy, ayuda. Necesito aire. Necesito …" susurró Marshall, tambaleándose.

"Está bien, pero no te desmayes ahora. Bebe un poco más de jugo," Amy se rió y sostuvo su cabeza.

"Eres increíble, Amy. Realmente eres un líder".

"¡Gracias, Marshall! Nunca antes había podido contribuir realmente de esta manera. He estado en peligro y he luchado contra todo lo que Hyperterra puso frente a mí, pero esto es diferente".

"Te entiendo, Amy. Siento que la misión está a salvo contigo. Yo me siento a salvo contigo", dijo Marshall.

"¿En verdad? Bueno, gracias."

Ella lo ayudó a caminar hacia el transporte. Luego miró a Frank mientras cargaba su batería bajo el sol.

"Frank, terminamos temprano, ¿verdad? ¿Cuántas horas antes de lo previsto estamos?"

"Casi tres horas, Amy."

"Eso es todo lo que necesito. Regresaremos en una hora".

"¿A dónde vamos?" dijo Marshall.

"Ya verás", respondió ella. "Frank, ocúpate de la comunicación con el portal. Me llevo a Spot y Tails". Ella silbó y los perros saltaron instantáneamente.

Marshall y Amy condujeron por el bosque a gran velocidad hasta que llegaron a un hermoso campo abierto lejos de los árboles y las colinas. Estaba lleno de un verde brillante y violeta, y pequeños estanques de agua reflejaban el cielo. Amy fue aún más rápido y los perros siguieron detrás bien cerca de ellos. Fue estimulante para todos.

"¡Woohoo!" gritó Marshall.

"¡Me encanta esto!" Amy también gritó.

Se detuvieron junto a un lago donde el agua estaba en calma. El transporte comenzó a deslizarse sobre el agua, no demasiado alto, pero lo suficiente para dejar que sus pies se arrastraran por la superficie.

"¡Mira hacia abajo, Marshall!" dijo Amy.

"¡Vaya ... esto es increíble!"

Marshall vio que la vida abundaba en el lago. Peces de diferentes colores nadaban debajo de ellos y peces más grandes nadaban lentamente a la sombra del transporte.

"¡Esto es increíble! ¡No puedo creerlo! " gritó Marshall.

"¡Si lo sé!"

Desembarcaron en el lago y los perros se les unieron luego de correr alrededor del lago. Amy hizo algunos sonidos con la boca y los perros fueron a beber agua y buscar un lugar para descansar. Amy y Marshall se bajaron del transporte y caminaron hacia el lago.

"Espera, ¿qué es… ¿qué es eso? ¿Eso es un dinosaurio?" Marshall se sintió débil y un poco confundido.

"No lo creo, pero llamé a esas cosas Neckos", dijo Amy.

"Vaya ... Pero, no crees que intentarán comernos, ¿verdad?"

"No, solo nadan en este lago y comen de la copa de esos árboles altos. Nunca me he acercado mucho a ellos, pero creo que son vegetarianos".

"¿Está segura?" dijo él.

"Sí, estoy segura", dijo Amy, riendo, "siempre pensé que podrían ser dinosaurios… ya sabes, realmente pensé que todavía estaba en la Tierra y que tal vez habían sobrevivido en una cueva durante sesenta y cinco millones de años."

"Lo sé, Amy. Bueno, ahora sabes que eres el primer ser humano que han visto".

"Eso es cierto", dijo Amy, haciendo una pausa, "y ahora entiendo mucho de lo que ha sucedido en mi vida aquí; lo hostil que era este planeta para mí. Ahora me doy cuenta de que yo era el nuevo del barrio. Desde el principio hice un trato conmigo misma para apoyar la armonía con el medio ambiente, como me enseñaron mis padres. Nunca tuve que matar para comer porque obtenía todo lo que necesitaba de las plantas. Traté de mantener un equilibrio con la naturaleza. Como recién llegado, ese equilibrio se estableció mucho antes de que yo llegara aquí. Este planeta será genial para la próxima generación. Se merecen un lugar en el que puedan prosperar".

"Tú también te mereces este planeta, Amy", dijo Marshall, tomándola de la mano.

"Yo también siento eso, pero es difícil para mí decirlo".

"Bueno, ¡ahora es tu oportunidad! ¡Dilo en voz alta!" gritó Marshall.

"Yo pertenezco aquí …" dijo Amy.

"¡Más fuerte, Amy! ¡Más fuerte!"

"¡Pertenezco aquí!"

"¡No puedo escucharte!"

"¡Pertenezco aquí! ¡Pertenezco aquí!"

"¡Esas montañas no pueden escucharte, Amy!"

"¡Pertenezco aquí! ¡Pertenezco aquí! ¡Pertenezco aquí!" Gritó Amy a todo pulmón.

Corrió hacia el lago y se zambulló en el agua. Marshall se reía y agitaba los brazos en el aire. Amy le salpicó y él respondió de inmediato. Ambos empezaron a jugar en el agua. Amy lo agarró del brazo y lo tiró bajo el agua. Agitó los brazos, tratando de llegar a la superficie y respirar, pero Amy se rió y le echó más agua a la cara.

Se acercó a ella y la agarró de las manos. Estaban muy cerca el uno del otro. Marshall miró sus hermosos ojos, y pudo sentir los latidos de su corazón. Ella se acercó y lo besó instintivamente. Marshall se quedó atónito. Los perros pararon las orejas y movieron la cabeza de lado a lado. Ella sonrió y lo besó de nuevo, y él le devolvió el beso.

Pasaron el resto de la hora sintiendo la conexión cercana y disfrutando de la compañía del otro. Nunca antes habían sido románticos con nadie en su propio mundo.

Amy le mostró a Marshall cómo estar muy quieto y pescar un pez, pero Marshall siempre movía las manos demasiado pronto.

"No puedo soportarlo; ¡es tan divertido! ¡No puedo!" dijo Amy, riendo mucho.

"¡Esto es tan difícil!" gritó Marshall, golpeando el agua.

"¡Tienes que ser paciente!" dijo Amy, riendo: "¡Oh, me duele la cara! ¡No puedo aguantar más! ¡Tienes que parar!"

"¡Estos peces son más inteligentes que yo! ¡Creo que pueden leer mi mente!" dijo Marshall.

"Vamos, señor pescador, es hora de irse", dijo Amy.

Se detuvieron para recoger el transporte de Marshall en el Sector Rojo antes de regresar al refugio de verano.

"Se ha estado cargando todo el día. Debe estar lleno ahora", dijo Marshall.

Amy estaba en su transporte de Pettron negro, esperando a que él encendiera su vehículo. Sostuvo su dispositivo de muñeca cerca del panel de control e inmediatamente las luces de la máquina se encendieron. Un ruidoso chillido comenzó cuando el dron comenzó a flotar a nivel del suelo.

"¡Está funcionando!" dijo Marshall.

"¡Es muy ruidoso!" gritó Amy.

El polvo y los escombros comenzaron a arremolinarse alrededor del dron, y Amy subió a una altitud mayor. Mientras miraba hacia abajo, el dron de Marshall se elevó de la nube polvorienta. Pronto ambos quedaron suspendidos en el aire uno al lado del otro. Se sonrieron.

"¡Atrápame si puedes!" gritó Amy mientras desaparecía rápidamente de la vista de Marshall.

"Entonces, es una carrera, ¿eh?" gritó Marshall.

Siguió a Amy por la misma ruta que tomaban todos los días hasta el refugio de verano, Spot y Tails lo siguieron, corriendo por el suelo.

"¡Esto es tan divertido! ¡No quiero irme nunca más!" gritó Marshall.

Amy sonrió, pero la realidad de lo que dijo no fue asimilado. Marshall tenía que irse, y nunca más se volverían a ver, nunca.

"No quiero que te vayas, Marshall ..." se susurró a sí misma.

Cuando llegaron al refugio de verano, Amy le mostró a Marshall dónde podía estacionar su ruidosa máquina sin molestar a la vida silvestre. Algunas de las criaturas también se estaban preparando para el verano y ella se sentía responsable de cualquier ser vivo que viviera cerca de su campamento. La máquina de Marshall era muy ruidosa y perturbaba, era una gran cantidad de aire flotando sobre el suelo.

"Ya no podemos usar esta máquina. El ruido está molestando a todos los animales por aquí", le dijo Amy.

"Lo sé, y lo siento", dijo Marshall.

"No te preocupes. No es tu culpa."

"Los elementos para el portal están listos para mañana por la mañana y el flujo de agua es constante", anunció Frank.

"Perfecto", respondió Amy.

"Ustedes son un buen equipo, ¿eh?" dijo Marshall.

"Gracias, Marshall. Llevamos juntos mucho tiempo, respondió Amy.

"Estoy seguro de que ambos estarán bien, y la próxima generación humana estará en muy buenas manos. Lo has demostrado a mí y a mi equipo".

"Es solo ..." dijo Amy.

"¿Qué, Amy?"

"Nada…"

"Díme. Este es un buen momento para hacerme cualquier pregunta que tengas".

"Es solo que … ¿Por qué tienes que irte? Morirás en Marte de todas maneras. ¿Por qué no te quedas aquí conmigo? ¡Puedo cuidarte bien, lo prometo!" dijo Amy, alcanzando su mano.

"Lo sé …" dijo Marshall, mirándola a los ojos. "Escucha, tengo una confesión que hacer".

"¿Qué pasa, Marshall?"

"En realidad no puedo volver a Marte".

"¿Qué?"

"Veras, yo llegué aquí a través de un portal de salida. En el momento en que crucé, supe que esto era todo para mí. Había planeado simplemente desaparecer para que pudieras concentrarte en la misión. Todos hacen sacrificios, y este es mío".

"¿Qué? ¡No! ¡Encontraremos una manera de mantenerte con vida! ¡Tenemos que intentarlo!"

"Es la gravedad, Amy. Afecta mi corazón y otros órganos. No hay nada que podamos hacer."

"En realidad, hay un par de cosas que podemos intentar, Marshall", dijo Frank.

"¿Vez?"

"No lo sé, chicos. Tu Amy necesitas concentrarte en la misión y yo … yo solo seré una carga".

"Te quedarás aquí conmigo, lo resolveremos luego", afirmó Amy con determinación.

"Mira, eso es exactamente lo que estaba tratando de evitar. No puedes distraerte en este momento con mi salud o mis problemas".

"Escucha, cálmate y relájate. Vayamos al interior del refugio, comamos algo y luego podemos hablar de ello, ¿de acuerdo? dijo Amy, tratando de convencerlo.

"Está bien, pero eso no significa que estemos cambiando los planes aquí", dijo Marshall.

"Ya veremos. Estás en Hyperterra ahora. Tengo el 50% de los votos", respondió con más certeza de la que sentía por dentro.

Marshall sonrió mientras caminaban de la mano hacia el refugio.

Amy encendió algunas antorchas dentro del refugio y luego salió a ver a Frank una vez más antes de acostarse. Marshall se dio un chapuzón en el estanque para bañarse.

"Tenemos un día ajetreado por delante", dijo Frank.

"Sí, todo será diferente a partir de mañana mi querido amigo..." dijo Amy.

"Entiendo que sientes algo por Marshall. Puedo verlo en mis datos", dijo Frank.

"¿Qué? ¡No! Quiero decir, si, pero así no. No como te estas imaginando. Osea... Quiero decir..."

"No te preocupes. Tienes el mismo aumento de frecuencia cardíaca que tenía Russell cuando conoció a Elizabeth. Entiendo perfectamente. Estoy programado para analizar y entender", dijo Frank.

"Genial ..." dijo con una sonrisa.

"Ve y descansa. Enviaré una vibración de alerta a tu pulsera por la mañana".

"Está bien, Frank. Oye ... gracias."

"Es un placer, Amy Lincoln. Siempre lo ha sido".

Ella sonrió y regresó al refugio.

Marshall había terminado su baño y estaba sentado cerca del estanque bebiendo de una taza de jugo.

"¿Estás fresco y descansado?" preguntó Amy.

"¡Oh sí! Este es uno de los mayores placeres de toda esta misión. No hay nada como un baño de verdad; Quiero decir, es mucho mejor que un paño húmedo, ¿sabes?" dijo Marshall.

"Estoy segura de eso. Tengo curiosidad por saber qué se come en Marte. ¿Dijiste que tienes lo esencial, pero nada natural?" Amy entró en el baño.

"Bueno, teníamos algunas semillas y al principio fue un desafío hacerlas crecer. Eventualmente brotaron y mi padre construyó un invernadero. De cada grupo de verduras, almacenaron algunas de las semillas en la bóveda. Algunas de esas semillas vendrán aquí mañana. Las semillas fueron a Marte con los niños de SRK, y mi madre realmente dirigió los esfuerzos del invernadero".

"SRK Kids?"

"Si, SRK es un acrónimo de Ciencia, Respeto y Amabilidad. La escuela privada de la que eran los niños usaba eso como su lema", dijo Marshall.

"¿Entonces todos los niños de la clase de Jane fueron la generación SRK?" dijo Amy desde el otro lado de la pared del baño.

"Sí, pero luego en Marte, comenzamos a usar el acrónimo como parte de nuestra declaración de misión".

"¿Y todos murieron durante el problema civil que empezó Warren?"

"No, el último miembro de SRK murió hace ocho años. Tenía cincuenta y cinco años y era el último humano que nació en la Tierra. La siguiente generación la llamamos Marcianos, y eran los hijos e hijas de los niños SRK. Todos nacieron el mismo año. Y finalmente estoy yo, de la generación Cryo.

Los SRK nos enseñaron a no temer a la ciencia o la tecnología. Abrazaron el campo biomédico, la bioética y la IA. Desafortunadamente, algunas de las creencias de los miembros de SRK encendieron la violencia que inició Warren. Se perdieron muchos de nuestros experimentos e investigaciones, lo que desperdició años de trabajo".

"Eso es muy triste, Marshall. ¿Qué pasa con el proyecto 'El último brillo distante' que mencionaste antes?"

"¡Ese eres tú!"

"¿Yo?" preguntó Amy.

"¡Sí! Este planeta era uno de los muchos planetas similares a la Tierra", dijo Marshall, sentado en el suelo cerca de la pared del baño. "Pero este sistema fue el disparo más claro para el láser. Era un sistema joven, comparado con los otros que tenían millones de años por delante. Así que McGuillan centró todos nuestros esfuerzos en esta estrella brillante. Y al final del resplandor, te encontré. Entonces, realmente, eres el último brillo distante. Una chica hermosa, inteligente y valiente, de pelo rojo brillante".

Amy se sentía triste y decepcionada. Finalmente había encontrado a alguien, y era guapo e inteligente. Sabía que había muchas posibilidades de que desapareciera en la naturaleza una vez que llegaran los embriones.

"Quiero que te quedes. No voy a insistir, pero así es como me siento", dijo Amy, terminando su baño.

Marshall se quedó en silencio y Amy salió del baño envuelta en mantas. Ella lo besó y lo miró a los ojos, "Si no te voy a volver a ver, quiero recordarte para siempre".

Esa noche, Amy y Marshall exploraron el cuerpo del otro, sus sentimientos y sus límites. Se olvidaron de los proyectos cósmicos y la supervivencia interplanetaria, y juntos descubrieron un amor más allá de las palabras. Lo vivido esa noche en el refugio de verano permanecería con ambos por el resto de sus vidas.

CAPÍTULO 26 - INVASIÓN

Gotas de agua dulce cayendo en el estanque receptor de niebla anunciaron un nuevo día en Hyperterra. Las antorchas dentro del refugio estaban casi apagadas, y bajo la cálida luz, Amy y Marshall todavía estaban abrazados en la cama. Estaban mirándose a los ojos en silencio, descubriendo cómo se sentía estar tan íntimamente conectado con alguien.

"Entonces, ¿me vas a decir qué te pasó en la oreja?" preguntó Marshall.

"Oh, eso sucedió durante una batalla con un pájaro realmente grande, como del tamaño de una casa. Me mordió y me dejó esa marca." respondió ella.

"¿Qué? ¡Oh Dios mío!" gritó Marshall..

"No, es broma. Tuve un accidente con mi papá en el supermercado. Algunas personas frenéticas lo derribaron mientras yo estaba sentada sobre sus hombros. Ambos nos caímos, me golpeé con un estante de metal y me corté la oreja".

"Lo siento mucho. No quise traer malos recuerdos, especialmente ahora. Me siento tonto."

"No te preocupes. Sucedió hace tanto tiempo que ya no me molesta".

"Ese corte en tu oreja te hace parecer una guerrera", dijo.

"¿Enserio?"

"¡Sí! ¡Por supuesto! Te hace única" dijo, besándola.

"Sí, claro ..." dijo ella, devolviéndole el beso.

"¿Sabes que? Mi padre me dijo una vez que después de una noche romántica, la gente solía hacer huevos, tocino y tostadas para el desayuno", dijo Marshall.

"Bueno, ahora entiendo por qué mi mamá hacía un gran desayuno cada vez que mi papá regresaba de catorce días en el trabajo. Pero no tengo huevos, ni tocino, ni pan", dijo Amy sonriendo.

"Ya veo. Bueno, entonces la próxima vez iremos a un hotel y pediremos servicio a la habitación, ¿de acuerdo?" dijo, sonriéndole.

"Jajaja, nunca has probado ninguna de esas cosas antes, ¿verdad?"

"No. Teníamos una máquina en el laboratorio donde mi papá hacía esencias que replicaban el olor de algunos productos, y eran encantadores. Pero apuesto a que no fue nada como comerse algo real".

"No te preocupes. No te perdiste nada", dijo Amy, mirándolo a los ojos. "No, es broma. ¡Los huevos y el tocino eran la mejor comida del mundo! Y los tacos, por supuesto".

"¿Tacos? ¿Qué es eso?" preguntó.

"¡Ajá! Tengo mi propia versión de tacos de Hyperterra. ¡Vamos!"

Amy y Marshall pasaron la mañana experimentando con la comida hasta que llegó el momento de activar el portal. Comieron, se abrazaron y besaron, sabiendo que la vida cambiaría al final del día. Amy nunca se había sentido tan feliz antes, se rió y bailó con los perros. Su corazón estaba liviano.

"Mi pulsera está vibrando. Es hora."

"Muy bien. Vamos."

Frank ya tenía el portal conectado y en espera de la señal de Marte. Marshall deslizó su dedo sobre su dispositivo de muñeca para ver la secuencia de iniciación.

"Primero, tengo que ponerme en contacto con la tripulación y asegurarse de que todo esté listo", dijo Marshall, mirando al cielo, esperando.

Después de un par de minutos de tenso silencio, el pequeño dispositivo sonó y allí en la pantalla estaba la tripulación de Marte con grandes sonrisas en sus rostros. Estaban listos para comenzar.

"¡Qué día tan importante, Sheriff!" dijo una dama.

"¡Sí! Sí, que lo es ", dijo Marshall.

"Oye, sheriff, hoy te ves diferente", dijo Warren, "¿Espera… te cepillaste el pelo?"

"Yo … Sí … Bueno, Amy lo hizo", respondió Marshall.

"Oh, guau …" Los tres en Marte intercambiaron miradas de complicidad.

"Se ve lindo, ¿verdad?" dijo Amy, sonriendo.

"Absolutamente", "Oh, sí", "¡Se ve tan guapo!" Todos respondieron.

"Esta bueno, esta bueno. Es un día especial, por eso tengo un look especial. Eso es todo."

"¡Claro, sheriff!" dijo Warren.

"Encendamos el portal", dijo Amy.

"¡Esperen!" gritó Marshall: "Me gustaría tomarme un momento para algo importante".

Marshall se quitó el dispositivo de muñeca y lo puso en la cabeza a Frank. La pequeña cámara apuntaba a Marshall y Amy.

"Lo que me faltaba ... Ahora soy un trípode", dijo Frank.

Marshall miró a Amy y le puso las manos en los hombros. Tenía lágrimas en los ojos. "Amy, como parte de la sucesión en la cadena de mando, para el paso final de nuestra misión, hoy te entrego la responsabilidad y la trascendencia de la raza humana a través de la oficina del Sheriff".

Amy estaba muy sorprendida y emocionada, y el equipo en Marte sonreía de alegría. Marshall se metió la mano en el bolsillo del pecho de su uniforme y sacó una pequeña bolsa de plástico con un anillo en el interior.

"Este anillo pertenecía a Miryam, la esposa de Alex McGuillan. Ella lo llamaba 'El Sheriff', y este anillo ha sido un símbolo de la misión de McGuillan".

Marshall abrió la bolsita y colocó gentilmente el anillo en la mano de Amy.

"Ahora te paso nuestra maratón. Nuestros esfuerzos por mantener viva a la raza humana. Debemos honrar el legado de tantos que murieron por esta misión. A partir de este momento, la seguridad del Cryo-Gen está en tus manos".

Amy miró el anillo y sus ojos se llenaron de lágrimas. En el interior había un grabado que decía "Mi querido Sheriff". Amy abrazó a Marshall con fuerza.

"Tenía un amigo llamado Sinjagik. Me dijo que no creía en las coincidencias. Sinjagik me dijo que yo pertenecía a las

294

estrellas y que algo más grande me esperaba. Estoy empezando a sentir que tenía razón".

"Este es tu destino", dijo Marshall.

Se abrazaron durante un largo rato. Frank grabó cada segundo de la improvisada ceremonia de sucesión.

"Entonces, Sheriff ... ¿Empezamos?" dijo una dama en la pantalla.

"Están hablando con usted ahora, Sheriff", le susurró Marshall al oído.

Amy se secó las lágrimas y respiró hondo, mientras Marshall abrochaba el dispositivo en su muñeca.

"Desliza el dedo aquí y luego presiona el botón 'iniciar'", dijo Marshall.

"Está bien ..." dijo Amy.

Ella hizo lo que dijo Marshall, e instantáneamente una luz azul brillante brilló debajo del agua. El dispositivo de muñeca mostraba un mensaje que decía: 'carga entrante llegando'. Amy entró en la piscina. El agua subió hasta sus rodillas cuando tomó su posición frente al portal.

"¡Aquí vamos, Sheriff!" dijo la dama en la pantalla.

"¡Marshall, como lo practicamos! Empujas los módulos sobre los tubos de madera en el suelo hasta que estén en la plataforma. Frank, tan pronto como la plataforma esté cargada, introdúcela dentro del refugio y regresa tan pronto como puedas".

"¡Estoy listo!" gritó Marshall.

"Sí, Sheriff", dijo Frank.

El resplandor de la brillante luz azul se intensificó. El primer cubo, que era casi del tamaño de Amy, emergió de la superficie del agua con las baterías de respaldo. Amy y Marshall los empujaron a un lado de la piscina.

"¡Está bien, equipo! ¡Hagámoslo!" gritó Amy.

La luz azul se volvió más brillante de nuevo. El primero de los seis módulos criogénicos cargados con 161.000 embriones humanos había llegado al planeta de Amy. Agarró las asas del cubo, que era aproximadamente del tamaño de dos maletas grandes.

"Bienvenidos a Hyperterra", susurró, tocando la superficie.

De ahí lo empujó a través de los tubos de madera hasta donde Marshall estaba esperando. Así el primer módulo quedó en la plataforma exitosamente.

"Eso fue genial. ¡No cambien la fórmula y terminaremos antes del almuerzo!" gritó Amy mientras surgía el segundo módulo.

Amy coordinó todos sus movimientos, y pronto los seis módulos criogénicos y otros veintinueve paquetes cargados con robots, instrumentos de laboratorio, medicamentos y herramientas pasaron con éxito a través del portal.

"¡De acuerdo, esperen! No cierren el portal todavía", señaló Amy.

Ella bajó al refugio para revisar el equipo y conectar todo a la fuente de alimentación.

"¡Excelente trabajo, Frank! Así es exactamente como lo planeé", dijo.

"¡Buen trabajo, Amy! Como siempre ", dijo Frank.

"¡Oye, sheriff! ¡Qué hay de mí!" dijo Marshall.

"Estuviste genial ..." dijo ella, besándolo.

"Ahora entiendo los datos de tu brazalete anoche", dijo Frank.

Amy le guiñó un ojo a Frank, tomando la mano de Marshall mientras caminaban juntos hacia la superficie.

"Los paneles solares que generarán la energía para los módulos están conectados y funcionan según lo planeado", dijo Amy.

"Eso es correcto. Los paneles recibirán suficiente luz solar para las tres cuartas partes del día. Entonces, las baterías alimentarán los módulos durante la noche", dijo Frank.

"Hicimos que toda la transferencia de movimiento fuera más rápida que los cálculos originales, por lo que todavía nos queda al menos una hora de energía para el portal", dijo Frank.

"¿En verdad?" gritó Amy. "¡Vamos, vamos a hablar con el resto de la tripulación!"

Amy se acercó al portal mientras el equipo celebraba el éxito de la misión. Frank sirvió una comida mientras Amy y Marshall se sentaban en un tronco junto a la piscina. Amy colocó el dispositivo de muñeca en una roca para que pudieran hablar con la tripulación antes de que la ventana se cerrara definitivamente.

Todos compartieron sus pensamientos sobre completar esta misión y terminar la guerra. Amy les mostró algunos trucos con las rocas Pettron.

"Entonces, las rocas negras y blancas no pueden tocarse, ¿verdad?" preguntó una señora.

"No, es imposible. Son como imanes que se repelen entre sí. La diferencia es que el Pettron negro se activa con la luz", respondió Amy," así que cuando la piedra negra está en la oscuridad, los tipos opuestos de Pettron podrían estar uno al lado del otro sin problema".

Amy colocó una pequeña piedra Pettron negra en su palma.

"Mira, voy a cubrir este Pettron negro con este trozo de tela. Ahora puedo poner fácilmente un Pettron blanco encima".

"¡Guau! ¡Eso es genial!" dijo la tripulación en Marte.

"¡Mira lo que pasa cuando me quito la tela!" dijo Amy.

Quitó la tela que bloqueaba la luz del sol, e instantáneamente el Pettron blanco se disparó alto en el aire cayendo en algún lugar entre los árboles detrás de ella.

"¡Guau! ¡Eso fue asombroso!" dijeron.

Amy guardó el resto de las piedras de Pettron en sus bolsillos y caminó hacia la cámara. Su intención de mantener el portal abierto por un momento más no era otra cosa que ofrecerle a la tripulación la oportunidad de atravesar el portal antes de que los asteroides azotaran Marte. Se esforzó por convencerlos, pero el equipo ya había decidido quedarse donde estaban. Su sacrificio no tenía ningún sentido para ella.

"Por favor, permítanme ofrecerles una hermosa experiencia de vida aquí en Hyperterra. Cuando mi papá supo que el mundo se estaba acabando, su prioridad siempre fue mantenernos juntos hasta el final, ¿y sabes qué? Hicimos hermosos recuerdos. Ahora es su última oportunidad para conectarse con la naturaleza y experimentar algo que nunca antes habían vivido. Por favor, piénselo", dijo Amy.

"Oigan chicos, ¿dónde está Warren?" Preguntó Marshall.

"No lo sé. Estaba aquí cuando pasamos el último paquete", dijo una señora.

"¿Crees que está molesto de que ahora soy la Sheriff?" preguntó Amy.

En ese momento, Warren entró corriendo y gritando al laboratorio. Amy pudo ver que estaba rojo y sus ojos estaban desorbitados.

"¡Ellos están aquí! ¡Vienen para acá ahora!" gritó Warren.

"¿Quien viene?" gritaron los otros miembros de la tripulación.

"¡Los Strattos! ¡Ellos están aquí! ¡Atravesaron la entrada!"

Las luces rojas se encendieron y una alarma resonó en las instalaciones. La tripulación estaba asustada y no sabían qué hacer.

"¡Vayan al portal!" gritó Amy.

"¿Qué? ¡No!" dijo Warren.

"Sí, atraviesen el portal y lo cerraremos desde aquí. ¡Los Strattos nunca encontrarán el rastro de este planeta!" gritó Amy.

"¡Escuchenla y muévanse!" gritó Marshall en el micrófono.

Marshall y Amy pudieron escuchar el crujido cuando una pared de la estación se derrumbó detrás de ellos y el aire comenzó a escapar.

"¡Corran al portal ahora!" gritó de nuevo.

La luz azul comenzó a brillar.

"¡OK vamos!" les gritó Warren a los demás.

"¡Vamos! ¡Vamos!"

En ese momento pudieron ver la silueta de una figura alta que se asomaba entre la cortina de polvo y humo. Dos figuras más aparecieron detrás de él. Eran como grandes humanos con trajes negros paseando por las polvorientas instalaciones.

298

En Hyperterra, la luz en el estanque de agua se intensificó, y dos mujeres pasaron cayendo de rodillas, empapadas.

"¡Marshall! ¡Ven a ayudarme!" " gritó Amy.

Marshall y Amy ayudaron a las mujeres a sentarse junto a la piscina. Luego pasó un tipo y se cayó al agua. Todos tenían una tremenda dificultad para respirar.

"¡Marshall, trae un poco de jugo amarillo y ayúdalos! ¡Esperaré a Warren!"

"¡Warren, Warren, dónde estás!" gritó Amy a la pantalla. "¡Frank, prepárate para apagar el portal a mi señal!"

En la pantalla, Amy vio con horror cómo Warren corría hacia el portal, pero uno de los Strattos lo vio. El alienígena comenzó a correr muy rápidamente hacia la entrada del portal detrás de él.

"¡Salta, Warren! ¡Salta!" gritó Amy, parándose en medio del portal, lista para atrapar el cuerpo de Warren.

"¡Amy!" gritó Warren.

El resplandor azul en el agua se intensificó una vez más.

"¡Frank! ¡Apágalo!" gritó ella.

El cuerpo de Warren comenzó a atravesar el portal mientras Frank tiraba del cable que alimentaba la máquina. La luz azul comenzó a desvanecerse cuando Warren cayó en los brazos de Amy, a salvo, pero en ese mismo instante, algo más atravesó el portal a una velocidad tremenda, golpeando a Amy y Warren con tanta fuerza que volaron hacia los árboles.

Aturdida, Amy trató de abrir los ojos. Vio al Strattos de pie junto a sus amigos. Sus párpados parpadearon inconscientemente y se desmayó.

CAPÍTULO 27 - STRATTOS

Estaba oscuro y el suelo parecía hecho de cristal. Las estrellas titilaban y se reflejaban en la superficie. El aire era suave y olía a galletas, mientras "El ritmo de mi corazón" sonaba de fondo. Amy miró para ver que Elizabeth estaba en la cocina sacando deliciosas galletas del horno y sonriéndole.

"¿Quieres un poco, cariño?" preguntó Elizabeth.

Luego, Russell se acercó a Elizabeth y la abrazó. La tomó de la mano y la invitó a bailar.

"Ven, Amy ... Baila con nosotros", dijo Russell.

"No puedo ... necesito ayudar a mis amigos," dijo Amy, confundida.

"Por supuesto..." susurró Russell.

"¿Estoy muerta?"

"No mi vida. Distas mucho de estarlo", dijo su madre.

"Lejos", dijo Russell.

En ese momento, su pulsera vibró. Allí estaba Frank, brillante y como nuevo, con ambos brazos originales como si estuviera recién salido de la caja.

"Debes aceptar las cosas como son. Solo acepta la verdad", dijo Frank, acercándose a una figura sentada en el suelo. Era Malik.

"Recuerda que las estrellas siempre están contigo", dijo.

"Nunca tuve la oportunidad de despedirme", dijo Amy.

"Nunca me fui, Amy", dijo Malik.

Sinjagik estaba sentado detrás de Malik moviendo unas rocas en el suelo y cubriéndolas con una pequeña tela. Malik y Singajik le sonrieron a Amy y luego ambos miraron las piedras.

"¿Qué están haciendo?" ella preguntó.

Sinjagik sacó la tela que cubría las rocas negras. Malik sostenía dos rocas blancas en el suelo. Las rocas negras se alejaron rápidamente, desapareciendo.

"¡Mira, Amy, las rocas negras salen disparadas. ¡Como una bala!" Dijo Malik.

Erinak apareció detrás de ellos con Sialuk. Zima estaba tendido en el suelo, moviendo la cola. Los ojos de Amy estaban llenos de lágrimas.

De pronto McGuillan grito: "¡Despierta y termina esta guerra!"

Amy se despertó de un sobresalto. Le dolía la cabeza mientras trataba de ponerse de pie, afirmándose de un árbol. Estaba confundida y el olor acre del humo llenó sus fosas nasales. Había un incendio en algún lugar de los árboles.

"¡¿Dónde está el mapa?!" preguntaba el Strattos.

Amy vio al soldado Strattos de pie amenazando a dos de los miembros de la tripulación.

"¡Detente! ¡No les hagas daño!" una tercera dama corrió hacia el soldado con un gran garrote.

El alienígena se giró hacia la mujer y rápidamente levantó un brazo. Disparó su arma y un gran destello amarillo la vaporizó en segundos. Amy gritó y buscó algo con qué luchar. El Strattos la escuchó y disparó su arma en esa dirección. Amy saltó a los arbustos y rodó, tratando de esconderse cuando los arbustos estallaron en llamas.

"¿Estás bien?" susurró Warren, acostado boca abajo entre los arbustos.

"¿Warren? Si, estoy bien. ¿Estás herido?"

"Me golpeé el brazo con una roca, pero no es nada", dijo Warren.

"¿Dónde está Marshall?"

"No lo sé", susurró Warren.

"Apuesto a que él también está escondido", dijo Amy. "Oye, dijiste que el traje de los Strattos está hecho de Pettron negro, ¿verdad?"

"¿Si, porque?" dijo Warren.

"Necesito una distracción. Iré por ese camino a la derecha. Cuando te haga la señal, arroja esta rama a la piscina. Eso lo distraerá. Necesito alejar al soldado Strattos de los otros.

"Cuenta con ello", dijo Warren.

Amy corrió rápidamente a través de los arbustos para llegar a las rocas Pettron con las que solía construir cosas en verano. En eso, le hizo una señal a Warren, pero no pasó nada.

"¡Warren! ¡Ahora!" susurró Amy.

El Strattos escuchó su voz, se giró y levantó su arma.

"¡Espera! ¡Espera! ¡Espera!" dijo Amy con las manos en alto. "¿Quieres el mapa? Yo tengo el mapa. Si. Yo lo tengo."

"¿Tienes el mapa?" Preguntó el Strattos, y comenzó a acercarse a ella. Su voz era fuerte.

"Eso es correcto... lo tengo. Sé dónde está el mapa", dijo, mientras el Strattos se alejaba de los demás.

"Ya no puedes correr, débil humano de la Tierra", dijo el alienígena con disgusto.

"Tienes razón, tienes razón, no podemos", dijo Amy con las manos en alto.

"¡Tú, débil microbio inservible, pensando que tu especie es más inteligente que nosotros!"

"Oye, oye, no hay razón para ser tan descortés", dijo Amy.

"Los humanos de la Tierra ya no existen. ¡Los humanos de la Tierra no pueden derrotarnos!"

"Los humanos de la tierra no pueden. Pero yo puedo."

Amy tiró de una manta, exponiendo una gran roca Pettron negra a la luz del sol. Instantáneamente, el otro gran trozo de Pettron blanco que estaba enfrente voló directamente hacia el Strattos, y las fuerzas entre los materiales arrojaron al alienígena muy lejos entre los árboles.

"Bienvenido a Hyperterra", dijo Amy.

Ella corrió hacia los marcianos para ayudarlos.

"¿Dónde está Marshall?" gritó Amy.

"¡No lo sabemos!" dijo la dama.

En ese momento vio el arma Strattos en el suelo. Rápidamente lo agarró y corrió hacia Frank.

"¡Frank, abre tu compartimento!" dijo, poniendo el arma dentro. "Cierra el cajón con contraseña de voz".

Amy le estaba susurrando la contraseña a Frank cuando Marshall apareció de entre los arbustos con sangre en la frente.

"¡Marshall! ¿Estás bien?" gritó Amy, abrazándolo.

"Sí, sí, no es nada. ¿Estás bien? ¿Qué pasó con el Strattos? dijo Marshall.

"Está allí en algún lugar entre los árboles, por ahora, pero volverá. Lleva a todos al refugio de verano. Y busca a Warren. Él todavía debe estar en los arbustos."

"¡Pero espera! ¿Adónde vas tú?" preguntó Marshall.

"Todo el mundo tiene que hacer sacrificios, Marshall".

"¡No! No puedo dejarte ir. ¡No es seguro! Voy contigo", dijo Marshall.

"¡No, no vienes!"

"¿Qué? Por supuesto que voy", trató de insistir Marshall.

"¡Que no vienes! ¡Es una orden! ¡Ve al refugio, ahora!"

Amy se subió a su transporte y rápidamente se alejó del refugio de verano. Pasó por encima de los árboles en busca del cuerpo del Strattos.

"Espero que esté muerto", susurró Amy.

De repente, el alienígena voló directamente hacia ella. Amy lo alcanzó a ver y maniobró su transporte para evitar una colisión. Ella puso rápidamente algo de distancia entre ellos. El Strattos también aceleró usando el Pettron de su traje, siguiéndola casi a la misma velocidad. Trató de pensar en cómo podría perderlo, pero no tenía idea de adónde ir.

"¿Quieres el mapa? ¡Sígueme!" gritó ella.

Amy hizo un giro brusco a la izquierda y voló directamente hacia la formación blanca de Pettron, no muy lejos. En unos minutos, casi estaba allí. Voló cerca del suelo, dejando una cortina de polvo detrás de ella para desorientar al Strattos. Mientras se acercaba a la formación de Pettron blanco, su transporte se detuvo tan abruptamente que Amy fue arrojada por el frente. Ella golpeó el suelo con fuerza.

"¡Ay! ¡Tengo que trabajar con ese cinturón de seguridad!"

El alienígena vio su oportunidad de atacar mientras ella estaba en el suelo. El Strattos avanzaba rápido. Amy cerró los ojos, rezando para que su plan funcionara. De repente, el soldado Strattos se estrelló contra una barrera invisible. Debido a su traje, el poderoso campo reactivo que emanaba del centro del Pettron blanco detuvo al alienígena en seco. Cayó al suelo como una roca.

"Está bien", Amy exhaló con fuerza, "Funcionó".

El Strattos estaba irritado y confundido, y después de un momento, se puso de pie. Trató de atravesar la pared invisible que lo mantenía alejado de Amy.

"¿Qué tipo de poder es este, humano?" preguntó el Strattos mientras golpeaba y golpeaba el campo de fuerza.

"Lo llamamos…" dijo Amy, pensando, "la burbuja. Sí. Esta es... la burbuja".

"¿La burbuja? Muy impresionante, humano".

"¡Gracias!" dijo Amy.

Amy no tuvo miedo. Había tenido muchos encuentros peligrosos antes y pensó que podría lidiar con este enemigo de una manera civilizada.

"Mira, hablemos. Sé que otros humanos tomaron decisiones terribles. Y la forma en que esas personas les trataron a ti y a los de tu especie tuvo terribles consecuencias en ambos lados. Pero, ¿y si aprovechamos este momento para considerar una tregua, un alto el fuego?"

Amy permaneció callada mientras el Strattos la ignoraba por completo, sin dejar de golpear el campo invisible.

"Escucha. Me disculpo desde el fondo de mi corazón por todo el daño que los humanos le hicimos a tu gente y tu cultura. Ahora es el momento de seguir adelante y podemos hacerlo juntos. Puedo mostrarte que no somos salvajes, que podemos respetarte y que nos importas. Así es como siempre debieron ser las cosas. Permíteme mostrarte".

El Strattos la miró fijamente y después miró la formación blanca de Pettron detrás de ella.

"No habrá tregua. Y no habrá paz. Es demasiado tarde para ustedes los humanos", dijo el Strattos. "Mataste a nuestra gente, y la única forma de rectificar lo que has hecho es destruir tu especie para siempre".

El alienígena tocó un botón en su muñeca y parte de su traje se abrió, exponiendo su mano y la mitad de su brazo. En eso, él extendió un brazo de un suave color violeta y pasó fácilmente a través de la barrera invisible.

"Obvio. Tenías que descubrir mi truco", dijo Amy.

Vio como el soldado de Strattos tocaba otro botón en su pecho, abriendo todo el traje y revelando su cuerpo y su rostro. Amy retrocedió instintivamente mientras él se quitaba el equipo protector y dejaba el traje en posición vertical. Su cuerpo era de color púrpura claro, cubierto por una fina capa de limo protector, bello ante sus ojos. Tenía la forma de un humano y su pecho y brazos estaban expuestos. En su mitad inferior, llevaba pantalones ajustados. Incluso sin el traje, era muy alto e imponente. Su rostro era como de un chacal con orejas largas y puntiagudas; una nariz afilada y puntiaguda; y cabello brillante que cubría su cuello y torso.

"Hombre, si que eres feo. Ahora entiendo por qué están tan enojados todo el tiempo". susurró Amy.

"Visitamos la Tierra mucho antes de que su especie desarrollara tecnologías. Siempre hemos ayudado a los humanos compartiendo nuestro conocimiento", dijo el Strattos.

El alienígena tenía dificultad para respirar mientras caminaba hacia Amy.

"Les enseñamos a organizar su sociedad y cómo convertirse en una gran especie, y a cambio le pedimos algo que dejamos en vuestro planeta hace muchos años. ¡Y nos traicionaron! Los humanos se volvieron peligrosos para nosotros y para ellos mismos. Por eso los humanos no merecen un lugar en el universo. Por tal razón deben ser completamente aniquilados, ahora y para siempre".

"¿Quién crees que eres?" gritó Amy. "¿Un guardián supremo del universo? ¿La policía de la galaxia? ¡Vamos, dame un respiro!"

305

"No estoy aquí para hablar contigo. Dame el mapa" dijo caminando hacia Amy.

Amy dio un paso atrás y tropezó con una roca, perdiendo el balance y cayendo de espaldas. El Strattos aprovechó el momento y saltó encima de ella. Agarró a Amy del cuello.

"¡Deja de jugar y dame el mapa!" gruñó.

"¡Adivina qué! ¡Lo tengo aquí!" dijo nerviosamente pero sin romper el contacto visual.

Amy se metió las manos en los bolsillos, esperando encontrar algo para darle. Sintió las rocas Pettron que estaban en sus bolsillos y recordó las palabras de Malik, "La roca negra se dispara como una bala ..."

"¡Dáme el mapa, ahora!" él gritó.

"Aquí, dame un poco de espacio…" dijo Amy, sacando una piedra negra de Pettron y cubriéndola con sus manos. El Strattos retrocedió. Cuando Amy descubrió la piedra, la roca negra reaccionó con tremenda fuerza al campo de Pettron blanco, lanzándolo contra su pecho. La fuerza del impacto lo derribó y cayó al suelo, liberando a Amy.

"¡Uy! Perdón. Ese no és el mapa ... ", dijo, de pie sobre él.

El Strattos se retorció en el suelo, gimiendo y tratando de respirar. Luego, con determinación, se levantó lentamente y la miró.

"¡Vamos!" susurró Amy.

Sacó la otra piedra y le apuntó a la cara, cubriéndola con cuidado de la luz del sol.

"¡Te estoy pidiendo que detengas este ataque! Detente ahora mismo. ¡Por favor!" gritó ella.

"Demasiado tarde, microbio", dijo el Strattos.

"Muy bien entonces. Toma esto", y destapó la roca. El proyectil fue directamente a la cara del visitante.

El Stratto volvió a caer, totalmente aturdido por el tremendo golpe.

"¡Cobarde humano!" dijo el Strattos, tapándose la cara.

"¿Cobarde? Estás bromeando, ¿verdad? ¡Enviaste un montón de asteroides a mi planeta, matando a todos! ¿Es así como un héroe como tú soluciona los problemas? ¡Guau! ¿Sabes que? ¡Tienes mucho en común con los humanos que conociste en la Tierra!"

El alienígena estaba tratando de levantarse de nuevo, y Amy se había quedado sin Pettron negro.

"¡Ok, es hora de que me vaya! mucho gusto" gritó ella.

Se dirigió a su transporte, sin saber a dónde iría. Tan pronto como subió, voló más y más alto, queriendo echar un buen vistazo al paisaje para ver dónde podía perderlo. A lo lejos, el soldado de Strattos se volvía a poner el traje.

"¿Ahora que? ¡Ahora que!" decía Amy, tratando de darle forma a un plan en su cabeza, "Si pudiera envolverlo en algo que bloqueara la luz del sol, estaría inmóvil. El traje sería su prisión".

Un trozo de manta sobresalía de su caja de herramientas en la parte trasera del transporte. Estaba ondeando al viento y esto le dio una idea. Hizo un círculo en el aire y esperó a que el Strattos atacara.

"Sí, así es. Levantate. Sígueme, cosa fea… " murmuró.

Cuando el Strattos se lanzó al aire, Amy comenzó su viaje hacia la formación negra de Pettron, al otro lado del planeta. Se dio cuenta de que el Strattos tenía dificultad para respirar sin el traje, y esa podría ser la manera perfecta de detener al alienígena. Ella no quería matarlo; quería ofrecerle la oportunidad de detener este sangriento ciclo de venganza.

"Vi al Strattos soltar su arma. ¿Dónde está?" preguntó Marshall al grupo en el refugio de verano.

"No lo sé. Quizás Amy lo tenga ", dijo una señora.

"Hey Warren, busca esa arma. La vamos a necesitar en caso de que regrese el Strattos", dijo Marshall.

"¿Crees que Amy volverá?" Preguntó Warren.

"Si. Lo hará, pero ¿y si está en peligro cuando llegue aquí?" dijo Marshall.

"Tienes razón. Estoy en eso", respondió Warren.

Frank estaba en la parte de atrás, mirando a los supervivientes que se dirigían al interior del refugio de verano. Frank no le había contado a nadie sobre el arma encerrada en su gran compartimento.

"¡Oye, Frank, ven conmigo al interior del refugio!" lo llamó Marshall.

"Estaré aquí esperando a Amy", respondió Frank.

Frank rodó hasta un lugar soleado para cargar su batería. Hizo un giro de 360° para registrar su entorno en su banco de datos y captó a Warren en la cámara buscando el arma por todas partes.

"¡Esa es un arma poderosa, hombre!" le dijo Warren a Frank. "¡Ese alienígena pulverizó a Amber de un solo disparo! Quiero decir, ¡guau, hombre! Quien encuentre ese arma se volverá muy poderoso aquí …"

Frank volvió su mirada hacia el bosque. Algunos árboles fueron derribados por el Strattos en su caída. Blue y King estaban dentro con los marcianos. Tails y Spot se pegaron al lado de Frank. Ambos animales se quejaban y gruñían en voz baja.

"¿Crees que sobrevivirá?" preguntó Warren.

"Ha estado en peligro antes y siempre ha regresado. No hay datos que indiquen que hoy será la excepción", dijo Frank.

Fue un viaje largo, pero Amy finalmente pudo ver la formación rocosa de Pettron negro frente a ella. Su plan era volar alrededor de la parte superior de la formación y esperar a que una pieza grande se rompiera desde la parte superior. De esa manera, podría pasar por debajo de la roca que caía y atrapar al Strattos.

Ella rodeó la formación rocosa varias veces, y el Strattos la siguió sin signos de rendirse. Amy estaba dando otra vuelta y el enemigo se estaba acercando rápidamente. En ese momento, Amy escuchó un crujido agudo desde la parte superior.

"¡Vamos! ¡Vamos!" gritó Amy, mirando a la parte superior de la formación.

Un gran trozo de roca plana se rompió y empezó a caer. Amy aceleró, tratando de meterse debajo antes de que golpeara el suelo.

"¡Voy a lograrlo! ¡Voy a lograrlo!" gritó, con la adrenalina en marcha.

Empujó su transporte con fuerza, acercándose cada vez más.

"¡Voy a lograrlo!" gritó de nuevo.

El Strattos estaba casi al alcance de la parte trasera de su transporte cuando pasó debajo de la roca. El soldado se dio cuenta de cuál era su plan y trató de salir debajo de la roca que caía, pero ya era demasiado tarde. El alienígena quedó atrapado en la sombra de la pieza y su traje se volvió inútil.

"¡Woohoo! ¡Sí!" gritó Amy.

La roca seguía cayendo y el extraterrestre estaba inmovilizado en el aire. Amy aceleró su transporte, tratando de llegar al suelo antes que él. Con un fuerte estrépito, el Strattos cayó al suelo debajo de la roca plana. El Pettron negro se elevó de inmediato a la luz del sol, pero la sombra de la roca cubrió al alienígena, por lo que aún estaba inmóvil.

"¿Cómo estás ahí abajo?" preguntó Amy, sonriendo.

Pudo ver que el Strattos yacía boca abajo, inmovil. Ella tiró su manta sobre él, bloqueando la luz del sol, y aunque él luchó y gruñó, no pudo moverse. El traje lo tenía atrapado.

"No hay forma de que te quites el traje ahora, ¿me equivoco?" dijo Amy "¡Te pedí que te detuvieras! ¿Por qué persististe?

Rápidamente le ató la manta con cuerdas alrededor de sus manos y piernas, asegurándose de bloquear el traje de la luz. Amy ató una cuerda gruesa a su pierna y arrastró el gran cuerpo con su transporte, lejos de las rocas que caían.

Mientras regresaba al campamento, los acontecimientos recientes se repitieron en su mente, especialmente el primer momento en que vislumbró al Strattos. Recordó cómo se había parado en frente del miembro de la tripulación y luego le disparó a quemarropa con el láser. La ira subió a su pecho y se dirigió al soldado en el suelo.

"¿Por qué la mataste?" gritó ella, dándole una rápida patada en las costillas. "¡Le prometí que estaría a salvo aquí para un nuevo comienzo!" Ella lo pateó de nuevo.

Amy caminó un círculo completo alrededor del Strattos, tratando de calmarse.

"Todos los humanos deberían estar muertos. Estoy aquí para asegurarme de que te hayas ido tambien", dijo el Strattos, mirándola desafiante.

"¡No te irás de este planeta sin un acuerdo de paz, y te estoy dando una oportunidad ahora mismo!" gritó ella, exasperada.

Amy se alejó, poniendo algo de distancia entre ellos, y respiró hondo para aclarar su mente. El único sonido fue el crujido proveniente de la formación negra de Pettron. Sus pensamientos la llenaron de ira, y regresó con furia, gritando y pateando de nuevo. Su arrogancia y desprecio por tantas vidas humanas encendió el fuego dentro de ella. Finalmente, Amy se sentó en el suelo, cansada y sedienta. La temperatura empezaba a subir.

"Trajiste destrucción a mi casa", dijo Amy con voz cansada. "Y no estás en condiciones de negociar. Como castigo por tu comportamiento hostil, vas a vivir con nosotros. Te alimentaré y te mantendré con vida sólo como un gesto de cortesía".

Ella se inclinó.

"Después de todo, eres el visitante. No hemos tenido visitas últimamente, por lo que no puedo responder por nuestra cordial hospitalidad. Y definitivamente no tenemos un libro de sugerencias y reclamos. Serás nuestro invitado hasta que te diga que puedes irte. Entonces informarás con sinceridad sobre cómo fuiste tratado aquí".

Amy despejó su mente de rabia y frustración y sacó un palito de un compartimiento en su transporte.

"¿Qué estás tratando de hacer? ¡No me toques!" gritó el Strattos.

"¿Tienes miedo? Bueno, deberías estar nervioso ..."dijo Amy.

Clavó el palito en el suelo cerca de la cabeza del Strattos e hizo una pequeña sombra para su rostro. Luego buscó un botón o cualquier mecanismo que abriera su casco. Había un pequeño interruptor en la parte de atrás en forma de triángulo invertido. Lo apretó firmemente con el pulgar y el casco se abrió.

"¡No!" Gritó el Strattos, quedando su rostro expuesto.

Amy se acostó boca abajo y avanzó poco a poco hacia él. Quería ver más de cerca su traje, que estaba hecho de cientos de pequeños mosaicos de Pettron negro entrelazados intrincamente, como un pez protegido por escamas. Cada pequeña escama tenía símbolos tallados en la superficie, como jeroglíficos del antiguo Egipto. Amy pensó mucho en esos símbolos; sentía como si los hubiera visto antes.

El alienígena tenía problemas para respirar sin su casco.

"¿Tienes un nombre?" Preguntó Amy.

"Soy Harkhuf, hijo de Kaemsekhem", respondió.

"Ok, Harkhuf, ¿cuál es el dilema con el mapa?"

"Nos dijo que nos daría el mapa", respondió Harkhuf.

"Bueno, no lo tengo y nadie sabe dónde está. Entonces, ¿qué tal si nos olvidamos de todo esto de los mapas?" dijo Amy, haciendo una pequeña broma: "¿Por qué tu gente quiere venir aquí?"

"Al principio, la nueva generación más avanzada de humanos había prometido ayudarnos a encontrar nuestro tesoro", respondió Harkhuf. "Pero cuando lo encontraron ellos mismos, no cumplieron su palabra. Nos tomaron prisioneros y mataron a algunos de nuestros exploradores. Durante la guerra que siguió, un humano nos dijo que el mapa de nuestro tesoro estaba en este planeta. Ahora estoy aquí para recuperarlo y validar nuestra represalia".

"Claro, ya veo. ¿Quien te prometió eso? ¿Cúal es su nombre?"

Harkhuf sonrió y soltó una risa fría y burlona. Amy reaccionó rápidamente y le dio una bofetada en la cara. Él la miró y gruñó con una mirada malvada.

"¿Entonces crees que esto es gracioso? Consideremos esto desde otra perspectiva: necesitas mi ayuda ahora mismo. De lo contrario, morirás de exposición a las altas temperaturas. Entonces los animales salvajes se comerán tus restos. ¡Responde a mi pregunta! ¿Quién te prometió el mapa?"

"¿De verdad crees que un nombre va a cambiar tu destino? Adelante, mátame. Matarme no nos va a detener".

"No soy como los humanos que les lastimaron. No tengo necesidad de matarte y no voy a hacerlo. Te mostraré que no somos salvajes, somos dife ..."

"¡Ustedes los humanos son todos iguales!" Gritó Harkhuf, interrumpiéndola. "Su especie disfruta de la destrucción y se complace al matarse entre sí".

"Ok, entiendo que no quieras cooperar. Le cuento que en este planeta tratamos a los visitantes hostiles de manera diferente. Te doy mi palabra de que te mantendré con vida hasta que regreses con tu gente. Entonces les dirás que te tratamos con dignidad y que pondremos fin a esta guerra. ¿Trato?"

Amy usó todas las cuerdas que tenía para atarlo de manera segura y mantener su traje alejado de la luz del sol. Ató al Strattos a la parte inferior de su transporte y, antes de partir, miró hacia abajo para comprobar que estaba cómodo con el arnés.

"¿Estás bien ahí abajo, Harkhuf, hijo de Kaemsekhem?" gritó ella.

El Strattos estaba en posición horizontal, boca arriba, envuelto en mantas y cuerdas.

"¿Quién eres?" Dijo Harkhuf.

Amy miró su mano derecha, donde llevaba el precioso anillo de la esposa de McGuillan.

"¿Yo? Yo soy la Sheriff", respondió.

El sol se ponía. Frank miró el horizonte, esperando a que Amy volviera a casa. Escuchó el estruendo de los árboles que se rompían y las ramas que caían, y se giró para ver cuál era la situación. Amy salió del bosque, llevando al soldado Strattos suspendido en el aire con ella.

"¡Frank, trae a la tripulación! Voy a necesitar ayuda para llevar a este tipo a la cueva oscura".

"Es bueno verte, Amy", dijo Frank.

"No tienes idea de lo feliz que estoy de verte también, mi querido Frank". dijo Amy, sonriéndole.

El grupo siguió las instrucciones de Amy y cuidadosamente le quitó el traje a Harkhuf, pieza por pieza. Lo ataron a una plataforma de madera y llevaron al soldado Strattos a la cueva que Amy había usado durante años para esconderse de los depredadores. Amy le tapó los ojos para que el soldado no intimidara a los marcianos. Además, no quería que él supiera la ubicación de la cueva. Harkhuf estaba tratando de asustarlos a todos con amenazas, por lo que Amy también tuvo que taparle la boca.

Llegaron a la cueva y Amy proporcionó al Strattos comida, agua y mantas. La cueva no era una cárcel, era más como una casa pequeña, pero todavía estaba esposado y no tenía su traje, que Amy había guardado a salvo en el refugio de verano. Cuando los demás regresaban, Amy se tomó un momento para hablar a solas con Harkhuf. Ella le quitó la venda de los ojos y le destapó la boca.

"Toma, bebe este jugo amarillo si sientes que no puedes respirar. Te ayudará", dijo Amy.

"No necesito nada de ti", refunfuñó Harkhuf, tosiendo.

"Mira, soy la única que está aquí tratando de mantenerte con vida", susurró Amy, "y no quieres darles más razones a ellos para querer matarte".

"No estoy asustado. ¡Soy un guerrero y un príncipe! La suerte está echada. Ya sea que viva o muera, nada cambiará el destino de tu despreciable especie".

"Puedo detener este derramamiento de sangre y puede que seas la pieza más valiosa del rompecabezas".

"No obtendrás nada de mí".

"Ya veremos eso", dijo, dirigiéndose hacia la puerta.

"¿Cómo puedes estar tan segura, humana?"

Amy se detuvo, pero no lo miró.

"Leí una vez que la gente cambia cuando está privada de libertad. Este es un momento para que realmente pienses en las cosas horribles que le hiciste a mi casa. No me importa lo que pasó antes entre los Strattos y ese pequeño grupo de personas en la Tierra. Ahora mismo, esto es entre tú y yo. Y tienes mucho tiempo para pensar en ello ahora mismo".

Amy llegó a la entrada y miró hacia atrás con una mirada intrépida, "Por cierto, Su Alteza, mi nombre es Amy".

Cerró la puerta detrás de ella. Afuera, el resto del grupo la había esperado.

"¿No vas a bloquear esta puerta?" dijo Warren.

"No. Esas cuerdas pueden sujetar a un Kato adulto sin problemas. Los Katos son animales realmente poderosos, como una gran pantera. Créeme."

"¿Cómo estás tan segura, Amy?" dijo Marshall.

"No saldrá de allí. Y sin su traje, es vulnerable y frágil al igual que nosotros. Si saliera, no sabría adónde ir y sería presa fácil de los animales salvajes de aquí. Harkhuf es muy inteligente y no se va a poner en mayor riesgo".

Caminaron juntos de regreso al refugio de verano y lamentaron la pérdida de Amber. Junto a la piscina que había apoyado el portal, hicieron un fuego que representaba la luz interior de Amber. Todos ellos necesitaban tiempo para procesar todos los eventos del día y tiempo para sanar juntos.

"No hay un cuerpo que enterrar. Solo tenemos nuestros recuerdos de su sonrisa y su entusiasmo por la vida. Ella era valiente y siempre estaba haciendo nuevos descubrimientos", dijo Marshall.

Amy arrojó una rama al fuego.

"Marshall, Warren, Peter, Sophia y Frank, hoy más que nunca, todos necesitamos confiar los unos en los otros. Le prometí a Amber un mundo nuevo y pacífico, y le fallé. Ahora tenemos que ser audaces, fuertes e inteligentes, y trabajar en equipo".

Amy dejó el grupo por un momento para que pudieran tener un rato a solas para llorar. Uno por uno, cada persona recordó a Amber a través de una rama en el fuego. Amy se sentó junto a Frank.

"El primer verano de este año estará más concurrido de lo normal, pero nuestra fe inquebrantable en el futuro es la misma", dijo Amy.

Marshall se sentó y tomó la mano de Amy.

"A partir de ahora, celebraremos el Día de Ámbar con la llegada del primer verano del año. Tendremos unas vacaciones como ninguna otra", dijo Amy. "Hyperterra ahora es zona de guerra. El comienzo de nuestro camino hacia la libertad empieza hoy".

CAPÍTULO 28 - EL MENSAJERO

"Tiempo es lo que tienes en abundancia", dijo Amy, visitando Harkhuf una mañana en la cueva. "Sabes, durante los peores y más aterradores años de mi vida, esta cueva me dió la protección que necesitaba. Me tomó tiempo, mucho tiempo, darme cuenta de lo importante y significativa que era la vida. Entonces, ponte cómodo porque vas a estar aquí un tiempo, solo con tus pensamientos.

Harkhuf, todo esto empezó por culpa de mi gente. Lo entiendo. Les trataron mal y tiempo después vinieron las consecuencias de ello. Pero no puedes negar que yo soy diferente. Piénsalo. Soy una persona fuerte, inteligente y valiente que se ocupa de ti y de los demás. Y tú, un príncipe... Probablemente lo has tenido todo fácil desde que eras pequeño, y dejame decirte que esa no es la manera de cómo alguien aprende sobre lo importante que es la vida.

Tu pueblo cometió genocidio contra los seres humanos. Buenos y malos murieron de miedo y pánico. Fue una masacre. Puedo sentir que no fue tu decisión, así que estoy tratando de perdonar a tu pueblo a través de ti. Ahora... ayudaría mucho si pudieras hacer lo mismo por mí. Perdóname por lo que otros humanos le hicieron a tu gente y terminemos esta guerra... Por favor."

A medida que los días pasaban, Amy continuó visitando la cueva donde el Strattos estaba prisionero, y cada vez intentaba convencerlo de que la paz era una opción.

Todo estaba cambiando en la vida de Amy. Los marcianos la ayudaron a montar las incubadoras y los robots de servicio, organizaron las herramientas especiales para el nuevo laboratorio. Warren y Marshall lanzaron con éxito un pequeño satélite a la órbita de Hyperterra con la ayuda de Pettron negro como transporte. El satélite que construyó Ben hace años les daría los datos sobre cada pedazo de tierra del nuevo planeta.

Amy estaba feliz, rediseñando partes de los transportes de Pettron y besando los labios de Marshall cada vez que podía. Con él a su lado, Amy confiaba en que estaría lista para luchar por su libertad algún día. Lo que la preocupaba era que Marshall y la tripulación ya habían tenido varios episodios de desmayos espontáneos y seguían sintiéndose lentos y sin aliento debido a la gravedad del planeta. No quería pensar en eso, pero sabía que tarde o temprano tendría que despedirse.

Peter y Sophia escribieron un programa de comunicación que conectaba el antiguo sistema de Frank al nuevo satélite. De esa manera, Frank podría estar atento a los cambios climáticos, pero también ante futuras amenazas de los Strattos. Amy sabía que el portal de entrada en Marte podría estar aún activo y que la pantalla del portal mostraba las coordenadas del último planeta al que se habían conectado, exponiendo así la ubicación de Hyperterra si los Strattos descifraban la manera de dónde buscar. No se trataba de si los Strattos llegarían a Hyperterra, sino de cuándo.

Mientras tanto, Amy hacía un viaje a la cueva temprano en la mañana todos los días para llevarle comida fresca y agua a Harkhuf. Marshall ayudó asegurándose de que siempre hubiera suficientes peces en el estanque del refugio y de que nada bloqueara el flujo de agua potable. Todos los días, bajaba al río para pescar algunos peces y reabastecer el estanque. Warren le mostró a Amy cómo hacer funcionar las incubadoras. Además, limpiaba los paneles solares en la superficie todos los días, para que las baterías nunca se quedaran sin carga y las incubadoras funcionaran sin interrupción.

Para el primer lote, comenzaron con 100 embriones humanos. Los bebés nacerían en Hyperterra en nueve meses. Sophia era la especialista del laboratorio y preparó a Amy con todo el conocimiento necesario para administrar el laboratorio. Sophia le enseñó a programar los robots que la ayudarían con los bebés e interrogaba a Amy diariamente hasta que pudo hacer todo por sí misma.

Tiempo después, Amy pudo ver que los marcianos estaban muy débiles. El momento de decir adiós estaba muy cerca.

"¿Cómo te sientes hoy?" le preguntó Amy a Marshall.

"Me siento terrible. Se siente como si las pastillas ya no estuvieran ayudando", susurró, bebiendo un poco de jugo amarillo.

"Está bien, no te preocupes. Hablaré con Warren para que pueda ayudarme con la pesca. Espero que se sienta bien hoy. Peter y Sophia se ven muy enfermos. No los desperté porque parece que necesitan descansar.

"Amy, sé que no quieres hablar de esto, pero tan pronto como muramos, tienes que deshacerte de nuestros cuerpos. Esto es por la salud de los bebés".

"No lo digas. Sé que tengo que hacer muchas cosas. En este momento, estoy enfocada en disfrutar de tu compañía y escuchar sus voces por toda la cueva. Pronto estará muy tranquilo y callado por aquí... como antes".

Marshall le susurró sonriendo: "No será tan tranquilo. Tendrás 100 bebés llorando al mismo tiempo. Este planeta nunca volverá a estar tan tranquilo, nunca".

Warren estaba sentado afuera, mirando el cielo cambiar de color, anunciando el comienzo de un nuevo día. Amy salió con una canasta con comida y agua para Harkhuf.

"¿Estás bien?" preguntó ella.

"Sí, estoy disfrutando de este hermoso planeta", susurró Warren, teniendo problemas para hablar y recuperar el aliento. "¿Vas a alimentar al Strattos?" preguntó.

"Sí. Oye, me gustaría pedirte un favor".

"¡Claro, Amy!"

"Necesitamos algo de pescado, y no creo que Marshall pueda llegar hasta el río hoy. Esta demasiado débil".

"Entiendo, dado que ha estado aquí más días antes que nosotros, creo que la gravedad es peor para él. No hay problema; Yo puedo ocuparme de eso hoy".

"Gracias, y también necesito ayuda para separar las diferentes partes del portal y esconder cada pieza en un lugar seguro. Me preocupa que si Harkhuf descubre cómo escapar, pueda volver a montarlo. Ayer puse un sistema de bloqueo en la entrada de la cueva para que se cierre automáticamente".

"Eso es muy acertado, Amy. ¿Dónde está el portal ahora?"

"Ven, te lo mostraré".

Amy había hecho algunas mejoras en la cueva, instalando un sensor que alertaría a Frank si es que se abría la puerta de la cueva. También dibujó una línea en el suelo que mostraba la parte segura de la cueva si es que el príncipe Strattos decidía atacar. Para entregarle la comida, colocaban los alimentos en una bandeja que tenía una cuerda atada a ambos lados. El Strattos más tarde tiraría de la cuerda para traer la bandeja hacia él.

"¿No me trajiste algo que no sean verduras? ¿Algo vivo que pueda matar? Harkhuf se quejó.

Amy era muy metódica en su protocolo de entrega y trataba de mantener su contacto al mínimo.

"¿Sabías que llevo un recuento de mis víctimas? Tu amiguita fue mi vigésimo tercer asesinato", dijo Harkhuf con una risa siniestra.

"Primero, eres un príncipe terrible por matar gente inocente. Eres un ser despreciable. Y segundo, las verduras son buenas para ti".

"Me pregunto dónde está mi arma ... Si me la traes, te prometo que no te mataré".

"¿Enserio? ¿Tú piensas que soy estúpida?" dijo Amy.

"¡Por supuesto! ¡Creo que todos ustedes, pequeños humanos, son todos unos estúpidos!" se burló.

Amy lo miró con disgusto.

"Ven aquí y golpéame. ¡Vamos! ¡Hazlo!" Harkhuf todavía se reía y se burlaba de ella. "¡Vete, cobarde! Pero si quieres vengarte, ¡sabes dónde encontrarme!" gritó mientras ella salía de la cueva.

Amy cerró la pesada puerta y se alejó enojada. No se dio cuenta que una pequeña piedra estaba encajada en el marco de la puerta. Tampoco se dio cuenta de que había alguien entre los arbustos. Luego de que Amy se subió a su transporte y se fue, la persona usó un palo para abrir la puerta sin activar el sensor.

"Esto es interesante", dijo Harkhuf, al escuchar cuando la puerta se abrió de nuevo esa mañana.

De vuelta en el refugio, la temperatura estaba subiendo. Amy fue a ver si Warren había regresado con los peces, pero el estanque estaba vacío.

"Frank, ¿has visto a Warren?"

"Sí, esta mañana temprano. Estaba sentado fuera de la entrada".

Amy fue al agujero en la pared donde le pidió que guardara parte del portal, pero la bodega estaba vacía. La angustia se apoderó de ella al sospechar que él había traicionado al grupo. Amy corrió hacia el río para encontrarlo.

Mientras tanto, en la cueva, Harkhuf sintió curiosidad por conocer a su nuevo visitante.

"¿Quién eres? ¿Por qué estás aquí? ¿Me trajiste algo delicioso para comer?"

"¡Cállate!" La persona murmuró. Tenía la cabeza cubierta por una manta.

"¿Más verduras?"

La persona le arrojó cuatro pescados. Algunos de ellos todavía estaban vivos, aleteando en el suelo. El Strattos se abalanzó sobre su presa como un lobo hambriento y destrozó los peces en sus mandíbulas.

"Le prometí el mapa a tu general, pero le he dado algo mejor, ¿no crees?"

"¿Qué quieres?" Preguntó Harkhuf, comiéndose el pescado.

"Solo asegúrate de terminar el trabajo esta vez".

"¿Qué? ¿De qué estás hablando, humano?"

"No me hables así. Solo hazlo rápido y no dejes a nadie vivo esta vez, incluidos los bebés".

La figura encapuchada tomó la comida y comenzó a jugar con la cuerda que estaba atada.

"¿Cuál es tu plan? Si es que tienes uno... ", dijo Harkhuf.

"¿Dónde está tu arma? ¿Puedes localizarla?"

"No, y no puedo hacer nada sin mi traje".

"Bueno, eso es decepcionante. Vi lo poderosa que es tu arma, pero no sé dónde está ahora".

Harkhuf dejó de comer y miró en dirección a la figura encapuchada sentada en un rincón oscuro de la cueva".

"Esa arma tiene un poder ilimitado y no se puede usar en mi contra porque mi traje bloquearía la explosión de energía. Pero... tengo curiosidad, ¿Qué sabes sobre el resto de mi patrulla?" Preguntó Harkhuf.

"Sé mucho, más de lo que piensas, Harkhuf, hijo de Kaemsekhem, príncipe de la dinastía Meryptah. Sé mucho más".

"¿Quién eres?"

"Escucha, Harkhuf, y presta atención porque no tengo mucho tiempo. Río abajo hay un pequeño estanque. Instalé el portal allí. Tiene energía y está funcionando, esperando a que alguien en Marte lo active. El resto de su patrulla encontrará las coordenadas y podrán venir aquí. La ventana aún está abierta, ya que mentimos acerca de los días de conexión con este planeta".

Harkhuf dejó de comer y se limpió la boca, concentrándose en los detalles de su plan de escape.

"Te dejo una pistola de bengalas con cuatro cartuchos. Úsalos para que los Strattos puedan ubicarte. Además, toma este cuchillo. Puedes usarlo para cortar las cuerdas", dijo la persona arrojando un cuchillo al suelo junto a Harkhuf.

Harkhuf tomó lentamente el cuchillo y miró al visitante.

"¿Por qué me estás ayudando? ¿Y por qué debería confiar en ti?"

"La suerte está echada. Estoy aquí para terminar el trabajo que se me ha confiado".

Amy llegó al río, pero no vio a Warren por ningún lado. Se subió a una roca alta para ver mejor, y vio el cuerpo de Warren en las rocas junto a la orilla. No se estaba moviendo.

"¡Warren!" gritó Ella.

Llegó a su lado rápidamente y descubrió que apenas estaba vivo. Parecía que casi se había ahogado. Amy lo tomó por la chaqueta y lo arrastró con cuidado lejos del agua.

"Warren, ¿qué pasó?" gritó Amy.

Warren señaló río abajo y su brazo cayó.

"¿Warren?" dijo Amy, pero él ya estaba muerto.

Amy corrió al refugio para alertar al resto de la tripulación que había sucedido algo terrible, pero cuando llegó, descubrió que Peter y Sophia ya habían fallecido. Habían muerto silenciosamente mientras dormían.

"¡Marshall! Marshall!" gritó Amy, corriendo por el pasillo que separaba su dormitorio del resto de las pequeñas habitaciones. Amy encontró una nota en su cama vacía:

No quiero que veas mi rostro sin vida. Marshall

Harkhuf cortó sus cuerdas con el cuchillo y se puso de pie en la cueva.

"Una cosa más", susurró la persona, "Hay un refugio subterráneo con casi un millón de embriones humanos. Destrúyelos a todos".

"Te preguntaré de nuevo", dijo Harkhuf, "¡Quien eres y por qué nos estás ayudando!"

La persona caminó rápidamente hacia el Strattos, cruzando la línea segura en el suelo. Con un movimiento rápido, Harkhuf clavó el cuchillo profundamente en su pecho, sosteniendo el resto de su cuerpo antes de que cayera al suelo.

"¿Quién eres?" Preguntó Harkhuf mientras la manta se apartaba del rostro del visitante. La persona hizo un último esfuerzo por hablar.

"No importa quién soy, pero si importa a quién represento... somos Los Auxiliares", susurró Marshall antes de morir.

FIN DEL LIBRO UNO

EPÍLOGO

Dentro de la dañada instalación humana en Marte, la patrulla de los Strattos esperó pacientemente a que se abriera el portal. Habían detenido el asteroide que se dirigía a Marte y lo habían puesto en órbita alrededor del planeta rojo como una luna adicional.

Cerca de la nave, la general Sesmar, hija del difunto comandante Kortox y heredero del linaje histórico del icónico General Prass, estaba hablando con su guerrero más leal, el Capitán Khawo.

"¿Cómo sabe que se puede confiar en el informante?" Preguntó Khawo.

"Porque tiene sangre de los miembros originales de los Caballeros de Hulmor", dijo Sesmar. "Él hizo una promesa y la cumplirá. Pronto se abrirá el portal, rescataremos al príncipe y obtendremos el mapa. Después eliminaremos hasta el último humano de la galaxia".

"¿Cuál es nuestro próximo movimiento, general?"

"Nos estamos acercando al final, mi leal guerrero. Necesitamos el mapa, y luego Harkhuf será el único obstáculo que nos queda", dijo Sesmar.

Uno de los soldados llegó corriendo.

"Mi General, el portal muestra una conexión estable con el otro lado. Estamos listos para desplegar".

"Excelente", dijo ella, levantándose y mirando a sus soldados, "Ponte de pie con honor y orgullo. Aquellos que mueran hoy por Pree vivirán para siempre".

CON GRATITUD

A mi esposa y editora personal, mi fuente de inspiración que respondió a la llamada y editó mi libro, mi amor verdadero, Meredith Moore.

Para el niño más increíble, asombroso y creativo del mundo, creador de "The Hyperverse" y Fan número Uno de la Serie Hyperterra, Stavros Winston.

Para el dueño de la mejor voz en Jacksonville, Florida y la primera persona que leyó mi borrador, el talentoso, el único, Tyler Burkhalter.

Al hombre que me dijo que mi libro tenía mucho potencial y que me inspiró a escribir más, mi querido Jay Moore.

A mi editora en español y Fan número Dos de Hyperterra, mi querida hermana, Rodghen Patiño.

DISFRUTA UN AVANCE DE LA SECUELA DE EL ÚLTIMO BRILLO DISTANTE

CAPÍTULO 1 – PORTAL ABIERTO

"No importa si estás listo o no, el tiempo te llevará hacia adelante, con una fuerza tan poderosa como la gravedad. Cuando tienes conocimiento y ambición, hay una fina separación entre el pensamiento racional y la locura. Esta guerra ahora es tuya. ¡Ve y terminala!"

"¡Entrando en la atmósfera del planeta, General!" gritó el capitán Khawo desde su puesto de mando. "La barrera atmosférica es delgada, por lo que entraremos más rápido de lo normal".

"Aterriza a salvo con tus soldados, Khawo, y asegúrate de que el resto de las tropas atraviesen el portal seguros. Recuerda que estamos llegando en la oscuridad y nuestros trajes no van a funcionar bien", dijo la General Sesmar.

"Estoy de acuerdo. Este puede ser un buen momento para repensar nuestra estrategia para esta invasión. Será muy peligroso sin la protección de nuestros trajes", respondió el Capitán Khawo.

La General Sesmar podía percibir la preocupación en su voz. "Vamos a avanzar sin el beneficio de los trajes, pero diles a tus soldados que mantengan puestos sus cascos".

La nave de Sesmar acababa de entrar en la atmósfera y se acercaba rápidamente a la instalación humana en Marte.

"Khawo, tus soldados deben darse prisa. Puedo detectar que el portal ya está abierto", dijo Sesmar. Piloteaba su propia nave y lideraba la tripulación. A su lado estaba sentado el príncipe Harkhuf.

En un pronunciado descenso a la superficie, en medio de la noche, las tropas Strattos llegaron a la superficie de Marte, concentradas en su misión de evitar que los últimos humanos hicieran una transmisión por un portal interestelar.

Hace mucho tiempo, cuando el General Kortox estaba buscando los otros dos fragmentos de la Piedra del Tiempo, descubrió que los humanos habían desarrollado una máquina que podía conectar dos planetas en cualquier locación del universo. Era un portal y los humanos lo usaban para crear una ventana desde la Tierra a la Luna y Marte.

Los dos ingredientes clave que utilizaron en esta increíble tecnología fueron la visualización directa del objetivo y una gran fuente de energía cósmica. Durante una visita secreta a la Tierra, el General Kortox visitó a miembros de un antiguo culto llamado Los Caballeros de Hulmor. Se enteró de que los humanos estaban alimentando su portal con pequeños pedacillos de la Piedra del Tiempo. El General Kortox quería poseer la Piedra del Tiempo más que cualquier otra cosa, y ahora sabía que estaba más cerca que nunca. Su ambición de convertirse en el ser más poderoso del universo lo llevó a cometer actos impensables.

Después del General Prass, las siguientes quince generaciones de Strattos habían buscado los fragmentos faltantes de la Piedra del Tiempo. Reensamblar la piedra les daría la fuente de energía que tanto necesitaban.

Era una familia de Reyes-Generales. El triste destino de un planeta polvoriento y los últimos sobrevivientes de una especie una vez poderosa fueron el resultado de miles de años bajo un orden sin escrúpulos. Ahora, un nuevo grupo militar comandado por la General Sesmar estaba listo para revivir la misión de su difunto padre. El General Kortox no le había dejado mucho más que un legado de dolor, miseria y fracaso.

Sesmar había planeado el último ataque contra humanos utilizando un asteroide que controlaba el ejército Strattos. Lo había apuntado a la superficie de Marte para intentar presionar a la pequeña colonia humana para que entregara el mapa. Ella creía que el mapa contenía la ubicación de uno de los fragmentos faltantes de la Piedra del Tiempo.

"Khawo, envía la orden de redirigir la trayectoria del asteroide. Ya no lo necesitamos", dijo Sesmar, saliendo de su nave.

"Ahora mismo, Mi Señora," dijo el Capitán Khawo.

La tripulación de la nave que orbitaba Marte envió la enorme roca a una órbita elíptica alrededor del planeta rojo. La General Sesmar examinó como dañar el techo o las paredes de las instalaciones de Marte.

"Tropa Roja, abran una entrada segura en esa sección de la instalación. Tropa Azul, vengan conmigo", gritó Sesmar.

Harkhuf se había unido a la misión secreta de la general a Marte. Cerca de la nave de Sesmar, tres otras naves espaciales Strattos aterrizaban fuera de la colonia humana.

¿Quieren más?
Consulta el contenido gratuito y el calendario de lanzamientos en

www.thehyperterra.com

Stavros D. Tofalos Bradanovich

Cuenta cuentos y amante del espacio

Stavros comenzó a escribir *Hyperterra* en el 2015 después de ver un programa televisivo llamado *"Cosmos: A Spacetime Odyssey"*, presentado por el astrofísico Neil deGrasse Tyson.

La historia de *Hyperterra* en su mente era demasiado intrincada para caber en las páginas de una novela de 90.000 palabras, por lo que decidió dividirla en una serie.

Luego, con la ayuda del talentoso Tyler Burkhalter, armaron una versión en video del prólogo del Libro Uno: *El último brillo distante*. Eso lo que cambió todo.

Stavros Tofalos es un productor y ha desarrollado historias durante más de 12 años. Estudió diseño de publicidad digital y es un editor de video certificado. Dirigió y produjo el documental *"Gladiadores"* (Chile) y dirigió programas de televisión en Jacksonville, Florida, Estados Unidos.

Su hijo de ocho años es un colaborador activo en la historia de Hyperterra. ¡Y descubrimos que es excelente para contestar las preguntas de la trama! De hecho, creó las palabras *"Hyperverse"* e *"Hyperblog"*.

Los favoritos de Stavros:
Película de ciencia ficción: *Interstellar* (Christopher Nolan)
Libro: La serie *Maze Runner* (James Dashner)
Película de Star Wars: *El Último Jedi* (Rian Johnson)
Frase: *"¿Cómo puede ser el elegido, si está muerto?"* (Matrix)

331